艾特玛托夫与
中国当代文学

Chingiz Torekulovich Aitmatov and Contemporary
Chinese Literature

李 雪 著

人民出版社

国家社科基金后期资助项目
出版说明

后期资助项目是国家社科基金项目主要类别之一，旨在鼓励广大人文社会科学工作者潜心治学，扎实研究，多出优秀成果，进一步发挥国家社科基金在繁荣发展哲学社会科学中的示范引导作用。后期资助项目主要资助已基本完成且尚未出版的人文社会科学基础研究的优秀学术成果，以资助学术专著为主，也资助少量学术价值较高的资料汇编和学术含量较高的工具书。为扩大后期资助项目的学术影响，促进成果转化，全国哲学社会科学规划办公室按照"统一设计、统一标识、统一版式、形成系列"的总体要求，组织出版国家社科基金后期资助项目成果。

全国哲学社会科学规划办公室

2014 年 7 月

前　　言

　　现代文明就意味着不断地创新和广泛的交流,民族文学的孤立江河逐渐被纳入世界文学的浩瀚海洋中,各民族、各地区的文学彼此间互相交流,影响、接受和创造构成缺一不可的系统。对于中国现当代文学而言,外国文学尤其是西方文学的影响起着根本性的启发作用。在对中国现当代文学产生过重要影响的诸多外国作家中,艾特玛托夫是不容小觑的一位,他对中国当代文学,尤其是新时期以来的文学,产生过根本性的影响,让中国文学接受到一缕世界文学的强光。对艾特玛托夫与中国当代文学的相关问题的深入探讨,无疑有助于我们增加中国当代文学的外来影响的实证性知识,更深地理解中国当代作家是如何在吸取外来影响时发挥独创性的,也能够由中国当代作家对艾特玛托夫的接受中更清晰地反观出三十余年来中国文学的思想艺术走向。

　　本书的绪论部分主要介绍了艾特玛托夫的创作概况,明确了艾特玛托夫在俄苏文学中国影响坐标中的方位,梳理了国内学界对艾特玛托夫及其中国影响的研究现状和局限,厘清了研究思路。本书拟把艾特玛托夫在中国的传播和影响放回到从 20 世纪 60 年代以来的具体历史情境中去,审视到底是何种历史语境决定了中国作家对艾特玛托夫的接受;并把艾特玛托夫对中国作家作品的影响,落实到实证性和个案研究的基础层面;充分发挥影响研究科学性的同时,本书也拟采用平行研究、跨文化研究以弥补影响研究的不足;并尽可能地发掘出不同的中国作家在接受艾特玛托夫时的不同点和独创性,从而总结中国作家的创造性转化经验,为中国文学今后的健康发展贡献一得之见。

　　第一章主要从文学史的宏观角度考察近六十年来,艾特玛托夫在中国的传播和接受的进程和特征。艾特玛托夫在中国传播和接受大致可以划分为三个阶段:第一个阶段是从艾特玛托夫的中篇小说《查密莉雅》最初被翻译介绍到中国的 1961 年开始,直到“文化大革命”结束的 1976 年,此阶段艾特玛托夫在中国的传播和接受尚处在先期阶段,尚被压抑和误解,唯有在民间才能找到知音。第二阶段是 1977 年到 1991 年,文化大革命结束后直到苏联解体前,艾特玛托夫的作品在中国受到最热烈的欢迎,它们影响了一批又一批中国作家,促进了中国文学的思潮变更,尤其是人道主义和文学寻根思潮从他那里得到过重要的启发。第三个阶段是 1992 年直至今。这一时期,中国大陆开始大力发展市场经济,整个社会风尚为之一变,人文精神的沦丧曾经引起不少有识之士的焦虑和担忧,艾特玛托夫作品在中国的传播和接受也告别了 20 世纪 80 年代初期那种火热和高潮,但并没有就此销声匿迹,而是渐渐汇入世界文学大潮中,甚至潜流于中国文学不为人注意的隐秘角落。从整体上看,中国当代作家形成了接受艾特玛托夫的四个接受群体:从事新疆经验文学书写的作家、少数民族作家、西部作家、其他难以归类的当代作家。他们对艾特玛托夫的接受重点既有相同之处,也存在差异。

第二章主要考察艾特玛托夫对中国当代作家的新疆经验书写的影响,重点分析是王蒙、红柯、温亚军三个作家。他们在新疆经验的文学书写中,都不约而同地借鉴了艾特玛托夫的小说经验,都大肆书写新疆的地域风情和民族风情,都比较喜欢发掘底层人民的人性美和人情美;王蒙的短篇小说《歌神》与艾特玛托夫的中篇小说《查密莉雅》具有神似之处;红柯的《大河》《乌尔禾》《生命树》等小说还像艾特玛托夫一样喜欢加入动物叙事,把神话、传说融为一体;温亚军的小说也喜欢引入动物叙事,他的长篇小说《无岸之海》也恰到好处地借鉴了艾特玛托夫的长篇小说《一日长于百年》。毫不夸张地说,正是艾特玛托夫的影响使他们对新疆经验的书写上升到理性自觉层面,从而为中国当代文学贡献出几抹绚丽的异彩。

第三章则探讨了艾特玛托夫对中国当代少数民族作家的影响,主要包括回族作家张承志、藏族作家意西泽仁和满族作家朱春雨。张承志曾经受到艾特玛托夫的深刻影响,《阿勒克足球》《黑骏马》等小说就是明显的例证。朱春雨的《亚细亚瀑布》和《橄榄》等长篇小说在结构艺术和行星思维等方面对艾特玛托夫存在较多的借鉴,他的长篇小说《血菩提》对东北长白山满族巴拉人的文化寻根,更是受到艾特玛托夫的颇多启示。意西泽仁也是在艾特玛托夫的影响下才追寻着草原民族的人道主义,诉说着藏族人的哀伤和孤独。在这些中国当代少数民族作家对本民族的身份认同和文化自觉上,艾特玛托夫曾经起到巨大的催化作用。

第四章着重研讨了艾特玛托夫对张贤亮、路遥、高建群等中国当代西部作家的影响。艾特玛托夫小说中鲜明厚重的道德感、大地崇拜和女性崇拜情绪以及浓郁的地域风情描写都是他们非常感兴趣的,也是他们接受的主要方面。像张贤亮的《肖尔布拉克》就和艾特玛托夫的《我的包着红头巾的小白杨》一样寻觅着西部底层人民的善与美,寻觅民族生机,至于《绿化树》《男人的一半是女人》则明显吸取了《母亲—大地》中的女性崇拜因素化入了民间传奇的奇情故事中。路遥的《人生》《平凡的世界》《在困难的日子里》等小说都像艾特玛托夫一样去发掘底层人民的坚韧和淳朴,追寻着人性和人道的亮光。而高建群的《遥远的白房子》则像艾特玛托夫一样书写着富有异域色彩的边地风情,《大顺店》等小说则回响着女性崇拜的美音妙曲。

　　第五章以张炜、杨显惠、迟子建等作家为代表,考察艾特玛托夫对其他中国当代作家的影响。张炜在民间立场、自然生态书写等方面无疑对艾特玛托夫多有汲取,杨显惠的中短篇小说集《这一片大海滩》则把艾特玛托夫式的自然生命哲思和人性美的主题演绎得有声有色,迟子建则在温情书写、动物叙事等方面向艾特玛托夫遥致敬意。

　　结论部分再次上升到文学史宏观层面,反思艾特玛托夫对中国当代文学实质性的贡献,探讨中国当代作家对艾特玛托夫的外来文学经验的创造性转化和他们受到的本土文化的制约。和卡夫卡、马尔克斯、福克纳、博尔赫斯等作家相比,鲜明的人道主义立场和对底层人民的人性美和人情美的发掘,是艾特玛托夫小说的最根本特质,也是他给中国当代文学提供的最为独特的东西。中国当代作家能够把来自艾特玛托夫的外来文学经验进行本土文化的转化,和个人经验、时代经验、地域经验加以融合,创造了富有艺术感染力且真诚有效的小说佳作。但是受本土文化的实用理性传统制约,他们普遍无法接受艾特玛托夫的超越性精神传统。这不能不说是一个遗憾。

目　录

绪　　论

　　现代文明意味着不断的创新和广泛的交流,民族文学的孤立江河逐渐被纳入世界文学的浩瀚海洋中。早在 1827 年,歌德在阅读一部中国传奇时就曾经有感而发道:"民族文学在现代算不了很大的一回事,世界文学的时代已快来临了。现在每个人都应该出力促使它早日来临。"①二十余年后,马克思、恩格斯在《共产党宣言》里更是以豪壮的语言宣称:"资产阶级,由于开拓了世界市场,使一切国家的生产和消费都成为了世界性的了。……过去那种地方和民族的自给自足和闭关自守的状态,被各民族的各方面的互相来往和各方面的互相依赖所代替了。物质的生产是如此,精神的生产也是如此。各民族的精神产品成了公共的财产。民族的片面性和局限性日益成为不可能。于是由许多民族的和地方的文学形成了一种世界的文学。"②世界文学时代里,各民族、各地区的文学彼此间互相交流,影响、接受和创造构成一个缺一不可的系统。

　　对于中国现当代文学而言,外国文学尤其是西方文学的影响起着根本性的启发作用。像莎士比亚、拜伦、惠特曼、海明威、福克纳、奥尼尔等英美作家,巴尔扎克、萨特、加缪等法国作家,歌德、卡夫卡、里尔克等德语作家,托尔斯泰、陀思妥耶夫斯基、契诃夫、高尔基、肖洛霍夫、帕斯捷尔纳克等俄语作家,安徒生、易卜生、斯特林堡等北欧作家,泰戈尔、川端康成、大江健三郎等亚洲作家,博尔赫斯、马尔克斯、鲁尔福等拉美作家,等等,不一而足,都对中国现当代文学产生过至关重要的影响。如果没有他们,中国现当代文学无疑将是另一番风貌。而在这灿若星辰、熠熠生辉的众多文学大家中,艾特玛托夫是不容小觑的一位,他对中国当代文学,尤其是新时期以来的文学,也产生过根本性的影响,让中国文学领受到一缕世界文学的强光。对艾特玛托夫与中国当代文学的相关问题的深入探讨,无疑有助于我们增加中国当代文学的外来影响的实证性知识,更深入地理解中国当代作家是如何在吸取外来影响时发挥独创性的,也能够由中国当代作家对艾特玛托夫的

---

① 〔德〕爱克曼辑录:《歌德谈话录》,朱光潜译,人民文学出版社 1978 年版,第 113 页。
② 〔德〕马克思、恩格斯:《共产党宣言》,《马克思恩格斯全集》第 1 卷,人民出版社 1972 年版,第 254 页。

接受中更清晰地反观出三十余年中国文学的思想艺术走向。

一、为人性与人道作证：艾特玛托夫创作概观

艾特玛托夫于 1928 年 12 月 12 日出生于中亚吉尔吉斯斯坦塔拉斯河谷的舍克尔村的一个农牧民家庭里。那里，群山巍峨，草原辽阔，苍鹰翱翔，远方蓝色的伊塞克湖翻卷着白色的波浪，常有白天鹅盘旋湖面。大自然的旖旎和壮阔，给艾特玛托夫的心灵和作品中注入了浪漫的气质、崇高的追求和恢宏的气势。就文化而言，吉尔吉斯斯坦是多民族聚居之地，有吉尔吉斯人、哈萨克人、乌兹别克人、俄罗斯人等，伊斯兰教的正统和严厉中多了一点草原游牧民族的浪漫、热情和忧郁；更兼当时吉尔吉斯斯坦是苏联的加盟共和国，博大沉雄的俄罗斯文化和刚炼躁进的无产阶级革命文化也汇聚于此，冲击着生活的每个角落。艾特玛托夫后来曾说："一个人的命运从一开始，便蕴育在他和他父辈出生、成长的土地上。重要的是，他能如蜜蜂采蜜浇灌自己一样，从这片土地中汲取心灵的慰藉。"① 由于父亲在他九岁时就蒙冤致死，艾特玛托夫从高干子弟堕入生活的底层，但"祸兮福所倚"，他从底层人民那里充分感受到了人性的温暖和温情，更饱经世事，谙熟民间的神话传说，为今后的作家生涯积累了宝贵的文学素材。

艾特玛托夫的作家生涯是从 1952 年发表第一篇短篇小说《报童玖伊达》开始的。随后几年内，他相继发表了短篇小说《阿什达》《修筑拦河坝的人》《在旱地上》《白雨》《夜灌》《在巴达姆塔尔河上》《艰难的河渡》等。这些小说基本处于练笔阶段，都是对当时苏联主流文学的模仿，主要写吉尔吉斯山村中的新人新事，属于艺术稚拙的习作。但是到了 1957 年的第一部中篇小说《面对面》，早期艾特玛托夫式的风格便豁然朗现了，鲜明浓郁的民族风情、底层人民的人性美和人情美、优美的自然景物描绘、流畅绵密的叙述语调、精彩绝伦的细节安排、原汁原味的现实主义风格等因素跃然纸上。等到 1958 年中篇小说《查密莉雅》发表时，艾特玛托夫便展现出了文学大家的惊艳风姿，后来该小说被翻译成法语，法国作家阿拉贡惊为描写爱情最优美的空前杰作。此后，艾特玛托夫神明天纵般的文学之才便一发不可收拾，《我的包着红头巾的小白杨》《第一位老师》《母亲—大地》《永别了，古利萨雷!》《白轮船》《花狗崖》《一日长于百年》《断头台》等小说就不断刷新着世人的文学眼光，篇篇都闪耀着文学经典的恒久品质。他的声誉也与日俱增，小说集《群山和草原的故事》获得 1963 年苏联列宁文学奖，中篇小说

① 彭梅：《故乡和艾特玛托夫的小说》，《国外文学》1998 年第 1 期。

《永别了,古利萨雷!》获得1968年苏联国家文学奖,根据同名小说改编的电影剧本《白轮船》获得1977年苏联国家文学奖,长篇小说《一日长于百年》获得1983年苏联国家文学奖,1983年他被选为设在巴黎的欧洲科学、艺术、文学院院士,在1994年还获得奥地利国家文学奖。

纵观艾特玛托夫的小说创作,大致可以分为三个阶段。

第一个阶段主要是20世纪50年代初到60年代中期,以他的中篇小说《面对面》《查密莉雅》《我的包着红头巾的小白杨》《骆驼眼》《第一位老师》《母亲—大地》等为代表。此阶段的小说风格清新自然,基调昂扬乐观,大多讴歌底层人民的淳朴和善良,抒发作者对人性和人道的铿锵信心。《面对面》通过赛伊德形象反映了卫国战争时期吉尔吉斯人民的坚韧和善良。《查密莉雅》则通过查密莉雅和丹尼亚尔那最初欲发又止、最终灿若莲花般的爱情反映了吉尔吉斯民族的浪漫多情以及对大地、对生活的深厚之爱,让人性之旗猎猎飘扬。《我的包着红头巾的小白杨》则通过伊利亚斯得而复失的爱情悲剧展示了人性的优美婉曲。《第一位老师》中的玖依申和《母亲—大地》中的托尔戈娜伊则展示了底层人民的无私奉献精神和忍受苦难的广博浩大的生命精神。这些小说的心理描写极为细腻动人,人物形象富有典型性和立体感,对中亚独特的自然美景的绚丽描绘和对吉尔吉斯人的民风民俗的简笔勾勒互为呼应,营造出浓郁的中亚地域风情,抒情性和议论性的笔调在朴实流畅的叙述中渲染出较为鲜明的浪漫主义抒情风格。

第二个阶段是指20世纪60年代中期到70年代,以中篇小说《永别了,古利萨雷!》《白轮船》《花狗崖》等为代表。此阶段的小说和第一个阶段的存在着较大的差异,原先的单纯被随着对人性和现实更为深入的洞察而来的复杂性代替了,原先的浪漫多情被更富有现实感的批判精神、对人性更深的忧虑代替了,原先的主观性、抒情性被凝练深邃的客观性、哲理性超越了,原先朴实单纯的叙述被神话、传说、多线索情节等因素大大地扩充了。《永别了,古利萨雷!》就更为关注现实社会中的官僚主义对人性、对美好生活的毒害问题,像骏马古利萨雷和牧民塔纳巴伊的坎坷命运中虽然也曾闪现出《查密莉雅》那样浪漫的人性之光,但更多的是现实的扭曲、命运的屈辱、人心的悲怆。《白轮船》中护林员奥洛兹库尔代表的现实世界是蛮横、贪婪、残暴而又具有裹挟一切的力量的,而莫蒙爷爷代表的吉尔吉斯布古族人的富有人情味的传统世界是软弱的、没有现实生存能力的,由小男孩代表的未来世界则是脆弱的、不堪一击的,因此整个世界呈现出不可遏止的明显的人性沦陷、伦理失序的惶恐危机。《花狗崖》中被困海上的奥尔甘老人、艾姆拉英、梅尔贡最终都蹈海自杀,是为了把生还的机会留给小男孩基里斯克,让生命能够绵绵不绝地延续下去;人性中的献身精神惊天地泣鬼神,可是其中也弥漫着浓重的悲怆和无奈。这些小说最为鲜明的特点就是大量的民间传说和神话的出现,像《永别了,古利萨雷!》中吉尔吉斯民族的民间传说《骆驼妈妈的哭诉》和《猎人之歌》如泣如诉,委婉缠绵,真实展示了牧民塔纳巴伊这块百炼钢心中那绕指柔的一面;而《白轮船》中关于长角鹿妈妈的传说把过去、现在、未来的世界融为一体,让人性的真实面貌在历史长河中展露无遗;《花狗崖》中的野鸭鲁弗尔、鱼女、小蓝鼠的民间传说,点亮了茫茫海雾中的人性之灯,使得地老天荒的世界中绽放出幽蓝的人性之光。

第三个阶段是 20 世纪 80 年代直到作者去世,以长篇小说《一日长于百年》《断头台》《雪地圣母》《卡桑德拉印记》《崩塌的山岳》等为代表。这个阶段的小说显示了艾特玛托夫更为宏阔的融古今为一体、措四海于笔端的气概,他的行星思维(全球思维、全人类的整体意识)已经成熟,他继续肯定着底层人民的美与善,同时也寻找着人类精神中先知式的人物;他继续书写着种种爱情的浪漫和华美,但同时也不断地展示着爱情中人性撕裂的悲怆和无奈;他继续关注着苏联和吉尔吉斯当地种种恼人的社会问题,但同时也从中透视着现代文明、现代人的普遍痼疾,甚至襟怀雄奇地展示着全球性的核战争、生态灾难等攸关人类整体生死存亡的大问题。而且到了后期,艾特玛托夫明显走向了一种对人性人道的宗教思考中去。像《一日长于百年》中叶吉盖、卡赞加普、阿布塔利普等人代表着底层人民的顽强生命力。《断头台》中,牧民鲍斯顿的锐意改革和踏实勤谨还在延续着《永别了,古利萨雷!》中的牧民塔纳巴伊的精神,而阿夫季那种要挽狂澜于既倒的精神就是像耶稣基督那样的先知精神。这种先知精神在《卡桑德拉印记》中的"宇宙僧人"费洛菲、《崩塌的山岳》中的萨曼钦等人物身上得到延续,这其实反映了艾特玛托夫对人性与人道的另一种期望,那就是只能由这些先知式的人物以大无畏的牺牲精神来唤醒绝大多数沉迷于欲望的芸芸众生,那样未来的世界才有希望,人性之旗才能继续飘扬。与第二阶段的小说创作一样,艾特玛托夫在此阶段继续展示着神话、传说在小说中的重要意义。像《一日长于百年》中的曼库特和乃曼·阿纳、赖马雷和白姬梅的传说,乃至林海星文明的科幻故事,都极为脍炙人口,使整部小说获得了辐射性的思想穿透力和艺术魅力。而《断头台》中的耶稣基督的故事、桑德罗的故事,《崩塌的山岳》中的吉尔吉斯民间传说《永恒的新娘》等都是构成小说有机整体的一部分,并起到画龙点睛的妙用。此外,还需要注意的是,艾特玛托夫在此阶段的小说继续编排了动物故事,例如《一日长于百年》中的骆驼卡拉纳尔的故事,《断头台》中的公狼塔什柴纳尔和母狼阿克巴拉的故事,《崩塌的山岳》

中的天山箭雪豹的故事，都非常神奇动人，而且诠释了艾特玛托夫的尊重生命、尊重自然的生态意识。

应该说，从第一个阶段发展到第二个阶段，再到第三个阶段，艾特玛托夫是在不断地攀登着神圣的缪斯之山，他的步履越来越沉稳，眼光越来越宏阔深邃，对人性和人道的洞察越来越直击要害。但是非常奇特的是，对于大多数读者而言，都更喜欢他第一个阶段像《查密莉雅》《我的包着红头巾的小白杨》那样浪漫诗意的小说，仿佛《一日长于百年》《断头台》等小说真是作者因为地位升高、声名卓著后而失去阵脚的表现。这实在是一种误解，艾特玛托夫的前期小说自然是优美绝伦的，但像《断头台》等后期小说更是卓尔不凡，意蕴深邃，对于世界文学的贡献更大。余杰曾说："如果说'陀思妥耶夫斯基—索尔仁尼琴'代表着俄罗斯文学中厚重博大、深沉悲怆的风格，以宏伟的交响乐的形式，展示人性的缺陷与邪恶、批判专制的残暴和无耻；那么帕乌斯托夫斯基与普列什文、邦达列夫、纳吉宾、艾特玛托夫等作家一起形成了另外一翼，他们代表着俄罗斯文学中柔和优美、典雅明丽的风格，以抒情的小夜曲的形式，展示人性的高贵和纯洁、凸现自然的宽容与永恒。俄罗斯文学的魅力正是在这两个极端中淋漓尽致地体现出来。"①他如此言说艾特玛托夫，表明他主要只认可艾特玛托夫第一阶段的小说，对其后面的小说多有忽略。

据联合国教科文组织统计，艾特玛托夫的作品已被翻译成 170 多种文字出版，总印数达 4000 万册，艾特玛托夫的声誉的确是全世界性的。在德国，据说几乎每个家庭至少有一本他的作品。甚至一个世界上总共只有 4 万多人的民族——萨阿米人，也用本族语言出版过他的小说。因此，对于吉尔吉斯斯坦来说，艾特玛托夫是当之无愧的"国宝级"的人物。2008 年 6 月 10 日，艾特玛托夫溘然长逝，吉尔吉斯斯坦在 6 月 14 日为他举行了国葬，在近 40℃高温下，3 万多民众为他送行。2011 年 8 月 30 日，吉尔吉斯斯坦首都比什凯克的阿拉套广场举行了艾特玛托夫雕像揭牌仪式，以此取代"自由女神像"。吉尔吉斯过渡时期总统奥通巴耶娃、政府总理阿塔姆巴耶夫、议会议长科尔迪别科夫等领导人出席仪式。奥通巴耶娃如此评价艾特玛托夫："艾特玛托夫的作品在吉尔吉斯占据知识的统治地位。在他出现以后，我们再也不能说在我们的国家生活中经济第一，文化第二……我们应

---

① 余杰：《你的生命被照亮——读帕乌斯托夫斯基〈烟雨霏霏的黎明〉》，《清明》2003 年第 4 期。

当保护自己的文化遗产,是他的杰作向世界展示了吉尔吉斯斯坦。"①出席仪式的俄罗斯总统办公厅主任纳雷什金强调,艾特玛托夫雕像的意义已经远远超越了吉尔吉斯斯坦国家的范畴,他说:"艾特玛托夫的作品贴近于不同民族、文化和宗教的人群。这些书籍是全人类的精神财富。"的确,艾特玛托夫为全人类贡献了一批精美的文学作品,为全人类的精神大厦添砖加瓦,贡献巨大。

早在艾特玛托夫七十周年诞辰时,俄罗斯学者加切夫就曾说:"他原来确实是吉尔吉斯舍克尔游牧村的一个男孩子,最初受到畜牧业方面的教育,接着成了一名畜牧工作者,并在后来的岁月里留下了这项工作的轨迹。他好像一枚火箭似的从地面最低处的人类中飞入了世界文化的苍穹,并给世界文化带来了直到那时还是奥秘的瑰宝:使地球上许多国家和地区的各民族的读者都感到亲切的情节、形象、思想和语言。……在艾特玛托夫的身上体现了世界精神的许多阶段:古代神话创作者的才能(我们会想起关于曼库尔特人的神话),荷马史诗时代,基督式的内心精神世界的展示,文艺复兴时代个性的巨人主义,浪漫主义和现实主义(批判现实主义和社会主义现实主义),以及现代主义和科学幻想。"②当然,我们需要知道,艾特玛托夫也不是凭空出现的,不是无源之水,他也只是人类绵绵不绝的精神发展史中的一环,他充分地继承了俄罗斯文学和吉尔吉斯文学传统,汲取了莎士比亚、托马斯·曼、海明威、福克纳、马尔克斯、托尔斯泰、陀思妥耶夫斯基等作家的思想艺术营养,正如他自己所说的,"我很难在世界经典作家中区辨出谁来。看来,托尔斯泰、契诃夫、陀思妥耶夫斯基和西方经典作家们宝贵的创作经验熔为一炉的时刻已经到来。因此,我对待经典作家的态度就像对待太阳一样。我的'太阳'来自托玛斯·曼、莎士比亚、陀思妥耶夫斯基……"③艾特玛托夫不断地从他的"太阳"那里汲取能量后,最终他自己也慢慢地放射出光明来,并成为其他后来者的"太阳"。这就是承前启后、绵绵不绝的人类精神发展史。我们要考察的就是艾特玛托夫这个"太阳"是如何照耀着中国作家的,或者说中国作家是如何从艾特玛托夫这个"太阳"那里汲取创造性的能量的。

---

① 董立斌:《吉作家雕像取代"自由女神像"——出席揭牌仪式的吉俄高官称雕像具有国际主义象征》,《文汇报》2011年8月31日。

② [俄罗斯]格·加切夫:《草原、群山和行星地球——为艾特玛托夫诞辰七十周年而作》,袁玉德译,《当代外国文学》2000年第1期。

③ 浦立民:《"严格的现实主义"——谈艾特玛托夫的创作特点》,《苏联文学》1985年第4期。

二、共性与个性：在俄苏文学中国影响的坐标中

要梳理艾特玛托夫对中国当代文学的影响，首先必须谈俄苏文学对中国现当代文学的影响，因为只有在此坐标上，我们才能够初步理解艾特玛托夫为何能够对中国作家产生如此深远的影响。也可以说，如果艾特玛托夫一开始只是一个用吉尔吉斯语创作的吉尔吉斯作家，而不是同时也用俄语创作，甚至没有在苏联文坛和政界占据着要职的苏联作家的话，他对中国文学的巨大影响也许根本就不可能产生。

在俄苏文学对中国现当代文学的影响方面，我国许多学者已经取得不菲的研究成果。像智量的《俄国文学与中国》，汪介之的《选择与失落：中俄文学关系的文化观照》和《回顾与沉思——俄苏文论在 20 世纪中国文坛》，汪剑钊的《中俄文字之交：俄苏文学与二十世纪中国新文学》，陈建华的《20世纪中俄文学关系》和《中国俄苏文学研究史论》，平保兴的《五四译坛与俄罗斯文学》，林精华的《误读俄罗斯——中国现代性问题中的俄国因素》，陈国恩等的《俄苏文学在中国的传播与接收》，张铁夫的《普希金与中国》，刘研的《契诃夫与中国现代文学》等学术专著，举不胜举，各有所长。他们都较为充分地论述了俄罗斯和中国民族性的相似点和相异点，都条分缕析地列举和研究了俄苏文学对中国文学的或微观或宏观的影响，对于梳理 20 世纪中外文学关系具有非常重要的学术意义。

俄罗斯文学在 19 世纪曾经成就了世界文学中的奇迹，短短百年间就涌现了普希金、果戈理、屠格涅夫、陀思妥耶夫斯基、托尔斯泰、契诃夫、高尔基等大批世界级别的文学大师；到了 20 世纪，即使存在来自苏维埃种种不利于文学发展的阻挠，苏联人依然取得了惊人的文学成就，像叶赛宁、肖洛霍夫、帕斯捷尔纳克、阿赫玛托娃、索尔仁尼琴、阿斯塔菲耶夫、艾特玛托夫等作家依然蜚声世界。曾有学者概括出俄罗斯文学的典型特征为：浓重的宗教色彩，独特的现实主义观，浓厚的人道主义精神，巨大的道德深度，忧郁悲哀的风格情调。① 应该说，这种风格独特的俄苏文学对于大部分中国现当代作家而言构成过强烈的诱惑。

从五四时期开始，俄罗斯文学就展现了对中国作家的强烈吸引力。鲁迅曾说："俄国文学是我们的导师和朋友。"②他的短篇小说《狂人日记》就

① 参见汪介之：《中俄文字之交——俄苏文学与二十世纪中国新文学》，漓江出版社 1999年版。

② 鲁迅：《南腔北调集·祝中俄文字之交》，《鲁迅全集》第 4 卷，人民文学出版社 2005 年版，第 473 页。

与果戈理的短篇小说《狂人日记》之间存在着千丝万缕的联系,至于他对安德烈耶夫、迦尔洵、契诃夫小说的欣赏和借鉴也是非常明显的。茅盾也曾说:"大约三十余年前,也就是有名的五四运动爆发了以后,俄罗斯文学在中国广大的青年知识分子中间引起了极大的注意和兴趣……俄罗斯文学的爱好,在一般的进步知识分子中间,成为一种风气,俄罗斯文学的研究,在革命的青年知识分子中间,和在青年的文艺工作者中间,成为一种运动。这一运动的目的便是:通过文学来认识伟大的俄罗斯民族。"①的确,李大钊、鲁迅、瞿秋白、郭沫若、郁达夫、蒋光慈、茅盾、郑振铎、周作人等五四一代作家的中坚分子无不对俄罗斯文学寄予厚望。郁达夫在《小说论》中曾说:"世界各国的小说,影响在中国最大的,是俄国小说。"②郁达夫对屠格涅夫的小说激赏有加,他曾说:"在许许多多的古今大小的外国作家里,我觉得最可爱,最熟悉,同他的作品交往得最久而不会生厌的,便是屠格涅夫。……我的开始读小说,开始想写小说,受的完全是这一位相貌柔和,眼睛有点忧郁,绕腮胡长得满满的北国巨人的影响。"③郑振铎则把矫正中国文学弊端的全部希望寄托在俄罗斯文学中,他曾说:"第一个最大的影响,就是能够把我们中国文学的虚伪的积习去掉。俄国的文学,最注意的是真。中国的文学,最缺乏的也是真。第二个影响就是可以把我们的非人的文学变成人的文学。俄国的文学是人的文学,他们充满同情心,深埋着人道的情感,他们是诚恳真实,同情,友爱,怜悯,爱恋——是人类的文学,人道的文学。第三个影响就是能够把握我们的非个人的,非人性的文学,易而为表现个性,切于人生的文学。第四个影响就是能够把我们的文学平民化。第五个影响,就是能够把我们的文学悲剧化,改变那千篇一律的团圆主义。"④因此他得出的最终结论是,我们若要创造中国新文学,就不得不先介绍俄国文学。

从整体上看,俄罗斯文学促进了五四文学的文学观念的变化,例如文学研究会的"为人生"的文学主张就颇有俄罗斯文学的人道主义倾向的底子;也促使五四文学转向关注底层人民,关注小市民、小知识分子、农民、妇女和儿童,显露出相应的道德主义和民粹主义倾向。就像鲁迅所说的,"后来我看到一些外国的小说,尤其俄国、波兰和巴尔干诸小国的,才明白了世界上也有着许多和我们的劳苦大众同一命运的人,而有些作家正在为此呼号、战斗。而历来所见的农村之类的景况,也更加分明地再现于我的眼前。偶然

---

① 茅盾:《果戈理在中国——纪念果戈理逝世百年》,《文艺报》1952 年第 3 期。
② 郁达夫:《小说论》,《郁达夫文集》第 5 卷,花城出版社 1982 年版,第 16 页。
③ 郁达夫:《屠格涅夫的〈罗亭〉问世以前》,《文学杂志》1933 年 8 月第 1 卷第 1 号。
④ 郑振铎:《俄国文学发达的原因与影响》,《改造》1920 年 12 月第 4 期。

得到一个可写文章的机会,我便将所谓上流社会的堕落和下层社会的不幸,陆续用短篇小说的形式发表出来了"①。至于具体的文学技法的借鉴就更是不胜枚举。

到了 20 世纪三四十年代,苏联文学开始和俄罗斯文学同时对中国文学产生影响。蒋光慈就是到苏联学习了一段时间后,于 1924 年回国才倡导革命文学的。对于左翼文学、延安文学和解放区文学,高尔基、法捷耶夫、马雅可夫斯基、勃洛克、肖洛霍夫等苏联作家具有根本的影响,像高尔基的流浪汉小说《草原上》就影响了艾芜的《南行记》等小说,肖洛霍夫的《被开垦的处女地》直接影响到丁玲的《太阳照在桑干河上》和周立波的《暴风骤雨》等长篇小说。俄罗斯文学的影响依然在进行,如果戈理、契诃夫的讽刺小说对沙汀的小说产生了影响,托尔斯泰、陀思妥耶夫斯基则深刻影响了路翎的小说。此外,如巴金的《家》与托尔斯泰的《复活》,茅盾的《子夜》和托尔斯泰的《战争与和平》,沈从文与契诃夫、屠格涅夫,曹禺、夏衍的戏剧和契诃夫的戏剧,师陀的《结婚》《马兰》等小说和契诃夫、莱蒙托夫的小说之间,都存在鲜明的文学史联系。

中华人民共和国成立后,中国文学更是向苏联文学、俄罗斯文学一边倒。据统计,1949 年 10 月到 1958 年 12 月,中国共译出俄苏文学作品达3526 种(不计报刊上所载的作品),发行量达 8200 万册以上,分别约占同时期全部外国文学作品译介种数的三分之二和印数的四分之三。尤其是以爱国主义和革命英雄主义为主旋律的苏联小说,如《钢铁是怎样炼成的》《卓娅和舒拉的故事》《青年近卫军》《海鸥》《勇敢》等几乎成为那一代中国青年的人生教科书。高尔基、法捷耶夫、马雅可夫斯基等作家成为那个时代中国作家的心中偶像。那时,苏联文学的风吹草动很快就会传播到中国,像苏联 20 世纪 50 年代解冻文学直接影响了中国的"百花文学",奥维奇金的特写《区里的日常生活》、爱伦堡的《解冻》、尼古拉耶娃的《拖拉机站站长和总农艺师》、田德里亚科夫的《阴雨天》、特罗耶波利斯基的《一个农艺师的札记》等小说直接影响了刘宾雁、王蒙、陆文夫、丰村等人。只可惜随后不久中苏政治交恶,殃及文学交流,1962 年以后国内不再公开出版任何苏联当代著名作家的作品,1964 年以后所有俄苏文学作品均从国内一切公开出版物中消失。直到"文化大革命"结束后,俄苏文学才再次涌进中国大陆,并表现出像五四时期那样的根本性影响,如普希金、莱蒙托夫、屠格涅夫、托尔

---

① 鲁迅:《集外集拾遗·〈英译短篇小说选集〉自序》,《鲁迅全集》第 7 卷,人民文学出版社
2005 年版,第 411 页。

斯泰、陀思妥耶夫斯基等俄罗斯古典作家再次令国人为之侧目,至于艾特玛托夫、邦达列夫、阿斯塔菲耶夫、拉斯普京、帕斯捷尔纳克、索尔仁尼琴、阿赫玛托娃、肖洛霍夫等苏联作家也给予中国作家以关键性的启发。可以说,正是在俄苏文学全方位的影响下,中国现当代文学表现出与俄苏文学较为相似的精神、基调和特色,如民主主义、人道主义精神,为人生的主导意向,富有使命意识,现实主义形成主潮,比较盛行问题小说与社会小说,多描写农民、小人物、知识分子和女性形象,等等。①

　　艾特玛托夫对中国当代作家的启发性影响正是在俄苏文学中国影响的整体背景上呈现出来的。对王蒙、张贤亮、路遥、张承志、张炜、高建群等作家而言,艾特玛托夫的确具有"太阳"般的启示力量。刘再复曾说:"艾特玛托夫的作品被热烈传诵的程度大约不亚于海明威。"②汪介之则指出,"对中国新时期文学影响最大的当代苏联作家莫过于艾特玛托夫"③。张韧说:"如果说50年代那批青年还不大容易理解,那么,他们重新返回文坛的时候,由于有了切肤之痛与情感体验,他们重新阅读《一个人的遭遇》以及艾特玛托夫的《扎米莉亚》、尼林的《冷酷》……怎能不痛思连翩,怎能不情感爆炸,满腔热忱地呼唤人性和社会主义的人道主义精神的复归!"④张炯则说:"这时期(新时期)对中国作家影响最大的三位外国作家,恰恰又代表了世界文学的三个主要潮流。这就是苏联作家艾特玛托夫、奥地利已故作家卡夫卡、哥伦比亚作家加西亚·马尔克斯。"这些都是国内学者的言论。

　　许多中国当代作家也曾经纷纷表示对艾特玛托夫的敬意,并不讳言自己受其影响的事实。王蒙曾经把艾特玛托夫、马尔克斯、卡夫卡、海明威视为对新时期中国文学影响最大的四位外国作家,他非常欣赏《查密莉雅》等小说,短篇小说《歌神》就是其立志要写的风格直追艾特玛托夫的作品。正如有论者指出,"艾特玛托夫对王蒙的影响最集中地体现在《在伊犁》以及其他以新疆为题材的西部小说。艾特玛托夫已经成为弥漫在王蒙这类作品中的一种元素和存在。"⑤张承志在谈到自己的文学创作之路时,曾说过:"苏联吉尔吉斯作家艾特玛托夫的作品给我关键的影响和启示。"⑥他还曾

①　参见汪介之:《文学接受与当代解读——20世纪中国文学语境中的俄罗斯文学》,北京师范大学出版社2010年版。

②　刘再复:《外国文学对我国新时期文学的影响》,《世界文学》1987年第6期。

③　汪介之:《选择与失落——中俄文学关系的文化关照》,江苏文艺出版社1995年版,第328页。

④　张韧:《当代中国文学与外来文学影响》,《钟山》1997年第3期。

⑤　温奉桥:《论王蒙与俄苏文学》,《理论与创作》2008年第3期。

⑥　张承志:《诉说——踏入文学之门》,《民族文学》1981年第5期。

说，恨不得把《艾特玛托夫小说集》倒背如流，可见他对艾特玛托夫的喜爱之深。路遥曾说他喜爱艾特玛托夫的全部作品，在他的小说《人生》中流露出《查密莉雅》的浪漫情绪，而《平凡的世界》中田晓霞和孙少平曾经都非常喜欢艾特玛托夫的《白轮船》。张炜也说艾特玛托夫在新时期初期是在中国影响最大的苏联作家，他特别重视的是艾特玛托夫的《白轮船》之前的作品。冯骥才则坦言自己"喜欢艾特玛托夫、帕乌斯托夫斯基和安东诺夫"，并称赞"艾特玛托夫是一位很风趣的作家，许多中国读者爱读他的作品"①。作家迟子建多次访问俄罗斯，然而那时候的艾特玛托夫长时间住在欧洲，"有人说，艾特玛托夫因为没有得到诺贝尔文学奖而耿耿于怀，所以后期的他试图在艺术趣味上向诺奖'靠拢'。如果是这样，这是他文学生命最大的悲哀。要知道，在世界人民的心目中，他早就是诺奖得主了，只不过那个形式最终没有履行而已。艾特玛托夫的死，可能意味着那片土地上，最后一位文学神父离去了"②。此外，如朱春雨、意西泽仁、乔良、古华、杨显惠、刘玉堂、高维生、孙惠芬、曹乃谦、刘醒龙、王树增、红柯、温亚军等作家都曾受过艾特玛托夫或大或小、或深或浅的影响。

艾特玛托夫对中国作家的影响无疑和俄苏文学对中国的影响之间存在着整体相通的地方，那就是浓郁的人道主义情绪、对底层人民的关心和尊重、女性崇拜情绪等。像他小说中鲜明的民族风情、地域风情，独特的融神话、传说为一炉的小说写法，把人和动物的故事并置，表现新鲜的生态意识等都对中国作家产生过较为独特的影响。

三、研究现状与研究前景

正是鉴于艾特玛托夫小说的巨大吸引力和超卓的艺术魅力，以及他对中国作家的强烈影响，我国学者对他的研究是较为充分的，研究成果也较为丰富。单纯就艾特玛托夫的研究而言，戚小莺的《向人性的深层挺进——散论艾特玛托夫七八十年代创作》③、曹国维的《一位大师的足迹——试论艾特玛托夫艺术思维的发展》④、赵宁的《艾特玛托夫新艺术思维初探》⑤、

---

① 冯骥才：《冯骥才谈俄苏文学》，《苏联文学》1985 年第 1 期。
② 夏榆：《最后一位文学神父离去了》，《南方周末》2008 年 6 月 18 日。
③ 戚小莺：《向人性的深层挺进——散论艾特玛托夫七八十年代创作》，《外国文学评论》1988 年第 2 期。
④ 曹国维：《一位大师的足迹——试论艾特玛托夫艺本思维的发展》，《苏联文学》1986 年第 5 期。
⑤ 赵宁：《艾特玛托夫新艺术思维初探》，《河南大学学报》（哲学社会科学版）1989 年第 2 期。

阎保平的《论艾特玛托夫小说的"星系结构"》①、何云波的《论艾特玛托夫小说的神话模式》②等论文都或梳理艾特玛托小说的人性探索脉络，或探寻艾特玛托夫小说的结构模式和神话模式，非常富有启发性，代表着国内艾特玛托夫研究的较高水平。此外，韩捷进的《二十世纪文学泰斗·艾特玛托夫》③是中国学者对艾特玛托夫最系统的研究论著，对艾特玛托夫的创作思想，小说主题、思想和艺术等方面的论述较为全面深入，行文细腻，具有理性思辨力量。

艾特玛托夫对中国当代文学的影响研究无疑也是一个较重要的研究课题。在此方面，我国学者也已经取得一定的成果。我国学者较为关注艾特玛托夫与张承志的关系。江少川的论文《〈永别了，古利萨雷！〉与〈黑骏马〉》④就分析了张承志小说在民族色彩、结构形态和抒情风格等方面对艾特玛托夫的借鉴。谢占杰的论文《〈黑骏马〉与〈永别了，古利萨雷！〉》⑤则指出两部小说在结构和音乐旋律的采用方面存在着联系。林为进的论文《从草原深处找到旋律的两位歌手——张承志和艾特玛托夫》⑥认为，两位作家都喜欢歌唱"母亲—人民"爱的博大和深沉，叙写"母亲—人民"是给人以温暖和动力的源泉，在创作中或多或少流露出那么一点"忧患意识"，往往是融叙事、抒情于一炉，都是努力塑造民族性格而具远大抱负的作家。而韦建国的论文《敢问路在何方：皈依还是超越？——试论张承志与艾特玛托夫的宗教观及其文化功用》⑦认为艾特玛托夫的影响是张承志体认天山民族心情、将自己的精神探索向宗教领域延伸的原因之一。

还有对艾特玛托夫与高建群、意西泽仁创作关系的研究。韦建国等主编的《陕西当代作家与世界文学》⑧中第四章《高建群：借鉴与超越》中主要分析了高建群早期的小说对艾特玛托夫的借鉴，尤其是女性崇拜情结方面受到艾特玛托夫的影响，但是它指出当高建群展开对陕北高原的描绘后就超越了艾特玛托夫。徐其超则就艾特玛托夫和意西泽仁的关系进行了较为

---

① 阎保平：《论艾特玛托夫小说的"星系结构"》，《外国文学评论》1991 年第 1 期。
② 何云波：《论艾特玛托夫小说的神话模式》，《外国文学评论》1994 年第 4 期。
③ 韩捷进：《二十世纪文学泰斗·艾特玛托夫》，四川人民出版社 2003 年版。
④ 江少川：《〈永别了，古利萨雷！〉与〈黑骏马〉》，《外国文学研究》1987 年第 2 期。
⑤ 谢占杰：《〈黑骏马〉与〈永别了，古利萨雷！〉》，《许昌师专学报》1987 年第 4 期。
⑥ 林为进：《从草原深处找到旋律的两位歌手——张承志和艾特玛托夫》，《小说评论》1988 年第 4 期。
⑦ 韦建国：《敢问路在何方：皈依还是超越？——试论张承志与艾特玛托夫的宗教观及其文化功用》，《新疆大学学报》2001 年第 3 期。
⑧ 韦建国等主编：《陕西当代作家与世界文学》，中国社会出版社 2004 年版。

深入的探讨。他的《浪漫的现实主义——艾特玛托夫、意西泽仁创作风格论》①、《小说与音乐的联姻——艾特玛托夫与意西泽仁比较观》②、《论意西泽仁对艾特玛托夫的接受》③等论文主要论述了艾特玛托夫小说的现实主义、音乐性、浪漫情调等对意西泽仁的影响。

　　当然，在艾特玛托夫对中国当代作家的影响研究方面，较早系统研究的还是唐芮的硕士论文《艾特玛托夫在中国》④。论文先是大致梳理国内对艾特玛托夫的译介情况、研究概况和艾特玛托夫对中国当代作家的大致影响；进而分析艾特玛托夫在 20 世纪 80 年代被中国人广泛接受的原因，主要包括政治文化方面的契机、人道主义和现实主义的双重效果、现代主义冲击下新的探索以及民族特色带来的吸引力四个方面；随后分析了艾特玛托夫 20 世纪 90 年代以来在中国失落的原因，主要包括苏联解体的波及、中国市场经济的冲击、个人政治地位升迁的影响以及宗教思想倾向加剧引起的非议四个方面。应该说，论文对艾特玛托夫在中国的传播和接受的研究是有开创性的，逻辑清晰，条理分明，提供了许多第一手资料，能够让读者初步了解艾特玛托夫在中国的传播和接受的大致情况。但问题也是非常鲜明的，由于该论文仅是篇比较文学与世界文学专业的硕士研究生学位论文，受限于既有的知识视野和学术历练，它对所有问题只能停留在最表层的指证上，缺乏深入的开掘和论述，例如对中国当代作家到底是如何受到艾特玛托夫影响的就基本上没有涉及，对中国当代文学的思潮和作品也非常不熟悉，这直接限制了论文的学术视野和理论价值。

　　最后，最值得关注的是史锦秀的专著《艾特玛托夫在中国》⑤。该论著更为系统而细致地梳理了艾特玛托夫在中国的译介和传播，对中国专家学者研究艾特玛托夫的论文和专著进行了较为全面的归纳和整理；重点分析了艾特玛托夫对张承志、张炜、路遥、高建群、意西泽仁等中国作家三个方面的影响，在对自然与社会关注中凸现“人”的价值、在对理想的追求中展示崇高的精神价值以及严峻而朴实的现实主义与理想色彩；并分析了中国作家对艾特玛托夫的民族接受的共同性和个人接受的相异性。与唐芮的硕士

①　徐其超：《浪漫的现实主义——艾特玛托夫、意西泽仁创作风格论》，《西南民族学院学报》1995 年第 6 期。
②　徐其超：《小说与音乐的联姻——艾特玛托夫与意西泽仁比较观》，《社会科学研究》1997 年第 3 期。
③　徐其超：《论意西泽仁对艾特玛托夫的接受》，《西南民族学院学报》1998 年第 5 期。
④　唐芮：《艾特玛托夫在中国》，湘潭大学 2005 年硕士学位论文。
⑤　史锦秀：《艾特玛托夫在中国》，河北人民出版社 2007 年版。

学位论文《艾特玛托夫在中国》相比,史锦秀的论著自然是视野更为开阔,内容更丰富,对既有的研究艾特玛托夫的学术成果梳理更完整,而且能够深入到中国作家的具体作品中去分析艾特玛托夫的影响,这样就使得影响研究落到实地了,而不是凌空蹈虚。不过该论著依然存在着一定的问题。例如对艾特玛托夫到底在何种文化语境和文学背景中被中国作家接受、中国作家接受的独特性、中国作家对艾特玛托夫的误解和误读等重要问题都没有涉及,而对王蒙、张贤亮、朱春雨、迟子建、红柯、温亚军等受到艾特玛托夫鲜明影响的中国当代作家也不曾涉及,该论著对艾特玛托夫在中国的传播和接受这个问题的研究还存在着较大的盲点。

虽然既有的研究成果已经较为丰富,但其中存在的欠缺也是非常明显的。首先在艾特玛托夫对中国作家作品的影响研究中还有许多地方尚未落到实处,许多细节性的问题尚待填补,许多空白性的研究领域尚待拓展。例如大家常说艾特玛托夫对王蒙有影响,但到底是何种影响,小说《歌神》到底受到艾特玛托夫的《查密莉雅》何种影响,至今尚未见学者论述;至于像路遥、张贤亮、朱春雨、杨显惠、红柯、温亚军等作家受到艾特玛托夫何种影响也都没有专题论文加以论述。其次,既有的影响研究都未把艾特玛托夫的影响放置到中国当代文学思潮的整体发展背景上来把握,从而也无法确切地阐释艾特玛托夫为何会对中国作家产生如此巨大的影响,中国作家都是如何接受艾特玛托夫的,到底接受了什么,误读了什么,拒斥了什么。这些问题如果不解决,更为丰富的文学史内在问题就无法显现。这自然与既有的研究者的专业背景有关,他们基本都是比较文学与世界文学专业的学者,对中国现当代文学中的问题存在着一定的隔膜。再次,既有的研究没有凸显出不同的中国作家接受艾特玛托夫的不同之处,从而也就无法发现中国作家在接受艾特玛托夫后呈现出的独创性,这样就会遮蔽中国作家的成就,无法在较高的层面上总结我国当代文学发展的独特经验。因此,研究现状的欠缺昭示着新的研究前景,进一步的研究必须尽快拓展。

四、实证性的传播和影响研究:立论主旨和创新点

本书在充分吸取既有的研究成果的基础上,进一步推动艾特玛托夫与中国当代文学的研究,尤其要把艾特玛托夫与中国当代文学的关系落实在实证性的传播和影响研究层面上,脚踏实地、细致地梳理资料,分析问题,探寻中国当代文学在接受异域文学时的成功经验和尚存的问题。

首先,本书把艾特玛托夫在中国的传播和影响放回到从 20 世纪 60 年代以来的具体历史情境中去,审视到底是何种历史语境决定了中国作家对

艾特玛托夫的接受,艾特玛托夫的影响又如何反过来在一定程度上推动了中国当代文学的历史发展,从而创造出新的历史情境。

其次,本书把艾特玛托夫对中国作家作品的影响,落实到实证性的基础层面,充分探索艾特玛托夫对王蒙、红柯、温亚军、张承志、意西泽仁、朱春雨、路遥、张贤亮、高建群、张炜、迟子建、杨显惠等人的具体影响。在充分发挥影响研究的科学性的同时,本书也拟采用平行研究、跨文化研究以弥补影响研究的不足。

再次,本书充分地发掘出不同的中国作家在接受艾特玛托夫时的不同点和独创性,从而总结中国作家的创造性转化经验,为中国文学今后的健康发展贡献一得之见。

因此,本书的创新点主要就表现于对艾特玛托夫的中国传播和接受富有历史感的系统梳理;同时也表现于对艾特玛托夫如何影响到许多中国作家的具体阐发上,像朱春雨、温亚军、迟子建、红柯、杨显惠等作家受到艾特玛托夫的深刻影响,但既有研究中基本上未涉及;还表现于对中国作家接受艾特玛托夫的独创性经验的总结上。当然,所谓的创新点也是相对而言,学术研究的每一点创新都来自对前人研究成果的充分汲取。这不是必要的谦虚,而只是必需的清醒意识。

第一章　艾特玛托夫在中国的
传播和接受

现代化的追求是百年余中国社会的主潮,其间的坎坷曲折自是一言难尽;近五十余年来,革命意识形态、启蒙主义、人道主义、现代主义、大众文化、消费文化等均是现代化追求之路上出现的具有深远影响的社会思潮。落实到中国文学中,当外国文学汹涌而进,与本土的改革启蒙思潮相激相荡,催生出伤痕文学、反思文学、改革文学、寻根文学等一波又一波的文学主潮;到了 20 世纪 90 年代后,主潮消退,无名共生的不同文学多元开放,作家们能够把古今中外的文学传统融汇于一炉,摆脱了 80 年代初期那种较为幼稚的模仿阶段,慢慢地走向独立的、富有本土色彩的叙事与抒情。

艾特玛托夫在中国的传播和接受就是在这样整体的时代背景下出现的。根据中国当代文学具体的发展情况和艾特玛托夫在中国的传播接受的具体情况,我们大致可以把艾特玛托夫在中国传播和接受按时代顺序划分为三个阶段:第一个阶段是从艾特玛托夫的中篇小说《查密莉雅》最初被翻译介绍到中国的 1961 年到 1976 年,此阶段艾特玛托夫在中国的传播和接受尚处在先期阶段,尚被压抑和误解,唯有在民间才能找到知音。第二阶段是 1977 年到 1991 年,艾特玛托夫的作品在中国受到最热烈的欢迎,它们影响了一批又一批中国作家,促进了中国文学的思潮变更。第三个阶段是1992 年至今。这一时期,中国大陆开始大力发展市场经济,整个社会的风尚为之一变,人文精神的沦丧曾经引起不少有识之士的焦虑和担忧,艾特玛托夫的作品在中国的传播和接受也告别了 80 年代初期那种火热和高潮,但并没有就此销声匿迹,而是渐渐地汇入世界文学大潮中,甚至潜流于中国文学不为人注意的隐秘角落。

第一节　政治背景下的变奏曲(1961—1976 年)

中华人民共和国成立后,为了牢固确立文化领导权和意识形态控制权,曾经不断地进行大规模、全国性的文艺批判运动,从中华人民共和国成立初年对电影《武训传》的批判开始,紧接着就是对《〈红楼梦〉研究》的批判,并在对胡风文艺思想的批判中达到高潮。与之紧密相关的就是通过像第一次文代会(1949年)、第二次文代会(1953年)等全国性的会议,不断建构新的社会主义文学规范,并辅之以文联、作协、出版、发表的控制性体制。到了1956—1957年间,"百花齐放、百家争鸣"的方针应时而出,转瞬间文艺界的风姿就一片笑闹蓬勃,生机盎然。像王蒙的《组织部新来的年轻人》、刘宾雁的《本报内部消息》、宗璞的《红豆》、陆文夫的《小巷深处》等作品富有生活的真切感受,充满清新之气。而巴人、钱谷融等人的"人性论""人情论""文学是人学论"等思想更是直击社会主义文学的情感枯燥的致命要害,指明了文学发展的康庄大道。巴人在《论人情》中曾说:"什么是人情呢?我以为:人情就是人与人之间共同相通的东西。饮食男女,这是人所共同要求的。花香、鸟语,这是人所共同喜爱的。一要生存,二要温饱,三要发展,这是普通人的共同的希望。……我们当前文艺作品中缺乏人情味,那就是说,缺乏人人所能共同感应的东西,即缺乏出于人类本性的人道主义。"①而钱谷融则说:"一切被我们当作宝贵的遗产而继承下来的过去的文学作品,其所以到今天还能为我们所喜爱、所珍视,原因可能是很多的,但最最基本的是一点,却是因为其中浸润着深厚的人道主义精神,因为它们是用一种尊重人同情人的态度来描写人、对待人的。"②这种看法无疑是对文学最好也是最朴实的阐释。直到1960年底,中共中央提出了调整、巩固、充实、提高的国民经济新方针,国家的文艺政策也随之作了调整。1961年3月第3期《文艺报》上就发表了《题材问题》一文,针对1957年以来文艺创作题材日益狭窄和限制题材多样化的现实问题,提出:"为了促进社会主义的百花齐放,必须破除题材问题上的清规戒律……作家、艺术家在选择题材上,完全有充分的自由,可以不受任何限制。"1961年6月,中共中央宣传部在北京召开全国文艺工作座谈会,同时召开的还有全国故事片创作会议,周恩来也与会作了《在文艺工作座谈会上和故事片创作会议上的讲话》,提倡要发扬艺术民主问题。这就是在全国文艺界引起巨大反响的"新侨会议"。

正是在这样的时代背景下,艾特玛托夫的中篇小说《查密莉雅》由力冈翻译发表在1961年第10期的《世界文学》上。这是艾特玛托夫的作品第一次与中国读者见面。此时与中华人民共和国成立初期那种唯苏联文学马首是瞻的状况已经很不一样了。艾特玛托夫的《查密莉雅》是1958年发表的,发表后在苏联引起了巨大的反响。该小说对中亚吉尔吉斯民族浪漫多情一面的书写的确非常动人,相对于习惯苏联社会主义现实主义那种为国

①　巴人:《论人情》,《新港》1957年第1期。
②　钱谷融:《论"文学是人学"》,《文艺月报》1957年第5期。

牺牲、为党牺牲、高大全式的英雄形象的读者而言,该小说展示的底层人民的人性美、人情美无疑更富有人道主义色彩,更能够直击人心中柔软而浪漫的一面,弹拨起人心中那根隐秘的和弦。翻译者力冈能够选中该小说,也的确是独具只眼的,艾特玛托夫当时在苏联还是一个不知名的青年作家,甚至比力冈还小两岁。力冈对《查密莉雅》的翻译,可以说就是对"文学是人学"的首肯,是对人道主义、人性论的呼唤,也是对"新侨会议"精神的一种及时呼应。

1958年我国对苏联文学、俄罗斯文学的翻译介绍就急遽萎缩了。20世纪60、70年代我国"内部发行""黄皮书",主要是文学类图书,得名主要是由于其封皮用料不同于一般的内部发行书,选用的是一种比正文纸稍厚一点的黄颜色胶版纸,也有一些书虽未采用黄色封皮,而是白色、灰色或灰蓝,但人们也把它们归入"黄皮书"的行列。

1965年陈韶廉等翻译的、作家出版社出版的《艾特玛托夫小说集》,和1973年雷延中翻译的、上海人民出版社出版的艾特玛托夫的中篇小说《白轮船》,就是两部典型的"黄皮书"。1973年版的《白轮船》的《在"善"与"恶"的背后——代出版前言》中,论者开篇就定下了政治批判的调子:"《白轮船》原载苏修《新世界》杂志一九七〇年第一期,作者是钦吉斯·艾特玛托夫。小说通过一个男孩和他外公悲惨的生活遭遇,宣扬了资产阶级人性论和人道主义,其集中表现,就是抽象的所谓'善'与'恶'的斗争。但是,透过现象看本质,我们在'善'与'恶'的背后,却看到了苏修社会的极其尖锐的阶级矛盾和阶级斗争。"①对于当时任犊认为护林员阿洛斯古尔是森林里的土霸王,他像资本家、工厂主一样把森林占为己有。而护林所里的生产关系就是资本主义的生产关系,像莫蒙爷爷等人都是被雇佣、被剥削的劳动者。因此,"《白轮船》里所描写的,是今天苏修社会的一面镜子。通过阿洛斯古尔,我们看到了勃列日涅夫一伙的丑恶嘴脸。通过护林所,我们看到了今天苏修的整个社会。毛主席曾经指出:'修正主义上台,也就是资产阶级上台。'在苏联,人们虽然找不到自称为资本家的人物,但一切工厂、企业却全由像阿洛斯古尔一类人物控制着,他们挂着'经理''厂长''党委书记'的牌子,实际上却完完全全像美国那些大大小小的垄断资本家一样,残酷地压榨着工人"②。那么如何才能打破这种修正主义或说新形式的资本主义呢,任犊认为,绝不能搞什么"以善报恶"或者像莫蒙爷爷那样屈服,或者像

---

① [吉尔吉斯]艾特玛托夫:《白轮船》,雷延中译,上海人民出版社1973年版,第1页。
② [吉尔吉斯]艾特玛托夫:《白轮船》,雷延中译,上海人民出版社1973年版,第4页。

小男孩那样自杀表示不屈服,最关键的是要高举阶级斗争的旗帜。"要解决护林所内外如此尖锐的阶级矛盾,必须彻底打倒勃列日涅夫所宣扬的'共同体',即社会帝国主义。但是《白轮船》的作者却说,他的目的是要'号召人们仇视残酷,记住人的崇高职责——要以善报善而不要以恶报善'(《必要的说明》,载苏修《文学报》)。作者笔下的莫蒙老人,如同《黑奴吁天录》中汤姆叔叔这个老黑奴的形象一样,尽管阿洛斯古尔对他非常凶暴,但他是原谅忍让,最后不得不在'恶'的面前屈服。作者塑造这个人物,不仅为了进一步暴露阿洛斯古尔的'以恶报善'的可恶,更主要的是为了突出他所极力颂扬的小主人公以'最不妥协的形式抵制恶'(同上)的可爱。"①最后作者寄希望于苏联广大的工人、农民,"苏修官僚垄断资产阶级同苏联工人阶级、劳动人民的矛盾的日益激化,正蕴藏着一场新的即将来临的革命大风暴。革命的辩证法告诉我们:压迫愈甚,反抗愈烈,蓄积既久,其发必速。具有光荣革命传统的苏联人民必将举行第二次十月革命,最后埋葬苏修社会帝国主义,重建无产阶级专政,这是任何反动势力也阻挡不了的"②。

现在拨开历史的尘雾,回首审视这样一篇出版前言时,我们不由得啼笑皆非。对于那个时代,千千万万像任犊那样的人,文学艺术除了对政治意识形态、对阶级斗争作出形象性的诠释之外就没有其他的意义了。他们看不到艾特玛托夫在《白轮船》中那博大的爱心,深切的悲悯,崇高的人道主义激情,以及融神话、传说和现实、未来于一炉的精湛艺术。像小男孩那种与物同情的赤子情怀,那种对人性的纯洁性的崇高追求,根本没有进入被革命意识形态洗过脑的任犊们的视野中。艾特玛托夫在小说的结尾简直是含泪地说道:"现在我只能说一点:你摒弃了你那孩子的心不能容忍的东西。这就是我的安慰。你短暂的一生,就像闪电,亮了一下,就熄灭了。但闪电是能照亮天空的。而天空是永恒的。这也是我的安慰。使我感到安慰的还有,人是有童心的,就像种子有胚芽一样。没有胚芽,种子是不能生长的。不管世界上有什么在等待着我们,只要有人出生和死亡,真理就永远存在……"③童心的脆弱与永恒,让整部小说洋溢着一种忧郁的神性气息。此外,小说对莫蒙爷爷身上那种善良和软弱无力的书写简直道尽了人世生存的困境和悲怆。更不要说阿洛斯古尔,他面对绝后的恐惧和悲伤也是软弱时人性的表现。不过,对于任犊而言,世界已经被高度简化为你死我活、

---

①　[吉尔吉斯]艾特玛托夫:《白轮船》,雷延中译,上海人民出版社1973年版,第5页。

②　[吉尔吉斯]艾特玛托夫:《白轮船》,雷延中译,上海人民出版社1973年版,第6页。

③　[吉尔吉斯]艾特玛托夫:《白轮船》,《查密莉雅》(小说集),力冈等译,外国文学出版社1998年版,第374页。

黑白分明的阶级斗争,文学的超越性羽毛已经被拔除殆尽,剩下的只有阶级斗争的赤裸和狰狞。那的确是一个丑陋和暴力沸反盈天的世界,是一个真神远遁、伪神登场的世界,是一个黄钟毁弃、瓦釜雷鸣的世界。

正是这部薄薄的《白轮船》曾经给那个时代输送了一点难得的人性亮光,给那些青年们带去了艺术的洗礼、心灵的颤动、灵魂的震撼。路遥的长篇小说《平凡的世界》写到田晓霞借给孙少平看的书中就有《白轮船》。这本书是她从他父亲的书架上偷来的,她非常喜欢,孙少平看后也深受感动。田晓霞就说那个任犊所写的"序言"是胡说八道,不能认同。他们都还曾经被小说中那首吉尔吉斯古歌《没有比你更宽阔的河流,爱耐塞》深深感动过①。看来,人性的确是共通的,无论历代统治者采取什么样千奇百怪的意识形态来扼杀人性、锢塞良知,人们总能够从淳朴的心中发现新的生机。王蒙在长篇小说《狂欢的季节》也曾经提到,主人公钱文70年代在遥远的新疆边地,和朋友偷偷交换读书的时候,其中就有《白轮船》。大概这也是王蒙的真实经历,大概《白轮船》也曾经给他带去过异样的感动。而那些流落到河北白洋淀的青年人,也就是后来形成"白洋淀诗群"的那些知识青年的阅读书目中,《白轮船》也赫然在列②。

刘醒龙在21世纪初期出版的长篇小说《弥天》中也提到这部《白轮船》。该小说主要叙述刚毕业的高中学生温三和在20世纪70年代中期的乡村生活中成长和思考的故事。温三和他们也将《白轮船》的传递和阅读当作一种重要的精神体验。"温三和很喜欢这本《白轮船》。第二天上午,天上还在下着雪,他就高一脚低一脚迫不及待地跑到学校里,想将自己读这本书时的感受和倪老师好好谈谈。……温三和心里太激动了,开口就说,那本《白轮船》他看完了,他觉得《白轮船》不仅是小说,而且还是诗和政论文。温三和滔滔不绝地说了一阵"③。而且温三和不理解该书的"出版前言","温三和最不理解的就是这段话。也许看过这本书的人都和温三和一样,所以这段话的上上下下做满了各种各样的记号。温三和第二次从倪老师手里拿过这本书时,曾当面问起过。倪老师好像懂得这话的意思,但他没有明说,只是告诉温三和,可能还要等上十几年,其中道理才会被大家所理解。"④当然,这个"出版前言",后来曾经被张志忠阐释为一种有意的策

---

① 详见本书的第四章第一节艾特玛托夫与路遥的相关论述。
② 廖亦武编:《沉沦的圣殿——中国20世纪70年代地下诗歌遗照》,新疆青少年出版社1999年版,第4页。
③ 刘醒龙:《弥天》,上海文艺出版社2002年版,第78页。
④ 刘醒龙:《弥天》,上海文艺出版社2002年版,第88页。

略,因为如果不如此,像《白轮船》这样的小说就无法被输入当时的中国,"'出版前言'的作者完全是采用瞒天过海的方式,用文不对题的批判,将《白轮船》偷偷地介绍到中国大陆,在义正词严的陈词滥调下面,掩藏了一种温馨和期待,期待能够遇到真正的知音"①。也许张志忠说得有道理,那个时代即使美好的东西也只能依靠谎言和伪装来获得卑微的生存机会。

即使对于普通读者而言,《白轮船》也曾经给他们带去过非凡的感受。这是一个读者在 1988 年回忆阅读《白轮船》时的情境和心境:"初读《白轮船》,是在一九七四年初的冬夜。那时我还在怀柔的深山中做工。是夜,大雪弥漫,山中阒无人迹。我伴着熊熊炉火,满怀颤栗读完这部薄薄的小书,当时,我几乎被这小书惊呆了。只觉心中有如许欲吐而未可以吐之物,如许欲语而莫可以告语之处,恨不能夺他人酒杯,浇自己垒块。然四国山色,漫天迷濛,青灯孤影,无倾诉之人,惟听窗外寒溪呜咽。于是,夺门而出,在野风飞雪中对群山嚎哭。所哭为何,却不知晓。只觉那自杀的孩子是我亲兄弟,在他孤怜无告,绝望痛苦时,我却不能一援其手。转眼十四年过去了。在这期间,我曾几次重读这部小书,每次都令我激动如初。这多少使我放心,我还未堕落到不可救药。这次想提笔对《白轮船》说几句话,但翻开这部小书,却又激动不能自己,几乎丧失了运用语言的能方。只写下几行干巴巴的字,《白轮船》,真对不起。"②据说著名的波兰电影导演基耶斯洛夫斯基一次在巴黎被一个老太太认了出来,老太太当场对他表示谢意,说他的电影让她认识到灵魂是存在的,基耶斯洛夫斯基被感动得热泪盈眶,后来说即使他拍的所有电影只有像老太太这样的一位观众那也是物超所值的。笔者想到,如果艾特玛托夫能够知道在那个时代曾经有这样的读者如此来阅读他的《白轮船》,他恐怕也会像基耶斯洛夫斯基一样情不自禁的。看来,人心中的人性和人道总会出其不意地萌生出感天动地的力量。

艾特玛托夫的《白轮船》的魅力总是显得不可抵挡。例如余杰后来就曾经在散文《水边的故事》中表述了他对《白轮船》的阅读感受:"水边,最让我无法忘怀的故事是艾特玛托夫的《白轮船》,它像一支灵魂的温度计,量着我心灵的冷暖。在这个诗一般透明的故事里,孩子的世界是一个与水一样永远也不会丑陋、不会污浊的世界……合上书的时候,我的眼泪夺眶而出——水和白轮船都隐喻着一个未给定的世界,一个唯有真、善、美和自由的世界。这个世界需要有人为它献身,与贫乏和虚伪抗争是艰难的,生活的

---

① 张志忠《何处"偷"来〈白轮船〉——艾特玛托夫在中国之一》,《长城》2004 年第 1 期。

② 赵越胜:《纯洁的精神自杀——读〈白轮船〉》,《读书》1988 年第 6 期。

奇迹豁然出现的时候毕竟太少了。这便是《白轮船》的可贵之处：明知满载真理的小舟已经倾覆，宁愿遭受灭顶之灾也不苟且偷生。"①看来，《白轮船》中的人性光芒依然会长时间地辉耀人类的精神天空。

回顾 1961—1976 年间艾特玛托夫作品的传播，我们可以看到像《查密莉雅》《我的包着红头巾的小白杨》《白轮船》等优秀作品已经传进中国，它们高古的人性品格、人道情怀和雅致的艺术魅力毕竟与当时的政治意识形态扞格难入，不可能对作家的创作产生及时而有益的影响。但是艾特玛托夫那浑厚悠远的人道主义情怀、高古尊贵的精神境界、优美绝伦的艺术魅力已经像种子一样落入华夏大地，一旦遭遇适当的气候，必然会破土而出，滋育出文学艺术的新景观。

第二节　人道主义与文学寻根背景下的传播高潮（1977—1991 年）

春天的气象随着改革开放的步履弥漫于华夏大地的各个角落。文化文学领域的相对开放，使得外国尤其是西方的各种哲学社会思潮、各种流派的现代主义文学作品纷纷涌入中国，一时间姹紫嫣红，百花争艳，众鸟合鸣。20 世纪 80 年代里，往往一个中国作家背后就有一个或若干个外国作家的影子，例如张承志之于艾特玛托夫，余华之于卡夫卡、川端康成，莫言之于福克纳、马尔克斯，残雪之于卡夫卡，王家新之于帕斯捷尔纳克，马原之于博尔赫斯等，以至于邱华栋曾说："从某种程度上讲，1985 年以来的中国当代文学就是一种被影响下的当代西方文学的汉语文学的变种……"②其实，这实在是无可厚非的，对于长期处于文化封闭中的中国作家而言，文学营养先天不良，文化素养不高，他们初次遇上外国文学大师的卓异风范，就表现出心悦诚服的借鉴和模仿，是再正常不过的。也只有如此，中国文学才有可能踏上较好的发展之途。艾特玛托夫正是乘着中国文化开放之机和马尔斯克、卡夫卡、海明威、萨特、博尔赫斯、福克纳等作家一道再次涌进中国，并对中国作家产生了意义深远的影响的。

整个 80 年代，艾特玛托夫小说的译介和出版高潮是一浪追逐一浪的。1980 年，由粟周熊翻译的中篇小说《面对面》发表于《苏联文学》第 3 期。同年，《艾特玛托夫小说集》上册由外国文学出版社出版，该小说集收入中

---

① 余杰：《水边的故事》，《雨花》1996 年第 11 期。
② 邱华栋：《影响下的焦虑》，《城市的面具》，敦厚文艺出版社 1997 年版，第 117 页。

篇小说《查密莉雅》(力冈译)、《我的包着红头巾的小白杨》(胡平等译)、《骆驼眼》(王汶译)、《第一位老师》(白祖芸译)、《母亲—大地》(王家骧译)和短篇小说《红苹果》(苏玲译)。可以说,艾特玛托夫早期的小说代表作尽收其中。该部中译小说集译文优美畅达,在国内引起轰动效应,张承志后来说的很想倒背如流的大概就是这部小说集。正因为该书的轰动,外国文学出版社于1981年再次推出了《艾特玛托夫小说集》下册,收入中篇小说《永别了,古利萨雷!》(冯加译)、《早来的鹤》(粟周熊等译)、《花狗崖》(陈韶廉等译)和短篇小说《和儿子会面》(程文译)、《我是托克托松的儿子》(粟周熊译)。该小说集中的《永别了,古利萨雷!》和《花狗崖》也是艾特玛托夫的第二个阶段小说代表作,都是意蕴隽永、艺术雅致的经典之作。为了促进艾特玛托夫小说中文译介的完整性,外国文学出版社又于1984年推出了《艾特玛托夫小说集》中册,收入短篇小说《阿什姆》(王蕴忠译)、《白雨》(程文译)、《修筑拦河坝的人》(王蕴忠译)、《夜灌》(王俊义译)、《在巴达姆塔尔河上》(冯加译)、《候鸟在哭泣》(冯加译)和中篇小说《面对面》(李佑华译)、《白轮船》(力冈译)。除了《候鸟在哭泣》和《白轮船》,其余小说都是艾特玛托夫早期的试笔之作,其实艺术价值不是非常高,但也同样被译介出版,由此也足见艾特玛托夫在中国受欢迎的程度。外国文学出版社这套完整的3卷本《艾特玛托夫小说集》是艾特玛托夫在中国被最广泛接受的译本,也是最受欢迎的译本。此后,外国文学出版社和人民文学出版社还曾经分别出版过多部艾特玛托夫小说集,都是以此小说集中的译本为底本,作出稍有不同的编选而已,例如1984年外国文学出版社出版的《艾特玛托夫小说选》就收入中篇小说《查密莉雅》(力冈译)、《永别了,古利萨雷!》(冯加译)、《白轮船》(力冈译);而同年人民文学出版社的中短篇小说集《我的包着红头巾的小白杨》,就收入中篇小说《我的包着红头巾的小白杨》(胡平等译)、《第一位老师》(白祖芸译),短篇小说《跟儿子会面》(程文译)、《我是托克托松的儿子》(粟周熊译)。对于整个80年代的中国作家来说,艾特玛托夫影响最大的其实是《查密莉雅》《我的包着红头巾的小白杨》《第一位老师》《母亲—大地》《永别了,古利萨雷!》《白轮船》《花狗崖》等小说。

由于艾特玛托夫中短篇小说的巨大影响力,他的两部长篇小说在80年代一出版就被译介到中国。《一日长于百年》是他的一部长篇小说,发表于苏联《新世界》杂志1980年第11期。在该小说里,艾特玛托夫进一步突破了早期小说的风格特征,他已经不满足于书写吉尔吉斯斯坦草原和群山间的那些闪烁着人性美、人情美的优美故事,在中篇小说《白轮船》的基础上,他更进一步地拓展了思想和艺术视野,第一次以明确的行星思维来审视脚下那片大地。小说主人公叶吉盖是苏联中亚荒漠地带一个小火车站上的铁路工人,他给相交了几十年的老朋友卡赞加普送葬,途中回忆着自己和卡赞加普,还有阿布塔利普等人的坎坷生涯。该小说还插入关于高度发达的林海星人的科幻故事,与历史久远的曼库特、乃曼·阿纳的传说和赖马雷与白姬梅的传说,从而使得该小说构思奇特、思想深邃。我国翻译者张会森、宗玉才、王育伦三人合作翻译的《一日长于百年》于 1982 年由新华出版社出版。不过,在出版说明中,相关人员还指责艾特玛托夫在小说里编造那些关于林海人的科幻情节用意不良,说他借机攻击中国推行"霸权政策",反映了他对中国的不友好态度;而且还指出,艾特玛托夫不过是在"合作""共处"的外衣下配合苏联霸权主义的外交路线。因此他们干脆就把艾特玛托夫的"作者前言""从略"了。这也可以看出,即使到了 80 年代初期,中国文艺批评界还是非常流行那种意识形态的攻击思维,而少有较超然的艺术立场。后来,长篇小说《一日长于百年》还出过两个中译本,一个是 1986 年湖南人民出版社出版的高山等译的《布兰雷小站》,另一个是 1994 年花山文艺出版社出版的汪浩等合译的《风雪小站》。

1986 年,艾特玛托夫的第二部长篇小说《断头台》发表于苏联《新世界》杂志第 6、8、9 期。该小说被视为苏联文学走出漫长的低谷进入复兴期的标志性作品,它还名列苏联《图书评论报》依据民意测验选出的 1986 年全国最佳四部文学作品之榜首。我国学者曹国维曾经如此评论《断头台》:"这是一部思想小说,充满危机意识,对当代世界的理解和对人生意义的求索双向呼应,对理想和现实分离的感叹和对光明未来的企盼相互交织,在意象的同义或者反义的错综复杂的对位中,构成了艾特玛托夫斑斓的生死轮回的艺术世界。"①《断头台》在苏联出版后,很快就被翻译成中文,两年内就有五种译本出版,造就了中国 80 年代文学翻译的一个胜景。1987 年有三种中译本,分别是外国文学出版社的冯加译的《断头台》、漓江出版社出版的李桅译的《断头台》、湖南人民出版社出版的张永全等合译的《死刑台》。1988 年还有两种,分别是中国文联出版公司的陈锌等合译的《死刑台》和重庆出版社出版的桴鸣等合译的《断头台》。到了 1991 年,又出了两个新译本,上海译文出版社出版的曹国维等合译的《断头台》和百花洲文艺出版社出版的刘先涛等合译的《上帝前的殉难》。

① 曹国维:《从"星球思维"到"冰川时期"——评艾特玛托夫的〈断头台〉》,《苏联文学》1989
年第 3 期。

除了这些常常被说起的中短篇小说和长篇小说，艾特玛托夫的一些没有受到足够重视的小说也被翻译了进来，如艾特玛托夫与巴·萨德科夫合著的中篇小说《旋风》就由冯加翻译，发表在《苏联文学》1986 年第 5 期，长篇小说《雪地圣母》的片段由冯加翻译发表在《苏联文学》1989 年第 3 期，而中篇小说《成吉思汗的白云》由严永兴翻译发表在《世界文学》1990 年第 2 期。在长篇小说《雪地圣母》中，艾特玛托夫描绘了画家索科洛戈尔斯基构思的新圣母形象——圣母肩披军大衣怀抱婴儿，以此强调了全人类的人道主义理想的重要意义。而中篇小说《成吉思汗的白云》被艾特玛托夫称为"增补长篇的中篇"，是对十年前发表的《一日长于百年》的补充。据称，《一日长于百年》中的阿布塔利普就是因为记录了关于成吉思汗的传说而蒙冤致死的。此外，中篇小说《白轮船》还于 1989 年由人民文学出版社出版过单行本。河北教育出版社则于 1991 年在《世界文学博览丛书》中推出过《艾特玛托夫作品精粹》，收入中短篇小说《白雨》《修筑拦河坝的人》《在巴达姆塔尔河上》《查密莉雅》《第一位老师》《白轮船》《花狗崖》和长篇小说《一日长于百年》《断头台》节选。

总体看来，20 世纪 80 年代中国翻译界对艾特玛托夫小说的译介是较为充分的、较为全面的，对于推进艾特玛托夫在中国的传播起着居功至伟的作用。而 80 年代的国内学者对艾特玛托的研究比较集中于他小说中的人道主义思想的阐释和评论上，较重要的论文有中乐等人的《当代苏联文学的开拓者钦吉斯·艾特玛托夫》[①]、戚小莺的《向人性的深层挺进——散论艾特玛托夫七八十年代创作》、曹国维的《一位大师的足迹——试论艾特玛托夫艺术思维的发展》等。曹国维就曾经指出："礼赞人的价值的大潮，翻卷出《查密莉雅》，社会自我意识的深化，使《别了，古利萨雷!》在评点历史中，促进了痛心疾首的自我反省，寻求和保护人性中克服恶的力量，用哲理的严肃把《白轮船》的悲剧升华为坚信未来的乐观，蘑菇云的阴影和现有世界的荒诞，被《一日长于百年》化作对人类自我清洗的召唤。艾特玛托夫的思维规模和他的艺术生命同步，跨越和接通了宗法习俗盛行的山乡和标志人的星球性质的宇航空间站。正是时代的欢乐和悲哀，希冀和忧虑，供给作家以心灵的养料。他直言生活的阴暗，然而，依靠哲理的支撑，构筑通向光明的桥梁。从这个意义上说，他的观念是对西方文化的危机意识和悲观主

---

① 中乐等:《当代苏联文学的开拓者钦吉斯·艾特玛托夫》,《外国文学研究》1987 年第 1 期。

义的匡正。"①这种关注人性论、人道主义的艾特玛托夫研究倾向是和 80 年代的时代主潮和文学浪潮相呼应的。

正如史家所言,"'人学'旗帜的重树,使人性、人道主义成为文学理论界的热门话题。仅 1977 年后的三年时间内,据粗略统计,全国报刊发表有关文章二百多篇,展开了广泛的讨论。涉及的题目有:对人性、人道主义的基本认识;共同人性与阶级性的关系;文学应该如何描写人性,体现人道主义精神;新时期文学潮流能否概括为'人道主义潮流',等等。"②的确,对于当时的作家而言,呼唤人性和人道的复归,几乎都是他们不约而同的主调,像刘心武《班主任》、王晓华《伤痕》、冯骥才《啊》、宗璞《三生石》等。至于像茹志鹃《剪辑错了的故事》、陈国凯《我应该怎么办》、叶蔚林《在没有航标的河流上》、古华《爬满青藤的木屋》、鲁彦周《天云山传奇》、谭谈《山道弯弯》、王蒙《蝴蝶》、李国文《月食》等反思小说更是把思考的触须向历史深处延伸,并有意识地到底层人民那里去寻找人性美、人情美,以期点燃改革时代的新想象。

凭借长篇小说《人啊,人》在新时期初期文坛上产生过巨大影响的女作家戴厚英曾说:"从古到今,从中到外,作家们的思想和艺术是千差万别的,所勾画的人类和社会蓝图也是各不相同的。但只要是真正优秀的作家和作品,都不可能不关系着一个共同的目标——人的解放和完美。"③看来,经过近二十年,作家们又回到 1957 年时钱谷融提出的关于文学是人学的基本共识上了。戴厚英还曾说:"我走出角色,发现了自己。原来,我是一个有血有肉、有爱有憎,有七情六欲和思维能力的人。……我应该有自己的人的价值,而不应该被贬抑为或自甘堕落为'驯服的工具'。"④这种人的意识的觉醒,自然具有石破天惊的意味,五四精神的绝响终于再次响彻华夏大地的上空。而 80 年代文艺批评界旗手式的人物刘再复更是在《文学研究应以人为思维中心》《论文学的主体性》等文章中大肆鼓吹主体性、人性、人道主义等思想,对于 80 年代的作家和批评家都具有重要的启发作用。因此,有人曾说:"新时期文学之所以取得令人瞩目的成就,首先要归因于它对文学的人学目标的回归。回归文学的人学目标,即以社会主义人道主义的情怀,正

---

① 曹国维:《一位大师的足迹——试论艾特玛托夫艺术思维的发展》,《苏联文学》1986 年第 5 期。

② 王铁仙等:《新时期文学二十年》,上海教育出版社 2001 年版,第 25 页。

③ 戴厚英:《结庐在人境,我手写我心》,《文学评论》1986 年第 1 期。

④ 沈太慧、陈全荣等编选:《1978—1983 年文艺论争集》,黄河文艺出版社 1985 年版,第 206 页。

视严峻的现实、直面广阔的人生,重在表现人的精神世界,探索人性的深处,促使人性状况的改善和提升。这是新时期文学尤其是新时期初期文学最可贵的特征,也从根本上推动了新时期文学形式上的变革。"①这种论断无疑是切中肯綮的,是对新时期文学的根本特征的适切把握。

正是在这种人性、人道主义思潮复归的时代背景上,艾特玛托夫小说才会在中国受到如此的欢迎,在广泛的传播和接受后它又转过来推动这种时代思潮。有论者曾指出:"俄苏文学为中国新时期文学完成其最初拨乱反正的使命提供了直接帮助:恢复人道主义传统,找回现实主义批判精神,崇尚对人的尊重、对真实的揭示、对真理的追求、对历史的反思……在中国新时期文学努力恢复五四文学传统的过程中,正是这些价值倾向构筑了新时期文学最初的繁荣。"②的确,艾特玛托夫就是参与其中的、出力甚多的一位。

艾特玛托夫小说,尤其是早期小说,如《查密莉雅》《我的包着红头巾的小白杨》《第一位老师》《永别了,古利萨雷!》《早来的鹤》《母亲—大地》等比较倾向于描写底层人民的人性美、人情美,弘扬普通人人性的正面力量。这既不同于苏联当局倡导的那种以赞美革命者的崇高无私、爱国主义、英雄主义为主旨的社会主义现实主义文学,如《钢铁是怎样炼成的》《卓娅和舒拉的故事》《青年近卫军》等;也区别于西方资本主义社会流行的那种主要以揭露现代文明的异化、人性的丑陋和堕落的现代主义和后现代主义文学,如乔伊斯、卡夫卡、福克纳等,他的小说富含着人性的温暖和人道的典雅。艾特玛托夫曾说:"应该培植人身上的善,这是所有人,一代又一代的共同责任。文学和艺术在这方面有着重大的责任。"③每个读过艾特玛托夫小说的人都会深切地认同于该说法。《查密莉雅》中,艾特玛托夫怀着激动的心情从孤独寂寞的退伍伤兵丹尼亚尔的身上去发掘其热爱生活、热爱大地的坚韧的人性之光,而《我的包着红头巾的小白杨》中,艾特玛托夫又从伊利亚斯的忏悔里感受到那颗普通人心的赤诚和珍贵! 至于《第一位老师》中的玖依申老师,《母亲—大地》中的母亲托尔戈娜伊等人,都具有金子般的心灵,都是与大地赤诚相依、灵魂高洁的人。艾特玛托夫正是通过这些珍贵的心灵揭示出人性、人道的可贵,呼唤着人与人之间的理解、平等相待以及

---

① 王铁仙等:《新时期文学二十年》,上海教育出版社2001年版,第16页。
② 董晓:《不应忘却的精神资源——俄苏文学对中国新时期文学的影响》,《文艺报》2008年11月29日。
③ [吉尔吉斯]艾特玛托夫:《对文学与艺术的思考》,陈学迅译,新疆大学出版社1987年版,第25页。

友爱。艾特玛托夫甚至说:"人道主义是人的一种自然、不可分离的本性,是人的伴侣,它就像需要劳动那样,是极其自然和平凡的。"①但是这种自然的、不可分离的本性并不是那么容易获得,各种邪恶的势力总是在阻碍着人道主义的实现。因此艾特玛托夫又会呼唤一种战斗的人道主义:"召唤人们同恶、同贫乏和庸俗的精神生活作不妥协的斗争,召唤人们去勇敢地反对社会的不公正——这就是真正的人道主义,是战斗的人道主义。"②像他的《永别了,古利萨雷!》等小说就显示出更为强悍的为人道、人性而战的立场,塔纳巴伊敢于为了牧场的事业向那些官僚主义者挑战,其实也是艾特玛托夫战斗的人道主义的显现。

相对于 80 年代在中国产生巨大影响的其他外国作家,如萨特、海明威、卡夫卡、福克纳、博尔赫斯等人而言,艾特玛托夫小说蕴藏着最为动人、最为朴素的人性美和人道主义激情。因此,王蒙、张承志、张贤亮、路遥、张炜、高建群、杨显惠、冯骥才、古华等人才会纷纷向他学习,向他致敬,借鉴和模仿风行一时。像王蒙的短篇小说《歌神》中艾克兰穆的歌声中不但包含着《查密莉雅》中丹尼亚尔的神韵,更为重要的是,王蒙要借之写出对人性、人道的呼吁。而张承志《阿勒克足球》中的北京知青巴哈西身上无疑流淌着艾特玛托夫的《第一位老师》中的玖依申老师的血液,两者都彰显出底层人民的奉献精神,言说着人性的尊严和高贵。而张贤亮《肖尔布拉克》中的新疆司机和艾特玛托夫《我的包着红头巾的小白杨》中的伊利亚斯惺惺相惜,两者都显示了那种温暖和温情的人性力量。艾特玛托夫曾说:"艺术的使命——就是要表现出专门的热情,激起人们的注意力,唤起大家的愿望:多方面地理解人、尊敬人。"③艾特玛托夫是如此,受艾特玛托夫影响的中国作家也是如此,他们通过自己的文学力量唤醒冷漠的人心和僵化的头脑,让人们能够慢慢地互相理解、互相尊敬,让人道、人性的光芒再次光临国人之心。

除了在人性论、人道主义方面对中国作家产生较为深远的影响外,艾特玛托夫对 80 年代的中国文学产生影响的另一个方面在于寻根方面。

众所周知,20 世纪 80 年代的中国文学在经历了伤痕文学、反思文学、改革文学等浪潮之后,文化寻根文学应运而生。这自然是由多方面的因素

---

① [吉尔吉斯]艾特玛托夫:《对文学与艺术的思考》,陈学迅译,新疆大学出版社 1987 年版,第 27 页。

② [吉尔吉斯]艾特玛托夫:《对文学与艺术的思考》,陈学迅译,新疆大学出版社 1987 年版,第 28 页。

③ [吉尔吉斯]艾特玛托夫:《对文学与艺术的思考》,陈学迅译,新疆大学出版社 1987 年版,第 35 页。

促成的。随着现代文明的发展,交流日益普遍,原先封闭、自足的民族文化在交流中日益趋向同质化、标准化,这无疑会导致一种民族自我认同的危机。于是,很多人反其道而行之,世界上的各民族尤其是那些被动地进行现代化的古老民族或弱小民族,更会有意地返回到民族文化根源处去寻找民族自身的文化认同;此外,现代文明所到之处,对各民族的传统文化总是起到巨大的破坏作用,这往往会造成那些被动现代化的古老民族或弱小民族丧失生存的意义根源,因此为了寻找生存意义的统摄性的文化资源,他们往往也会再次返回传统文化之中去;当然,对于中国作家而言,文化寻根也是要把中华人民共和国成立后受政治束缚和困扰的文学放回到更大的文化语境中去,让文学有可能接通传统文化之根源,从而让文学之树根深叶茂,花繁果丰。

　　韩少功在《文学的根》一文中曾说:"几年前,不少作者眼盯着海外,如饥似渴,勇破禁区,大量引进。介绍一个萨特,介绍一个海明威,介绍一个艾特玛托夫,都引起轰动。连品味不怎么高的《教父》和《克莱默夫妇》都会成为热烈的话题。作为一个过程,是正常而重要的。近来,一个值得欣喜的现象是:作者们开始投出眼光,重新审视脚下的国土,回顾民族的昨天,有了新的文学觉悟。贾平凹的'商州系列'小说,带上了浓郁的秦汉文化色彩,体现了他对商州细心的地理、历史及民性的考察,自成格局,拓展新境;李杭育的'葛川江'系列小说,则颇得吴越文化的气韵。杭育曾对我说,他正在研究南方的幽默与南方的孤独。这都是极有兴趣的新题目。与此同时,远居大草原的乌热尔图,也用他的作品连接了鄂温克族文化源流的过去和未来,以不同凡响的篝火、马嘶和暴风雪,与关内的文学探索遥相呼应。他们都在寻'根',都开始找到了'根'。这大概不是出于一种廉价的恋旧情绪和地方观念,不是对方言歇后语之类浅薄的爱好,而是一种对民族的重新认识,一种审美意识中潜在历史因素的苏醒,一种追求和把握人世无限感和永恒感的对象化表现。"①的确,对于寻根文学而言,外来文学的影响也是不容小觑。首当其冲的自然是以马尔克斯为代表的拉丁美洲文学,如阿斯图里亚斯、鲁尔福、略萨等。

　　当然,对寻根文学产生了影响的也包括艾特玛托夫。艾特玛托夫是非常尊重自己本民族的文化传统的。像《查密莉雅》《我的包着红头巾的小白杨》《母亲—大地》《永别了,古利萨雷!》《白轮船》《花狗崖》《一日长于百年》等小说都具有浓郁的民族风情和地域风情,能够把民族精神和全人类

---

① 韩少功:《文学的根》,《作家》1985 年 4 月号。

共通的人性完美地衔接,至于古老的文化传统和现代的世界观念更是被他融合得丝丝入扣。曾有论者指出:"吉尔吉斯人非常注意教育孩子不忘祖先,尊敬长辈是他们的神圣法则。要维护祖先的声名,继承他们的事业,将自己的名字毫不逊色地在未来一同排列在族谱上——这些古训使艾特玛托夫很早便意识到:人对自己、对祖先、对未来都肩负着重大的责任,这也正是艾氏文学创作中贯彻始终的一个主旋律。"①《白轮船》中,吉尔吉斯布古族人关于长角鹿妈妈的神话传说美丽而忧伤,当它经过莫蒙爷爷的讲述进入小男孩的心灵时,焕发出传统文化神奇的异彩,可惜祖先神话中包含的美与善最终被现实的丑陋和暴力扼杀了,于是悲剧就不可遏止。《花狗崖》虽然写的是海边尼福赫人的生活,但是野鸭鲁弗尔、鱼女、小蓝鼠的神秘传说,以及奥尔甘等人仪式般的蹈海赴死,使得该小说带有浓郁的寓言和神话般的色彩,与拉丁美洲那些极富本土色彩的小说可以一比高下。而艾特玛托夫的《一日长于百年》更是有意味的文化寻根小说,叶吉盖要把卡赞加普送入祖先的坟地阿纳贝特,就是一种追溯传统文化的寻根之旅,他秉承的是伟大的母亲乃曼·阿纳的牺牲精神;而柔然人训练出曼库特,重要的就是使之丧失历史记忆,侦察员唐塞克巴耶夫就是现代的柔然人,给地球套上"环"的美苏两国霸权主义者就是奴役整个人类的柔然人。艾特玛托夫小说通过神话传说等召唤着文化传统精神的复活,寻觅着现代人类的精神出路。最富有启示意味的是,艾特玛托夫在文化寻根时、在展示民族风情和地域风情时,并没有走向封闭、返祖的文化原教旨主义倾向,或者走向对各种民风民俗的畸趣的展示,而能够通过民族、地域的因素透视全人类性的问题,能够通过文化传统透视未来历史。艾特玛托夫曾说:"现在民族艺术问题在全世界引起了许多争论。人民的民族特征常常使文学产生不同的'脸部表情'。同故乡的土地、人民、民族生活的紧迫问题保持联系,能向作品提供充满活力、富有成果的浆汁,帮助作家走向广阔的全人类的天地,因为在各民族的生活和他们的世界观中,有许多共同的东西。因此民族的东西绝不应该和国际主义的东西对抗。但是民族的特点常常会变成一成不变的法规,会恶性膨胀,这就会走向反面,影响文学的发展,束缚它前进,要知道民族生活和文化,总是在不断地起变化。"②这就是艾特玛托夫的走钢索般的高超之处。

---

① 彭梅:《故乡与艾特玛托夫的小说》,《国外文学》1998 年第 1 期。
② [吉尔吉斯]艾特玛托夫:《对文学与艺术的思考》,陈学迅译,新疆大学出版社 1987 年版,第 45 页。

在文学的文化寻根方面,艾特玛托夫对中国作家的启示也是非同一般的,王蒙、张承志、意西泽仁、朱春雨、乌热尔图、高建群、陈忠实等作家无不受到或多或少的影响。王蒙的《在伊犁》系列小说就被认为是寻根小说的滥觞之一,他对新疆各地少数民族风情的描绘上无疑受到艾特玛托夫的影响。张承志在《黑骏马》中对蒙古草原民族的文化寻根也是和艾特玛托夫的《查密莉雅》《永别了,古利萨雷!》遥相呼应的。意西泽仁对藏族文化的自觉寻觅也是受到艾特玛托夫的启发。朱春雨在《亚细亚瀑布》中对纳西族的文化之根的寻觅、在《血菩提》中对长白山满族巴拉人的文化寻根,都是和艾特玛托夫的《一日长于百年》《花狗崖》息息相关的。至于乌热尔图《琥珀色的篝火》《七岔犄角的公鹿》等小说对东北森林中的鄂温克族人的文化寻根,则和艾特玛托夫的《白轮船》存在着神似。高建群的《遥远的白房子》对新疆边地少数民族的血性和浪漫的书写,也和艾特玛托夫的影响分不开。不过,这些作品在处理传统和现代、民族和人类等至关重要的问题上,明显还没有达到艾特玛托夫的高度,也未出现像《一日长于百年》这样的鸿篇巨制。

第三节　全球化背景下的新变及回落(1992 年至今)

从 1989 年到 1991 年,艾特玛托夫在中国的传播和接受的高潮就基本上回落了,不再像 80 年代初那样人人争相传阅,从中寻找人性和人道的启迪,获取艺术熏陶的传播的回落自然与多方面的原因有关。

曾有评论家如此感慨道:"80 年代终结和 90 年代开始,是 90 年代文学出现的历史前提。这两个年代之间有一种隔世之感,然而就在这种隔世的惊讶中,90 年代文学揭幕了。"①所谓的隔世之感,想来切身经过那两个时代的人多少都会有所认同。80 年代整体的精神氛围是具有启蒙主义、理想主义的青春气息的,90 年代社会开始在市场经济大潮和大众文化、消费文化的合谋下急速地变得实利化、世俗化,高蹈的理想徒唤奈何,在道德准则上,一批人实际上已经历了由传统集体主义向个人主义、后个人主义转化,由崇尚精神完善到崇尚物质实惠的转化。"人们的物质消费的欲望日益高涨,享乐型的生活期望日益膨胀;人们往往不再关注政治历史的伟大推动者和伟大主题,而只关心生活和身边的'小型叙事';人们不再关注哲学文化的形而上终极探寻和未来世界的辉煌远景,转而关注自己、关注当下、关注

---

① 　孟繁华、程光炜:《中国当代文学发展史》,北京大学出版社 2011 年版,第 327 页。

所谓的‘生活质量’。这一转变带来了中国百年审美风尚的一次根本性的变化。由以崇高为形态的审美道德文化向审丑的、享乐的消费文化转化。长期以来居于文化正堂的史诗、颂歌、悲剧、交响诗悄然遁形,通俗歌曲、小品、流行音像制品、通俗小说赫然居于文化正堂。在我国当代审美风尚中一直隐身幕侧的滑稽、调侃、谐谑、反讽、戏仿、畸趣成为审美文化的主要形态或主范畴。"①这种概括还是相当准确的。

从 20 世纪 80、90 年代的文学转型来看,其实在 80 年代末期的新写实小说中就表现出来了。在新时期初期的伤痕文学、反思文学、改革文学中都洋溢着那种经国济世的宏大热情,人性论、人道主义的理想大旗总是猎猎飘扬。文化寻根小说也具有较为深远的文化关怀和高蹈的理想抱负,即使是先锋派小说在对现代派文学技术的追求中也具有十足的艺术理想主义气息。但是新写实小说却表现出明显的放逐理想,承认现实,乃至融入现实的小市民习气。刘震云把生活描绘成《一地鸡毛》,并声称:"生活是严峻的,那严峻不是要你上刀山下火海,上刀山下火海并不严峻。严峻的是那个日复一日、年复一年的日常生活琐事。单位、家庭,上班下班,洗衣做饭弄孩子,对付保姆,还有如何巴结人搞到房子,如何求人让孩子入托,如何将老婆调进离家近一点的单位。每一件事情,面临的每一件困难都比上刀山火海还令人发怵。因为每一件事都得与人打交道。刀山火海并不可怕,我们有能力像愚公一样搬掉它,像精卫一样填平它。但是我们怕人,于是我们被磨平了。"②当然,刘震云在新写实小说对这种小市民生活表现得更多的是一种无奈的反讽精神。到了 90 年代,贾平凹的《废都》充斥里巷,王朔小说风靡中国,作家纷纷遭遇创作困厄,许多人接连下海,这些都显示了社会精神已经与 80 年代的理想主义相距甚远了。因此,可以想象在这种时代精神中,像艾特玛托夫那种洋溢着圣洁的人性、人道之光的小说如何能够为大多数人接受呢! 曾经深爱过艾特玛托夫小说的张承志,在 80 年代末期就开始转向黄土高原,到宁夏西海固的那些哲合忍耶教派的回民那里去寻找信仰的最终皈依之所了,他与艾特玛托夫渐行渐远了。王蒙在经历过仕途和文坛的浮沉之后,早已经人情练达皆文章,胸怀古今中外,融雅俗于一炉了,因此也很难再醉心于艾特玛托夫那种单纯、深刻乃至偏激了。路遥完成了《平凡的世界》的天鹅绝唱后驾鹤西游,也把对艾特玛托夫的喜爱带入了天堂。张贤亮在新时代里已经功成名就,下海经商,不亦乐乎,更不可能再继

---

① 金元浦、陶东风:《阐释中国的焦虑》,中国国际广播出版社 1999 年版,第 17 页。
② 刘震云:《磨损与丧失》,《中篇小说选刊》1991 年第 2 期。

续欣赏艾特玛托夫的浪漫与赤诚了。对于更年轻的作家而言，人道主义的旗帜也已经不再动人心魄，也不再可能有效地阐释日益混沌的世俗化社会。

当然，还需要考虑到更切实的原因。那就是苏联的崩溃。艾特玛托夫曾经是苏联作协的高官，在苏联政府中身居高位，正所谓"居高声自远"，80年代，他巨大的文学声誉也与这种情况有关。但1991年苏联崩溃后，虽然艾特玛托夫依然出任过驻外大使等职，但随苏联而来的那种外倾性、压倒性的影响力毕竟要大为减弱。而且，由于进入90年代后，艾特玛托夫把更多的精力献给了政治，虽然有《成吉思汗的白云》《卡桑德拉印记》《崩塌的山岳》等作品发表，但与早年蓬勃的创造力相比还是要稍逊一筹了。其实，到了《一日长于百年》《断头台》等小说，虽然在思想和艺术更有进展，但像他早期小说那种单纯、稚拙而直击人心的力量终究稍为减弱了。

艾特玛托夫在中国的影响到90年代开始回落的另一个原因就是，随着历史的推进，越来越多的外国文学作品进入了中国作家的视野，中国作家的接受对象开始日益多元化了。相对于80年代初期而言，经过十余年的积累，到了90年代乃至21世纪初期，从古至今的外国文学经典和非经典作品基本都被介绍进中国了，因此不再可能出现像刚改革开放时那样，大部分作家都不约而同地奔赴同一个外国作家接受其影响的盛况了。而且，随着中国文学的发展，本土化经验日益积累成熟，尤其是对中国古代文学的接受也显得更为成熟，像90年代中期的长篇小说热，和21世纪初期以来的长篇小说，大多具有较为鲜明的本土化风格，而不再是较为表层地借鉴和模仿外国文学作品了。

虽然如此，艾特玛托夫毕竟是个魅力非凡的作家，他的作品在中国还依然一再被出版和阅读。80年代那么巨大的出版量积累下来的文学影响且不去说，即使到了90年代后，艾特玛托夫的作品依然没有停止继续出版。1998年，外国文学出版社就再次重版了艾特玛托夫的中短篇小说集《查密莉雅》，收入了《查密莉雅》《永别了，古利萨雷！》《白轮船》。1999年，人民文学出版社又重版了艾特玛托夫的四种中短篇小说集，其中中短篇小说集《早来的鹤》收入了《白轮船》和《早来的鹤》；中短篇小说集《永别了，古利萨雷！》收入了《永别了，古利萨雷！》《和儿子会面》《母亲—大地》和《红苹果》；中短篇小说集《我的包着红头巾的小白杨》收入了《白雨》《修筑拦河坝的人》《夜灌》《在巴达姆塔尔河上》《面对面》《查密莉雅》《我的包着红头巾的小白杨》《骆驼眼》《第一位老师》；中短篇小说集《白轮船》收入《白轮船》《早来的鹤》《我是托克托松的儿子》和《花狗崖》。这四种中短篇小说集基本把艾特玛托夫的中短篇小说全部收入了。

尤其值得一提的是，作家冯德英给人民文学出版社1999年版的中短篇小说集《我的包着红头巾的小白杨》写了个"前言"，文采斐然，非常动情，把他对艾特玛托夫的喜爱表露无遗。他说："《查密莉雅》《永别了，古利萨雷!》和《白轮船》，让我的身心情不自禁地驰骋在吉尔吉斯那广袤的草原和宽广的湖面上，奔放着青春活力的查密莉雅和丹尼亚尔坐在干草堆旁歌唱；骏马古利萨雷撒开四蹄在草原上飞奔；在伊塞克湖湛蓝湛蓝的水面上，威武而又壮观的白轮船拖着一条明晃晃的长带，载着一个孩子的梦，驶向远方——这一组组鲜亮、生动的画面，使我十分突兀地忆起逝去的青春，忆起故乡的山川田野，忆起曾拥有过的许许多多美好往事，甚至忆起年轻时代所萌动的爱情，那些早已变得模糊了旧梦，竟在头脑中倏地清晰起来——这就是艾特玛托夫小说的魅力所在。"①冯德英认为，艾特玛托夫的创作源泉主要来自大地母亲——他的故乡，说他善于描写那些故乡大地上勤劳、善良的人们。"艾特玛托夫的创作，植根于现实主义，又采用浪漫主义的手法，热情地讴歌着故乡吉尔吉斯斯坦以及世代劳作在那片土地上的人民，他不仅赞美土地，赞美劳动人民的心灵，更把富有民族风情的劳动场面描写得淋漓尽致，刻画到令人叫绝的地步"。② 冯德英还追溯了艾特玛托夫的文学渊源，指出他继承了高尔基、屠格涅夫、肖洛霍夫、托尔斯泰等俄罗斯文学巨匠的艺术倾向。冯德英还曾说他在1990年率中国作家代表团访问苏联时，大家最想拜访的就是艾特玛托夫，可惜未能成行，抱憾不已。最终，冯德英说："文学毕竟是文学，文学的使命就是歌颂美，创造美。在我看来，世界变得越是光怪陆离，心灵越是空虚迷茫，我们越需要艾特玛托夫。我们活在这个世界上，我们生活在这片土地上，一旦连心灵上那片美好的圣地都失去了，那么我们又以什么为支柱去撑起生存的意义呢?"③在冯德英看来，像艾特玛托夫那样的作家才是真正的作家，才是不辱使命的作家。

除了上述作品外，2003年人民文学出版社又推出了"名著名译插图本"的艾特玛托夫中短篇小说集《草原和群山的故事》，收入《查密莉雅》《我的包着红头巾的小白杨》《骆驼眼》《第一位老师》。这个题名是艾特玛托夫的第一部小说集题名。而艾特玛托夫2006年出版的长篇小说遗著《崩塌的山

---

① ［吉尔吉斯］艾特玛托夫：《我的包着红头巾的小白杨——艾特玛托夫小说集》，力冈等译，人民文学出版社1999年版，第1页。

② ［吉尔吉斯］艾特玛托夫：《我的包着红头巾的小白杨——艾特玛托夫小说集》，力冈等译，人民文学出版社1997年版，第4页。

③ ［吉尔吉斯］艾特玛托夫：《我的包着红头巾的小白杨——艾特玛托夫小说集》，力冈等译，人民文学出版社1997年版，第9页。

岳》的中译本也由谷兴亚翻译,于 2008 年由上海译文出版社出版。到此为止,艾特玛托夫的绝大部分作品都已经被翻译成中文出版,虽然目前尚未有全集出现,但就中国目前的外国文学翻译出版情况而言,对艾特玛托夫的翻译出版已经相当充分了。

　　20 世纪 90 年代以来,我国学者对艾特玛托夫的研究更为充分、系统、深入,不过研究重点已经不像 80 年代那样集中于艾特玛托夫的人道主义思想,或者较为粗浅地总结其艺术特色了,而是呈现出多元迸发、向学术深层挺进的努力。例如阎保平的论文《论艾特玛托夫小说的"星系结构"》就指出艾特玛托夫的艺术追求已经达到了一个崭新的高度,创造了一种全新的小说结构模式——"星系结构"。这种结构模式在他各个时期的重要作品中都有显现,经过《永别了,古利萨雷!》《白轮船》《花狗崖》到长篇小说《一日长于百年》初步成熟,再到《断头台》中臻于化境。他认为,艾特玛托夫"创立的'星系结构'艺术形式,是一种全新的,能够表现当代人类社会,甚至人类宇宙全部复杂性的艺术形式,是比一般多层次、网络化的复合结构形式更为开放、更为浓缩、更为完整的艺术形式,是更富于自由创造性的、符合艺术规律又符合客观世界存在、发展规律的审美形式。因此'星系结构'模式是艾特玛托夫对于当代小说结构艺术的重大突破,是 20 世纪以来现代小说复合结构艺术探索、发展的完美总结"[1]。而何云波的论文《论艾特玛托夫小说的神话模式》则从神话模式角度系统地分析了《花狗崖》中的成年仪式、《一日长于百年》中的悼念仪式、《断头台》中的历难仪式。他指出,艺术思维的拓展,对人的精神世界与全人类处境的关注,使艾特玛托夫的"小说文本与神话传说在更深的层次上实现了对话和共鸣共振,从而使他的艺术探索呈现出独特的品格,呈现出历史与现实在神话传说的延续中达到的水乳交融的境界"[2]。除了对艾特玛托夫小说的"星系结构"、神话模式等进行富有独创性的研究之外,国内学者还与时俱进地拓展了艾特玛托夫的研究范围,例如注意研究他创作的生态意识问题。韩捷进的论文《论艾特玛托夫的地球忧患意识》就指出:"艾特玛托夫是二十世纪世界文坛中具有未来思考的巨匠。他在将近半个世纪的创作中,自觉担负起保护大自然、保护人类生命家园这一崇高神圣职责,以无比焦虑的心情思考并揭示当今人类与大自然的相互关系,描绘一出出人类斩杀自然、毁灭地球的悲剧,向人类敲响了一次次警世钟,昭示人们要对自己负责、对子孙后代负责,表现出一

---

① 阎保平:《论艾特玛托夫小说的"星系结构"》,《外国文学评论》1991 年第 1 期。
② 何云波:《论艾特玛托夫小说的神话模式》,《外国文学评论》1994 年第 4 期。

种超前的地球忧患意识。"①应该说,这种研究也显示了国内学者接受艾特玛托夫的多元化倾向。

　　其实,艾特玛托夫对中国作家的影响自1990年以来依然在继续着,不过没有像20世纪80年代初期那样潮起潮涌而已,一切都进行得更为润物细无声。像张炜、刘醒龙、刘玉堂、迟子建、红柯、高维生、温亚军、孙惠芬、曹乃谦等作家都在自己的作品继续汲取着艾特玛托夫的思想艺术营养。像张炜的《九月寓言》,刘醒龙的《灵猫》,贾平凹的《怀念狼》,郭雪波的《大漠狼孩》,姜戎的《狼图腾》,陈应松的《豹子最后的舞蹈》等小说在生态书写方面都和艾特玛托夫的小说《白轮船》《断头台》有着若即若离的影响关系。红柯、温亚军在对新疆经验进行书写时,艾特玛托夫更是对他们具有根本性的启发作用,例如红柯的《大河》《生命树》,温亚军的《无岸之海》等长篇小说都向艾特玛托夫或借鉴结构艺术,或借鉴独特的象征艺术。迟子建的长篇小说《额尔古纳右岸》自然与马尔克斯的《百年孤独》有着剪不断理还乱的关系,但与艾特玛托夫的长篇小说《一日长于百年》也存在着形神兼似的若干地方。不过,对于90年代以来的中国作家,再也不可能像张承志的《阿勒克足球》那样借鉴《第一位老师》,或者像张贤亮的《肖尔布拉克》那样借鉴《我的包着红头巾的小白杨》,或者像王蒙的《歌神》那样借鉴《查密莉雅》了。即使有借鉴,也是潜在的,甚至来源也是多元的,因此就很难清晰地辨认。这对于影响研究而言也许是不小的麻烦,但是对于文学的发展而言却是好事。也许到时,艾特玛托夫真正有价值的东西完全地融入我国文学中,就像盐融于水,就像阳光进入万物,更为宏阔的平行研究乃至跨文化研究就亟待出现了。

第四节　中国当代作家中的艾特玛托夫
接受群体与接受特征

　　在梳理了艾特玛托夫在中国的传播之旅后,我们需要转换一个视角,从接受角度来看看中国作家对艾特玛托夫的接受特征。

　　根据作家的地域性和民族身份,我们大致可以把对艾特玛托夫的接受较多的中国作家分为四大类,也就是四个接受群体。第一类是具有边疆生活经验,也曾经以书写边疆生活经验著称的中国作家,主要有王蒙、红柯、温亚军等人;第二类是具有比较明显的民族身份自觉意识的少数民族作家,主

---

① 韩捷进:《论艾特玛托夫的地球忧患意识》,《外国文学研究》2000年第2期。

要有回族张承志、藏族意西泽仁、满族朱春雨、哈尼族黄雁、裕固族铁穆尔、回族白山、鄂温克族乌热尔图、柯尔克孜族的艾斯别克·奥罕、蒙古族郭雪波等人;第三类是中国当代西部作家,主要有路遥、张贤亮、高建群、陈忠实等;第四类无法确切地归类,我们姑且称为中国其他当代作家,不过其中以山东作家、东北作家居多,主要有张炜、刘玉堂、迟子建、杨显惠、高维生、孙惠芬、曹乃谦、刘醒龙、冯骥才、王树增等等。当然,我们如此分类具有一定的随意性,只能大致如此,不可能绝对严格要求。例如张承志、高建群都曾经有新疆生活经验,而且他们的新疆经验的小说书写也都受到艾特玛托夫的影响,但是鉴于他们创作中还有其他更多方面受到艾特玛托夫的影响,像张承志对蒙古草原的深情讴歌的《黑骏马》也受到艾特玛托夫小说的影响,高建群的陕北题材小说如《大顺店》等同时也受到艾特玛托夫的影响,因此我们就把他们分别列入少数民族作家群体和西部作家群体。柯尔克孜族作家艾斯别克·奥罕生活在新疆,笔下更多的是新疆人情物事和民风民俗,但是因为鲜明的少数民族身份,我们也把他归入少数民族作家。此外,如藏族作家意西泽仁、蒙古族作家郭雪波、裕固族作家铁穆尔等人的生活地域也是西部,也可以划为接受艾特玛托夫较多的西部作家群,但是由于他们受到艾特玛托夫的影响最根本的是少数民族的身份和精神的自觉,因此我们就把他们划入少数民族作家群体。还有红柯、温亚军都是陕西作家,也算是西部作家,但是因为他们创作的新疆经验书写最为重要,也受到艾特玛托夫的较多影响,因此我们就把他们划入中国当代作家的新疆经验书写中。总而言之,划分这个接受群体,只是为了更为清晰地审视艾特玛托夫对中国作家的影响的复杂性,也是为了下文论述的方便,并不具有严格科学性。

　　从上述这些接受艾特玛托夫较多的中国作家整体来看,他们彼此间也显示出一定的相似性。首先,我们可以看到,这些喜爱艾特玛托夫并在创作上较多借鉴艾特玛托夫的中国作家基本都是北方作家,而很少有南方作家,南方只有云南的哈尼族作家黄雁、湖北作家刘醒龙。这一点也许是偶然中也带有点必然,那就是艾特玛托夫自己生活的吉尔吉斯斯坦和俄罗斯,就是北方地区,他对北方游牧民族心理的描摹更为细腻,而这种心理也和我国南方稻作文化区的农民心理有一定的差距。对于那些土生土长的中国南方作家而言,艾特玛托夫可能就显得更为遥远一点了。其次,这些中国作家往往都不是文学潮流的弄潮儿,而多是在文学潮流之外颇有人性、道德坚守之人,张承志、张炜、路遥、迟子建、红柯等人堪为代表。这一点也是颇有意味的,艾特玛托夫的早期创作在苏联文学界就有逆潮流而动的倾向。当许多作家乘着解冻的思潮大肆暴露极左政治的黑暗内幕时,例如索尔仁尼琴、爱伦堡等人,而艾特玛托夫却致力于发掘吉尔吉斯斯坦山区那些大字不识的底层人民的人性美和人情美;而到了《白轮船》《花狗崖》《一日长于百年》《断头台》等小说,就更是特立独行、一意孤行。也许是同声相应、同气相求,张承志、张炜、路遥等人受到艾特玛托夫的影响,也都不像南方作家那样能够顺风而行,或赶潮而动,总是有一种岿然不动的内心追求。再次,这些作家大都是地域性很强的乡土作家。其实艾特玛托夫就是一个显著的乡土作家,他对中亚吉尔吉斯斯坦、哈萨克的书写都极富地域色彩。而像路遥、张承志、张炜、张贤亮、迟子建、红柯、温亚军等人都是地域性很强的作家,他们往往对自己生活的那片土地怀有炽烈的爱,像《查密莉雅》中的丹尼亚尔一样胸怀广博而沉厚,并以浓墨重彩的文字把土地的灵性抒发出来,具有强烈的地域文化气息。当然,还有一个需要简要提及的共同点,那就是他们都是小说家,他们主要是在小说写作中受到艾特玛托夫的影响。

要归纳出如此多的作家对艾特玛托夫的接受特征实属不易,但是我们若从艾特玛托夫创作特点入手,可以看出中国作家接受艾特玛托夫主要集中在以下几个方面:

第一,最为集中的就是对艾特玛托夫的人性论、人道主义思想的接受。当然,需要说明的是,艾特玛托夫不是理论家,不是哲学家,而是小说家,因此所谓他的人性论、人道主义思想并不是抽象的理论观点,或系统的理论论述,而是他小说情节、人物、结构乃至叙述方式中流露出浓郁的人道主义倾向。在上文介绍20世纪80年代初期艾特玛托夫在中国传播时,对这一点已经详加介绍,像王蒙、张贤亮、路遥、张承志、张炜、意西泽仁等作家在此方面都是深受其影响的,在此就不再赘述。不过需要再补充一点,即使对于90年代以来的中国作家创作而言,艾特玛托夫的影响依然还是首先集中于此点,像红柯、迟子建、温亚军、曹乃谦等人莫不如此。受艾特玛托夫影响的中国作家每每像艾特玛托夫一样喜欢讴歌底层人民的人性美和人情美,就是其人道主义思想的影响使然。

第二,表现为地域文化经验的书写和寻根文学的创作。艾特玛托夫小说具有鲜明的地域风情,中亚游牧民族的民风民俗和中亚高山草原的独特景观都是他的小说不可或缺的组成部分,给他的小说涂抹上浓郁的浪漫主义色彩。更兼他尊重传统,喜欢展开富有历史深度的文化寻根,他的小说就和马尔克斯等人的小说一样影响到了王蒙、张承志、红柯、迟子建、张炜、高建群等作家的文化寻根之作。

第三,少数民族作家的民族身份和民族文化的自觉。艾特玛托夫自己是吉尔吉斯人,生活在苏联时就是少数民族,他的小说往往先是用俄语创作,再自己翻译成吉尔吉斯语,独特的双语创作曾经赋予他更多的文学灵感。他对自己的少数民族的身份和文化是非常自觉的,他的小说绝大部分都是以吉尔吉斯族人的生活为题材。对多情重义、豪爽乐观、自由浪漫、与物同情、敢于坚持正义、富有个性和激情的中亚游牧民族精神的挖掘非常充分。这一点对张承志、朱春雨、意西泽仁、铁穆尔等少数民族作家都产生了比较明显的影响。像张承志就从艾特玛托夫小说中读出了中亚游牧民族的心情,也在其触发下,挥动如椽巨笔细心地描摹内蒙古草原上的蒙古族、新疆天山南北的维吾尔族和哈萨克族、黄土高原上的回族等少数民族的独特精神。而朱春雨在《血菩提》中对东北满族祖先的英灵的追寻,更是十足的民族文化的自觉。意西泽仁在《野牛》等小说中对藏族的民族精神的书写也与艾特玛托夫遥相呼应。

　　第四,大地崇拜和女性崇拜情绪(有时就是母神崇拜情绪)。有学者曾指出:"女性形象在俄罗斯文学中同样占有重要位置。没有哪一个西方国家的文学,像俄国文学那样塑造了如此众多的心灵优美、品质高尚的女性形象。《叶甫盖尼·奥涅金》中的达吉琳娜,《罗亭》中的娜塔莉娅,《贵族之家》中的丽莎,《前夜》中的叶琳娜,《大雷雨》中的叶卡杰琳娜,《怎么办?》中的薇拉,《白痴》中娜斯塔谢娅·费里波夫娜,《安娜·卡列宁娜》中的同名主人公,《战争与和平》中的娜塔莎,《复活》中的玛丝洛娃等,都是俄罗斯文学女性画廊中光彩照人、各具个性的人物。在这些形象身上,或寄托着作家的社会道德理想,或蕴含着强烈的社会批判意义,或暗示出社会意识变动的信息;但更重要的是,她们是一个个活生生的俄罗斯人,显示着俄罗斯人生活与精神面貌的一个重要侧面。"①其实,艾特玛托夫笔下的女性形象也都是非常美好的。艾特玛托夫对大地、女性的崇拜情绪在中篇小说《母亲—大地》中表现得最突出,母亲托尔戈娜伊和大地对话,叙述了自己接连被战争夺去所有亲人的苦难故事,展示女性对苦难的巨大忍耐力量。其实,大地和母亲是两位一体的,作者在赞美母亲时也在赞美大地。至于《白轮船》中的长角鹿妈妈、《花狗崖》中的鱼女也都是女性崇拜的明证。受艾特玛托夫的影响,张承志、路遥、高建群、红柯等人都存在着鲜明的大地崇拜、女性崇拜情绪。如张承志《黑骏马》中的额吉对生命的无私关怀就是母神精神的延续。路遥小说更是对陕北黄土地的礼赞和崇拜,其中女性形象也大都具有崇高的品质。而高建群的《大顺店》则是一曲女性崇拜的高歌。

_____

①　汪介之:《文学接受与当代解读——20 世纪中国文学语境中的俄罗斯文学》,北京师范大学出版社 2010 年版,第 11 页。

红柯在新疆经验书写中也有意地发掘新疆女性那种大地般浩然坦荡的品质。

第五，动物视野、生态意识和行星思维（或说全球性思维，整体意识）。艾特玛托夫小说一个鲜明特点就是总是喜欢加入动物形象。这与他从畜牧兽医专科学校、农学院毕业有关，他熟悉动物，了解动物心理，喜爱动物，能够把爱心扩展到动物身上，具有难能可贵的生态意识。从中篇小说《永别了，古利萨雷！》开始，他的每篇小说几乎都会出现动物故事，像《白轮船》中的长角鹿，《花狗崖》中的野鸭、小蓝鼠，《一日长于百年》中的骆驼和狐狸，《断头台》中的狼，《崩塌的山岳》中的箭雪豹，这些动物故事成为与人类世界遥相呼应、必不可少的存在。受其影响，张炜、迟子建、红柯、温亚军等人也都喜欢在动物故事中表达生态意识。像张炜的《三想》中的狼，红柯《大河》中的白熊，迟子建《酒鬼的鱼鹰》中的鱼鹰，温亚军的《高原上的童话》中的苍鹰，都是非常动人的动物形象，也能够显示出与时俱进的生态意识。至于行星思维，则是生态意识的自然扩展，艾特玛托夫倡导人与人之间要有爱，要有同舟共济的爱心，对大自然、对动物也是要如此，因此《一日长于百年》《断头台》中的世界都是多层面、多维度的世界。受其影响，朱春雨的《亚细亚瀑布》《橄榄》等小说都在倡导行星思维。

第六，对艾特玛托夫具体小说艺术的接受。对艾特玛托夫前期小说艺术的接受主要集中于他的现实主义艺术手法，对自然景物的独特描绘，对人物典型的塑造，细腻的内心描写等，甚至包括他多采用第一人称的叙述手法，把议论和抒情融合于叙述中造成强烈的抒情氛围的手法，这些方面对王蒙、张贤亮、路遥、张承志等人的影响都是明显的。例如艾特玛托夫的《永别了，古利萨雷！》采用了动物叙事和人的故事并行的手法，并以回忆性叙述统摄全文，这种手法就影响了许多部中国小说，如王蒙的《杂色》、张承志的《黑骏马》、高建群的《伊犁马》、张贤亮的《河的子孙》、迟子建的《一匹马两个人》，红柯的《西去的骑手》等。至于他后期小说的独特艺术手法，主要有把神话、传说融入小说中，以及采用"星系结构"等。这些方面对红柯、朱春雨、张炜等人影响比较大，例如红柯的《大河》、朱春雨的《血菩提》、张炜的《九月寓言》等长篇小说，堪称典型。

第二章　艾特玛托夫与中国当代
作家的边疆经验书写

艾特玛托夫是吉尔吉斯斯坦人，而吉尔吉斯斯坦与我国新疆维吾尔自治区比邻，山水相连，吉尔吉斯族在我国境内被称为柯尔克孜族，同文同种，只是国籍相异而已。高耸巍峨、白雪覆盖的天山山脉横贯新疆中部，向西一直延伸到吉尔吉斯境内，构筑着新疆和吉尔吉斯的雄伟风景线。艾特玛托夫笔下的吉尔吉斯民风民俗、人情物事也和新疆颇多相似，粗犷豪爽、自由浪漫、赤诚坦荡的民族性同样天山南北到处落地开花。《我的包着红头巾的小白杨》中的主人公伊利亚斯在当时就是开着大卡车往来于吉尔吉斯和新疆之间，西天山那蜿蜒曲折、起起落落的公路既是一种危险的挑战，也是一种魅力的诱惑；而《白轮船》中的小男孩在望远镜里遥望的卡拉乌尔山大概就是西天山的余脉，正是它让小男孩浮想联翩，闪烁着赤子之心的纯洁之光；《永别了，古利萨雷！》中牧民塔纳巴伊的牧羊生活与新疆那些游牧民族的牧羊生活也如出一辙。

可以说，正是艾特玛托夫笔下的吉尔吉斯地理环境、人民生活和我国新疆地理环境、人民生活高度相似，他的小说对于中国作家的新疆经验书写才具有一种直接的、锐不可当的吸引力和诱惑力，举其荦荦大者，有王蒙、红柯、温亚军等人。王蒙、温亚军都曾经在新疆生活过 16 年，而红柯在新疆生活了 10 年，每每谈起新疆生活，他们都是感慨万千、赞不绝口，他们似乎都乐于承认新疆生活对于他们人生而言具有改头换面、脱胎换骨之意义。他们在新疆经验的文学书写中，都不约而同地借鉴了艾特玛托夫的小说经验，例如他们都大肆书写新疆的地域风情和民族风情，都比较喜欢发掘底层人民的人性美和人情美；像王蒙的短篇小说《歌神》与艾特玛托夫的中篇小说《查密莉雅》具有神似之处；红柯的《大河》《乌尔禾》《生命树》等小说还像艾特玛托夫一样喜欢加入动物叙事，把神话、传说融为一体；温亚军的小说也喜欢引入动物叙事，他的长篇小说《无岸之海》也恰到好处地借鉴了艾特玛托夫的长篇小说《一日长于百年》。毫不夸张地说，正是艾特玛托夫的影响使他们对新疆经验的书写上升到理性自觉层面，从而为中国当代文学贡献出几抹绚丽的异彩。

第一节　幽默精神的发掘和人性美的礼赞

1956年9月，王蒙因在《人民文学》上发表了短篇小说《组织部新来的青年人》一炮走红，谁知却因福得祸，从1963年到1979年，他被划为右派在新疆待了长达16年之久。重新归来后，王蒙堪称近四十年来中国文坛上的常青树，他的《海的梦》《蝴蝶》等意识流探索小说，"在伊犁"系列新疆风情小说，《活动变人形》、"季节系列"等长篇小说饮誉文坛。考察他的文学创作资源，苏联文学、俄罗斯文学是不可忽视的重要因素。他曾说："我们这一代中国作家中的许多人，特别是我自己，从不讳言苏联文学的影响。是爱伦堡的《谈谈作家的工作》在五十年代初期诱引我走上写作之途。是安东诺夫的《第一个职务》与纳吉宾的《冬天的橡树》照耀着我的短篇小说创作。是法捷耶夫的《青年近卫军》帮助我去挖掘新生活带来的新的精神世界之美。在张洁、蒋子龙、李国文、丛维熙、茹志鹃、张贤亮、杜鹏程、王汶石直到铁凝和张承志的作品中，都不难看到苏联文学的影响。张贤亮的《肖尔布拉克》、张承志的《黑骏马》以及蒋子龙的某些小说都曾被人具体地指认出苏联的某部对应的文学作品；这里，与其说是作者一定受到了某部作品的直接启发，不如说是整个苏联文学的思路与情调、氛围的强大影响力在我们的身上屡屡开花结果。"[1]在王蒙看来，苏联文学有许多显著的优点，如承认人道主义，承认人性、人情，乃至强调人的重要、人的价值；歌颂爱情的美丽；侧重表现人的内心；喜爱大自然和风景描写以及静态的细节描写；具有强大的抒情性等。

在对苏联文学的接受和赞誉中，王蒙又似乎对艾特玛托夫情有独钟，他曾说："苏联文学有自己很杰出的成就，特别是俄罗斯文学有非常杰出的成绩，但多年来，苏联把社会主义现实主义定在作家协会的章程里，变成一种法令性法规性的东西，所造成的损害至今还有。不能够说苏联的作品都写得很好，苏联作家里我最佩服的是辛吉斯·艾特玛托夫，但我有一种感觉，就是艾特玛托夫太重视和忠于他的主题了，他的主题那么鲜明，那么人道，那么高尚，他要表达的苏维埃人的高尚情操、苏维埃式的人道主义、苏维埃式的对爱情、友谊、理想、道德的歌颂在一定意义上限制了他，使他没能够充分发挥出来。"[2]虽然他说苏联的主流意识形态限制了艾特玛托夫的文学才

---

① 王蒙:《苏联文学的光明梦》,《读书》1993年第7期。
② 王蒙、王干:《王蒙、王干对话录》,《王蒙文集》第8卷,华艺出版社1993年版,第447页。

能的发挥,但他依然高度地肯定了艾特玛托夫的文学成就。他还指出,艾特玛托夫与马尔克斯、卡夫卡、海明威是对新时期中国文学影响最大的四位外国作家。

王蒙对艾特玛托夫的小说是熟悉和了解的,在长篇小说《狂欢的季节》中,主人公钱文于20世纪70年代在新疆和朋友偷偷交换书读的时候,就提及了艾特玛托夫的《白轮船》。事实上,艾特玛托夫对王蒙的创作产生了一定的影响,尤其是在他的那些以新疆生活经验为题材的小说中,时时闪烁着艾特玛托夫小说艺术的光亮。

把艾特玛托夫和王蒙的人生经历和创作历程大致比较一下,两者之间存在着一定的相似性。一是两人都具有底层生活经验,对底层人民身上那种淳朴善良的品质印象深刻,这种印象还一度深深地影响了他们的文学创作。艾特玛托夫在父亲死后就和母亲回到故乡舍克尔村从事劳动,尤其是卫国战争期间,他更是与底层人民同甘共苦。而王蒙被打成"右派"后也曾在新疆底层人民中生活了十余年,从中汲取了难能可贵的精神资源。二是他们在成名后都曾经身居高位,在各自国内文坛上享有崇高的威望,影响很大。艾特玛托夫曾任苏联最高苏维埃代表,加盟共和国中央委员等职,而王蒙也曾任中华人民共和国文化部部长、中央委员等职。三是他们都深受苏联文学的深刻影响,而且非常善于在艺术上推陈出新。艾特玛托夫在早期的《查密莉雅》等小说取得巨大的名声后,就毅然地向《白轮船》《花狗崖》等小说转型,后期更是向《一日长于百年》《断头台》《卡桑德拉印记》等探索小说转型。而王蒙从改革开放以来的创作走的也是不断地探索、转型的路子。

当然,我们在此主要关注的是王蒙在伊犁和乌鲁木齐的生活经历及对其小说创作的影响,因为正是这段生活经历让他与紧邻的吉尔吉斯斯坦作家艾特玛托夫有可能把距离拉得更近。也许对于许多被放逐的作家而言,放逐地的生活是不堪回首的,是备受憎恨的,是满含屈辱的。但是王蒙对新疆的记忆却迥然不同,他把新疆视为第二故乡。他曾说:"从1963年到1979年,我在新疆生活了16年,从29岁到45岁,在这亲爱的第二故乡度过了我生命的最好时光。国内外都有一些热心的朋友,谈到我1957年后的经历时,强调我的命运坎坷、不幸。然而,仅仅说什么坎坷和不幸是不公正的,在新疆的16年,就充满了欢乐、光明、幸福而又新鲜有趣的体验。"①他对伊犁巴彦岱公社有很深的感情,"我又来到了这块土地上。这块我生活过、用

---

① 王蒙:《萨拉姆,新疆》,《橘黄色的梦》(散文集),百花文艺出版社1984年版,第173页。

汗水浇灌过六七年的土地上。这块在我孤独的时候给我以温暖,迷茫的时候给我以依靠,苦恼的时候给我以希望,急躁的时候给我以慰安,并且给我以新的经验、新的乐趣、新的知识、新的更加朴素与更加健康的态度与观念的土地上。"①可以说,王蒙把那段放逐生活转变成了一段美好的回忆,那就是两千年来中国知识分子曾经不断叙述的落难才子受到善良的底层百姓救助的温暖故事。

艾特玛托夫对王蒙新疆题材小说的影响首先表现于鲜明的地域风情描绘上。艾特玛托夫的小说大多具有吉尔吉斯鲜明的地域风情,如《查密莉雅》《我的包着红头巾的小白杨》《第一位老师》《母亲—大地》《永别了,古利萨雷!》等小说中,苍茫的草原、高耸的群山、奔腾的骏马、湍急的河流,更兼那些勤劳朴实、热情炽烈的底层劳动人民,无不彰显着吉尔吉斯斯坦的民族性。

王蒙的新疆题材小说写新疆,自然非常关注新疆伊犁那些独特的自然风物,例如那高高的白杨树、火红的玫瑰花、美丽的葡萄架、潺湲的沟渠等,以及当地特有的民风民俗,如《虚掩的土屋小院》中的喝奶茶等。但笔者以为,王蒙真正感兴趣的其实还是新疆少数民族,尤其是维吾尔族那种独特的生活态度及其蕴含的民族精神。在短篇小说《买买提处长轶事——维吾尔族人的"黑色幽默"》中,王蒙在篇首引用维吾尔族《古哲佳言》:"维持生命的六要素是:一、空气;一、阳光;一、水;一、食品;一、友谊;一、幽默感。泪尽则喜。幽默感即智力的优越感。"②王蒙特别喜欢的是维吾尔族人民在生活中表现出来的幽默感。该小说写到维吾尔族人在"破四旧"新式婚礼后照样举行老式的婚礼;买买提处长在牛棚里把一个年近半百、长着大脖子、驼背、眼睛长着白蒙子的中年妇女想象成美丽的姑娘等等,都非常能够表现维吾尔族人民的幽默感。在短篇小说《淡灰色的眼珠》中,穆敏老爹曾说马尔克木匠精于"塔玛霞尔","塔玛霞尔是维语中常用的一个词,它包含着嬉戏、散步、看热闹、艺术欣赏等意思,既可以当动词用,也可以当名词用,有点像英语的 to enjoy,但含义更宽。当维吾尔人说'塔玛霞尔'这个词的时候,从语调到表情都透着那么轻松适意,却又包含着一点狡黠。"③其实,这种"塔玛霞尔"就是王蒙特别关注的维吾尔族人民的一种民族精神,一种生活智慧,即能够轻松又幽默地看待生活的一种民族精神。在《哦,穆罕默德·

---

① 王蒙:《故乡行——重访巴彦岱》,《淡灰色的眼珠——系列小说"在伊犁"》,作家出版社 1984 年版,第 1 页。

② 王蒙:《王蒙选集》第 3 卷,百花文艺出版社 1985 年版,第 169 页。

③ 王蒙:《淡灰色的眼珠——系列小说"在伊犁"》,作家出版社 1984 年版,第 59 页。

阿麦德》中的阿麦德、穆敏老爹等人身上都存在着这种民族精神;乃至受其影响,《杂色》中的曹千里也都染有这种民族精神。

此外,艾特玛托夫对王蒙的新疆题材小说比较深的影响就是对人性美、人情美的礼赞。艾特玛托夫在《查密莉雅》《我的包着红头巾的小白杨》《母亲—大地》等小说中着力发掘的就是底层人民身上那种人性美、人情美。而王蒙也从切身的新疆生活中体验到了底层人民身上的那种正面闪光的人性素质。王蒙曾说:"虽然这一系列小说的时代背景是那动乱的十年,但当我写起来,当我一一回忆起来以后,给我以强烈的冲击的并不是动乱本身,而是即使在那不幸的年代,我们的边陲、我们的农村、我们的各族人民竟蕴含着那样多的善良、正义感、智慧、才干和勇气,每个人心里竟燃烧着那样炽热的火焰。那些普通人竟是这样可爱、可亲、可敬,有时候亦复可惊、可笑、可叹!即使在我们的生活变得沉重的年月,生活仍然是那样强大、丰富,充满希望和勃勃的生气。真是令人惊异,令人禁不住高呼:太值得了,生活,到人民里边去,到广阔而坚实的地面上去!"①的确,《组织部新来的青年人》中,王蒙主要体现了对当时社会现实的批判力度;到了《悠悠寸草心》《蝴蝶》等小说中,王蒙着力要展示的就是底层人民的巨大力量和善良人性。但是与他的新疆题材小说相比,那些小说对底层人民的人性美、人情美写得还是不够浓烈。

王蒙有个短篇小说叫《温暖》,叙述了在商品供应困难的年代里排队买东西时发生的一件温暖人心的小事。新疆维吾尔族等少数民族都喜欢喝砖茶,但供应不足,当供销社好不容易有供应时,大伙在寒冷的冬天纷纷起早去供销社门前排队。正当大家等得不耐烦时,一个老太婆也说她是最早来排队的,因为看到没有人,就在招牌上系了一根白发,又回家给孙子做饭去了,现在要求站到最前面去。她的可笑举动自然受到大伙的嘲讽,弄得她坐到地上哭了起来。但排在第一位的一个说话结巴、长着黄胡子的男人却劝大伙同情老太婆,让她排上队,结果又遭到大伙的反对。在大伙的冷嘲热讽下,那个男人居然把自己的排队位置让给了老太婆。于是,大伙纷纷被他的高尚举动感动,彼此间都感受到一种温暖,此次买茶后好几个人都建立了交情。这个短篇小说酷肖鲁迅的《一件小事》,但其取材角度也和艾特玛托夫早期小说的取材角度较为相近。

此外,如短篇小说《淡灰色的眼珠》中写的阿丽娅和马尔克木匠的爱情也非常感人。阿丽娅被称为毛拉圩孜公社最漂亮的女人。她离婚后认识了

---

① 王蒙:《淡灰色的眼珠——系列小说"在伊犁"》,作家出版社 1984 年版,第 323 页。

马尔克木匠,两人的感情非常好。马尔克木匠技艺高超,常常自己做些小家具到市场上去出售,而且很会背诵领袖语录。后来阿丽娅得了癌症,本不想继续医治,还希望马尔克能在她死后娶爱莉曼为妻。但是马尔克却把房子都卖了,筹集了一点钱把阿丽娅送到乌鲁木齐的大医院去治病。阿丽娅去世后,马尔克回到毛拉圩孜公社,从队部借了一间房子,照旧做他的木匠活,也不答应娶爱莉曼为妻,就一个人与世无争地生活着。而在短篇小说《虚掩的土屋小院》中,穆敏老爹和阿依穆罕大娘之间的温暖情感更是动人。为了让在外干活的穆敏老爹一回家就能够吃上热饭,阿依穆罕大娘不断地烧水添水,不断地到门口去探望穆敏老爹的身影。后来穆敏老爹远赴南疆去看望久无音讯的弟弟,阿依穆罕大娘就难舍难分。最后,作者写道:"我一想起穆敏老爹和阿依穆罕老妈妈来,就有一种说不出的爱心、责任感、踏实和清明之感。……他们不贪、不惰、不妒、不疲塌也不浮躁、不尖刻也不软弱,不讲韬晦也决不莽撞。特别是穆敏老爹,他虽然缺乏基本的文化知识,却具有一种洞察一切的精明,和比精明更难能的厚道与含蓄。"[1]可以说,王蒙对新疆底层人民的人性美、人情美的礼赞无疑是与艾特玛托夫的早期创作主旨遥相呼应的。

当然,王蒙还有一些小说与艾特玛托夫小说之间存在较为明显的思想艺术关联。如王蒙的短篇小说《光明》中的市委秘书长李仲言的性格和艾特玛托夫的中篇小说《永别了,古利萨雷!》中的农庄主席乔罗比较相似,两者本质上都是比较善良的人,但是在唯上是从的极左政治体制里他慢慢地变成了"不倒翁"式的无原则的人,遇事能敷衍就敷衍,能推脱就推脱。而在"文化大革命"中受到打击、后来当市委副书记的邵容朴则和塔纳巴伊比较相似,两人都敢于坚持自己的意见,敢于迎难而上,敢于抗争。当然,《永别了,古利萨雷!》中的塔纳巴伊受到撤销党籍的严重处分,而邵容朴最终重新掌握权力,获得重用。

还有王蒙的短篇小说《最后的"陶"》与艾特玛托夫的中篇小说《第一个老师》存在着关联。《最后的"陶"》的主人公是一个名叫哈丽黛的哈萨克姑娘,很小时父母就因病双双去世,远房叔叔依斯哈克收留了她。哈则孜老师看她是可造之才,就去动员依斯哈克叔叔让她去上学,但依斯哈克却认为女孩子不用上学,哈则孜好不容易辩倒了他,哈丽黛才得以去上学。上学时,哈丽黛受尽各种磨难,幸好有哈则孜父亲般的帮助才考上北京大学。但上大学不久,哈则孜就去世了,六年后,学习成绩优秀的哈丽黛已经办理好前

---

① 王蒙:《淡灰色的眼珠——系列小说"在伊犁"》,作家出版社1984年版,第146页。

往澳大利亚留学的手续,因此临别前最后一趟回故乡,告别最后的"陶"(哈萨克语,即山)。然而,依斯哈克已经垂垂老矣,他的儿子达吾来提只知羡慕外面的现代世界,哈则孜的儿子库尔班也只想着多赚钱,原来淳朴的传统世界眼看着已经受到现代文明的冲击,哈丽黛只有黯然离去。该小说中的哈丽黛受到哈则孜的教育,去国前返乡的那种情绪描写,都与艾特玛托夫的中篇小说《第一位老师》中阿尔狄娜依受到玖依申的教育之恩,最后成为著名的学者,又再次返回库尔库列乌村的故事遥相呼应。不过,艾特玛托夫把小说的重点放在对玖依申的高贵人格的描绘上,还有就是阿尔狄娜依对玖依申那份纯洁的初恋感情的渲染上。但王蒙却把小说的重点放在依斯哈克大叔和达吾来提、哈则孜和库尔班的父子两辈人不同的文化冲突上,而哈丽黛和哈则孜独特的心路历程都没有进入作者的视野中。因此,总的看来,《最后的"陶"》在艺术魅力上就逊于艾特玛托夫的《第一位老师》。

王蒙曾经决心写一部风格直追艾特玛托夫的作品,这就是他的新疆题材短篇小说《歌神》。该小说叙述的是一个维吾尔族歌手的悲惨命运。他叫艾克兰穆,原来在伊犁特克斯林场工作,在大河里放木排,后来因为歌唱得好,被选拔到自治区天山乐团。但是去了乌鲁木齐一两个月,他因想念家乡,又回到了伊犁,到察布查尔林场去工作。他非常喜欢一个哈萨克姑娘阿依达娜柯。阿依达娜柯父母双亡,跟着异母哥哥过日子。而她的哥哥是个不可救药的窃贼、赌棍和醉鬼,他先是阻挠艾克兰穆和阿依达娜柯的爱情,后来又公然索要高价钱。艾克兰穆计出无门,阿依达娜柯又不敢违逆哥哥的意志,结果后来她被哥哥裹挟着逃到苏联去了。艾克兰穆无限哀伤,先是到喀什去看望姑母,后来终于回到乌鲁木齐天山乐团。在天山乐团,艾克兰穆非常受欢迎,歌也唱得出神入化,甚至出了个人唱片,但他依然过着清冷、贫困的单身生活。后来患了肝癌的阿依达娜柯回到伊犁,临死前渴望见到艾克兰穆,听到他的歌声,在朋友的帮助下,她如愿以偿。阿依达娜柯死后,艾克兰穆不知所终,只是听说遥远的阿尔泰出现了一位歌神,他的歌声能够让麋鹿、羚羊、银狐和雪鸡都聚集起舞。很显然,该小说直接受到了艾特玛托夫中篇小说《查密莉雅》的影响。

首先,从小说叙述人称和叙述者的安排上看,《歌神》和《查密莉雅》非常相似。《查密莉雅》采用的是第一人称叙述,叙述者是见证了查密莉亚和丹尼亚尔的爱情的产生、发展过程的谢依特,他是查密莉雅的小叔子,才十四五岁,初涉人世,对一切都怀着朦胧的好奇心,心地淳朴,感觉敏锐,感情丰富,但功利心尚不强。因此,他叙述的查密莉雅和丹尼亚尔的爱情,就显得非常纯真美好,好像给一幅优美的风景画加上了一个雅致的画框。而且,从谢依特第一人称的叙述中,我们不仅可以充分地感受查密莉雅和丹尼亚尔爱情的优美婉曲的发展过程,还可以品味到这种美妙的爱情在一个未成年人心目中引起的反响,就像在欣赏瑰丽多姿的晚霞时,同时可以欣赏到碧波上晚霞的激滟倒影,因而艺术魅力顿然大增。此外,艾特玛托夫安排谢依特的第一人称叙述,其实还暗藏一个主题,那就是少年谢依特在充分领略到查密莉雅和丹尼亚尔两个优美灵魂的爱情后渐渐地成长起来了。因此,小说结尾写到查密莉雅和丹尼亚尔私奔后,谢依特向母亲提出要离开家乡去学习绘画的要求,这是他成长中具有决定性的一步。与《查密莉雅》相似,《歌神》采用的也是第一人称叙述。叙述者初次在伊犁河谷黄昏的田野上遇到艾克兰穆时,还是个医科大学的在校学生;第二次在喀什街头遇到艾克兰穆时,他是作为实习生参加农村医疗队;后来作为毕业生代表参加文艺晚会时又欣赏到了艾克兰穆的演出;最后是在黑水河水利工地上行医时,遇到已经被监督劳动的艾克兰穆。通过这个叙述者的设置,艾克兰穆十几年的命运就被串联起来了,让人顿起沧桑之感。

其次,在浓郁的抒情气氛的营造方面,《歌神》和《查密莉雅》也颇为相似。《查密莉雅》开篇是以成为画家后的谢依特面对自己以前的一幅以查密莉雅和丹尼亚尔为主题的画展开的,回忆就像一场清新的春雨一样再次淋湿了心灵。而小说主体部分,不断地再现吉尔吉斯草原村庄那种种优美的场景,尤其是查密莉雅和丹尼亚尔赶着马车走过黄昏时的草原时那种如梦如幻的景致更是富有诗意。而《歌神》的开篇也浓墨重彩地描绘了伊犁河谷初秋黄昏的田野上美妙而和谐的景致,为歌手艾克兰穆的出场作好了铺垫。而当写到艾克兰穆第二次在喀什街头出场,为了映衬他的爱情不幸,作者着力展示了南疆盛夏时分的那种酷热、干旱的狞厉场景。《查密莉雅》富有吉尔吉斯草原的地域风情,《歌神》则把新疆伊犁河谷和南疆的地域风情呈现得很充分。

当然,《歌神》和《查密莉雅》最为相似的还是艾克兰穆和丹尼亚尔两个人物形象。《查密莉雅》中的丹尼亚尔从战争前线负伤返回草原村庄,他干活勤奋,心地善良,性格刚毅质朴。小说中有个片段如此描绘他:

> 他背对我站着。他那颀长的、像是用斧头砍削出来的有边有棱的身影,在柔和的月光中显得清清楚楚。他似乎在细细倾听那大河的流水声,——夜晚,河水下滩的声音越来越清晰可闻了。可能,他还在倾

听我所听不见的一些夜的音响和喧嚣。①

丹尼亚尔的嘴角上带着清晰的纹丝,两片嘴唇总是紧闭着,眼神抑郁、镇定,只有两道弯弯的、活泼的眉毛给他那副瘦削的、总是显得疲倦的面孔增添一些生气。有时候他会凝神倾听,像是听到一种别人听不见的声音,这时他眉飞色舞,眼里燃烧着一种难以理解的喜悦。然后他不知为什么事微笑好久,显得十分高兴。这一切我们都感到奇怪。②

有时他侧耳静听,凝神屏息,睁大一双眼睛。有一种东西在激荡着他的心,我觉得,他马上就要站起来,敞开自己的胸怀,不过不是对我敞开——他没有理会我——而是对着一种巨大的、无边无际的、我所看不见的东西。③

从这些优美的片段中,我们可以看出艾特玛托夫笔下的丹尼亚尔是一个对周围世界非常敏感的人,是一个内心世界非常丰富的人。非常有意味的是,王蒙笔下的艾克兰穆,不但像丹尼亚尔一样身材较高,瘦削,而且神态也与他很相似。王蒙这样描写艾克兰穆:"高身量,略显瘦削,骨架有力,卷曲的头发,高高凸出的眉骨和鼻梁,浓而长的眉毛,扁而长的、上挑的眼睛;淡褐色的、带着一种奇异的温柔和沉思的色彩的眸子,英勇而又和善的、似乎凝神看着远方的目光。"④看来,艾克兰穆和丹尼亚尔还真的像一对形神兼似的兄弟。

当然,更为相似的是,两个人民歌都唱得很好,唱歌简直是他们心灵和灵魂的展示窗口。《查密莉雅》中,丹尼亚尔是在查密莉雅的要求下才唱的,而且是一鸣惊人,不但俘获了少年谢依特的心灵,而且轻而易举地俘获了查密莉雅的心灵。

最使我惊讶的是,那曲调本身充满何等的炽情,何等的热力。我当时不晓得这该叫做什么,就是现在也不晓得,准确些说,是无法断定:这仅仅是歌喉呢,还是另有一种从人心的深处发出的更重要的东西,一种最能引起别人的共鸣,最能表露最隐秘的心曲的东西。

我于是忽然懂得了他那些引起人们不解和嘲笑的怪癖——他的好遐想、爱孤独和沉默不语。这时我懂得了他为什么整晚整晚地坐在守

---

① ［吉尔吉斯］艾特玛托夫:《艾特玛托夫小说集》上,外国文学出版社1980年版,第19页。
② ［吉尔吉斯］艾特玛托夫:《艾特玛托夫小说集》上,外国文学出版社1980年版,第21页。
③ ［吉尔吉斯］艾特玛托夫:《艾特玛托夫小说集》上,外国文学出版社1980年版,第22页。
④ 王蒙:《王蒙选集》第3卷,百花文艺出版社1985年版,第97页。

望台上,为什么一个人留在河边过夜,为什么他总在倾听那些别人听不见的音响,为什么有时他的眼睛会忽然大放光采,平时十分戒备的眉毛会飞舞起来。这是一个爱得很深厚的人。他所爱的,我感觉到,不仅是一个什么人;这是一种另一样的、伟大的爱——爱生活,爱大地。是的,他把这种爱珍藏在自己心中,珍藏在自己的歌曲中,他为它而生存。感情冷漠的人不能够唱得这样动人,不管他有多么好的嗓子。

当一支歌子的余音似乎停息了时,一阵新的激荡的浪潮,像是又把沉睡的草原惊醒。草原很感激地在倾听歌手歌唱,那种亲切的曲调使草原如醉如痴。等待收割的、已经熟透的蓝灰色的庄稼,像宽阔的河面似的起伏不定,黎明前的微曦在田野上游荡。水磨旁雄伟的老柳群飒飒地摇动着叶子,河那岸野营里的篝火已经奄奄一息,有一个人,像影子一样,无声无息地在河岸上朝村子的方向纵马飞奔,一会儿消失在果园里,一会儿重新出现。夜风从那儿送来苹果的香气,送来正在吐穗的玉米鲜牛奶般的甜味儿,以及尚未晒干的牛粪块那种暖熏熏的气息。

丹尼亚尔久久地忘情地唱着。迷人的八月之夜,安静下来,听他的歌声。就连马儿也早就换了均匀的步子,像是恐怕扰乱了这种奇妙的境界。①

可以说,艾特玛托夫对丹尼亚尔唱歌的这种描写在世界文学史中都是可以流芳千古的。

我们可以再看看王蒙的《歌神》中对艾克兰穆的歌唱的描绘:

我没言语,不管愿意不愿意,艾克兰穆的热瓦甫琴声开始吸引着我。好像在一个闷热的夏季,树叶颤动了,还弄不清是怎么回事也罢,人们总会不约而同地舒一口气。好像一个熟睡的婴儿,梦中听到了慈祥的召唤,他慢慢地、慢慢地张开了眼睛,他第一次看到了世界的光和影,看到了俯身向他微笑的美丽的母亲。……

艾克兰穆把酒喝下去了,又喝了一次。三杯已过,他眯上眼睛,再一睁,就唱起来了。说是唱,又像是在说话,在自语,似乎没有旋律。懒洋洋地哼着的调子里包含着一种温暖,一种希望。好像青草在欣悦地生长,好像蓓蕾在无言地开放,好像是一匹被主人上了绊子的马自顾自

_____

① ［吉尔吉斯］艾特玛托夫:《艾特玛托夫小说集》上,外国文学出版社 1980 年版,第40—41页。

地低头觅食,好像是船舶靠岸过夜的时候随着水波轻轻摇晃。渐渐地,草原开遍了鲜花,骏马风驰电掣,木排在激流里起伏,四面是光明的白昼。我呆住了,耀眼的亮光使我晕眩,使我忘记了一切。我像一个正在负气的粗野的孩子,扭动身躯要躲避母亲的爱抚,但是母亲的硕大的手掌理顺了我的搭拉的头发,抚摸着我的额头、脸蛋和脖颈,我驯服了,我终于躺在了母亲的怀里,幸福地闭上了眼睛。

突然,一声高亢的呼唤,中断了连续,艾克兰穆蓦地把头一甩,用一只手支持着自己,放下了弦琴,面对着苍茫的天上升起的第一颗星,用一种全然不同的、天外飞来般的响亮的嗓音高唱起来。像洪水冲破了闸门,像春花在一个早上漫山红遍,像一个个盛妆的维吾尔少女同时起舞,像扬场的时候无数金色的麦粒从天空洒落。艾克兰穆的歌儿从他的嗓子,从他的胸膛里迸放出来,升腾为奇异的精灵,在天空,在原野,在高山与流水之上回旋。我呢,也随着这歌声升起,再升起,飞翔,我看到了故乡大地是这样辽阔而自由,伊犁河奔腾叫啸,天山云杉肃穆苍劲,地面上繁花似锦……

我们不知道过了多长时间。一颗又一颗蓝色的和橘色的星星竞相来到我们的头顶,它们在俯视,在谛听,在激动得发抖,庄稼和树木惊愕地呆在了黑影里,风儿也在围绕着我们回转,不忍离去。①

无论是丹尼亚尔还是艾克兰穆唱歌,无疑是用心灵、用灵魂唱出来的,他们把生命的炽情融入歌声中,因此歌声才无比动听,无比感人。这两个片段文字在对音乐的描写方面无疑都是文学史中的上乘文字。更为奇特的是,丹尼亚尔歌声唤起的谢依特对生活的感情,和艾克兰穆歌声唤起的维吾尔族医科大学生对生活的感情,都是相似的。《查密莉雅》如此写道:

傍晚,我们走在峡谷中的时候,每次我都觉得我跨进了另一个世界。我合上眼睛,倾听丹尼亚尔歌唱,在我面前会出现一些童年时候就异常熟悉、异常亲切的情景:有时在帐幕当头、大雁飞翔的高处,飘过正作春游的蓝雾般的轻柔云片;有时在震响的大地上,蹄声得得、嘶声悠长地驰过夏牧的马群,牧马驹儿抖着未曾剪过的鬃毛,眼里闪着墨黑的、野气的火光,洋洋得意、憨头憨脑地一路跑着追赶自己的妈妈;有时羊群在山包上静静地纷纷散了开来;有时瀑布从悬崖上倾泻而下,它那

① 王蒙:《王蒙选集》第3卷,百花文艺出版社1985年版,第99—100页。

飞舞乱溅的泡沫的白光耀眼欲花;有时在河对岸草原上,红日轻柔地落进芨芨草丛里,火红的天边有一个孤独而遥远的骑手,好像正纵马追赶落日——红日已伸手可及——可是也掉进了草丛和暮色之中。①

而王蒙的《歌神》则写道:"直到歌声停止,我才透过了一口气。弟弟趴在地上,哭起来了。来牵山羊的小姑娘搂住她的山羊,忘记了回家。我也想起了许多亲切的事,我想起了去世的母亲,想起了小时候偷偷爱过的姑娘,想起苹果开花和蚕豆结荚,想起了那一去不复返的、少年人的梦一样的日子。我想说一些话,然而,艾克兰穆已经走了……"②可以说,正是丹尼亚尔的歌声深深地打动了谢依特,他才会不遗余力地帮助丹尼亚尔和查密莉雅,甚至在看到他们私奔时不去告发。而《歌神》中,也正是艾克兰穆的歌声深深地打动了医科大学生,他才会像想念情人一样想念艾克兰穆,并为他的命运作出历史的证明。

当然,艾特玛托夫的《查密莉雅》和王蒙的《歌神》的立意主旨不一样。艾特玛托夫《查密莉雅》的重心在丹尼亚尔和查密莉雅的爱情上,因此他把战争、政治乃至吉尔吉斯民族残存的宗法制习俗等都推到背景上,主要的笔墨放在刻画查密莉雅、丹尼亚尔这两个富有个性的、富有精神光彩的草原儿女身上了。而王蒙的《歌神》则把重心放在了维吾尔族歌手艾克兰穆的歌唱艺术天才和环境对天才的摧残和扼杀上了。在艾克兰穆被监督劳动后,他曾说:"我的罪就是——唱歌!呵,一切使人有别于驴子的东西,使人变得善良、文明、温柔和美丽的东西全不要了,剩下的是什么呢?凶暴,仇恨,残忍,贫困……"③王蒙写歌神艾克兰穆及其遭遇,也是对自己命运的自况。在对艾克兰穆的爱情书写上,王蒙的《歌神》无疑是不成功的,关键就在于作者无法把重心放在艾克兰穆和哈萨克族姑娘阿依达娜柯的个性塑造上。与查密莉雅相比,阿依达娜柯形象是没有人性深度的,也没有个性和精神光彩的形象;与丹尼亚尔相比,艾克兰穆也是如此。在一定程度上可以说,艾特玛托夫能够超越政治的狭隘局限,突入到人性的丰富性和复杂性之中,从而勾画出人的心灵和灵魂的生动具象;而王蒙的笔触只能停留在此,更为细腻的心灵图景是灵魂抉择的艺术之旅均无法呈现的。这不能不说是一大遗憾。

---

① [吉尔吉斯]艾特玛托夫:《艾特玛托夫小说集》上,外国文学出版社 1980 年版,第 42 页。
② 王蒙:《王蒙选集》第 3 卷,百花文艺出版社 1985 年版,第 100 页。
③ 王蒙:《王蒙选集》第 3 卷,百花文艺出版社 1985 年版,第 110 页。

　　除了短篇小说《歌神》之外,王蒙的中篇小说《杂色》也和艾特玛托夫的中篇小说《永别了,古利萨雷!》之间存在着文学史上的关联。

　　首先是两部小说都以马命名,都是一匹马和一个人的一段旅程中包含着丰富的生活信息、历史信息。《永别了,古利萨雷!》中,溜蹄马古利萨雷本是天生的骏马,曾经在赛马中夺魁,但最后被阉割,成了农庄主席的坐骑,后来沦落为衰老的辕马。而塔纳巴伊先是当牧马人,后来为了农庄的需要又去当牧羊人,但是农庄的各种条件极差,管理者又高高在上,不闻不问,从而导致了春天接羔时大量羊羔倒毙的惨状,最后塔纳巴伊还因为触犯了官僚主义者区监察委员谢基兹巴耶夫而被开除出党。艾特玛托夫的《永别了,古利萨雷!》就以年老体弱的塔纳巴伊赶着垂垂待毙的古利萨雷回家途中的回忆口吻,哀婉而悲愤地展示了一个人和一匹马的一生命运。王蒙《杂色》中的小说主人公曹千里原本是中央音乐学院毕业生,很有音乐才能,被划为右派后来他自愿到边疆接受改造。到了边疆后,他处处学着本地人的生活方式、本地人的语言、本地人的饮食。一次他骑着公社最差的一匹杂色老马到夏牧场去统计一个什么数字,小说主体就是通过曹千里沿途的所见所闻、所思所忆来展现他到边疆后的心路历程。在叙述时,王蒙的《杂色》基本都是曹千里一个人的意识流;而艾特玛托夫的《永别了,古利萨雷!》则是采用第三人称全称叙事。

　　艾特玛托夫的《永别了,古利萨雷!》开篇就写古利萨雷衰老后的惨状:"古利萨雷早就感到胸口阵阵隐痛,颈轭压得它喘不过气来;皮马套歪到一侧,像刀割似地勒着;而在颈轭右下侧,有个尖东西老是扎着肉。这可能是一根刺,要不就是从颈轭的毡衬垫里露出来的一颗钉子。肩上一块擦伤的地方,原来已长上老茧,此刻伤口裂开了,灼痛得厉害,还痒得难受。四条腿变得越来越沉,仿佛陷进了一片刚刚翻耕过的湿漉漉的地里。"①"塔纳巴伊看了看马的眼睛,心一沉,脸色顿时变了。马的眼眶周围布满了皱纹,眼睫毛都掉光了。在深深凹陷的半睁半闭的眼睛里,他什么也没有看到。两只眼睛已经昏暗无光,就像被废弃的破屋里的两扇窗,显得黑洞洞的。"②与之相似,王蒙的《杂色》开篇也写曹千里眼中杂色老马的狼狈相:"这大概是这个公社的革命委员会的马厩里最寒伧的一匹马了。瞧它这个样儿吧:灰中夹杂着白、甚至还有一点褐黑的杂色,无人修剪、因而过长而且蓬草般地杂

---

① ［吉尔吉斯］艾特玛托夫:《查密莉雅》,力冈、冯加译,外国文学出版社1998年版,第57页。

② ［吉尔吉斯］艾特玛托夫:《查密莉雅》,力冈、冯加译,外国文学出版社1998年版,第60页。

乱的鬃毛。磨烂了的、显出污黑的、令人厌恶的血迹和伤斑的脊梁。肚皮上的一道道丑陋的血管。臀部上的深重、粗笨因而显得格外残酷的烙印……尤其是挂在柱子上的、属于它的那副肮脏、破烂、沾满了泥巴和枯草的鞍子——胡大呀,这难道能够叫做鞍子吗?即使你肯于拿出五块钱做报酬,你也难得找到一个男孩子愿意为你把它拿走,抛到吉尔格朗山谷里去的。鞍子已经拿不成个儿了,说不定谁的手指一碰,它就会变成一洼水、一摊泥或者一缕灰烟的呢。"①两部小说对老马衰老可怜的样貌的描写都非常生动。

其实,无论是艾特玛托夫的《永别了,古利萨雷!》还是王蒙的《杂色》,都是把人与马作为互相映衬的形象的。古利萨雷的命运和塔纳巴伊的命运基本是同步的,两者都在赛马时达到辉煌的顶峰,而后步步堕落,直至被命运淘汰。《杂色》中,受到鄙弃的杂色老马和被流放边疆的曹千里也互为镜像。正如有论者所说的,"马是曹千里驾驭的对象,同时又是曹千里的形象、心灵和人格的外化"②。从表面上看,杂色马衰老、疲惫,但是它又似乎非常具有韧性,而且尚有千里腾飞之志。因此小说最后写到曹千里和老马的另一幅神异之像:"终于,曹千里骑着这匹马唱起来了。他的嘹亮的歌声震动着山谷。歌声振奋了老马,老马奔跑起来了。它四蹄腾空,如风,如电。好像一头鲸鱼在发光的海浪里游泳,被征服的海洋被从中间划开,恭恭敬敬地从两端向后退去。好像一枚火箭在发光的天空运行,群星在列队欢呼,舞蹈。眼前是一道又一道的光柱,白光,红光,蓝光,绿光,青光,黄光,彩色的光柱照耀着绚丽的、千变万化的世界。耳边是一阵阵的风的呼啸,山风,海风,高原的风和高空的风,还有万千生物的呼啸,虎与狮,豹与猿……而且,正是在跑起来以后,马变得平稳了,马背平稳得像是安乐椅,它所有的那些毛病也都没有了,前进,向前,只知道飞快地向前……"③这种景象,无疑是曹千里对自己命运新的展望和希冀!

虽然两部小说具有如此的相似性,但它们的重心又明显不同,艾特玛托夫的《永别了,古利萨雷!》比较侧重于展示像古利萨雷这样的动物生命在人类中心主义暴力下的悲惨命运,以及像塔纳巴伊这样的共产党员是如何敢于坚持真理、敢于反抗官僚主义的,因此《永别了,古利萨雷!》无疑更富有悲剧色彩,而古利萨雷形象也塑造得栩栩如生。但王蒙《杂色》的重心是放在曹千里被放逐边疆后的心理自我调适过程上。其实,曹千里骑着杂色

---

① 王蒙:《王蒙选集》第2卷,百花文艺出版社1985年版,第159页。
② 於可训:《王蒙传论》,武汉大学出版社2009年版,第266页。
③ 王蒙:《王蒙选集》第2卷,百花文艺出版社1985年版,第210页。

马去夏牧场的旅程，就是曹千里如何接受被放逐的命运，如何慢慢地融入当地生活，以及最终梦想着如何再次鹏程万里的心路历程。他骑着那匹杂色老马，经历风吹日晒、雨淋雹打的种种坎坷，终于达到夏牧场，看着满山苍翠的美好景象，告别了青春和理想的单纯，接受了现实的丰富和驳杂，最终才能腾跃而起。这无疑也是王蒙对自己几十年命运的艺术概括。这也是那个时代中国知识分子的命运和心路的形象写照。相对而言，艾特玛托夫笔下的古利萨雷是高贵而又悲惨的，而王蒙笔下的杂色老马是驯服而又富有生命韧性的；艾特玛托夫塑造的塔纳巴伊是富有反抗精神、勤劳朴实、敢于坚持真理、追求正义的底层人民中的一员，而王蒙笔下的曹千里是需要从底层人民那里汲取生存的勇气、获得庇护的中国知识分子。

　　从整体上看，艾特玛托夫对王蒙小说的影响是融入苏联文学、俄罗斯文学的影响之中了。我们如此条分缕析地剖析出艾特玛托夫对王蒙的个人影响自然有点穿凿，但正是这种穿凿让我们能够更清晰地把握住文学史中许多作家的内在交流的暗道，为文学史的影响研究作出一点更具实证性的贡献。

第二节　边疆精神的自觉和艺术新思维的启迪

　　20世纪90年代中期以来，红柯小说以对新疆的广袤大地和多彩生命的书写为中国文坛涂染了一抹抹瑰丽而奇异的色彩，像《奔马》《美丽奴羊》《黄金草原》《复活的玛纳斯》《金色的阿尔泰》等中短篇小说为被消费文化折磨得萎靡不振的文学世界注入了一股雄浑而灵动的生命之气。他的那些被称为"天山系列"的长篇小说，如《西去的骑手》《大河》《乌尔禾》和《生命树》等更是声名卓著，色彩缤纷。红柯的文学生命无疑得益于十年新疆生活。1986年，血气方刚的红柯放弃了陕西宝鸡师专的编辑工作，带着15箱书，西行来到天山北麓的小城奎屯安家落户，直到十年后才返回宝鸡。新疆富有异域色彩的自然万物、民风民俗极大地开拓了红柯的生命眼界，深刻地改变了他的艺术胸襟。

　　当然，外国文学的影响也是红柯文学创作的源泉之一。红柯所受的外国文学影响驳杂而丰富，古希腊神话、荷马史诗、北欧神话、安徒生童话，以及波斯诗人哈菲兹、波兰小说家显克维奇、法国作家莫泊桑和梅里美、俄罗斯作家普希金和契诃夫，还有美国的惠特曼、纳博科夫、赛珍珠等，都在红柯小说中留下了或深或浅、或浓或淡的印痕。不过，艾特玛托夫对红柯的影响还是根本性的。有论者曾允当地指出："在红柯讲述草原民族生活、描述民族风情时,我们还可以发现艾特玛托夫《群山和草原的故事》在中国边疆的深情再现。"①红柯虽然只在新疆生活了十年,但是他的小说十之八九都是以新疆生活为题材的。新疆,尤其是红柯非常喜欢的阿尔泰山、天山等地区,和艾特玛托夫的故乡吉尔吉斯斯坦无论是自然风物还是民风民俗都非常相似,都是群山高耸,草原辽阔,河流奔腾,而游牧民族大都热情而豪放,坦诚而质朴,想象力丰富,代代相传、美丽动人的神话和传说培育出他们自由的心性。1963 年,艾特玛托夫把中篇小说《查密莉雅》《我的包着红头巾的小白杨》等结集为《群山和草原的故事》出版,为他带来了巨大的声誉。而在文集《敬畏苍天》(上海人民出版社 2002 年版)中,红柯也把其中一辑短篇小说命名为《群山和草原的故事》,其中包括《过冬》《树桩》《鹰影》《靴子》《阿力麻里》《树泪》《天窗》《麦子》《吹牛》《雪鸟》《莫合烟》等,这些短篇小说都是以新疆生活为题材的,似乎是在向艾特玛托夫遥致敬意。

　　艾特玛托夫对红柯的影响首先表现于他对新疆的地域文化、民族风情、民间精神、边疆精神的自觉书写中。众所周知,艾特玛托夫的小说是以对中亚草原和群山中的哈萨克、吉尔吉斯等民族的地域风情的书写著称的,如丹尼亚尔的深沉内敛而又富有激情的性格,查密莉雅的轻快活泼而自由灵性的形象,都带有典型的吉尔吉斯民族的特性,更兼那种吉尔吉斯民族残余的宗法制生活,草原和群山的壮美身影,使得《查密莉雅》更富有浓郁的民族气息。至于《一日长于百年》《断头台》更是如此。关于《永别了,古利萨雷!》,艾特玛托夫曾如此说:"这部作品对我珍贵的是,我认为这部作品中我成功地描写了当地民族生活的图画。我努力创作的不是民族的'装饰品',而是要提出民族生活的本质问题,并深入触及社会的矛盾和冲突。"②艾特玛托夫不会轻浮地脱离独特的民族、民间生活之根,去抽象地追慕那种宏大、普遍、符合所谓现代文明潮流的东西,他是通过走到民族、民间生活的深处去获得文学的深度和广度的。这种文学思维对于红柯的小说创作具有显著的影响。红柯到了新疆之后,并没有以现代文明的世俗化眼光来衡量新疆的丰富多彩的民族、民间生活,斥之为愚昧落后,而是从中去发掘新鲜的富有活力的新质素,并以之为标准来重新衡量汉民族固有文化。红柯在谈到西部文学的选择及其意义时曾说:"20 世纪 80 年代崛起于新疆的新边塞诗的意义就在于:它突破了过去对西部边地风土人情的牧歌式吟唱,探索

① 韦建国等:《陕西当代作家与世界文学》,中国社会科学出版社 2004 年版,第 360 页。
② [吉尔吉斯]艾特玛托夫:《对文学与艺术的思考》,陈学迅译,新疆大学出版社 1987 年版,第 45 页。

生命的意义和人的尊严,它更大的意义还在于,西部游牧民族非理性文化中那种生命意识。这种生命意识注重的是人的高贵、人的血性、人的无所畏惧,它所显示的是那种无序状态和生命张力是中原文化所罕见的。"①这确实是红柯对西部文学的"悟道之言"。红柯要从新疆大地上自觉寻找的就是这种不同凡响的生命意识。红柯还领悟到文学的边疆精神,"中国人最有血性最健康的时候总是弥漫着一种古朴的大地意识,亚洲那些大江大河,那些名贵的高原群山就是我们豪迈的肢体与血管,奔腾着卓越的想象与梦想。边疆一直是我们古老文明的摇篮。中国文学有一种伟大的边疆精神与传统。这是近百年来我们所忽略的。我们总是把目光盯着所谓发达国家,却忽略自己家园里的另一种高贵而美好的东西"②。应该说,对文学的边疆精神的自觉,是红柯文学创造力的一种精神源泉,这种源泉的获得无疑与艾特玛托夫的文学启示有关。

需要指出的是,红柯从新疆发掘的生命意识、边疆精神与艾特玛托夫从吉尔吉斯、哈萨克等民族生活中发掘的生命意识、边疆精神既有相同之处,也存在相异之点。最初,红柯在长篇小说《西去的骑手》中渲染的是一种生命血性。新疆这片土地地貌特殊,昆仑山、天山、阿尔泰山横空绝世,千里戈壁,万里沙漠,草原辽阔,绿洲相间,用红柯的话说,"大戈壁、大沙漠、大草原,必然产生生命的大气象,绝域产生大美"③。在红柯眼中,这种终极大美就是生命力、生命意志、生命血性,在《西去的骑手》中,尕司令马仲英就是生命血性的象征。这种生命意识首肯的是生命瞬间的辉煌。常人总渴望生命的长时间绵延,渴望福禄与长寿相伴。但在《西去的骑手》中,红柯逆潮流而动,他并不认为生命的价值表现于时间的绵延中,而是表现于瞬间的辉煌,表现于生命内在潜能的瞬间爆发。他曾说:"我在马仲英身上就是要写那种原始的、本身的东西。对生命瞬间辉煌的渴望。对死的平淡看待和对生的极端重视。新疆有中原文化没有的刚烈,有从古到今的知识分子文化漠视的东西。"④因此,在红柯笔下,马仲英的生命就像彗星一样耀眼而短暂,17 岁在青海揭竿而起,25 岁骑着大灰马像闪电和疾风一样消失在黑海,其间短短 8 年也几乎无时无处不是在征战中暗鸣叱咤,狂飙突进。这是一种生命力的肆意挥洒,是生命强力的浓缩和爆炸。就连马仲英和他的回族女人之间的爱情也是瞬间的辉煌,他们仅在祁连山下共度了一个礼拜,漫长

---

① 红柯:《敬畏苍天》,上海人民出版社 2002 年版,第 301 页。
② 红柯:《敬畏苍天》,上海人民出版社 2002 年版,第 279 页。
③ 红柯:《西去的骑手》,云南人民出版社 2002 年版,第 5 页。
④ 红柯:《西去的骑手》,云南人民出版社 2002 年版,第 294 页。

的一生浓缩在六七天之内,生命发出了炫目的奇彩。当青海宁海军去支援马仲英的部队攻打河州城时,红柯如此写道:"骑手们疾驰如飞,一去不回。战刀闯进他们的躯体,搅起汹涌澎湃的潮汐,血液就这样在战刀的呼啸中纯净了。他们就这样把一辈子的光阴浓缩在一个夏天用完了。那个夏天热得要命,战刀的光超越了头顶的太阳和胸中的生命之火,他们什么都不顾了,他们失控了,在太阳之外在生命之外,把自己活活地撕裂,血液爆炸似地扑轰一声喷涌而出。"①这就是红柯神往的生命极境,用深得马仲英精神三昧的部下的话说,就是"有滋有味活几天,比活一百年强"。这种生命意识崇拜的是生命强力,是蓬勃雄强的生命意志,发挥到顶点,就是蔑视死亡,蔑视苦难。在红柯看来,生命应该有自己的理想,敢于为理想而战,绝不能屈服于卑俗的现实,而要追寻瞬间的辉煌,要让生命强力真正地绽放出来;生命中重要的不是达到何种功利目的,攫取到多少物质财富,真正的重要是瞬间辉煌的过程,而正是这种非功利、非道德化的生命过程才让人能够笑傲死亡,蔑视死亡。这种生命意识是新疆大地、伊斯兰信仰对红柯的共同启示。

红柯在《西去的骑手》中表现的生命意识在艾特玛托夫的小说中是隐而不彰的。艾特玛托夫比较感兴趣的是那些在大地上辛勤劳动,善良淳朴,敢于坚持正义,追求爱情和真理,具有反抗精神,而又非常富有生命韧性的人,如查密莉雅、丹尼亚尔、阿谢丽、叶吉盖、卡赞加普、阿布塔利普、阿夫季、鲍斯顿等。不过,当红柯的眼光从尕司令马仲英身上移开,转到那些新疆大地上的垦荒者、牧民等芸芸众生身上时,他的生命意识就开始向艾特玛托的生命意识靠拢了。《西去的骑手》就像陡峭高峻、气势磅礴的天山,但人毕竟不可能长久生活在山上,更多的人生活在绿洲上,生活在草原上,生活在广袤平坦的大地上;因此《大河》《乌尔禾》《生命树》等长篇小说就是绿洲,是草原,是大地,这里的生命意识与那种血性激烈的生命意识既遥相呼应,又泾渭分明。前者酷爱战争,后者钟爱和平;前者激烈刚强,后者坦然柔和;前者反抗一切,后者接受一切;前者是霹雳般的愤怒,后者是大海般的包容;前者是狞厉的仇恨,后者是哀感的大爱;前者是奇崛的单纯,后者是杂色的斑驳。此时红柯的生命意识是,承认生命的疑难情境,理解生命,理解他人,理解命运,接受命运,让生命从那种瞬间的辉煌中返回朴实勤谨、紧贴大地的日常生活,在绵绵不绝的前后承续中体味生命与生活的百般姿态、千般滋味。因此,红柯的生命意识变得开阔、雍容、恢宏,富有深度的气象。

《大河》的发表紧随《西去的骑手》,但是其中的生命意识已经彻底转

---

① 红柯:《西去的骑手》,云南人民出版社 2002 年版,第 105 页。

向。该小说的主体是叙述中华人民共和国成立后阿尔泰垦区老金一家人的生活,血性激烈的战争场面被和平劳动的生活场面取代。小说主人公老金也有顽强的生命力,但他的生命力不是表现于战场上的血性厮杀之中,而是表现于艰难劳累的屯垦生活之中,表现于对妻子家人的守护负责之中,表现于对情人的炽热爱欲之中,表现于对命运的坦然接受之中。即使写到同样具有血性的回族人拜大人,该小说也主要是写那些退守中亚的东干人如何种植蔬菜、过上富足的和平生活的。因此,可以说,《大河》中的生命意识已经不是那种血性激烈的生命意识了,而是贴近大地、返回日常的生命意识。

《乌尔禾》中的海力布和老奶奶也是这种生命意识的形象化表达。海力布曾经参加抗美援朝战争,满脸伤疤,丑陋不堪,因此到了乌尔禾垦区连老婆也找不到。但是海力布并不抱怨命运,怀着对那个战场上牺牲的女护士和仅有三秒钟肌肤之亲的张惠琴的爱慕,在偏僻地方独自放牧,无私奉献。而老奶奶年轻时曾跟随所爱的人四处流浪,跨越国境,做非法生意,自由自在,但在一个傍晚看到沙漠边缘的年轻时的老爷爷时,心灵终于尘埃落定,想过朴素自然的生活,于是杀死总想流浪且不忠诚的情人,来到沙漠边缘,和老爷爷过起了清贫自守的自然生活。红柯通过这些形象传达的无疑是与生活和解、热爱生活、回归本真的生命意识。

更有意味的是,当红柯深入洞察新疆大地上的芸芸众生的生存奥秘时,他也像艾特玛托夫一样具有比较鲜明的女性崇拜意识。艾特玛托夫在中篇小说《母亲—大地》中通过母亲托尔戈娜伊一生的坎坷歌颂了那种坦然接受命运、无私奉献的伟大女性,具有鲜明的女性崇拜意识。在红柯的《西去的骑手》中,女性形象几乎缺席,马仲英的回族女人几乎只是一个道具,而盛世才的老婆也仅是为他的权力欲煽风点火、同样沦落的一个影子。但是在《大河》《乌尔禾》和《生命树》中,最富有生命光彩都是女性形象,像老金的女人、蔚琴、金海莉、燕子、马燕红、徐莉莉、王蓝蓝、李爱琴等。这些女性都曾经遭遇过不可避免的生命创伤,有的人试图逃避,有的人坦然面对,有的人艰难求索,但最终都接受命运,热爱生活,融入大地,从而让生命的创伤痊愈,因此她们的生命都是富有韧性的生命,好像已经从新疆广袤大地汲取了源源不断的生命之泉。正是这种富有光彩的女性形象彰显了红柯的生命意识中的女性崇拜意识。

《生命树》其实展示的就是生命如何克服偶然的创伤获得永恒的过程。整部小说的情节发源点是高中生马燕红被强奸这件可怕的事情,随后马燕红、徐莉莉、王蓝蓝三人的生活道路全部被改变,但是红柯的可贵之处,是要寻觅生命中那种越过创伤、不顾一切地去肯定生活、拥抱生活的神性力量。

马燕红被强奸后,就被父亲马来新送到了沙漠边缘的小村子去休养;她的生命最终没有被击倒,而是被单纯忙碌的农村生活、和谐自然的天地万物疗愈了创伤,她放弃了考大学的念头,和王怀礼成家,过上了淳朴自然的充实生活。徐莉莉在得知马燕红的不幸后,就想逃避到小说世界中寻找安慰,但是在丈夫杜玉浦去世后,她开始反思自己,而且更多地接触底层民众的民间生活,慢慢地领悟到了生命的博大和充实。王蓝蓝拒绝年少无知、笨手笨脚的宋乐乐,选择富有人生经验的陈辉,也是出于对马燕红事件的一种逃避;但是最终王蓝蓝又选择了年轻的张海涛,而且离开陈辉下乡支教,无疑是勇敢地接受了生命的所有疑难和挑战。最终马燕红、徐莉莉、王蓝蓝都看见了草原上的那株生命树,也意味着她们已经超越生命的创伤,窥见了生命的永恒。

即使是《大河》《乌尔禾》《生命树》中的男性形象,王卫疆、朱瑞、牛禄喜、陈辉、杜玉浦等人,也都具有典型的安柔守雌、重返大地的特点。他们也都能够理解他人,接受命运,热爱生活。例如《乌尔禾》中的王卫疆,本来很爱燕子,但是燕子后来跟朱瑞跑了,他也没有报复,只是默默地忍受心中的创伤,再次见到被燕子甩掉的朱瑞,两人还曾和平地当面长谈。红柯借助这些形象在告诉我们,生活是复杂的,人性是复杂的,最重要的还是包容和大爱。红柯曾说:"抒写人性的目的是探索人性的顶点,没有人性内在的光芒,地球就是一堆垃圾。"①到了《大河》《乌尔禾》《生命树》等小说中,红柯要展示的人性的内在光芒,已经不是那种瞬间辉煌的生命血性了,而是像《生命树》中公牛那样的无私牺牲,那种对大地的挚爱之情。

艾特玛托夫生活在吉尔吉斯,而红柯有新疆生活经验。这两个地方,人与大自然的距离近在咫尺,互相渗透,原生态的大自然保存得较好,不像现代都市那样不辨昼夜,时序紊乱,人与大自然之间相距天渊。因此艾特玛托夫和红柯都具有一定的生态意识,而且在具体的小说创作中,艾特玛托夫的动物叙事和生态意识对红柯具有相当的影响。艾特玛托夫比较喜欢在小说里引入动物形象,如《永别了,古利萨雷!》中的骏马古利萨雷,《白轮船》中的大角鹿,《一日长于百年》中的野狐狸、骆驼卡拉纳尔、鹰,《断头台》中的狼等。艾特玛托夫塑造这些动物形象,能够颠覆人类中心主义,承认其他自然生命的内在价值,曲尽其妙地展示它们的本能欲望和内心情感,同情它们的悲惨命运,呼吁人平等地对待它们。而红柯也跟艾特玛托夫一样,非常喜欢在小说中塑造动物形象,如《复活的玛纳斯》中的旱獭、《金色的阿尔泰》

---

① 红柯:《生命树》,北京十月文艺出版社 2010 年版,第 383 页。

中的红鱼、《西去的骑手》中的大灰马、《大河》中的白熊和母棕熊、《乌尔禾》中的羊、《生命树》中的公牛和乌龟等,不一而足,各放异彩。

艾特玛托夫在《永别了,古利萨雷!》中把骏马古利萨雷和塔纳巴伊两相对照,动物和人的命运构成互相映衬的两颗行星,搭建了极具魅力的艺术结构。例如小说开篇就写濒临晚年的塔纳巴伊赶着即将衰老病乏而死的古利萨雷艰难地行走在缓坡道上,人与马的悲惨命运交相辉映,令人不由得凄然泪下。随后塔纳巴伊和古利萨雷依次交替回忆各自的坎坷一生,当塔纳巴伊在人生的峰顶之际,正是古利萨雷在赛马大会上璀璨夺目之时;当古利萨雷为了小红马的爱情而不断地挣脱羁绊时,正是塔纳巴伊离开婚姻的正道和贝贝桑情愫潜滋、暗度陈仓之际;当古利萨雷被阉割成农庄主席的坐骑时,也正是塔纳巴伊放羊面临各种困境之际。《一日长于百年》中公骆驼卡拉纳尔和叶吉盖,《断头台》中的母狼阿克巴拉、公狼塔什柴纳尔和阿夫季、鲍斯顿,动物和人之间的命运既遥相呼应,又彼此构成一种富有意味的象征关系。

这种动物叙事对红柯的影响很大。红柯的中篇小说《复活的玛纳斯》中退伍团长和旱獭的关系也是如此。小说中,从朝鲜战争中退伍的团长因为和 19 岁的女兵谈恋爱,抛弃了在陕西的乡下女人,而被解职,到准噶尔盆地边缘的农场劳动。1962 年,边境出现大量人员外逃,团长奉命前往去阻截。退伍团长神力惊人,在拦阻外逃俄罗斯的人流时曾经一拳打死一匹雄壮的高头大马,被当地少数民族惊呼为复活的玛纳斯。后来团长带着妻子,还有几千人的队伍赶到名叫塔尔巴哈台的边境地区生活。团长开荒,一天最高的纪录是三亩半。他挥动芟镰割草,从宽阔结实的胸膛里滚动出的强大的力量,整个大地都感受到这股神力。团长在有了两个儿子之后,离开了人世。与团长的垦荒生活相对照的是红柯对塔尔巴哈台的旱獭的描述。那只雄旱獭浑身都是力量和活力,试图打洞到地心,去寻找永恒的生命树。最后团长去世前,"团长坐在地上,风就把他吹开了,然后是太阳,被太阳晒裂的滋味真不错,那么长一声呼噜直入大地的腑脏。我睡着了,大地也睡着了。那只雄壮的旱獭终于把洞打到了地心,那棵生命树就长在那里,旱獭用完了它所有的力气,现在它可以美美地睡一觉。它就睡在生命树的根部,那些苍劲有力的根须很快就裹住了它,它太累了,它被树根分解开来它都不知道,它沉迷于漫长的睡眠……"①就像艾特玛托夫笔下的古利萨雷和塔纳巴伊的关系一样,红柯笔下的旱獭和退伍团长也是各自独立,又彼此映衬,

① 红柯:《古尔图荒原》(小说集),大众文艺出版社 2003 年版,第 88 页。

还构成一种意蕴丰富的象征关系。红柯的长篇小说《大河》中白熊和老金的关系更是如此，白熊千里迢迢从北极到阿尔泰寻找母熊，老金则找到了来自湖南的怀孕女兵，以及后来喜欢上他的北京女知青蔚琴；当白熊和母棕熊欢爱时，也是老金的生命力让蔚琴的女性生命彻底复苏；而老金被组织带走后，白熊也遭遇了不测。此外，《西去的骑手》中的大灰马和马仲英的关系、《乌尔禾》中放生羊和燕子的关系，无不如此。应该说，把动物叙事和人的叙事如此富有意味地交织相融，最成功的还是艾特玛托夫，而红柯的追慕也给他的许多小说带来不同凡响的艺术魅力。

更有意味的是，红柯的《大河》中曾讲到一个熊舞的民间传说。相传阿尔泰森林里最出色的猎手，打猎回来，发现孩子不在家，最后在森林中发现孩子正和老熊玩得不亦乐乎。孩子在老熊的肚皮上弹跳，翻跟斗。父亲为孩子的安危担心，便开枪杀熊，结果却杀死了孩子。老熊却不知道子弹是什么东西，更不知道举枪射击的是孩子的生父，它只一门心思跳着舞，让孩子柔弱的生命永远活在舞蹈里。这个传说与艾特玛托夫的《断头台》中的鲍斯顿开枪解救母狼阿克巴拉背上的幼子，结果却杀死了他的故事很相似。这两个故事都写出了动物与人之间的命运纠葛，呼吁人放弃对野生动物的强力猎杀，否则害人终害己，射向动物的子弹会返回到人自身。

像《永别了，古利萨雷！》中的骏马、《一日长于百年》中的骆驼、《断头台》中的狼都是写实型的动物形象，对它们的完美展示本身就是生态意识的浪漫演绎。艾特玛托夫小说中的另一些动物形象更是象征型的，如《白轮船》中的长角鹿妈妈是大自然母亲的象征，《花狗崖》中的小蓝鼠是未来生命源泉的象征，而花狗则是幸福的陆地家园的象征。红柯的一些小说中也设置了象征性的动物意象，和艾特玛托夫作出了文学史上的唱和。短篇小说《蝴蝶》中的蝴蝶是生命的神秘之美的象征，短篇小说《鹰影》中的鹰是渴望自由飞翔的生命的象征，中篇小说《金色的阿尔泰》中的红鱼是吉祥幸福的象征，而《生命树》中的公牛和乌龟是无私奉献的精神和生命力的象征。这种动物象征意象同样赋予了艾特玛托夫和红柯小说意蕴悠远的艺术魅力。

艾特玛托夫前期小说的选材角度对红柯小说也有一定的影响。艾特玛托夫前期的小说如《查密莉雅》《我的包着红头巾的小白杨》《第一位老师》等有意避开对现实社会矛盾的批判和揭露，转而去关注人与人之间的爱情、亲情、温情等人性中温暖、湿润的质素。虽然从《永别了，古利萨雷！》开始，艾特玛托夫加大了对现实的批判力度；到了《一日长于百年》《断头台》中，艾特玛托夫的那种忧愤深广的精神更是显得头角峥嵘。但是他前期的小说那种选材取向毕竟也是富有魅力的,红柯的大部分新疆题材小说的选材取向就与之相似。红柯在《西去的骑手·自序》中曾说:"不管新疆这个名称的原初意义是什么,对我而言,新疆就是生命的彼岸世界,就是新大陆,代表着一种极其人性化的诗意的生活方式。"①例如同样是写新疆20世纪五六十年代的垦荒生活,陆天明的《桑那高地的太阳》、董立勃的《静静的下野地》《白豆》《米香》等小说,就非常有意地揭露极权政治对人性、对爱情、对女性的摧残,而到了红柯笔下,像《复活的玛纳斯》《金色的阿尔泰》等中篇小说,就极尽能事地描写军垦战士那种开天辟地的垦荒精神、那种肆意挥洒的生命豪情以及男女两性交会时酣畅淋漓的生命激浪。从整体上看,虽然也有像中篇小说《古尔图荒原》这样的现实主义气息浓郁的作品,但红柯的更多小说在书写新疆经验时,都有意地避开了现实社会和现实人性的黑暗面,转而去关注边疆生命的浪漫、诗意因素,因此红柯的大部分小说都具有相当馥郁的浪漫主义气息。

红柯的许多小说在结构艺术方面也存在着对艾特玛托夫的借鉴。红柯的长篇小说《大河》在结构艺术手法上与艾特玛托夫的长篇小说《一日长于百年》《断头台》之间就存在着非常鲜明的血缘关系。

在《大河》中,红柯围绕着阿尔泰那片神奇的草原和群山叙述了四个故事。第一个是北极白熊的故事。为了逃避人类的肆意捕杀,白熊离开了北极,沿着额尔齐斯河逆流而上,来到阿尔泰地区,和一只阿尔泰母棕熊相亲相爱。由于人类不断扩展生存范围,人与熊时有冲突。白熊曾经吃过人,最后也被人杀死。第二个是土匪托海的故事。阿尔泰草原上出现一匹千年难遇的骏马火焰驹,胡汉混血的年轻人托海不惜一切代价得到了它,并带走了牧主的女儿,成为中俄边境线上神出鬼没的悍匪。后来他参加了1916年卡尔梅克人大起义,起义失败后带着黑夫人和白夫人归隐于阿尔泰森林,并由于偶然的机缘从白熊爪下救出了来自湖南的年轻女兵,在山洞中共度一冬后让其怀孕。第三个故事是小说的主体,关于女兵和老金的故事。女兵年纪轻轻就离开了湖南,被召进阿勒泰农场,本来是要嫁给屯垦士兵的,但她不喜欢那些军垦战士。后来,她喜欢上了来自甘肃的像白桦树一样有文化的小伙子,而不幸的是,小伙子放牧时被白熊吃掉了。女人离开农场,到森林中住了一个冬天,遇到了具有非凡生命力的土匪托海。冬天结束后,女人怀着托海的儿子,回到了农场,最终在退伍老兵老金的照顾下,生下一个儿子,女人就嫁给了老金。老金后来与北京女知青蔚琴之间有过一段激情荡

---

① 红柯:《西去的骑手》,云南人民出版社2002年版,第3页。

漾的爱情,结果受到组织审查,押解途中受到白熊的袭击失踪。后来,老金的女儿金海莉和返城后的女知青蔚琴都对东干人的历史非常感兴趣,而女人和托海的儿子则最终杀死了白熊。第四个就是东干人的故事。晚清时期,西北回民大起义,起义军受到左宗棠大军的追击,残部不得不逃到中亚托克马克一带定居下来,辛勤地务农,最终成为东干人。其实老金在受到白熊的袭击后也没有死去,而是逃到了东干人那里。

四个彼此联系非常微弱的故事被红柯统一在完整的小说文本中,就像四颗星星彼此互相照耀,互相映衬,共同构成一个以新疆阿尔泰为背景的复杂星系。这种结构就是艾特玛托夫的长篇小说《一日长于百年》《断头台》等所采用的结构,我国学者曾把这种结构创造性阐释为"星系结构"①。这种结构与现实主义长篇小说的多线索结构是不一样的,惯常的多线索结构基本上都是"花开两朵,各表一枝",都是线性平行发展的,都统一在单一的主题下。而这种"星系结构""是一种全新的,能够表现当代人类社会,甚至人类宇宙全部复杂性的艺术形式,是比一般多层次、网络化的复合结构形式更为开放、更为浓缩、更为完整的艺术形式,是更富于自由创造性的、符合艺术规律又符合客观世界存在、发展规律的审美形式"②。在被称为"星系结构"最成熟的长篇小说《断头台》中,狼的世界、阿夫季的世界和鲍斯顿的世界各自独立,互相映照,把现代人类在丧失了信仰之后,肆无忌惮地放纵欲望,从而导致自然世界的崩溃、精神世界的沦丧、现实世界的塌陷的三大悲剧展示得惊心动魄。而红柯的《大河》中,白熊的世界是动物自在生命的激情展示,最终白熊被杀,象征了大自然的溃败;老金的失踪是人的生命激情不能见容于现实世界的表现;而东干人的历史是人为了维护信仰而做出的悲壮努力,民间传说中的土匪托海的故事却展示了生命异彩的沦落。四个几乎各自独立的世界把与新疆阿尔泰有关的大自然、历史、传说与现实展示了出来,指向的是红柯在新疆经验中执意要发掘的那种敢爱敢恨、洒脱不羁、超尘绝俗、自由浪漫、雄强蛮悍的生命意识。

其实,红柯不但在长篇小说《大河》中创造性地运用艾特玛托夫的小说结构艺术,在许多中短篇小说中也有精彩的呈现。如短篇小说《美丽奴羊》,把三个各自独立的小说故事拼接一处,屠夫不愿杀羊,放了一辈子羊的牧羊人结果被羊放了一回,而大学生技术员在紫泥泉种羊场终于培育出明亮滚圆的美丽奴羊;三个故事若相关,又若不相关,把人与羊的关系写得

---

① 阎保平:《论艾特玛托夫的"星系结构"》,《外国文学评论》1991 年第 1 期。
② 阎保平:《论艾特玛托夫的"星系结构"》,《外国文学评论》1991 年第 1 期。

影影绰绰又巧妙绝伦。中篇小说《金色的阿尔泰》更是创造了一种美丽的"星系结构"：营长退伍后到阿尔泰地区垦荒；成吉思汗率领大军路过阿尔泰山，部下发现大汗长着一双猫眼，大汗聆听汉族老妈妈讲夸父逐日的传说；土匪叶尔马克兵败后不脱锁子甲渡河，结果淹死在额尔齐斯河。三个互不相关的故事，像三颗独立的星星，但都与金色的阿尔泰山有关，神话传说、历史故事和现实人生水乳交融，共同展示出阿尔泰山的高贵和尊严。

艾特玛托夫对红柯的影响还表现于神话、民间传说、童话等民间文学形式在小说中的艺术运用。艾特玛托夫曾说："神话成分能帮助我们重新认识事件，并在其中找到复杂的、无形的、有时甚至是矛盾的联系，并真正引导人去认识生活的本质。"①其实，艾特玛托夫之所以在小说中常常运用神话、民间传说等艺术因子，关键就是要把现实和历史贯通起来，要探索人性与生活的多层面、多维度的复杂性，从而使得小说富有现代艺术韵味。最典型的无疑是《白轮船》中关于大角鹿妈妈的神话传说、《花狗崖》中关于鱼女和小蓝鼠的传说、《一日长于百年》中关于曼库特和乃曼·阿纳、赖马雷和白姬梅的传说。红柯也深知神话、传说等因素若在小说中运用得当，就能够获得爆炸性的文学魅力。他的《复活的玛纳斯》运用了关于新疆的生命树的传说，《金色的阿尔泰》中则是关于蒙古族的起源和哈纳斯红鱼的传说，《西去的骑手》里是神马谷的神秘传说，《大河》则把新疆少数民族中流传的熊和人的孩子艾力·库尔班的传说演绎得神乎其神。到了长篇小说《生命树》中，红柯更是把中亚和中原汉民族的许多神话传说融为一体，给整部小说铸造出了一个神奇瑰丽的内核。居于核心地位的是准噶尔盆地的卫拉特蒙古草原上关于公牛和乌龟的传说。据说女天神创造的公牛为了人类，甘愿忍受被剥夺神籍，吃最差的草，还受尽种种虐待，但它就是无怨无悔，热爱生命，热爱大地，最终死后回到地底，还从心脏上长出一株树，树上全是生命，叶子都是灵魂。此外还有哈萨克人关于生命树的传说、维吾尔少妇麦西莱甫、汉族剪纸艺术中的生命树的传说。凡此种种，使得非常现实具体的马燕红、徐莉莉、王蓝蓝、李爱琴、牛禄喜等的人生故事一下子拓展到非常深远的艺术景深中。其实，如果我们细致辨析，可以看到，红柯的长篇小说《生命树》中小男孩王星火对生命树传说的痴迷，和艾特玛托夫的中篇小说《白轮船》中的小男孩对长角鹿妈妈的传说的钟情，简直如出一辙。在这两部小说中，神话传说既是小说情节的推进器，也是暗示小说主题最关

---

① ［吉尔吉斯］艾特玛托夫：《对文学与艺术的思考》，陈学迅译，新疆大学出版社 1987 年版，第 127 页。

键的象征意象,更是把神话传说和现实人生完美地融为一体的根本艺术因素。《白轮船》中,布古族关于长角鹿妈妈的传说和现实中出现在森林里的长角鹿妈妈遥相呼应;而在红柯的《生命树》中,卫拉特蒙古族人关于公牛的传说也和现实中王星火家里的公牛遥相呼应,共同建构出深远的艺术图景。

至于童话也是艾特玛托夫和红柯小说艺术的连通点之一。艾特玛托夫的中篇小说《白轮船》就被称为仿童话,成人的童话、善恶两分的世界、单纯的人物,对真善美的执着追求,都是这部童话的典型特征;当小男孩看到大角鹿妈妈被人残杀后,全部的理想崩溃,只有投身河中,幻想化身为鱼,游到伊塞克湖去寻找那美丽奇幻的白轮船,此时读者想必能够体会到安徒生的童话《海的女儿》结尾时那种彻骨的疼痛。其实,《花狗崖》也近于童话,是关于成长的童话,是年长者为年幼者付出生命的童话。红柯曾说:"我一直把童话看成文章的最高形式,因为那是生命黄金时代的梦想和尊严。契诃夫和安徒生的精神气质那么相似,他们都有一种人类罕见的善良淳朴和优雅,晚年的契诃夫,所写的戏剧都带有童话的色彩。……文学史有一个规律,大艺术家的顶峰之作都接近童话。"①红柯自己是非常欣赏童话的,他对安徒生佩服得五体投地,但是在他的小说艺术对童话因素的汲纳过程中,艾特玛托夫的影响也是不可小觑的。红柯的《大河》就被誉为现代童话,其中白熊和人之间奇奇幻幻的交往,让人恍惚看到了艾特玛托夫的《断头台》的闪烁光影。而他的中篇《金色的阿尔泰》和《复活的玛纳斯》对新疆退伍士兵的垦荒生涯的描述也具有童话般的瑰丽。

虽然,艾特玛托夫对红柯具有多方面的影响,但是红柯的文化选择和艺术选择自然要受到本土文化语境的制约,因而他的小说在整体上呈现出与艾特玛托夫相异的思想和艺术风貌。例如他们对待战争的态度就很不一样。艾特玛托夫年轻时遭遇过第二次世界大战,战争给民族带来的灾难是难以忘怀的,因此他对战争始终是坚持人道主义的反对立场。在《查密莉雅》中,当谢依特要让从前线受伤回来的丹尼亚尔谈谈战争时,丹尼亚尔非常沉痛地对他说:"你们最好别晓得战争。"②在《母亲—大地》《和儿子会面》《我是托克托松的儿子》等小说中,艾特玛托夫不断地叙述战争给人们带来难以直面的灾难。但红柯是生活在和平时代的人,是生命力被既有的

---

① 红柯:《敬畏苍天》,上海人民出版社 2002 年版,第 309 页。
② [吉尔吉斯]艾特玛托夫:《艾特玛托夫小说集》(上),力冈等译,外国文学出版社 1980 年版,第 25 页。

文化牢牢地制约着的人，因此，他在艺术世界中憧憬着战争，在《西去的骑手》中把那种战争激发出来的生命血性当作生命的最高价值实现，这无疑是与艾特玛托夫的人道主义立场冰炭难容的。当艾特玛托夫在《成吉思汗的白云》中抨击着成吉思汗的权力欲，讴歌着平凡人生的爱情和慈悲时，红柯却在《金色的阿尔泰》为征服者成吉思汗的一双猫眼而大唱赞歌。这无疑反映了两个作家的不同。

其次，红柯注目于新疆生活时，往往容易把新疆的各种生活经验加以理想化的处理，好像新疆就意味着自由自在，就意味着人与天地的和谐相处，就意味着人的生命纯净、血性激烈、富有美感，更为人性。艾特玛托夫关注吉尔吉斯民族、哈萨克民族的生活时，自然是要努力发掘他们身上那种多情重义、勤劳善良的优美品质，但他也会非常清醒地批判民族生活中的落后方面。因此，艾特玛托夫的小说既具有十足的浪漫气息，又具有相当强烈的现实感，而红柯的小说中更多的是关于新疆的汹涌澎湃的浪漫诗意，而缺乏相应的现实感，尤其是像《大河》《金色的阿尔泰》《复活的玛纳斯》等小说。

再次，艾特玛托夫比较关注人的社会性、精神性，而红柯在书写新疆经验时更关注人性的自然性。像艾特玛托夫笔下的丹尼亚尔、查密莉雅、伊利亚斯、托尔戈娜伊、塔纳巴伊、叶吉盖、鲍斯顿等人都是在人与人的社会关系纠葛，以及对爱情、幸福、正义、精神自由等的追寻中被塑造起来的。而红柯小说的主人公许多是无名无姓的，即使有名有姓，往往也只是一个简单的符号，红柯更关注的是他们与大自然之间的关系，关注的是他们人性中的自然性。有论者曾指出，"在红柯多数短篇中，人往往只有性别、身份，而没有姓名，也不去描绘人的日常生活和具体性格，主要是突出他们在物的世界中那种既渺小又强悍、既敬畏自然又渴求自由的生命的原初状态。这种避开了现实的世俗生活的细枝末节，而用简洁、迅猛、绚烂的诗的语言，去直接描绘人与万物的生命本相，直抵事物的核心，贯穿着古朴的自然意识，可以说是红柯小说的独特创造。"①其实，红柯在对新疆经验的文学书写中更关注的是一种自然化的生命意识，而不是在具体复杂的现实环境中富有个性的人的生存处境和精神追求。因此与艾特玛托夫笔下的人物相比，红柯笔下的人物出现无名化倾向，是那种能够与大地相连通的男女两性之间的交流。

---

① 红柯：《额尔齐斯河波浪》，上海文艺出版社 2011 年版，第 2 页。

第三节　地域风情的启发和温情的信念

温亚军在中国当代文坛中是一道颇为独异的风景。他出生于陕西岐山，与红柯是同乡。1985年就进入新疆当兵，不过他和红柯不一样，去的不是北疆，而是南疆遥远的英吉沙。随后，他在新疆一直工作生活了16年，恰好和王蒙待在新疆的时间一样长久，直到2001年才调入北京。至今，他已经出版了《西风烈》《无岸之海》《欲望陷阱》《鸽子飞过天空》《伪生活》《伪幸福》等多部长篇小说，还有《白雪季》《苦水塔尔拉》《寻找大舅》《硬雪》《燃烧的马》《落果》等中短篇小说集。他的小说曾经获得鲁迅文学奖、柳青文学奖、庄重文文学奖以及全军文艺新作品奖等文学大奖，被各种文学选刊争相转载。评论家孟繁华曾说："温亚军不是那种暴得大名的作家，他是靠自己的韧性，以坚忍不拔的努力和探索获取对小说的理解和成就的，他从新疆一路走向北京，在红尘滚滚的文坛杀出重围，艰难可想而知，雄心叹为观止。他不是那种讨巧或哗众取宠的作家，所谓文如其人，只要你看到他诚恳的目光，一切都会了然于心。"①这种评论是中肯的，温亚军似乎自外于文坛各种潮流，默默地耕耘，努力发掘着苦难拷问下的人性之善、人间温情和顽强的生命力，为中国文坛注入了质地光明的暖流。

文学评论家朱向前曾如此评论他："温亚军善于以独特的视角从边疆的人文地理中捕捉小说素材，再融入自己的青春感受和生命体验，常常在平淡中秀出风韵，在朴实中蕴藏机巧。由是，神圣、神秘、神话一般遥远的大漠边关变得可爱可亲，可触可摸，令人神往。"②这就涉及温亚军的新疆经验书写。其实，如果没有新疆，也许温亚军就不会成为小说家。而在他小说的新疆经验书写中，艾特玛托夫的影响是至关重要的。

温亚军曾如此披露了他创作历程中的关键一步："新疆的边远闭塞，我的孤陋寡闻，使我读到《百年孤独》和《潘达雷昂上尉与劳军女郎》这些著作时，非常震惊。传统的习惯使我的目光一直停留在世界古典名著的阅读上，而没有过多地去阅读、了解古典名著以外的新著作。新的阅读开始后，使我看到了一个更贴近时代的文学领域，我的创作也从这里开始有了一些新的思考。比如，我像其他的新疆作者一样，一直在写部队（城市）或者内地老家农村生活的文字，思想狭隘，文字老套。当我读到吉尔吉斯斯坦的作家艾

---

①　孟繁华：《温亚军：重临小说的起点》，《文艺报》2006年7月27日。
②　温亚军：《鸽子飞过天空》（长篇小说），河南文艺出版社2006年版，封底"名家推荐"。

特玛托夫后,突然之间有所醒悟,我守着独特的地域和人文不写,却去追随大众化写作,真是愚蠢至极。于是,凭着我对新疆的认识和了解,在我的小阳台上,挑灯夜战,写了一些牧人在边疆草原、大漠戈壁上生活的风情式小说,这些小说使我的创作有了新的'出路'。"①此后,温亚军曾经一再地表示艾特玛托夫对他的巨大影响:"对我写作影响比较大的,像吉尔吉斯斯坦的艾特玛托夫,他小说中浓郁的民族风情与我当时生活的新疆几乎相似,对我触动很大。"②他还曾如数家珍地列举艾特玛托夫的小说:"我钟情的作家很多,像刚去世不久的艾特玛托夫,他的《一日长于百年》《白轮船》《查密莉娅》《永别了,古利萨雷!》,那冷静而温暖的表达,改变了我的小说观。"③温亚军非常喜欢艾特玛托夫对中亚草原的诗意书写,喜欢他那种对良心和善良的关注。在他看来,一个作家应该是人道精神的践履者,而中国当代作家恰恰普遍缺乏这种博大深邃的人道精神,因此他向艾特玛托夫致敬。

正如温亚军所言,艾特玛托夫对他的影响首先表现于他对地域性的自觉,这种自觉使得他的小说具有浓郁的新疆地域风情。艾特玛托夫的小说获得世界性声誉的一个主要因素无疑是其吉尔吉斯斯坦浓郁的地域风情。艾特玛托夫不但善于描绘优美的草原风光,更善于把那些热爱自由、勤劳善良、质朴坚强的草原人的心灵刻绘得栩栩如生。像《查密莉雅》中华美的草原、《我的包着红头巾的小白杨》中陡峭的西天山、《白轮船》中的翻波涌浪的伊塞克湖、《断头台》中的莫云库梅高原等,对于全世界大部分读者而言,都洋溢着奇异的异域色彩。而即使艾特玛托夫写吉尔吉斯斯坦之外的题材,如《一日长于百年》中哈萨克草原深处的小会让站生活、《花狗崖》中远东大海边尼福赫人的渔猎生活,也都注意刻绘其中的地域性奇光异彩。艾特玛托夫对地域性的自觉,其实是为现代化浪潮中的文学寻找到了扎根的最佳方式。虽然有了地域性,并不能保证文学的成功,但是那些彻底缺乏地域性的文学总是显得不那么自然,不那么生机勃勃,而存在趋于抽象化、概念化的流弊。温亚军曾说:"地域特色对一个作家起着很重要的作用,如果一个作家的作品中没有属于自己的地域,那么他的作品就像羽毛一样,有点飘。大多数作家都在自己的作品中努力营造自己的地域特点。"④温亚军对

---

① 温亚军:《梦想中最温暖的地方》,《时代文学》2003年第3期。
② 温亚军:《我坚持,因为我热爱——温亚军与"上海东方网"网友聊天实录》,《文学界》2007年第9期。
③ 马季:《"生活"就沉淀在我们的内心——温亚军访谈》,《大家》2009年第1期。
④ 张晓峰:《写作者的姿态——温亚军访谈》,见温亚军:《硬雪》(小说集),云南人民出版社2005年版,第272页。

地域性的自觉，无疑也受到像福克纳、马尔克斯、略萨等作家的启发，但是其中艾特玛托夫的启发还是居于关键地位的。

温亚军曾如此表达他对新疆的感念："新疆在我的心目中永远占据着重要位置。我的大部分作品都是写新疆的，但我心里的新疆，不是那么神乎其神，我喜欢简单、直接地描述一个清晰的、明朗的新疆。我写新疆的小说，没有一篇不是想象出来的，可是，没有脱离那里的生活实际。对新疆，我肯定不是一般意义上的想了，那是扯心扯肺的一种牵挂。"①的确，新疆对于温亚军的人生和文学而言都至关重要，他笔下的新疆也是富有独特风情之地。在中篇小说《苦水塔尔拉》中，那独特的苦水、那浓郁逼人的沙枣花、粗犷无垠的戈壁滩、目光荧荧的成群饿狼，都带有南部新疆的野性魅力。短篇小说《夏天的羊脂玉》中在河流里找玉、《高原上的童话》中的捕鹰、《寻找大舅》中的阿尔金山淘金、《游牧部族》中的牧人转场、《雪》中阿尔泰的暴风雪、《猎人与鹰》中帕米尔高原上的猎鹰，等等，无不是具有鲜明的新疆地域风情的活动和风物。这些活动和风物赋予了温亚军小说的外在但也是具有魅力的地域性。在长篇小说《无岸之海》中，温亚军如此写道："天山俨然地球的脊梁傲然挺立在中亚腹地，它像一个坚强刚勇的汉子展示着雄性裸露的蓬勃肌体，给人一种强有力的美感。天山虽然没有撑到天上，但它在苍茫的荒野上筑起了一片气势非凡的高地，呈现出一片明净的天空和圣洁的厚土。从此，晶莹的雪再没有消融，冰峰千里。抬头仰望，能够感受到天山沉甸甸的誓言一般的重量，不可动摇，就像人的信念。"②其实，如此具有地域色彩的风物出现于他的小说中，无疑使他的小说呈现出一种与众不同的艺术气息。

当然，仅靠地域色彩是无法获得深度的艺术魅力的，还必须具有人性的内在光彩。艾特玛托夫小说的艺术策略是去发掘各种困境中的人性闪光，给人的心灵带去艺术的启迪与温暖。因此，《查密莉雅》中查密莉雅那种敢于超越流俗之见勇敢地去追求爱情的心灵就显得卓然不群，而丹尼亚尔对大地、对生活的深沉的爱更是让人由衷地钦佩。《母亲—大地》中母亲托尔戈娜伊敢于承担一切生活的重担，坦然接受接踵而至的苦难命运的博大心胸也光耀如日月。至于《花狗崖》中的爷爷奥尔甘、父亲艾姆拉英和叔叔梅尔贡的勇敢牺牲，基里斯克的顽强坚韧更是像星辰一样拓展了人性的明朗天空。更不要说《一日长于百年》中叶吉盖、卡赞加普的勤劳善良，《断头

---

① 姜广平：《"寂寞使我产生了写作的偏狂执拗"——温亚军访谈》，《西湖》2010 年第 4 期。
② 温亚军：《无岸之海》（长篇小说），《红岩》2005 年第 1 期。

台》中阿夫季的殉道精神、鲍斯顿的勇敢和赤诚了。当这些人性光辉熠熠闪烁于那些具有浓郁地域风情的画卷中时，艾特玛托夫小说对人的吸引力就锐不可当了。

受艾特玛托夫思想艺术的影响，温亚军也非常善于发掘苦难重压下人性的闪光。他曾说："是这样的，虽然初衷没有这么深刻，但愿望就是美和善。我不喜欢写丑恶的东西，我不想把自己弄得很绝望。其实，生活对每个人是公平的，包括对我，所以，我没必要去仇恨，但过于直露的悲天悯人也是我所不喜欢的。我还是愿意平平淡淡地表现那些普普通通人群的酸甜苦辣、爱恨情仇。"①其实，温亚军在写新疆题材小说时，他不是泛泛地像新写实小说那样关注普普通通人群的酸甜苦辣、爱恨情仇，他尤其对人性中那种温情、善良、坚强的素质感兴趣。在中篇小说《寻找大舅》中，温亚军就试图拨开历史风尘从大舅形象身上去重新体会那种矢志不渝的忠贞爱情。小说主人公"大舅"在读师范时就和女同学叶雯雯爱得死去活来。但非常不幸的是，叶雯雯被国军团长孟向坤抢去做了姨太太。大舅为了寻找叶雯雯，离开陕西，向西行走。在格尔木，被一伙淘金者救活后，大舅被逼去阿尔金山淘金。在淘金点，大舅劳累不堪地干着重活，无法逃走，幸好受到金霸的女人白金的帮助，才能够干点轻松的活。后来在官兵围剿淘金者的混乱中，大舅救出了白金，和她一起逃亡。当白金以身相许时，大舅不从，坚定地要去寻找自己所爱的人。白金后来缠上了国军的马团长，逼他娶自己，结果被马团长杀死。马团长让大舅加入自己的队伍，随后在一次战斗中因救了马团长一命，大舅当上了少校副官。等到了新疆巴音布鲁克草原后，大舅遇上了萨日娜，从她口中知道了孟向坤正横行草原。于是，大舅伪造团长的命令，调动炮营，要逼孟向坤交出叶雯雯，并向他复仇。两军对阵时，孟向坤在叶雯雯跑向开都河时，开枪打死了她，巴音布鲁克草原一场残酷的战争拉开了帷幕。最终大舅成了巴音布鲁克草原上一位孤独的牧羊人，谁都不愿意见，直至悄悄地离开了人间。虽说该小说题为寻找大舅，其实作者要寻找的并不是那个最后耽于孤独的老者，而是他那段刻骨铭心的爱情以及他对爱情的忠贞。

除了对炽热爱情的关注之外，温亚军也非常喜欢刻画家庭伦理亲情中的浓浓温情。短篇小说《成人礼》中，刚开始父亲斥责年满七岁的儿子太过依赖母亲，不知道独立自主，在行了成人的割礼后还哭哭啼啼地要和母亲同睡一床，甚至不允许母亲去安慰他一下。但是第二天早上，母亲却看到父亲自己居然睡到儿子的小床上，抱慰着年幼的儿子，于是那种父子、母子、夫妻

①　姜广平：《"寂寞使我产生了写作的偏狂执拗"——温亚军访谈》，《西湖》2010 年第 4 期。

之间的亲情便满溢了四壁，令人感动莫名，也让人不得不佩服温亚军心灵的细腻和优雅。短篇小说《火墙》中，当女人最后知道是男人不能生育，而且他已经和另一个有孩子的女人相好长达三年时，她非常冷静地与其离婚，主动找来会打火墙的有点瘸的铁柱，要和他过生活时，我们也不得不为人与人之间尚存的理解和宽容而感动。生活的暖流毕竟是无处不在的。

新疆的许多地方和严冬季节具有严酷的自然环境，对人的考验也非常可怕，温亚军就喜欢发掘那些在考验中瞬间绽放的人性光彩。短篇小说《硬雪》中，牧羊人为了寻找一只黑眼圈的母羊，途中遇上暴风雪和饿狼，最终他和猎鹰凭着顽强的毅力一道杀死了饿狼，保全了自身，演绎了一场强悍生命力的活剧。而短篇小说《病中逃亡》中，那个患了矽肺病的淘金者在逃跑途中遇上了同样患了矽肺病的老狼，于是不屈的生命意志油然勃发，令人精神振奋。

温亚军的许多新疆题材小说也喜欢描绘那些敢于摒弃这个新上帝的人性光芒。短篇小说《夏天的羊脂玉》中，当大伙都为玉龙喀什河中的玉矿而疯狂时，当阿里江急不可待地跳入汛期尚未过去的河中最终被淹死时，当阿里江的儿子眼中只有羊脂玉而没有父子亲情时，莫雷尔和来丽却清晰地看到人的欲望的疯狂，他们发现其实与生命相比，所有的羊脂玉只不过是戈壁滩上的普通石头。短篇小说《猎人与鹰》中，即使出售自己的猎鹰可以获得一群羊，彻底改变自己的穷苦处境，心气高昂的猎人也绝不答应。他不出售猎鹰，乃是在坚持一种气节。而在短篇小说《金子的声音》中，牧羊人蔑视那些趋之若鹜的淘金者，他们破坏草原，偷抢羊只，唯利是图，道德沦丧，因此最后他把白杨河的水放进山谷，驱羊远遁，就是对金钱欲的鄙视和逃离，是韬光养晦，是怀瑾握瑜。而在短篇小说《游牧部族》里，在转场途中男人的一只母羊不小心被车撞死了，他不但不要司机的赔款，还邀请司机去吃羊肉，在他看来，羊就是给人吃的。游牧部族的淳朴之风疑了功利主义的市场原则，标举出迎风猎猎的人性旗帜。

与艾特玛托夫一样，温亚军也喜欢在新疆题材小说中屡屡描画动物形象。温亚军曾说："说到的动物，这是我爱观照的生物，因为新疆地旷人稀，荒凉的地方比较多，我又一直在部队生活，那种孤独无助的状况，体味的就多些，所以，我喜欢把一些人生的情趣赋予动物来表达，这样更有意思，比如我的小说《病中逃亡》《驮水的日子》，还有最近发在《十月》《人民文学》和《当代》上的《硬雪》《金子的声音》，都是与动物有关的。"①的确，《病中逃

---

① 温亚军：《我坚持，因为我热爱——温亚军与"上海东方网"网友聊天实录》，《文学界》2007年第9期。

亡》《硬雪》《苦水塔尔拉》《无岸之海》中的狼、《驮水的日子》中的驴子、《军驼之死》中的骆驼、《高原上的童话》中的苍鹰等动物形象,在温亚军小说中散发着新疆特有的奇光异彩。

艾特玛托夫比较喜欢展示人对动物的摧残和伤害,从而呼吁人平等、友爱、善意地对待它们,如《永别了,古利萨雷!》中的马、《白轮船》中的长角鹿、《断头台》中的狼等。不过,温亚军更喜欢展示人与动物之间富有温情的交流,尤其以短篇小说《驮水的日子》为代表。短篇小说《驮水的日子》讲述的就是一个人与动物之间情感交流的质朴温暖的故事。由于连队距离盖孜河有八公里远,需要一个士兵专门负责运水。原来是由下士牵一头牦牛运水,后来牦牛老死了,司务长贪便宜买了头驴子。但驴子脾气固执,下士的脾气也固执,两不相合,结果耽搁全连用水,连长就让上等兵去赶驴子运水。驴子依然故我,但上等兵不发脾气,也不打驴子,只是不愠不怒、不急不缓地调教。驴子终于接受了上等兵,人与驴之间产生了一分难得的亲近和信任。上等兵给驴子取了个"黑家伙"的名字,还给它戴上了铃铛。到后来,甚至发展到只要给驴子背上的桶装好水,它就会自觉地赶回连队,并再次返回河边。于是上等兵有了时间复习,最终考上了军校。当上等兵离开的那天,"黑家伙"给他驮运行李到河边,他则最后一次给"黑家伙"装好水,让其返回,目送其走出很远。等他恋恋不舍地背起行李要走时,"黑家伙"似乎知道他要离开了,居然急匆匆地返回,让上等兵感动得热泪盈眶。该短篇小说获得第三届鲁迅文学奖,其中最出色的情节就是对上等兵和驴子之间的情谊是如何一步步地建立起来的,叙述得非常细腻生动而传神,让人不得不感叹所有生命之间都是存在着灵性的深度关联的。

温亚军的短篇小说《高原上的童话》则与艾特玛托夫的中篇小说《白轮船》遥相呼应。该小说叙述的是帕米尔高原上小孩渴望与动物交流的感人故事。黑孩第一次和父亲到石头城去,看见了商店里的电视机,让他尤其惊讶的是电视里播放的动画片中狗、牛和鸟居然都会和人说话。受其启发,他回到家中就不屈不挠地和狗、牦牛、羊说话,但狗们都不理他,不开口说话,他只好坚持不懈地训练它们说话。因为小男孩要上学,需要钱,父亲不得不答应帮助别人捕捉苍鹰。小男孩放牧回来,看到笼子中的苍鹰,怎么也睡不着,想着和它说话。看到苍鹰也不说话,他就把苍鹰从笼子中放出来,当苍鹰拍击着翅膀,"啊,啊"地尖厉啸叫,准备起飞时,小男孩终于欢呼起来,泪流满面,他认为苍鹰终于和他说话了。

《高原上的童话》开篇就描绘了一幅极具新疆地域风情的画面:"盛夏的八月,是帕米尔高原最美丽动人的季节。明净的阳光似一张金光四射的绸网罩在恭格尔和慕士塔格峰上，这两座被誉为冰山之父和冰山之母的万山之祖，似纯色的白银铸就的一对恋人，相互依偎着释放出万道光芒，照射在冰山脚下的牧场上，温柔地抚摸着绿毡一般的青草，散发出鲜花般的芬芳，醉倒了一片片白云似的羊群，还有黑缎子似的牦牛。八月阳光的滋润，冰雪融化出一串串乳汁似的细流，哺育着绿色的草地，养育高原上的生灵，造就了高原上宁静而明朗的尘世，成了一个远离喧闹的童话世界。原始的风景似梦幻一般，随着盖孜河的河水，一路欢唱着，流经帕米尔高原，把高原上的纯美，弹奏成一曲曲动人的旋律，传到另一个世界。"①这幅帕米尔高原的美丽画卷赋予整篇小说一个诗意的基调，正是在如此优美的地方，人才渴望与其他自然生命自如地交流。这幅画面也与艾特玛托夫的《白轮船》中那郁郁葱葱的森林、潺潺的激流、畅游着白轮船的蓝色伊塞克湖的诗意画卷颇有呼应。

其实，艾特玛托夫《白轮船》的核心情节就是敏感孤独的小男孩对长角鹿妈妈传说的深信不疑以及最终长角鹿妈妈被杀后他那纯美的理想破灭的悲剧。而这个悲剧反衬出来的核心要义，就是人与自然万物必须和谐相处，众生平等。其他的悲剧，如快腿莫蒙受到女婿奥洛兹库尔的侮辱，别盖伊姨妈受到其丈夫的贬斥等都是辅助性的，人心中丧失了爱之后繁衍出来的冷漠和暴力。理解了这一点，我们就可以看到，温亚军的《高原上的童话》其实是把《白轮船》中那写得非常具有现实性但又是辅助性的情节删除了，仅剩下天真敏感的小男孩渴望与动物交流的纯美童话。《高原上的童话》中的黑孩和《白轮船》中的小男孩是神似的两个孩子，他们都是生活在较为孤独的环境中，都爱好幻想，都具有难能可贵的与物同情的赤子之心，就像阳光下青草叶上两滴纯洁的露珠一样。而且，在构造情节上，温亚军也写到黑孩由父亲骑马带着到了石头城，最后想要去石头城上学；这与《白轮船》中爷爷莫蒙骑马接送小男孩上学的情节非常相似。不过，温亚军也许觉得《白轮船》最终的悲剧结局太令人难以直面了，因此他安排了一个富有温情的美妙结局，没有让那只苍鹰死去或者被卖，而是让黑孩把它放了出来，并让苍鹰"啊，啊"地好像开口与人说话似的。艾特玛托夫把他的《白轮船》称为"仿童话"，也就是说他的小说选取了童话精神的核心，但是主要的框架还是现实主义的小说艺术搭建的，而温亚军的《高原上的童话》则保留了童话的纯粹和优美，拒绝了现实主义的悲剧力量的肆意横行。也许这就是温亚军更为质朴之处。

———————

① 温亚军：《燃烧的马》（短篇小说集），文化艺术出版社 2006 年版，第 223 页。

如果整体观览温亚军的新疆题材小说，我们无疑可以发现他的长篇小说《无岸之海》和艾特玛托夫的长篇小说《一日长于百年》最具有文学的亲缘关系。温亚军的《无岸之海》以新疆南疆叶尔羌河边的塔尔拉为地理背景，围绕着当地的武警中队中几位基层军官和士兵的情感纠葛和事业追求，展示了新时代边疆军人生活的爱情与死亡、痛苦和快乐、迷茫和理想，既富有新疆地域风情又具有浓郁的时代气息。它和艾特玛托夫的长篇小说《一日长于百年》存在着许多相似点。

首先，两部小说都把故事放在一个相对封闭的、偏僻荒凉的地理环境中。艾特玛托夫的《一日长于百年》中的叶吉盖、卡赞加普和阿布塔利普的故事主要发生在鲍兰内—布兰内会让站上。"它建立在一条大铁路线上，建立在萨雷—奥捷卡大草原里，是联接像血管一样支岔蔓延的车站、枢纽、城镇系统的一个小小的环节……它的四周是一马平川的大草原，地势空旷，无遮无挡，八面来风，特别是在冬天，当萨雷—奥捷卡的暴风雪肆虐的时候，这里的房子被雪埋到窗台那么深，而铁路则被密实的雪丘盖住……"①可以说，布兰内会让站是荒凉的，是相对封闭的，自然环境非常恶劣。而温亚军的《无岸之海》中的吕建疆、叶纯子、刘新章、阿不都等人的故事则发生在新疆南疆塔尔拉，"叶尔羌像一截马肠子，弯弯曲曲地穿行于塔克拉玛干沙漠的边缘，河流到西北角的荒滩上，突然像人的胳膊一样弯曲过来，绕了一个大圈子，圈子里面就留下了一个方圆几百公里的岛屿。这个岛屿就是塔尔拉。它像一个圆头圆脑的孩子，安安静静地躺在叶尔羌河宁静的臂弯里。叶尔羌河，静静地注视着她怀里的这个孩子，无论她丰满还是枯瘦，她都以博大的胸怀、无尽的耐心接纳和倾听着发生在塔尔拉的每一个故事，她把这每一个塔尔拉的故事都深深地藏在心里，又不动声色地将这些故事连同塔尔拉祖祖辈辈人的希望和幻想，还有他们的痛苦和忧伤，一齐裹挟着，奔向遥远的地方……"②虽然温亚军把叶尔羌河叙述得像母亲一样温情脉脉，但其实塔尔拉的地理环境非常恶劣，这里远离繁华的现代都市，远离现代文明，四周都是荒无人烟的戈壁滩，干旱少雨，风沙肆虐，尤其是每年初春来到时就有含盐碱过多的苦水，人喝了必然要拉肚子，只能吃本地出产的沙枣才能缓解一下痛苦。无论是艾特玛托夫的布兰内会让站，还是温亚军的塔尔拉，都是作者塑造出来观察人性的解剖台。在这两个地方，人的活动都是比较单调的，像布兰内会让站，叶吉盖、卡赞加普他们的主要工作就是维护铁

---

① ［吉尔吉斯］艾特玛托夫：《一日长于百年》，张会森等译，新华出版社1982年版，第11页。

② 温亚军：《无岸之海》（长篇小说），《红岩》2005年第1期。

路线路、指导火车交会;而在塔尔拉,武警官兵主要就是看守犯人和训练新兵。在某种程度上,正是这种相对封闭、偏僻荒凉、单调枯燥的环境中,人与自然、人与人的关系才趋于简单,人性的一些本质性因素才更容易崭露。

在展示人性时,温亚军也像艾特玛托夫一样偏向于在严酷的环境里发掘人性中正面、温情、美好、善良的因素。这就是《无岸之海》和《一日长于百年》的另一个相似点。在艾特玛托夫的《一日长于百年》中,核心人物是像叶吉盖、卡赞加普、阿布塔利普这样的勤劳善良、富有同情心、富有历史反思意识的普通劳动者。他们热爱劳动,彼此互相关爱,敢于坚持真理。例如,当侦查员唐塞克巴耶夫无理地审讯阿布塔利普时,叶吉盖就愤然斥责他;后来当阿布塔利普被捕后,他又满怀柔情地关爱查莉芭和孩子们;而在阿布塔利普死后,查莉芭带着孩子痛苦地不辞而别,叶吉盖依然不忘去为阿布塔利普恢复名誉。正如艾特玛托夫说的:"众所周知,热爱劳动是衡量人的尊严的一个必需的尺度。大家都在根据劳动来判断,他是一个怎样的人,他做了些什么? 在这个意义上,叶吉盖是一位真正的劳动者,他是那些被称为支撑大地的人们中的一员,照我的看法,他同自己的时代有着最紧密的联系,他的本质也就在这里,他是他自己的时代的儿子。"①其实,像叶吉盖、卡赞加普、阿布塔利普、乌库芭拉、查莉芭等人都是支撑大地的善良之人。正是他们的这种善对抗着那由美苏争霸的当权者、萨比特让、唐塞克巴耶夫等人所代表的粗俗、暴力和邪恶,守护着生命的纯真和美好。

在《无岸之海》中,温亚军没有像艾特玛托夫一样去设置像萨比特让、唐塞克巴耶夫、美苏争霸的当权者那样的反面角色,他主要关注的是塔尔拉那种偏僻荒凉、艰苦难当的自然环境,以及人如何在这种自然环境中生存下去,并努力使生活变得更为美好,甚至使爱情之花绽放于如此偏僻的边疆,使人性之光依然照耀于如此荒凉的角落。温亚军塑造的第一代塔尔拉人以政委刘新章为代表,他曾经有过不幸的初恋,他的初恋情人秋琴为了走出塔尔拉,背弃了他们的爱情和一个男医生出走,结果又被遗弃。当她腆着大肚子回到塔尔拉后,她又毫不犹豫地把自己嫁给塔尔拉一个有名的无赖,最后在无望的日子中自缢。但是面对这种悲剧,刘新章并没有灰心绝望,他依然热心工作,升任支队政委后,依然关心塔尔拉,而且只有回到塔尔拉并为之操心时,才感受到生命的充实。中队副指导员吕建疆则出生在新疆团场,本来想通过当兵离开封闭的团场,去见识更为开阔的世界,但谁知却来到更为

---

① [吉尔吉斯]艾特玛托夫:《对文学与艺术的思考》,陈学迅译,新疆大学出版社1987年版,第206页。

偏远、生活更为艰苦的塔尔拉，即使后来从军校毕业还是没有逃脱塔尔拉。然而他在塔尔拉这么多年的磨炼中最终能够像塔尔拉人一样，对生活抱有乐观态度，不论是生活中还是感情上对未来都充满着热情和向往。尤其是当四川姑娘叶纯子被他从攀枝花吸引到塔尔拉，双双踏入婚姻的殿堂后，他更是对塔尔拉的生活充满了感激。当然，《无岸之海》中最感人的人物形象还是维吾尔族士兵阿不都。他的老家在和田，从来没有看见过火车，对火车及其所代表的现代文明极为向往，导致一次与战友搞训练时因为忽然听到火车的鸣笛声而疏忽大意，腿脚受伤，不得不去给中队放羊。而他对远在故乡和田的姑娘阿依古丽一往情深，为了学会汉字给她写信，就用粉笔在篮球场上不断地学写阿依古丽的姓名。为了帮助试图探望在监丈夫的东北女人，他又不惜违反纪律偷偷地给她送饭。然而，命途多舛的是，阿不都在和吕建疆他们追踪逃犯梅杰时，途中遭遇恶狼，为了掩护战友，他受伤过重，英勇牺牲。当阿依古丽和他的父母一道赶到塔尔拉，看到那篮球场上的姓名时，她被感动得涕泪俱下。温亚军就像艾特玛托夫一样，耐心地在苦难环境中的人身上肯定着人性中的美与善，甚至与那些生活在条件优越的现代都市之人相比，新疆塔尔拉人身上蕴含着更多的闪光点。

其实，温亚军的《无岸之海》的结构也是有意效法艾特玛托夫的《一日长于百年》的。在《无岸之海》中，主要的故事共有四个：一个是副指导员吕建疆和四川姑娘叶纯子从认识到相爱再到最后于八一建军节结婚，第二个是阿不都和阿依古丽的爱情及其最终的悲剧结局，第三个是东北女人和在押犯人梅杰的故事，第四个是隐含在叙述中的支队政委刘新章和秋琴的悲剧故事。第四个故事指向老一代塔尔拉人的艰苦奋斗，第三个故事展示的是塔尔拉监狱与外界的联系，而第一、第二个故事展示的是当前塔尔拉的武警官兵情感生活。这四个故事都是围绕着男女之间的情感展开的，真正要展示的就是爱情如何在艰难的塔尔拉生成的。这种多线索、多面向而又统一于核心主题的结构方式也就是艾特玛托夫的《一日长于百年》的结构方式。在《一日长于百年》中，小说最主要的故事就是叶吉盖、卡赞加普等人在布兰内会让站辛苦工作一生的故事，此外再加上曼库特和乃曼·阿纳的传说、林海人文明和美苏领导者决定暂不与其接触的荒诞剧、赖马雷和白姬梅的爱情悲剧。这种把现实和传说、真实和科幻相结合的多线索、多层次的结构最终指向的潜在主题是：人必须牢记历史，守住传统文化，彼此相爱，以开放的心态面向未来。

温亚军在《无岸之海》中也有意地采用了艾特玛托夫的《一日长于百年》中寓言式的题记手法，从而赋予小说以浓郁的象征意味。《一日长于百

年》中曾反复地出现这个段落,共达 12 次之多:

> 在这个地方,列车不断地从东向西和从西向东地行使……
>
> 在这个地方,铁路两侧是辽阔无垠的荒原……萨雷—奥捷卡,黄土草原的腹地。
>
> 在这个地方,任何距离都以铁路为基准来计算,就像计算经度以格林威治子午线为起点一样……
>
> 列车驶过这里,从东向西,或从西向东…… ①

这段文字在《一日长于百年》中无疑具有特殊的象征意味,它就像含义丰富的、不断重复的经文一样释放着形而上的气息。空间的辽阔无垠暗示着时间的永恒绵延,列车单调的反复行使喻示着人类历史无望的不断重复。在此无垠的空间、永恒的时间中,像叶吉盖等人的行为就具有人性的原型意义;善如此,恶亦如此,就像曼库特传说再次在争霸的美苏领导者和市侩式的萨比特让身上不断复现一样。而温亚军的《无岸之海》中也反复出现这段文字,共计 3 次,分别是篇首、中间和结尾:

> 风一刮起来,树叶发芽的时候,新兵该下中队了。
>
> 树叶开始落了,老兵该复员了。
>
> 一批老兵从塔尔拉走了,一批新兵又到塔尔拉来了。
>
> 塔尔拉就像一个码头,迎来了一批新兵,又送走了一批批老兵…… ②

在结尾处,作者还添加了一句,“塔尔拉的故事依旧在继续着……”毫无疑问,温亚军也试图通过这三段文字把小说所展示的人生故事提升到一种形而上的高度,一批批新兵来,一批批老兵又走了,但不变的是塔尔拉,是塔尔拉的艰苦和博大,是塔尔拉人身上那种顽强和勇敢、那种生活的热情和高昂的斗志、那种绽放于人性深处的善与美。

当然,从整体上看,温亚军的《无岸之海》虽然从艾特玛托夫的《一日长于百年》中汲取了不少思想和艺术的营养,但与它的思想、艺术差距都非常明显。艾特玛托夫的《一日长于百年》具有非常开阔的历史视野、人类视

---

① [吉尔吉斯]艾特玛托夫:《一日长于百年》,张会森等译,新华出版社 1982 年版,第 4 页。
② 温亚军:《无岸之海》(长篇小说),《红岩》2005 年第 1 期。

野,它既能够洞察到人性深处的那种弥足珍贵的美与善,也对人性中那种挥之不去的邪恶保持着高度的警惕之心,这就是通过曼库特传说在历史中不断重现的巨大警示意义。而且即使是写像叶吉盖等人身上的那种淳朴和善良,艾特玛托夫也没有忽视他身上理性和情感的矛盾、理想和现实的矛盾,而正是在种种复杂困境中锻造着人物的深度人性。但是在温亚军的《无岸之海》中,我们只能看到中国文化中的实用理性倾向的深刻影响,作者塑造的人物缺乏真正的人性复杂性和精神复杂性。作者更多地强调了塔尔拉这块土地上自然性因素的艰难,而忽视了去发掘人性本身的疑难,而且对军队中那种森然等级制下人总是不断地想向上攀爬的劣根性也少有批判性反思。因此,《无岸之海》根本无法展现出像《一日长于百年》中那种深广的历史视野、人类视野。

第三章　艾特玛托夫与中国
当代少数民族作家

艾特玛托夫在当时的苏联既是一位闻名全国乃至蜚声世界的俄语作家，同时也是一位用吉尔吉斯语创作、对本民族文化传统非常尊重、植根于故乡大地的吉尔吉斯族作家。也就是说，相对于俄罗斯族作家来说，他是少数民族作家。不过，艾特玛托夫的作品能够把民族性和人类性完美无间地融为一体，正如别林斯基所言："真正的艺术家不用花费力气就是民族性和人民性的，他首先在自身中感觉到民族性，因此不由自主地把民族性的烙印镌刻在自己的作品上面。……只有那种既是民族性的同时又是一般人类的文学，才是真正民族性的；只有那种既是一般人类的同时又是民族性的文学，才是真正人类的。"①艾特玛托夫就是这样真正的艺术家。他的《查密莉雅》《我的包着红头巾的小白杨》《第一位老师》《母亲—大地》《白轮船》《花狗崖》《一日长于百年》《断头台》等经典之作，哪一部不是既有浓郁的民族性，又涵纳并启示着超越性的人类性！这就是艾特玛托夫作为少数民族作家的独特之处。

对于中国当代少数民族作家而言，艾特玛托夫简直具有天启般的意义。少数民族作家都会为如何处理强势民族文化和弱势民族文化、民族性和超越性、人类性，甚至到底该使用大民族语言还是使用本民族语言等问题而绞尽脑汁，往往因之心力交瘁，不得解脱，导致创造力难以勃发或中道夭折。但是艾特玛托夫处理这些问题却能够游刃有余，成竹在胸。因此像回族作家张承志、白山，藏族作家意西泽仁，满族作家朱春雨，哈尼族作家黄雁，裕固族作家铁穆尔，鄂温克族作家乌热尔图，柯尔克孜族作家艾斯别克·奥罕，蒙古族作家郭雪波等，都在向艾特玛托夫的寻师问道中多或少地受过启发。张承志就是著名的例证，如果没有艾特玛托夫的启发，新时期文学的经典之作《黑骏马》简直不可能诞生。而朱春雨的长篇小说《血菩提》对东北长白山满族巴拉人的文化寻根，更是受到艾特玛托夫的颇多启示。意西泽仁也是在艾特玛托夫的影响下才追寻着草原民族的人道主义，言说着藏族人的哀伤和孤独。至于黄雁的《奶鹿》、铁穆尔的《白马母亲》等短篇小说也

---

①　[俄罗斯]别林斯基：《别林斯基选集》第3卷，上海译文出版社1980年版，第187页。

都受到艾特玛托夫《白轮船》的明显影响。有论者曾说:"民族的传统文化,情有独钟地,将自己的全部营养,赐予本民族出身的作家,民族的作家,也正是从一开头,便以其'下意识的文化自在性',生发出对民族文化得天独厚的亲和、体认以及传播的天赋。于是,民族作家们或自觉地或不自觉地,纷纷以民族文化产儿的固有身份,在文学的天地间活动开来;民族文化,也凭借着作家的灵魂和血液,将他们的文学作品,划入自己的内涵范畴。"①在许多中国当代少数民族作家对本民族的身份认同和文化自觉上,艾特玛托夫曾经起到巨大的催化作用。

第一节　游牧民族的心情

如果说迄今为止,要在中国当代作家中寻找具有经典品格的作家,张承志无疑会是其中之一。他的《黑骏马》《北方的河》《心灵史》《荒芜英雄路》等作品都闪耀着金属的质感。他对内蒙古草原、新疆大地、黄土高原的倾情书写令人注目,在大众文化销魂蚀骨的时代里对信仰精神的呐喊震耳欲聋,如黄钟大吕般地响彻华夏大地。他在文学创作的起步阶段以及像《黑骏马》这样的经典性作品的创作阶段就受到艾特玛托夫的深刻影响。对于他和艾特玛托夫之间的影响关系地深入梳理有助于我们进一步理解中国当代文学发展的内在规律,而他如何从影响中迈出独创性步履的经验更是值得中国当代作家多加留意。

早在 1981 年,张承志就曾经说:"苏联—吉尔吉斯族(这个民族就是我国新疆的柯尔克孜族)作家艾特玛托夫的作品给了我关键的影响和启示,许多朋友和同志也鼓励我坚持这样的风格。我开始希望更酣畅地、尽情尽意地描写和抒发我对草原日渐复杂和浓烈的感受,希望更深刻地写写我们和牧民们曾经创造过的生活。我希望能写一些篇幅大些的作品,这些作品能容纳多一些的感受、知识和风情。中篇小说《阿勒克足球》(《十月》1980年 5 月)就是我满怀着这样的希望,激动而胆怯地写下的一篇。"②他非常喜欢艾特玛托夫的早期那些天山题材小说,曾经说恨不得把它们倒背如流。到了 2000 年,他又说:"我本人也的确受到艾特玛托夫的很大影响。不过我同样希望话题离开旧式的思路。应该主要注意的,是天山,是天山住民的渴望,是作家与文明母体的关系。他的天山小说于我,更多的是一种哈萨克—

---

① 关纪新:《少数民族作家与民族文化传统的关联》,《民族文学研究》1994 年第 1 期。
② 张承志:《诉说——踏入文学之门》,《民族文学》1981 年第 3 期。

柯尔克孜以及天山民族心情入门。……对于我来说,艾特玛托夫帮助我懂得了蒙古之外的另一种游牧民族。……如果指一条捷径——若你对天山东部诸族的心情有本事感受,那么你就能看懂艾特玛托夫对西部天山的描写。"①到了 2003 年,他受邀编选一部小说集,《彼岸的浪漫——我最喜爱的浪漫小说》,再次把艾特玛托夫的中篇小说《查密莉雅》收入其中,并在序中专门写了一长段关于艾特玛托夫的看法:

> 我读苏联作品读得少,但认真读了艾氏从一个天山牧民的代言人到借民族为标签的官僚的很多作品。停止于他的长篇《断头台》,一部庸俗的败笔;开始于他的《江米拉》(查密莉雅)——令人类自豪的美文。
>
> 那些对天山腹地高山牧场及其住民的抒情,换了谁都可能写坏,而艾依特玛托夫写得淋漓尽致而不失分寸。我因为有多年在东部天山调查的体会,因此对他的西部天山描写目瞪口呆。
>
> ……
>
> 艾依特玛托夫主要依仗的是有底气的抒情。那些大段大段的描写、随意搀杂滴洒着马经草经的妙笔——真是太美了。那享受无法忘怀,读一遍像是洗了一场美的沐浴。回忆起来,若是没有读过他,可能人生不至于因之残缺,但是那将太可惜,没有那样读过简直不算读书、没有那种在阅读中被美好感觉浸泡的经历的人,简直太不幸了!
>
> 在 70 年代初的内部书《白轮船》里,他已在顶点。他写到了死,那个敏感的柯尔克孜男孩无法接受世相,在激流和憧憬中淹没了。
>
> 以后他的分量在减轻。《花狗岩》这个词组不再具备那种突厥式的情绪和寓意。《别了,古利萨雷!》的马名(花黄马)大概不一定会使牧民喜欢——当然不仅题目,小说像在凑篇幅。对一个巨大而深奥的领域——游牧的中亚突厥民族的伊斯兰教及其穆斯林生活方式,他没能突破桎梏,无一字触及。最后是一本败笔,时空倒错、环境保护的《断头台》。全苏作家领导人、还有国际名人的高位,使他异化并退出历史。
>
> 用不着感叹。他已经足够幸福,他的母族柯尔克孜已经足够自豪。他已经是天山之王,很难想象更好的天山作品。
>
> 他小说的文笔其实是旧式的。他急着要表达的那种浪漫,其实只

---

① 张承志:《人道和文化的参照》,《国外文学》2000 年第 4 期。

是一种游牧民族的心情。他成功于此,因此而不朽。我本人特别向他学习了一些修辞知识,以及模糊的"游牧民族的心情"。①

由此看来,张承志对艾特玛托夫的赞誉已经相当高了,甚至称其为"天山之王";虽然他对艾特玛托夫后期的小说非常不满意,但他并没有因之从根本上否定艾特玛托夫。随后,他甚至把艾特玛托夫和海明威相比,"比起艾依特玛托夫,也许海明威更没有获得'永恒性'。艾依特玛托夫还会保持着更长的被欣赏和怀念的价值,而海明威则旧了"②。在张承志看来,艾特玛托夫的小说更具有永恒性,这是发自肺腑的感佩之言。

若要细致地看清艾特玛托夫对张承志的影响,我们还必须从张承志的中篇小说《阿勒克足球》说起。

在张承志的最初几篇短篇小说,如《骑手为什么歌唱母亲》(《人民文学》1978年第10期)、《雁阵在前方》(《中国青年报》1979年7月14日)、《刻在心上的名字》(《青海湖》1979年第10期)、《黄羊的硬角若是断了》(《绿原》1980年第1期)等,或歌颂草原母亲,或反映"内人党"冤案,都还具有当时流行的浓重的意识形态色彩,属于张承志个人心灵的独异东西尚未显现,特有的民族意识和地域风情都隐而不彰。但是到了中篇小说《阿勒克足球》,张承志对蒙古草原的书写出现了质的变化,那种温馨动人的人性风姿如春日红杏般越过意识形态篱墙婆婆摇曳,那种草原生活的风土人情苍翠逼人般地扑面而来,那种如泣如诉的抒情气息如轻雾薄纱般地氤氲笼罩,那种意味隽永的生活哲理如草原上淡蓝的远山一样魅力非凡。在一定程度上可以说,直到中篇小说《阿勒克足球》,日后成为大作家的张承志才初露峥嵘。而如此种种,离开了艾特玛托夫小说的辐射性影响,都是不可想象的。毫无疑问,正是艾特玛托夫强有力的影响,才使得张承志文学创作的内在力量初步爆发出来。

张承志的《阿勒克足球》讲述的是一个北京男知青在内蒙古乌珠穆沁草原当老师的感人故事。他的父亲已经去世,母亲也已经改嫁,就像孤儿一样,他被下放到乌珠穆沁草原当知青。他总是神情感伤,独来独往。当看到牧区孩子接受不到教育时,他毅然向牧业大队提出要求,开办了哈达图小学。牧人的孩子不来上学,他就挨家挨户去访问,让大人送孩子上学。他想方设法克服艰苦的条件,教给学生更多的知识,激起他们改变生活的希望。

---

① 张承志:《彼岸的浪漫——我最喜爱的浪漫小说》,新世界出版社2003年版,第2—4页。
② 张承志:《彼岸的浪漫——我最喜爱的浪漫小说》,新世界出版社2003年版,第5页。

为了改善学生的生活,他带领学生一起捡羊毛;在风雪之夜,他挨个护送幼小的学生回家;他还给学生弄到一个黑白两色的阿勒克足球,给他们带来无尽乐趣。虽然周围的知青们一个个都先后离开了草原,甚至深深相爱的女朋友也离他而去,但他依然坚持不屈,并赢得了草原孩子和大人们的热爱和尊重。不幸的是,一次草原火灾中他为了从着火的房子里抢救出那个阿勒克足球,被火烧成重伤,由于未得到及时有效的医治而牺牲。当然,他的努力并没有白费,他的精神深深地感染了牧人和那些学生,其中他最为器重的男学生白音宝力格最终考上了大学,并深深地怀念老师的崇高精神。

《阿勒克足球》曾经获得 1981 年第一届全国少数民族优秀文学创作奖。只要稍稍涉猎过艾特玛托夫小说的人,都可以轻而易举地指出张承志的《阿勒克足球》受到艾特玛托夫小说,尤其是他的中篇小说《第一位老师》的深刻影响。

《第一位老师》和《阿勒克足球》两部小说在主题和人物形象上遥相呼应,都是塑造富有人格魅力的老师形象,讴歌老师的崇高精神,书写老师和学生之间的浓情蜜意。艾特玛托夫《第一位老师》中的玖依申,自己不识几个字,上无片瓦,下无立锥之地,但他就是富有一种献身精神,一种敢想敢干的开创精神,在从来没有学校的库尔库列乌村开办小学,为输入文明的火种而殚精竭虑。正是他的努力彻底改变了乡村孩子阿尔狄娜依的命运,使她从一个一无所知的乡村女孩最终变成知名的大学教授,使她不再重走小小年纪就做人妻妾、成为生育工具最后默默老死乡村妇女的旧路。正是玖依申的崇高精神给库尔库列乌村带去了现代文明的火种,促使人们从封闭滞重、因循守旧的传统生活中解放出来。而张承志《阿勒克足球》中的巴哈西(蒙古语,老师)也像玖依申老师一样,一无所有,但是为了教育那些草原上的孩子们,敢于承受各种苦难,给他们带去现代知识,赋予他们对新生活的想象能力。如果没有北京知青这个巴哈西,像白音宝力格这样的牧人孩子会依然延续着文盲生活,对外在世界无知无识,对生活更高的理想置若罔闻。这两部作品都体现了艾特玛托夫和张承志对现代文明引颈盼望。

当然,对于艾特玛托夫和张承志而言,真正重要的并非现代文明的输入,而是像玖依申和巴哈西那种无私奉献的精神。在艾特玛托夫的笔下,玖依申一心扑在教育乡村孩子的事业上,坚持正义,坚持真理,敢于反抗乡村世界丑恶的势力;当婶婶要把才十五岁的阿尔狄娜依出卖做别人的小妾时,玖依申敢于站出来保护幼小的学生,被人打断手臂也不气馁,最终从封建愚昧的传统陋俗中解救出美好的年轻生命。而当阿尔狄娜依向他表达自己的爱意时,他也深刻地认清自己的境况,虽然自己也非常爱她,但毅然地把那种爱深埋心底，不去打扰阿尔狄娜依的美好前途。此种人格境界，的确让人高山仰止。张承志笔下的巴哈西亦是如此，他身世堪怜，流落草原，无亲无故，但是他没有像其他北京知青那样或消极颓废，或急于逃离，而是敢于在草原上干点开天辟地的事情。他为了孩子们忍受着牧人的侮辱和误解，忍受着贫困和屈辱，甚至牺牲自己的爱情，乃至最终献出宝贵的生命。当然，把玖依申和巴哈西略做比较，我们可以看出，艾特玛托夫笔下的玖依申更富有反抗精神，富有一种信仰的炽热；而张承志笔下的北京知青巴哈西则较为柔弱而忧郁。

在人物塑造方法上，张承志的《阿勒克足球》也较为全面地借鉴了艾特玛托夫的《第一位老师》的艺术手法。在《第一位老师》中，艾特玛托夫主要把玖依申老师放在和那些守旧的牧人对照中以及和学生的关系中来塑造。当玖依申要开办小学时，那些大字不识的牧人就嘲笑他的迂阔；当他抱着孩子们涉过冬日冰冷的河水时，那些骑马的牧人更是讥嘲他的卑贱。而对于他的学生，尤其是阿尔狄娜依而言，玖依申就是精神的象征，就是温暖的来源，就是人性的光明。在《阿勒克足球》中，张承志也有意把巴哈西的崇高精神和牧人的封闭守旧加以对比。牧人们也曾经嘲笑巴哈西，他们只知道数畜群和喝酒吃肉，却对知识不感兴趣，但是巴哈西不为所动，不屈不挠。而对于白音宝力格、索依拉等学生来说，巴哈西无疑是欢乐的源泉，是人生的指路明灯，是纯洁心灵的象征。当然，艾特玛托夫和张承志也都是比较乐观的，无论是库尔库列乌村还是乌珠穆沁草原上的哈达图牧业队中的牧人们最终都认同了玖依申老师和北京知青巴哈西，都被其崇高精神所感动。在塑造老师和学生形象时，《阿勒克足球》也采用了和《第一位老师》中比较相似的许多细节。如《第一位老师》中玖依申和阿尔狄娜依姐姐为她上学的事情吵架，而在《阿勒克足球》中北京知青巴哈西和白音宝力格的醉酒父亲打架；《第一老师》中阿尔狄娜依把辛苦捡来的干牛粪倒给学校做燃料，而《阿勒克足球》中学生们主动给老师和学校送垫毡；《第一位老师》中玖依申冬天送学生们过河，而《阿勒克足球》中巴哈西在风雪之夜送学生们回家；《第一位老师》中玖依申和阿尔狄娜在学校附近种下两株小白杨树，而《阿勒克足球》中巴哈西给学生们送来一只阿勒克足球。这些细节使得两部小说富有风流蕴藉的艺术魅力。

在叙述者的选择上，张承志的《阿勒克足球》也借鉴了艾特玛托夫的《第一位老师》的成功经验。《第一位老师》有两个第一人称叙述者，他们都曾经是玖依申老师的学生，第一个是后来成为画家的"我"，而故事主体则由老年的阿尔狄娜依以第一人称回忆式叙述完成的。从深受老师恩惠的学生角度来叙述一个自己崇敬的老师的生平是非常合适的,这不但可以勾勒出学生眼中老师的生平状貌,而且最能够凸显老师的精神内核,还便于叙述者率性抒情和表达对生活的感悟。尤其是阿尔狄娜依曾经爱过玖依申老师,而且是她最刻骨铭心的初恋,因此叙述起来就在对老师的礼赞之外,多了一层纯美情感的柔美和缠绵;因此当她叙述到因朝夕思念玖依申老师,一次去西伯利亚讲学途中在火车上看到会让站的一个人像玖依申,就毅然拉动火车紧急制动阀,跳下火车,朝他奔去时,读者无疑都会热泪盈眶。而《阿勒克足球》也是采用第一人称回忆式叙述,叙述者是后来考上大学的白音宝力格。白音宝力格是敏感多思的草原小孩,当他看到后来成为他第一位老师的北京知青巴哈西和自己酒醉的父亲打架后,"我看见,他眼角的裂口更大了,已经有一粒晶亮鲜红的血珠凝挂在睫毛上。我惶然了,但这大个子的伤心事还不是我能懂得的。站在那里,我只是想起曾在达古图湖畔的一块岩石见过一匹濒死的二岁小马。那匹小马虚弱得连头都抬不起来,用一对满盈泪水的眼睛留恋地望着湖水。当时我曾想过:只要有人推它一下,这可怜的生灵就完啦!……黑衣青年挂着血珠的眼睛里,有一股和那二岁弱马一模一样的神情!"①二岁弱马的意象后来在小说中出现多次,这个富有草原地域特点的意象不但反映了白音宝力格的稚嫩而多情的内心,而且把北京知青巴哈西那种的孤弱神情刻画得极为动人。在白音宝力格的深情缓缓叙述中,巴哈西的忧郁形象和纯洁的品质优雅地次第呈现,最终在达古图湖面上飞过的鸟儿银翅的闪光上展现出高贵的灵魂。

玖依申之于阿尔狄娜依,北京知青巴哈西之于白音宝力格,都是生活中最为宝贵的精神源泉,因此两部小说都出现了一段极为优美、颇为相似的生活感悟。艾特玛托夫的《第一位老师》中阿尔狄娜依对生活的感想:"山中常有这样的清泉,当新修的公路穿过山谷时,通往它们的小路就被遗忘了,拐到那儿去喝水的旅客越来越少,山泉也逐渐长满了薄荷与黑莓,最后,从旁就完全看不出它们来了。在炎热的日子里,很少有人想起这样的山泉而从大道上拐到那儿去饮水解渴。往后有人来了,他找到这块荒芜之地,拨开芦丛杂草,不禁低声赞叹不已,并为这平静深邃、纯净清凉、长久无人扰浑的泉水惊倒。他在水中看见了自己,看见了太阳,看见了天空,看见了山岳……那人认为,不知道这样一个美妙的所在简直是罪过,应该把这个令人神往的地方告诉同志们。他这样想了又忘了,直到下次旧地重游的时候。

---

① 张承志:《阿勒克足球》,玛拉沁夫主编:《中国新文学大系·1976—1982·少数民族文学集》,中国文联出版公司 1985 年版,第 571 页。

生活里有时也是这样。大概,正因为如此才叫做生活。"①无独有偶,张承志的《阿勒克足球》中白音宝力格对生活的感想异曲同工:"是呀,故事终归是故事。它们只是一股流水,淌过幼嫩的心田。可是,如果一切并不是故事,而是真的事情;生活中那些带着牛粪火的灼热、掺着萋萋青草的苦味儿的撩人心思的事情;也就是说,不是一股流水,而是一个泉眼,一个埋在心灵的茂密草丛深处的清亮的小潭,那么,我们就不可能忘怀。它会随着我们的长大成人而更加深邃澄净,常常在不觉之间漾起一片波纹。在骑马跃过一条小溪时,在路过一口熟悉的水井时,在看到秋风掠过结了实的草稍时,或是听到一阵熟悉的歌声时,突然,颤抖的手拉紧了马缰,只觉得一阵晕眩。甚至,我们会悄悄地、独自一人伏在草地上,亲吻着一条若隐若现的车辙印,把感伤的泪水倾洒在上面……"②这种泉源总会在人性深处汩汩流淌,滋润着那些幸运的心灵。

　　《阿勒克足球》让张承志初步找到了文学创造力的爆发方式,而中篇小说《黑骏马》则是他早期内蒙古草原题材小说中最有代表性、最具艺术魅力的小说。该小说通过描述白音宝力格和索米娅两人一段擦肩而过的感情,把那种古朴、忧郁、苍凉而又富有勃勃生机的草原生活的内在灵魂展示得淋漓尽致。该小说曾获得1982年第2届全国优秀中篇小说奖、首届十月文学奖、全国少数民族文学创作荣誉奖等文学奖,拍摄成同名电影后更是声誉远播。如果细致考察张承志的《黑骏马》,我们可以发现,他已经能够从艾特玛托夫的《查密莉雅》《我的包着红头巾的小白杨》《母亲—大地》《永别了,古利萨雷!》等早期小说中充分地汲取了思想艺术营养,再加以独创性的发挥,建构出富有个人魅力的草原艺术世界了。

　　就《查密莉雅》和《黑骏马》而言,我们可以发现前者的相关人物和情节与后者存在着幽微的联系。《查密莉雅》中查密莉雅和丹尼亚尔在赶车走过草原,当丹尼亚尔唱起最为动人的歌时,他们的爱情也悄然绽放。与之相似,《黑骏马》中,索米娅送白音宝力格到旗里去参加牧技训练班的途中,他们一块躺在拉羊毛的卡车上,共同欣赏着壮丽的草原日出,也体验着他们那喷薄而出的初恋。当然,查密莉雅和丹尼亚尔为了爱情最终勇敢地出走了,而当白音宝力格半年多后从旗里回来时,索米娅已经被黄毛希拉玷污了。而黄毛希拉形象无疑也和《查密莉雅》中的奥斯芒形象较为相似,两者都代

---

①　[吉尔吉斯]艾特玛托夫:《艾特玛托夫小说集》上,外国文学出版社1980年版,第334页。

②　张承志:《阿勒克足球》,玛拉沁夫主编:《中国新文学大系·1976—1982·少数民族文学集》,中国文联出版公司1985年版,第569页。

表着草原生活中人性比较污秽的一面。不过,因为查密莉雅非常果敢而聪明,奥斯芒才不能得逞;而年幼的索米娅较为柔弱,因此就受到黄毛希拉的侮辱。

如果再把《黑骏马》和艾特玛托夫的中篇小说《我的包着红头巾的小白杨》相对照,我们也可以发现这两部小说之间班班可考的文学史联系。张承志《黑骏马》的叙述者是白音宝力格,他已经成人,当上了干部、翻译,因工作之事返回故乡,骑着黑骏马去探寻已经分离了近十年的索米娅。因为白音宝力格觉得自己对不起索米娅,所以一路上的回忆带有难以言表的伤感乃至忏悔的语调。白音宝力格和索米娅的初恋及其悲剧结局,都是回忆性叙述中展现的;而当白音宝力格骑着黑骏马赶到白音乌拉公社,见到其其格、达瓦仓还有索米娅,就变为实写了。这种回忆和现实的交错叙述,恰好和艾特玛托夫《我的包着红头巾的小白杨》的手法完全一致。《我的包着红头巾的小白杨》中,故事引言是当记者的"我"一次搭车时的遭遇,随后引出了伊利亚斯的第一人称叙述,最后又由记者"我"再次引出养路工巴伊切米尔的故事,使得伊利亚斯的故事变得更完整。其中伊利亚斯以伤感乃至带有忏悔情绪的语调叙述的他和阿谢丽的故事,恰好与白音宝力格和索米娅之间的恋爱波折构成对应。而白音宝力格见到索米娅、达瓦仓、其其格后的故事,恰好与养路工巴伊切米尔叙述的故事对应。索米娅在经历过诸多生活的磨难后,成为一个意志坚定、心灵博大的草原女人;而"小白杨"阿谢丽在离开了伊利亚斯后,也趋于成熟,最后不选择伊利亚斯,而坚定地和养路工巴伊切米尔生活下去,自然是成熟的表现。达瓦仓和养路工巴伊切米尔一样都是底层的劳动者,虽然有点粗鲁,但是一样勤劳、善良,热爱家庭,富有责任心。而萨马特和其其格在小说叙事中也占有一样的关键地位,以其存在缝缀着一个富有温情的人性世界。最后《我的包着红头巾的小白杨》中的伊利亚斯选择了再次离开,希望到帕米尔高原去寻找新生活,而《黑骏马》中的白音宝力格也怀着对草原深刻又歉疚的爱,打马离去,奔赴新的工作岗位。其实,《黑骏马》中的黄毛希拉形象也和《我的包着红头巾的小白杨》中的江泰形象相似,两者都直接导致他人爱情的终结。

张承志的《黑骏马》还和艾特玛托夫的《母亲—大地》之间存在着思想联系。艾特玛托夫在中篇小说《母亲—大地》中主要塑造了崇高的母亲形象。母亲托尔戈娜伊因为战争不得不承受失去丈夫和三个儿子的无比痛苦,还要承担艰难的劳动和贫困的折磨,后来她唯一的儿媳妇阿莉曼在生下孩子后又难产去世,她又不得不承担起抚养孙子的重任。托尔戈娜伊就是艾特玛托夫歌颂的大地的人格形象,就是神灵般的存在;正是有了母亲—大地,所有生命才能繁荣昌盛。与艾特玛托夫笔下的母亲—大地形象相似,张承志在《黑骏马》中塑造了两个伟大的女性形象——白发老奶奶和成年后的索米娅。张承志曾说:"就这样,我把熟识的几个草原女性的生活故事编织了一下,写成了中篇小说《黑骏马》。它不是爱情题材小说——我希望它描写的是在北国,在底层,一些伟大的女性的人生。"①在他看来,《黑骏马》其实是献给草原女人的颂歌。像白发奶奶对生命的和呵护和敬畏,就把草原女人那种博大胸襟表现了出来。当有人说要把幼弱的其其格扔掉时,"……你们的老奶奶坐在门槛上,对那些牧人说:'住嘴! 愚蠢的东西! 这是一条命呀! 命! 我活了七十多岁,从来没有把一条活着的命扔到野草滩上。不管是牛羊还是猫狗……把有命的扔掉,亏你们说得出嘴! 我用自己的奶喂活的羊羔子今天已经能拴成一排! 我养活的马驹子成了有名的好马……钢嘎·哈拉,你们这些瞎子难道还没有看见钢嘎·哈拉吗? 只怕你们还没有福气骑那样的好马! 哼,扔了吧……把这孩子扔给乳牛,乳牛也会舔她。走吧! 你们走开吧! 别用你们的脏手碰我的小宝贝儿。你们几年别来才好! 等我把她养成个人,变成一朵鲜花,再让你们来看看!'"②这种对生命的态度就是草原女人的生命崇拜情绪。其实,当索米娅告别了稚弱的少女时代,向草原成熟女人蜕变后,她也再次走上了白发奶奶的生命道路。"她的神情松弛了,痴痴的目光像是在注视着什么,那目光里充满了使我感到新奇的怜爱和慈祥。你变了。我的沙娜,我的朝霞般的姑娘。像草原上所有的姑娘一样,你也走完了那条蜿蜒在草丛里的小路,经历了她们都经历过的快乐、艰难、忍受和侮辱。你已一去不返,草原上又成熟了一个新的女人"③。这样的草原女人就像草原一样浩瀚博大,坦荡自在。张承志和艾特玛托夫一样,都在讴歌着伟大的母性、女性。不过艾特玛托夫在《母亲—大地》中更突出的是女性生命的伦理性、道德性、社会性,而张承志在《黑骏马》中则无意地凸显出草原女性生命的自然性。

张承志的《黑骏马》和艾特玛托夫的中篇小说《永别了,古利萨雷!》之间存在着更为鲜明的艺术关联。在小说结构上,两者都采用了回忆叙述和现实叙述交错的手法。《永别了,古利萨雷!》是以牧人塔纳巴伊赶着衰老的溜蹄马古利萨雷回家为小说的现实主线,主要展现了老人和老马的现实窘境,为人和马的回忆奠定基础。而小说的主体是塔纳巴伊对自己和古利

---

① 张承志:《〈黑骏马〉写作之外》,《民族文学》1983 年第 3 期。
② 张承志:《黑骏马》小说集,长江文艺出版社 1993 年版,第 39 页。
③ 张承志:《黑骏马》小说集,长江文艺出版社 1993 年版,第 62 页。

萨雷的一生的回忆。《黑骏马》则是以白音宝力格骑着黑骏马返乡去寻找分离了近十年的索米娅为主线,穿插着回忆他和索米娅的初恋悲剧。这种结构安排使内容凝练丰富,虚实相生,既有利于展示外在场景的变化,又有利于展示内在心理和生活认识的变化。此外,两部小说都有意地采用了民歌,从而赋予小说深沉而隽永的抒情基调。《永别了,古利萨雷!》采用的是吉尔吉斯民歌《骆驼妈妈的哭诉》,在塔纳巴伊失去古利萨雷时,失去情人贝贝桑和好朋友乔罗到了凄凉的晚年时,这支民歌就会如泣如诉地响起,赋予整部小说一个苍凉忧郁的调子。而《黑骏马》中的古歌《黑骏马》所暗含的生活和结构恰恰与小说要叙述的故事和结构构成一种完美的呼应,不断响起的古歌既赋予了小说一种难以言表的旋律美,也让整部小说笼罩在古歌那古朴苍凉的意境之中。而且,古利萨雷和黑骏马这两匹马的形象也遥遥相对。两匹马都曾经是骏马,古利萨雷给塔纳巴伊带去过少有的荣耀和欢乐,而黑骏马也让白音宝力格感到幸运和自豪。二者都写尽了马的悲剧,并且把笔触深入到马的生命核心中去。

我们细致地剖析了张承志的《黑骏马》是如何一点点地借鉴艾特玛托夫的,但《黑骏马》说到底属于张承志的独创性作品。他能够把自己对内蒙古草原的独特感悟融化在小说中,把属于他生命的那种独特灵性展示出来,从而把各种外来的艺术营养转化为一个独创性的艺术世界,这就是他的成功之处。例如他对白音宝力格形象的塑造,在艾特玛托夫小说中就难以寻觅。白音宝力格在现代文明和草原传统之间那种辗转两难的处境就写得很颇有思想深度:明知道草原上有许多落后、愚昧的东西,但在感情上又无法割舍;明知道现代文明的种种好处,但在感情上又难以融入。而像索米娅那种从草原露珠般美好的少女成长为一个心胸博大的成熟女人的过程,也写得极富艺术魅力,可以与艾特玛托夫的小说比肩。而且他对内蒙古草原的各种自然景物书写也极有独创性。

在细致地剖析了《阿勒克足球》和《黑骏马》两部中篇小说是如何受到艾特玛托夫小说的深刻影响之后,我们还需要再从整体上看看,艾特玛托夫到底是如何影响到张承志的内蒙古题材小说和新疆题材小说的。正如张承志所说的,艾特玛托夫使他懂得了"游牧民族的心情",也就是说,正是艾特玛托夫使得他的内蒙古题材小说和新疆题材小说有意彰显了独特的民族意识。众所周知,艾特玛托夫的《查密莉雅》《我的包着红头巾的小白杨》《第一位老师》《母亲—大地》《骆驼眼》《白轮船》等小说都是以西部天山吉尔吉斯族人的生活为素材。他文学创作的出发点不是那种抽象的概念、普遍化的人类存在,而是吉尔吉斯游牧民族的具体而独特的心灵、灵魂和精神。

像丹尼亚尔在"我的山哟，蓝幽幽白茫茫的山哟，/这儿生长过我的前辈，生长过我的祖先！"那种歌声中传达的对故乡、对大地、对生活的赤诚之爱，就是吉尔吉斯民族意识的根本。而查密莉雅敢于抛弃一切，和一无所有的丹尼亚尔私奔，也是吉尔吉斯游牧民族忠于自由、忠于爱情的心魂的自然流露。而伊利亚斯对错过之爱的忏悔，阿谢丽真正独立的品格，玖依申的奉献精神，托尔戈娜伊对苦难的承担等无不是游牧民族意识的流风余韵。若再细致品味，从艾特玛托夫对吉尔吉斯游牧民族的心情书写中，我们可以看出，除了那种赤诚、纯洁、博大，勇于追求自由、爱情、正义等质素之外，还隐隐地可以看出他笔下的游牧民族生活中总是弥漫着一种忧郁、悲怆、哀愁。也许，这正是草原的辽阔、高山的险峻、生活的艰难自然赋予游牧民族的一种灵魂品质。

张承志是能够比较深入地把握内蒙古、新疆等地游牧民族的心情的。在最初的《骑手为什么歌唱母亲》《刻在心上的名字》等几篇小说中，张承志还没有注意去发掘游牧民族独特的民族意识，而是在主流意识形态的康庄大道上来理解他们的生活。但到了《阿勒克足球》中，小说主体是北京知青巴哈西如何献身于草原的教育事业，叙述者却是蒙古族男孩白音宝力格，因此他眼中的人与事已经显现出比较鲜明的民族特色了，例如那个二岁马的比喻，以及那种挥之不去的悲怆和哀愁气息。到了《黑骏马》，张承志就能够活画出草原游牧的灵魂了。小说开篇就写一个骑手在草原上踽踽独行，思想亲人，孤独之际唱起长调。那种游牧民族的心情几乎扑面而来。而对白发奶奶的描绘，对索米娅成长为成熟的草原女人的叙述，无疑都是张承志对草原游牧民族心情最深刻的洞察。在短篇小说《绿夜》中，那个已经返城的北京知青怀着对城市的厌恶、对草原的深情再次返回草原，去探访额吉和奥云娜。但是奥云娜已经不再是那个纯真的小女孩，而是一个成熟的草原女人了，最后他认识到："只有奥云娜是对的。她比谁都更早地、既不声张又不感叹地走进了生活。她使水变成奶茶，使奶子变成黄油。她在命运叩门时咯咯地笑。她更累、更苦、更艰难。冲刷她的风沙污流更黑、更脏、更粗暴和难以躲避。然而她却给人们以热茶和食物，给小青羊羔以生命，给夕阳西下的草原以美丽的红衣少女。"①奥云娜和索米娅代表了草原游牧民族女性生命的一面，而像《春天》中那个为挽救受惊的马群而在暴风雪中冻死的牧马人乔玛，则代表了草原游牧民族男性生命的一面。不过，到了《顶峰》《辉煌的波马》《美丽瞬间》《凝固火焰》《大坂》等新疆题材小说中，张承志

---

①　张承志:《绿夜》,《西省暗杀考》小说集,北岳文艺出版社 2001 年版,第 9 页。

把主要注意力转移到对大自然的优美、神奇、壮丽的描绘中了。

艾特玛托夫对张承志的内蒙古题材小说、新疆题材小说的第二个较为深刻的影响主要表现于地域风情的描绘上。民族意识自然也是属于地域风情的一部分,但我们在此单独强调地域风情,主要是考虑到艾特玛托夫和张承志对作为审美主体一部分的大自然的深度关注。艾特玛托夫曾说:"一个人的命运从一开始便孕育在他和他父辈出生成长的土地上,重要的是他能如蜜蜂采蜜灌溉自己一样,从这片土地中汲取土地的慰藉。"①艾特玛托夫笔下的草原风景、苍茫大地、盘旋的天山公路、高峻的险峰、翻波涌浪的伊塞克湖绝非可有可无的陪衬,对于小说情节的发展和人物性格的塑造都具有相当重要的意义。

张承志曾说:"内蒙古和新疆一这片辽阔的、亚洲腹地的广袤草原和雪山戈壁,连同它们上空弥漫的那浓郁神奇的气息和情调,是那样深地陶醉着我,并潜移默化地滋润着我的生命。随着我对这个世界的独特文化和美好语言的日益了解,我愈来愈感到这个世界的亲切。这里各民族血液中的那些心理素质和她们的民间文学,甚至左右着我的写作。"②张承志对富有地域风情的自然风物的关照使他的小说洋溢着浓郁的浪漫气息。艾特玛托夫有篇小说名叫《骆驼眼》,张承志曾指出该汉语翻译不准确,其实应为"一岁驼羔眼",那是游牧民族心目中的美目。在《阿勒克足球》中,张承志曾写到索依拉:"这小姑娘睁圆了一双驼羔似的眼睛,盯着远处那骑手的背影。"③此种譬喻既富有地域风情,又优美绝伦。在短篇小说《白泉》中,那在银月笼罩的山谷中伴着哗哗的溪流声响起的冬不拉曲子,让人真切地感受到新疆的世外之美,也让人隐隐地联想起艾特玛托夫的《查密莉雅》中丹尼亚尔浑然天成的歌声,以及王蒙新疆题材短篇小说《歌神》中艾克兰穆天籁般的歌声。而在短篇小说《婀依努尔——我的月光》中,喀什街头映着艾提尕尔清真寺出现的四个月亮,更是让人莫名感动。

当张承志描绘新疆地域风情时,他的那支笔就更是激情洋溢,文采斐然。在短篇小说《大坂》中,张承志如此描写天山上的冰川,"大坂上的那条冰川蓝得醉人。那千万年积成的冰层平地叠砌着,一层微白,一层浅绿,一层蔚蓝。在强烈的紫外线照射下,冰川幻变出神奇的色彩,使这荒凉恐怖的

---

① 彭梅:《故乡和艾特玛托夫的小说》,《国外文学》1998 年第 1 期。
② 张承志:《诉说——踏入文学之门》,《民族文学》1981 年第 3 期。
③ 张承志:《阿勒克足球》,玛拉沁夫主编:《中国新文学大系·1976—1982·少数民族文学集》,中国文联出版公司 1985 年版,第 572 页。

大山陡添了一份难测的情感"①。在短篇小说《凝固火焰》中,他如此描画吐鲁番火焰山,"辽阔的大地上燃起了一条长长的火。火苗快活地疯狂地蔓延着,在崇山峻岭和深入海底的盆地之间举行了一个壮美的祭典。但是突然之间,火焰被魔法凝固在原地,从此后流逝了千年万年。火焰感到愤怒,它仍然不屈地保持着熊熊的姿态。在它的怀抱里,在它的挣扎时裂开的条条山沟里,白杨树和桑树、小麦和葡萄沿着沟水成长起来了,浓稠的绿色装点着赤裸的鲜红色"②。在短篇小说《美丽瞬间》中,他又如此描绘天山,"从清晨起就一直高高逡巡的那支圣洁的乐曲,此时暴雨般倾泻下来。天山蓝郁的阴坡绷直了松枝,铮铮地摇曳着奏出节拍。迎着金黄的阳光,炫目的绿草地仍在流淌漫延,光彩照人地诱惑着激昂和英勇。海拉提的黄骠马卷着一连串黄黄的烟球,冬不拉曲子震耳欲聋。不可思议的疯狂节奏打着大地的胸膛,前方一字摆开愈逼愈近的迷蒙河谷。扶摇的雾霭颤抖着,终于模糊了更远的视野。那姑娘临别时的一声高喊像一个掷向天空的银铃,疾走涌落的音乐立即吞没了抢跑了她"③。在张承志的这些新疆题材小说中,人物及其故事都退居次要地位,而大自然的华美和神奇已经占据主位,逼人关注,动人心魄。这种极富地域风情的自然书写让张承志的小说也像艾特玛托夫的小说一样充满了浪漫主义气息。

艾特玛托夫对张承志的内蒙古题材小说、新疆题材小说的深刻影响还表现于那种对底层人民的尊重,对民间精神的发掘,对人性中的温情倾向的首肯中。如前所述,张承志的《阿勒克足球》就像艾特玛托夫的《第一位老师》一样,关注像北京知青巴哈西、玖依申这样的底层民众,从他们身上去发掘生生不息的民间精神。而且,当玖依申和阿尔狄娜依互相示以深深的爱意时,当巴哈西和白音宝力格、索依拉相知相爱时,人性那种温情的暖流化解了人世的坚冰,给这个世界带来难得的亮色。在张承志的《黑骏马》和艾特玛托夫的《我的包着红头巾的小白杨》中,白音宝力格对索米娅的愧疚、理解,其其格对骑着黑骏马的白音宝力格的盼望,白音宝力格对其其格的浓浓爱意,与伊利亚斯对阿谢丽的愧疚、理解,萨马特对开着卡车的伊利亚斯的盼望,伊利亚斯对萨马特的浓浓爱意,遥相呼应,让人为底层人民身上那种温情的人性之光感动无比。张承志曾说:"我曾在内蒙古草原生活多年,长久以来,一直为我默默地体味着的,那在牧民的破旧毡包里度过的、

---

① 张承志:《大坂》,《张承志回族题材小说选》,青海人民出版社 1993 年版,第 19 页。
② 张承志:《凝固火焰》,《辉煌的波马》小说集,江苏文艺出版社 2003 年版,第 272 页。
③ 张承志:《美丽瞬间》,《辉煌的波马》(小说集),江苏文艺出版社 2003 年版,第 280 页。

我永生难忘的青春岁月,忽然在眼前出现了。我的脸颊又清楚地感到蒙族母亲亲吻我时,那银白乱发的轻轻触摸。我的身躯又清楚地感到她掖紧的皮被里的那一股温暖。我久久回想着和那些异族牧人之间那世人不能理解的友谊,回想着我个人和我们承受过的那生活的种种滋味。我发现:我居然那么深地爱上了他们,这爱情随着阅历日深而愈觉珍贵。"①这种经历和艾特玛托夫的经历也很相似。他们都曾经从底层人民那里获得过温暖,收获了生命的感动。因此他们的小说大都是对底层人民的歌咏,是对那种自足自在的民间精神的赞叹。

最后需要提及的是张承志的长篇小说《金牧场》。长篇小说《金牧场》是张承志人生历程的大总结,但是他的人生历程跨度大,经历复杂,时空转换频繁,难以用单线索把来龙去脉叙述清楚。因此主要采用了两条线索,一条是北京知青和乌珠穆沁草原上一个牧业大队,在冬季遇上了暴风雪灾,因此千里转场,想返回原来的阿勒坦·努特格,也就是黄金牧场,但付出沉重代价,抵达牧场后,却接到当局通知:该牧场已经由别的牧业大队占据,他们已经无家可归;第二条线索是"他"到日本一个研究中心和日本同事共同解读古文献《黄金牧地》,最终获得成功,但得不到学界的承认。第一条线索采用第一人称"我",第二条线索采用第三人称"他",叙述基本采用意识流手法,而穿插在这两条线索中,还有几个红卫兵在长征路上的遭遇、"我"在新疆的历史地理考察之旅、"我"在黄土高原上跟随阿訇寻找圣徒墓的信仰之旅,还有"他"在日本对歌手小林一雄歌曲的关注,以及"他"和日本女子真田弓子的交往,还有日本 60 年代的左翼学生运动等。整部小说缺乏完整的情节,也没有性格完整的人物形象,流淌其中的主要是"我"和"他"的——其实也就是张承志自传式自我的零碎感想、片段经历。但是,有个贯穿所有线索和零碎经历的主题,那就是对黄金牧场的追寻,也就是对理想的追寻。其实这种小说结构和艾特玛托夫的《一日长于百年》《断头台》还是有点相似的。他们都是试图超越传统现实主义小说那种主线式或单线式的结构模式,试图反映出世界的多层面、多向度的复杂现实。像《一日长于百年》中现实中叶吉盖、卡赞加普、阿布塔利普等人的人生故事,曼库特和乃曼·阿纳的历史传说,关于林海人的科幻故事,共同构成了小说的多个层面,但又复归于基本的主题,那就是人不能遗忘祖先,遗忘历史传统,必须要有行星意识,要彼此相爱。《断头台》中阿夫季的殉道、鲍斯顿的悲剧、狼的悲剧也是多线索、多层面的星系结构,共同指向的乃是人不能被自己的欲望

---

① 张承志:《诉说——踏入文学之门》,《民族文学》1981 年第 3 期。

主宰,人与人、人与大自然必须和谐相处的宏大主题。

第二节　草原民族和人道主义的浪漫书写

当代藏族作家对汉语文学的贡献是有目共睹的,扎西达娃、意西泽仁、阿来等都是个中翘楚,他们对西藏那块神奇土地的书写令世人瞩目。不过,我们在此关注的是意西泽仁。他1952年出生于四川省甘孜藏族自治州康定,当过知青、教师、刊物编辑、报社记者,至今已经出版有《大雁落脚的地方》《松耳石项链》《极地》《意西泽仁小说精选》《意西泽仁儿童小说选》等小说集,还有《巴尔干情思》等散文集。他的作品曾经获得国际青年征文奖、全国少数民族文学创作优秀作品奖、郭沫若文学奖、"骏马奖"等文学奖项,声誉较隆。他的中短篇小说多以川藏草原为背景,透视我国藏族地区的历史变革以及五光十色的社会生活,关注藏族人的悲欢离合的命运,展示奇特的藏区地域文化,富有强烈的民族意识和人道主义激情,且多以现实主义为根基融汇了浪漫主义和现代主义的多种艺术手法,创造了一个色彩斑斓的艺术世界。意西泽仁的小说创作无疑深受鲁迅、沈从文等中国作家的影响,也受到马尔克斯、福克纳、艾特玛托夫等人的显著影响。尤其是艾特玛托夫对他的影响值得一提,有论者曾说:"在和笔者的交谈中,他如数家珍地谈到《一日长于百年》《永别了,古利萨雷!》《断头台》和《成吉思汗的白云》等等,毫无遮拦地说,在所有外国作家中,艾特玛托夫是他最喜欢的一个。还说他不曾刻意追求某种外国风格流派,但所受艾特玛托夫的影响确实很大。"①应该说,艾特玛托夫对意西泽仁的影响是较为自然的。艾特玛托夫出生于吉尔吉斯塔拉斯草原舍克尔村,意西泽仁则出生于川藏交界的康巴地区,两人都是游牧民族出生。而且,吉尔吉斯和康巴地区一样,都是高山和草原地貌,地理环境较为独特,民间文学的资源丰富,富有较为浓郁的浪漫气息。此外,吉尔吉斯族和俄罗斯族的关系,也与藏族和汉族的关系也较为相似,都是少数民族和主体民族的关系,他们都身不由己地被卷入社会主义和现代化大潮中。艾特玛托夫虽然采用了俄罗斯语和吉尔吉斯语双语创作,但真正使他成为世界知名作家的还是他的俄罗斯语创作,而意西泽仁则主要采用汉语创作,接受主体还是汉语读者。不过,要直接指证意西泽仁的哪部作品受到艾特玛托夫的哪部作品的何种影响,还是颇费斟酌的;对

---

① 徐其超:《论意西泽仁对艾特玛托夫的接受》,《西南民族学院学报》(哲学社会科学版)1998年第5期。

于意西泽仁而言,艾特玛托夫对他的影响已经被融化在内在的价值观、题材选择、艺术手法等方面里了。

艾特玛托夫对意西泽仁的影响首先表现于草原民族意识的觉醒和地域风情的呈现。先说草原民族意识的觉醒。艾特玛托夫是吉尔吉斯族人,而意西泽仁是藏族人,如果他们都是在独立单一的民族国家中进行文学创作,也许就不会过多地表现出特有的民族意识,但是他们分别是在和俄罗斯族、汉族等主体民族相对照的文化语境中进行文学创作的,属于他们独有的民族意识就会自然流露。艾特玛托夫的小说从表面上看并没有刻意地张扬吉尔吉斯民族意识,虽然他的绝大部分小说书写的都是吉尔吉斯人的生活故事,但他也写哈萨克族人、尼福赫人乃至俄罗斯族人,如《一日长于百年》《花狗崖》《断头台》等小说;不过他的小说核心情绪还是吉尔吉斯人的民族意识,就像张承志所说的"游牧民族的心情"。艾特玛托夫曾说:"每个民族在形成的历史过程中,由于特定的地理环境和语言特点,都获有一定的特长和明显的标志,我们每个人都有责任来保持这些特长和标志,因为世界就是因为它的多样性才显得美的。否则我们到处只有一种灰色的、统一的、单调的人的精神状态。遗憾的是,今天文明的发展,在一系列情况下,正面临着平均化的倾向,面临着取消民族特点的危险。有些人甚至认为,随着时间的推移,所有的民族形式将会失去其重要的地位,都会一个个消亡,全球性的、统一的艺术时代定会到来。作为这种意见的反对派,我认为,没有产生艺术思想的基本的、主要的源泉存在,就不可能有艺术存在,而这些源泉恰恰就是民族文化和民族思维的形象性。"[①]由此可知,艾特玛托夫对吉尔吉斯的民族意识的强调是非常自觉的。当然,他也曾一再指出,不应在强调、发展和保持民族特点时,走向另一个地方主义、原始化的极端。在《查密莉雅》《我的包着红头巾的小白杨》《第一位老师》《母亲—大地》《早来的鹤》《永别了,古利萨雷!》《白轮船》《断头台》等著名小说中,我们可以明晰地认识到,艾特玛托夫总是自觉地去呈现吉尔吉斯族人那种大胆热情、敢于牺牲、勇于追求自由和爱情、富有浪漫情怀的游牧民族意识。当然,这种民族意识也具有十足的全人类性。

意西泽仁初期的一些小说中藏族的民族意识还是隐晦不彰的。例如短篇小说《大雁落脚的地方》中县招待所的藏族服务员莞茉娜姆在接待从海外返乡的藏族同胞扎西旺堆和顿珠时,顿珠看见她没有穿藏装就问,既然是

---

① [吉尔吉斯]艾特玛托夫:《对文学与艺术的思考》,陈学迅译,新疆大学出版社1987年版,第240页。

藏人为什么不穿藏装。顿珠的问题是带有挑衅性的,他原以为藏族人在国内受到可怕的压迫,就连自己的民族服装都不能穿。但是莞茉娜姆非常机灵,看到顿珠穿着西装,就反问他是不是藏人,是不是中国人,在得到肯定的答复后,就问:"既然你也是藏人,也是中国人,那为什么不穿藏装,不穿中国人的服装,而穿了一身外国人的衣服呢?"①顿珠便顿时发窘语塞。该小说中关于服装的这个细节是相当耐人寻味的。莞茉娜姆是藏族人,穿的是汉装,表明她认同的是中国人身份;而从海外归来的顿珠穿的是西装,表明他认同的是西方文明;但是对于他们而言,藏族身份都被异族的服装遮掩起来了。在《泽翁阿婆和她的黑花猫》《草叶上的露珠》《草原雨濛濛》《县委大院里的帐篷》等短篇小说中,意西泽仁也基本上都依循着20世纪80年代中国文学的惯常套路出牌,主要写那个时代的年轻人向往现代文明、干部眷属的退化和世俗、干群关系的改善等问题,只不过把故事背景放在了川藏草原上。短篇小说《帕尔洛老汉》就是如此,小说主人公帕尔洛老汉是桑塔草原上最偏僻的第七牧业队一个老牧人。他早年丧妻,晚年丧子,"多少年来就像是一只孤雁藏在窝里一样,成天躲在他那顶矮小破烂的牛毛帐篷里"②。他原本非常胆小,见到任何人都客客气气,唯唯诺诺,在担惊受怕中过着日子;但是国家的经济政策改变后,牧民的生活相对好转了,帕尔洛老汉年终甚至都可以分到破天荒的二百元钱。此时,帕尔洛老汉的腰杆慢慢地挺直了。一次,公社书记扎西洛登以低于供销社收购价格从生产队上缴的虫草中买了十斤,结果让他们生产队达不上上缴定额。这让帕尔洛老汉非常生气,他决定去告扎西洛登的状。牧业队阿布队长怕事,就让他到公社去找扎洛副书记。当帕尔洛老汉到公社找到扎洛副书记,向他痛快地告扎西洛登书记的状后,他才知道原来自己找错了人,接待他的正是扎西洛登本人。回家途中,帕尔洛老汉只好自我安慰,自我譬解,最后还有点后悔,没有去商店扯两丈罩皮袍的布料。该篇小说主要受到何士光的短篇小说《乡场上》和高晓声的短篇小说《陈奂生上城》的影响,其中对藏族民族意识的书写尚未自觉。

随着艾特玛托夫影响的深入,意西泽仁开始能够慢慢地退出主流意识形态的文学书写,民族意识开始渐渐觉醒,对藏族人民的心理的深度把握使他的小说显现出更为独特的艺术面貌。意西泽仁开始更多地去关注那些满脸皱纹中积累着灰尘和沧桑的藏族老人,还有那些在寂静的草滩上守候着

---

① 意西泽仁:《大雁落脚的地方》小说集,四川民族出版社1983年版,第17页。
② 意西泽仁:《大雁落脚的地方》小说集,四川民族出版社1983年版,第162页。

命运的孤儿寡妇,还有那些敢于铤而走险、反抗暴政的藏族青年男女,他要去谛听自己民族心灵深处那曲无字的悲歌。短篇小说《一支无字的歌》中的格芭阿婆形象几乎就是意西泽仁勾画出来的民族悲剧命运的自我写照。格芭阿婆在民改时因为去救被风雪围困的丈夫和送信的工作队员,结果被冻伤,成了聋哑人。但每次要开会时,她都会准时去,谁发言时就盯着谁看,别人笑她也笑,别人皱眉她也皱眉,别人伤心她也伤心。她是个孤寡老人,白长毛的哈巴狗是她的心肝宝贝。后来因为狗可能传染寄生虫病,上级政府下令杀狗。当格芭阿婆的哈巴狗被杀后,她独身一人在草原上唱着一支无字的悲歌。洛托队长说这是她第三次唱悲歌,第一次是她的丈夫死后,第二次是她的儿子被色曲河淹死后。小说结尾写道:"桑塔草原的西边,又挂起了晚霞,晚霞太红了,红得就像血。'啊哦……哇哇……啊……'这叫声又在寂静的草原上出现了。不,这不是叫声,是一个哑巴老人唱出的歌,唱出的一支悲歌。霎时间,我又仿佛觉得,这是一个古老的民族用心来唱的歌,唱的一支无字的歌……"①意西泽仁笔下藏族的民族意识更多是一种悲剧的、悲怆的、忧郁的民族意识。他的《通向远方的小路》《那片寂静的草滩》《没有色彩的线条》《梦中的草原》《野牛》《草原的胸怀》等中短篇小说基本上都是悲剧。那些草原牧民,独对寂寥的天地、酷烈的大自然,还有历史的风云变化,没有办法把握自己的人生,只能相信宿命、相信佛法、寄希望于另一个世界。马丽华曾经把西藏人的人生观概括为:"多艰大地上的生存风格:清贫而潇洒,质朴而浪漫,宿命而达观——或曰宿命式达观,无奈型达观。"②但是意西泽仁笔下的藏族生活更多是宿命的悲怆,而不是达观或信仰。像中篇小说《野牛》中,还俗已久的老喇嘛拉巴贡布、布姆琼、嘎嘎等人相信宿命论,各自领受着悲剧的命运,而敢于反抗的阿辛·克尔加、更若洛布、伯玛拉措等青年男女同样逃不脱悲剧命运的恢恢天网。艾特玛托夫比较喜欢写悲剧,意西泽仁在直面藏族人的生活时,也不由自主地写开了悲剧。这也许与游牧民族的那种自由精神息息相关,自由总是与悲剧比邻而居的。

就地域风情的呈现而言,艾特玛托夫的小说无疑具有典范意义。他的小说选取的自然环境都是富有鲜明的地域特征的,如《查密莉雅》中的草原、《骆驼眼》中的苦艾草原、《我的包着红头巾的小白杨》中道路崎岖的西天山、《一日长于百年》中的萨雷—奥捷卡大草原、《断头台》中的莫云库梅

---

① 意西泽仁:《松耳石项链》(小说集),四川民族出版社1987年版,第134页。
② 马丽华:《雪域文化与西藏文学》,湖南教育出版社1998年版,第23页。

高原和伊塞克湖滨等。而他同样喜欢书写那些具有地域风情的劳动和娱乐，如《花狗崖》中的猎杀海豹、《永别了，古利萨雷！》中的草原赛马等。

受其影响，意西泽仁的小说也倾向于充分展示川藏草原地区的地域风情。他的大部分小说都以海拔四千多米的桑塔草原为背景，那里雪山耸立，草滩寂静，帐篷点缀，河流蜿蜒。艾芜在为意西泽仁的小说集《松耳石项链》作的"序言"中说："这些文章都是描绘藏族人真实生活的，很新鲜，很有吸引力，很能引人入胜。使我读的时候，像走入了草原草滩，草丘草山，看见了无边无际的绿色牧场，在深蓝色的天底下，点缀着黑白色牛羊和疏落的帐蓬，仿佛进入了他们的帐蓬，喝他们的酥油奶茶，也好像看见了他们在冰天雪地里艰苦劳动的生活。更打动人心的，是在他们所走过的漫长道路上，有过许多悲欢离合的辛酸史，读后感人肺腑。"①艾芜的感受无疑是准确的，意西泽仁对川藏高山草原的描绘非常生动传神。在中篇小说《变形镜头》中，意西泽仁如此描写草原："满是皱纹的泥曲河，正吃力地从古老的桑塔草原上流过，像一根淌着混浊血液的动脉，给这手背样的土地，带来了一点儿活的气息。一寸多长的草儿十分委屈地趴在地上，星星点点的花儿有些伤感地摇着羊粪蛋般大的脑袋。只有天上的太阳，在朝草原倾泄着它那毫不掩饰的光。我顺着地皮朝前方望去，只见整个大地正升腾着一种奇妙的气体，远处那一座座手指样的草山丘，还有近处那一片片地毯样的草滩，都在这看不见的气体之中颤抖着变形。"②此种描写不但传神，而且富有独特的地域风情。他的短篇小说《极地》写一个返乡的藏族人对故乡桑塔草原的一些感想："他骑马站在山顶上，第一次感觉出蓝天是有重量的，而且太沉重太沉重了。他看见地平线被蓝天压得那么低，压得变了形。天边那一座座锯齿形的雪山，就仿佛是地平线上被蓝天压裂的豁口。从那些豁口处绵亘而来的，是一个个连着的小小的草山丘，是一块块隔着的小小的草滩。这就是桑塔草原吗？"③除了青藏高原，哪里也不会有此等蓝天显得太沉重的奇观。"天上的太阳一动不动地挂在那里，像只烧成白炽的圆球。草原上没有一点儿声音，连一丝风也没有。他猛然觉得这个广袤的世界已经凝固了，太阳凝固了，空气凝固了，草原凝固了，一切都变成了静止而又永恒的画面。他默默地闭上了眼睛，只觉得心脏也仿佛凝固了。就在他感到这种永恒到来的瞬间，他又听到了那个声音，那个他所熟悉的声音。像一阵仙乐，像一阵

---

① 意西泽仁：《松耳石项链》小说集，四川民族出版社 1987 年版，第 1—2 页。
② 意西泽仁：《意西泽仁小说精选》，重庆出版社 1998 年版，第 73 页。
③ 意西泽仁：《意西泽仁小说精选》，重庆出版社 1998 年版，第 186 页。

牧歌,像一阵舞步,从桑塔草原的四周飘来。他想捕捉,他想分辨,但他仍觉得这是一种朦胧的旋律。于是他感到这旋律像是一朵浪花,载着他在一片浩瀚的大海上飘荡。他又感到这旋律像是一朵白云,载着他在一个缥缈的世界里升腾"①。这种自然景物无疑具有浓郁的地域特征。当然,意西泽仁也写那些具有地域风情的民风民俗,如中篇小说《梦中的草原》中的草原赛马、中篇小说《野牛》中的伯玛拉措要在确认怀上阿辛·克尔加的孩子后嫁给他、短篇小说《松耳石项链》中的那个怀里揣着点钱的喝得醉醺醺的年轻人最终花大价钱给妻子买了一串松耳石项链等。这些地域风情的呈现使得意西泽仁的小说别具异彩。

鲜明的人道主义取向是艾特玛托夫对意西泽仁的价值观产生影响的另一个重要方面。当然,人道主义是 20 世纪 80 年代以来中国文学的主潮之一,艾特玛托夫的人道主义思想的影响只是其中不可忽视的一种力量。艾特玛托夫小说主要关注那些生活在社会底层的劳动人民,他们接受的正规教育程度不高,知识不多,无权无势,饱受着命运无情力量的拨弄,但是他们热爱生活,热爱生命,单纯质朴,散发着不可遏止的人性光热。像查密莉雅、丹尼亚尔、伊利亚斯、阿谢丽、托尔戈娜伊、玖依申、塔纳巴伊、叶吉盖、鲍斯顿等人,都是富有个性光芒的人物,他们根本不是同情与怜悯的对象,而是让我们由衷热爱与尊重的对象。也就是说,艾特玛托夫的人道主义主要不是表现于对弱者的同情和怜悯中,而是表现于对底层人民身上那种人性和人道的质朴力量的肯定中。像中篇小说《查密莉雅》中查密莉雅本是有夫之妇,但是在家庭中感受不到爱情,相反,一无所有的丹尼亚尔令其钟情,现实的生活逻辑完全有可能铸造出查密莉雅的悲剧命运;但是艾特玛托夫没有赋予查密莉雅逆来顺受的弱者性格,而是给予她自由不羁的叛逆性格,让她敢于和丹尼亚尔离家出走,去寻找真正的幸福。这就是艾特玛托夫要从底层人民身上去发掘的那种力与美。像阿谢丽、塔纳巴伊等人物无不如此。

受艾特玛托夫的影响,意西泽仁在小说中也高高地张扬着人道主义旗帜。他曾说:"草原上成片成片的花儿是惹人注目的,但那些隐藏在草丛中的零星小花,往往不被人们注意,我愿多采摘几朵这些人们所看不见的小花……发现那些像无名小花的牧人、城里人、老人、青年人,在他们平常的生活中,有更能使你感动的悲和欢,离和合,恨和爱。你真正爱上了他们,因为你也是他们当中的一员。"②意西泽仁比较偏爱藏区草原上那些寂寞的牧

---

① 意西泽仁:《意西泽仁小说精选》,重庆出版社 1998 年版,第 193 页。
② 意西泽仁:《松耳石项链》小说集,四川民族出版社 1987 年版,第 297 页。

人、行踪不定的驮脚汉、幼弱无助的孩子、痛苦的老弱病残者、哀伤的鳏寡孤独者等底层人物,也不是刻意地去渲染他们的悲剧命运,让人洒一掬同情之泪,而是像艾特玛托夫那样着力去发掘他们身上那种在逆境中抗争的崇高品质,那种不顾一切地肯定生命的美丽心灵。

意西泽仁的短篇小说《依姆琼琼》就塑造了顽强感人的草原小姑娘形象。小说写“文化大革命”时期,藏区牧场的阶级斗争沸反盈天,生产一落千丈,许多牧民家里常常连盐和茶都吃不起。大雪降临,依姆琼琼一家已经好几天没有茶和盐了。才十一二岁的依姆琼琼在大雪天赶着牦牛想到县城里去卖掉干牛粪,再买些茶和盐。路上她一边想象着县城商店里的糖果、小人书,一边顶风冒雪地前进着,还救出一只掉队的小羊羔。但风雪实在太猛烈,身体虚弱的依姆琼琼终于晕了过去,幸好遇上坐车到乡下检查工作的县委书记尼玛叔叔。在医院里醒来后,依姆琼琼首先想到的是她的干牛粪,尼玛书记说他买下了。得知许多牧民都已经多日没有茶和盐了,尼玛书记心头一震,泪眼模糊。顶风冒雪前进的藏族小姑娘形象绝不是像安徒生童话《卖火柴的小女孩》中的那个小女孩那样仅是怜悯的对象,她身上闪烁着坚毅的人性之光,令人尊重。

意西泽仁的短篇小说《没有色彩的线条》在取材和叙述方面和艾特玛托夫的中篇小说《第一位老师》遥相呼应。两部小说都从一个画家的视点来叙述一个动人的故事。《第一位老师》讲述的是玖依申老师如何给乡村孩子带去知识,带去爱,改变了像阿尔狄娜依这样乡村孩子的命运的故事。而《没有色彩的线条》讲述的则是一位藏族老人如何维护草原的故事。20世纪70年代,藏区草原要修建“草原上的万里长城”,也就是草皮墙,大片大片的草地被割破,一块一块草皮被揭起,露出一片一片的石沙地,对草原造成了极可怕的破坏,而且建成后没有任何用处,很快就废弃了。那位藏族老人,在雪灾中被冻瘫痪,截去了双腿,而且变得又聋又哑,但他不忍心人们对草原进行如此可怕的破坏;十几年来,就天天用双手支撑着,爬到草皮墙处,一把一把地揭下草根,把泥土重新铺在被毁坏的草地上。意西泽仁有意在残缺丑陋的躯体中去发掘如此崇高伟岸的精神,令人震撼。面对此情此景,藏族人民心中那种不屈的信仰力量足以感染每一个读者。

意西泽仁也非常喜欢描绘藏族人的善良、人与人之间那种弥足珍贵的温情。短篇小说《月光照在帐篷上》中,那个驮脚汉给粮店驮运青稞,路上不小心磕破一个袋子,漏掉半袋子青稞。驮脚汉回到家中,与女人相亲相爱。女人知道后,居然把那半袋青稞留下,把自己家里的完整一袋青稞给他,让他送给粮店。小说结尾写道:“夜,静静的。月,圆圆的。桑塔草原的月夜连一丝风也没有。在洒着月光的帐篷里,他和她睡着了。他们紧紧地依偎在一起,睡得那么香,睡得那么甜。也许,此时此刻他们正在做同一个梦,一个甜美的梦……"①这些底层人民如此善良,世界正因他们而变得美妙。短篇小说《那片寂静的草滩》中,央措的命运坎坷,丈夫外逃死去,后来又被公社书记惹格强奸生下儿子巴加,更可怕的是儿子又被惹格抢走,但是乡邮员扎西却对她爱得一往情深。因此,当央措最终同意接受扎西的爱情时,那片寂静的草滩终于生机勃发。

藏区草原地广人稀,人与人之间难得一见,感情就更为纯真,尤其是那些萍踪浪迹的驮脚汉游走在各个帐篷、草滩间,带去外界的消息,也让几乎凝固的生活有点变化,添点色彩。意西泽仁有几个短篇小说都是写草原上的驮脚汉的。短篇小说《通向远方的小路》就写得极为婉曲雅致,通过混账的驮脚汉哥哥和善良多情的驮脚汉弟弟的对比、央珠对过去痛苦生活的记忆和吉美对未来美好生活的憧憬的对比、央珠对驮脚汉弟弟的冷遇和吉美对驮脚汉叔叔的盼望的对比,把藏族人那种人性深处的孤独和寂寞、善良和忧伤全写了出来。短篇小说《草滩上燃起了牛粪火》写两个驮脚汉子在草滩上野歇,年长的驮脚汉子对自己以往没有照顾好家庭颇为悔恨,而年轻的驮脚汉子第二天起早偷偷离开,临行前留下了那串贵重的珠子,让年长的驮脚汉子送给苦命女人的女儿。该小说篇幅虽短小,但的确写出了藏区人生的况味,写出了那些驮脚汉子的多情重义。面对意西泽仁小说中这些底层人民身上的那种人性美质,我们只能表示热爱和尊重。不过,两相对照,艾特玛托夫笔下的人性美质更富有中亚草原的浪漫和赤诚,而意西泽仁笔下的人性美质更多地体现了藏区草原的沉痛和忧郁。

意西泽仁有时也有意从藏族人民身上去寻找化解困难的幽默精神,就像王蒙的《在伊犁》系列小说中写到的那些维吾尔族人民的幽默一样。短篇小说《这不是阿口登巴的故事》就塑造了一个极有幽默精神、喜剧色彩的藏族牧民形象。传说中的阿口登巴是个机智、豪放、幽默和风趣的人,就像维吾尔族中的阿凡提一样,他临难不慌、扶危济困的事迹在藏族人民那里口耳相传,颇为流行。该小说中的阿口登巴(也就是登巴叔叔之意)是桑塔草原第五牧业生产队一个普通牧民。民主改革前,他是驮脚汉,走南闯北,见多识广,会说一口流利的汉话。民主改革后,他当了普通的牧民。当上级领导完全不顾实际布置工作时,他做翻译时敢及时篡改领导的话,最后让生产队获得牧业大丰收。他给宣传"宁要社会主义的草,不要资本主义的苗"的

---

① 意西泽仁:《松耳石项链》小说集,四川民族出版社1987年版,第162页。

公社副书记秋洛倒上一碗凉水，还对他说"宁为你倒上一碗社会主义的凉水，也再不敢向你灌一滴资本主义的奶茶"，还给他准备一匹光背马，说"宁要社会主义的光背马，不要资本主义有鞍子的千里驹"，以子之矛攻子之盾，机智至极，落实到藏区人民身上，往往就会有一种怪诞的黑色幽默般的效果。例如意西泽仁的中篇小说《变形镜头》曾写道："我来到桑塔草原的时间不长，已深知这些基层干部的厉害。惊人的记忆力是他们共有的宝贵财富，他们中能用本子记录的很少，县上每次三级干部会议的那几本厚厚的文件，最终全靠这些队长们的脑袋和嘴巴与居住分散的牧民见面。不过这一过程之中，上面的文件精神，就像是一饼本来够斤两的酥油，由于遥远的传递中的摩擦和融化，最后交到牧民手中时，也只剩下一点儿了，而且完全变了形。比如，'上层建筑'一词，到有些最边远的牧民那里，竟变成了'上楼闹革命'。这些牧民为此愁闷了好久，因为他们千百年来一直住在帐篷里，的确无法响应上面叫'上楼'的号召。我还听说'孔老二要复礼'一句话，在最边远的牧村，竟传成了'孔老二要狐狸'。他们义愤填膺地说，北京的金山被坏人挖空了，现在又出了个姓孔的坏蛋老二，居然想打桑塔草原上狐狸的主意，我们翻身牧民是决不会去为这坏蛋捉狐狸的，再说捉活的狐狸也的确不易呀。"[1]而在中篇小说《野牛》中，洛尔托队长给每个人牧人分配了一册红塑料硬皮的《毛主席语录》，当牧人们问拉巴贡布这本小册子有什么用时，老头儿琢磨了半天，最后也没有得出什么结论，只得无可奈何地说也许这东西能给大家避避邪气。布琼姆则把《毛主席语录》供奉在帐篷上方的小木箱上，嘎嘎却把语录的红塑料封皮当钱包，这展示了民间生活的自在和自足。

在创作方法上，艾特玛托夫对意西泽仁也是有一定的影响，例如他们都是以现实主义为主体，尽可能地吸收浪漫主义和现代主义文学手法，都非常强调小说对音乐性的借用，尤其是对神话传说的运用。艾特玛托夫小说对神话传说的运用较为频繁，成为其一个显著的特点。如《白轮船》中长角鹿妈妈的传说，《花狗崖》中野鸭鲁弗尔的传说，《一日长于百年》中曼库特和乃曼·阿纳的传说、赖马雷和白姬梅的传说等。艾特玛托夫曾说："我觉得，那些由过去时代遗留和保存下来的神话，都应该通过某种方式纳入我们的文学体系，应该在文学中保留下去。因为不这样做我们就不能保存它们。古老的神话和传说帮助我们用现代的眼光去看我们遥远的祖先，我们应当利用它们，应当使它们'适用'于当代的世界观。这使我们得到充实，使我

---

[1]　意西泽仁:《意西泽仁小说精选》，重庆出版社1998年版，第86—87页。

们可以看到过去……就像一个人在宁静的天气里,坐小船在湖水里畅游,能看见湖底有一片屋顶和一座钟楼的塔尖一样。有人曾给我讲过一个水库,水底下还有小城镇。一个人乘坐小船在那水库上畅游就会想到,那里有古代人居住,他们有自己的生活,如果下到水底,就能使用今天的眼睛看见这种生活……像这样的多层次结构我觉得是非常需要的。传说、神话、民歌,所有它们的结构都在帮助我寻找这种多层次、多节奏的表现方式。可能我不会获得成功,可能我只能接近而已,也可能在今后的作品里达到理想的境界——现在都很难讲。但是,我认为,现在必须把文学从单层次中解脱出来,这个单层次我们坚持得太顽固了、太长久了。"①的确,通过运用神话传说,艾特玛托夫的小说获得了更为深远的意蕴,对人性和历史的阐释显得更为透彻,更有力度。

意西泽仁在小说中也像艾特玛托夫一样有意运用神话传说,如中篇小说《梦中的草原》和《野牛》。《梦中的草原》里,高原和达娃本是兄妹,他们的父亲是民主改革时期的汉族干部,而母亲是藏族姑娘,他们给儿子取名为尼玛(意为太阳),给女儿取名为达娃(意为月亮),但"文化大革命"时期,母亲被打倒,被宣布为叛乱头子和苏联特务,父亲则是专案组组长。无论母亲用过去的夫妻情分怎么来感化和劝阻,父亲还是抛弃了母亲,并把尼玛带走。后来,母亲生下了女儿达娃。父亲把儿子带到成都,接受了大学教育,给他改名为高原,民族成分也改为藏族。高原后来到藏区草原去摄影采风,居然再次遇到了自己的妹妹达娃,并与之相认。该小说结尾写道:"太阳在梦中失去了宁静的夜晚。月亮在梦中失去了明媚的阳光。草原在梦中醒来,她睁着惺忪的睡眼,看见日月都有所失。于是,朗吉寺里便诞生了那副壁画:日月同在,喻之永恒……"②日月同辉的神话传说隐喻了汉藏两民族的同源关系。而在中篇小说《野牛》中,意西泽仁插入了野牛的传说。还俗多年的老喇嘛拉巴贡布讲述了草原上关于野牛和牦牛的传说:最初草原上没有牛,后来从天上偷偷跑下来一头神牛,它眷恋水草肥美的草原,完全忘记了回去,而且还在草原上养下许多子孙。上天知道后发起怒来,用雷电把神牛打死,变成了草原上的珠惹山。神牛的一部分子孙依靠牧人的力量,赶走了神牛的另一部分子孙,留下的就变成了牦牛,而被赶走的就是野牛。就这样不知生活了多少年月,野牛不再同牦牛争夺草场,也不主动伤害牧人,

---

① ［吉尔吉斯］艾特玛托夫:《对文学与艺术的思考》,陈学迅译,新疆大学出版社 1987 年版,第 146 页。

② 意西泽仁:《松耳石项链》小说集,四川民族出版社 1987 年版,第 226 页。

牧人们也从不去捕杀它们,大家过着和睦相处的生活。但是阿辛家却和野牛结下世代冤仇,他们家打死了不少野牛,可是他们家的男人也大都死在野牛角上。阿辛·克尔加的阿爷被野牛挑死的那年,草原上大旱,百年未遇,风沙搅得天昏地暗,牧场上的牲畜饿死、病死了一半。阿辛·克尔加的阿爸被野牛挑死的那年,草原遇上大雪灾,积雪有半人深,压得草原透不过气来,人们的帐篷被压塌,牲畜没有草吃,又饿死了一半。阿辛·克尔加最终也被野牛杀死。这个神话传说其实是在讲述人与大自然和谐相处的重要性,就像艾特玛托夫的《白轮船》中的长角鹿妈妈的传说一样。通过神话传说的引入,意西泽仁的小说的确获得了更为深远的艺术魅力。

　　整体上看,艾特玛托夫对意西泽仁的影响的确是比较全面而根本的,民族意识、地域风情、人道主义、神话传说的运用等,都促使意西泽仁的文学创作走向成熟,走向丰富。不过,意西泽仁毕竟扎根在藏族文化和汉文化之中,他的文学园地流溢着的依然是浓郁的藏族文化和汉文化气息。艾特玛托夫的阳光催生了川藏草原上的文学花朵。而且,由于诸多情况的不同,意西泽仁的文学世界无法到达艾特玛托夫那种全人类性的高度和深度,其魅力也必然逊色。

第三节　行星思维的启蒙和民族文化之根的追寻

　　满族作家朱春雨是 20 世纪 80、90 年代中国文坛上非常富有创造力的一位军旅作家。他写导弹兵生活的中篇小说《沙海的绿荫》曾经获得 1982 年全国优秀中篇小说奖、1983 年第一届解放军文艺奖和《十月》文学奖;战争题材长篇小说《亚细亚瀑布》则获得 1986 年第二届解放军文艺奖、第三届《十月》文学奖;短篇小说《陪乐》获得 1988 年全国优秀短篇小说奖;长篇小说《橄榄》曾被译为罗马尼亚文出版;长篇小说《血菩提》曾获得全国首届满族文学一等奖。朱春雨的小说题材多样、思维宏阔、艺术风格多变,富有十足的探索精神,曾经受到托尔斯泰、陀思妥耶夫斯基、马尔克斯、略萨、艾特玛托夫等小说家的深刻影响,尤其是艾特玛托夫的长篇小说《一日长于百年》对他的启发尤为深刻。朱春雨曾说:"艾特玛托夫《一日长于百年》结构手法,以更大的景深摄取生活,造成一种立体的恢宏感。由此我联想到作家观察生活的三个层次:一,平视的眼光,这种眼光易于发现生活中细腻微妙的诸多矛盾的东西,使我们兴奋或苦恼的东西。二,仰视的眼光,这种眼光能够捕捉到凡琐生活中美好的东西,发现民族不会毁灭的,生命力最光彩的存在。三,俯视的眼光,这种眼光给人一种博大恢宏的感觉和一览众山小的气派。在当代的文学创作,这三种眼光不是孤立地采用,而是相互交织,有机融合的,使文学呈现出更为真实、丰富和深邃的人生画面。今天的苏联作家在这样做,我们也在这样做。"①《一日长于百年》的结构手法不但让他想到作家眼光的多样性、多层次性问题,而且促使他有意去追寻新的小说美感。"我最近创作完成的长篇小说《亚细亚瀑布》,有意研究了艾特玛托夫的《一日长于百年》和被称为'结构现实主义'秘鲁作家略萨的小说,我有意把多层次的结构方式同我们民族传统的美学观念结合起来,引出了结构的衬比美的含义。就像我们观赏画展一样,当你离得很近时,进入视野的可能是一幅画,而当你退后几步,你就可能同时看到两幅画、三幅画、或者四幅画,看到它们之间的相互关系,这种对比和依附的美不同于单幅画的美,它的美感效应也不是一幅画所能完成的。这不仅仅是形式的探索,而是从内容开始的。发达的多元化的信息方式引起人们对同一事物的不同反射和感觉。我以为艾特玛托夫的探索仅仅是开始。这种新的探索和发现更需要交流与理解,我想我们同苏联同行们的探索中的欢乐或苦恼、成就或难题等方面都会有许多感兴趣的东西。"②当然,朱春雨对艾特玛托夫小说艺术的借鉴并不只是表现于长篇小说《亚细亚瀑布》中,《橄榄》《血菩提》等长篇小说也全面而深刻地汲取着艾特玛托夫的小说艺术营养,并作出富有中国特色的创造性转化。

的确,正如朱春雨自己承认的,艾特玛托夫的长篇小说《一日长于百年》对朱春雨小说的最大启发首先表现在那种多元化、多层次的"星系结构"模式上。

在《一日长于百年》中,艾特玛托夫叙述的主体故事是鲍兰内·布兰内会让站员工叶吉盖给卡赞加普送葬,由于路途迢遥,沿途他回忆了自己的一生,顺带也叙述了卡赞加普的人生,还有阿布塔利普的悲剧故事。这是小说的主体,是关于现实生活的故事,主要突出了像叶吉盖、卡赞加普、阿布塔利普等普通人的勤劳、善良、坚韧的生存品格。曼库特和乃曼·阿纳的传说、赖马雷和白姬梅的传说,则指向历史,指向过去,歌颂了乃曼·阿纳的伟大的母爱和崇高的牺牲精神,以及赖马雷和白姬梅的纯洁无瑕的爱情,批判了柔然人和曼库特的残酷、赖马雷的哥哥和巴拉克拜族人的惨无人道。林海星文明的科幻故事,指向的是未来,林海星人和"均等号"空间站中那两个去寻找新文明的宇航员代表着人类文明的新方向,美苏两国最终决定断绝与林海星人的联系,代表着阻止人类文明发展的守旧势力。三条线索,三个故事都存在着正反两种力量的冲突,他们彼此间又遵循着共同的引力,指向共同的主题,那就是人类该如何记取历史,继承传统文化,直面未来,彼此相爱,把握发展机遇。这种"星系结构"能够融神话传说、现实内容、科幻故事为一体,建构出具有辐射性的思想力度的艺术世界。

朱春雨的长篇小说《亚细亚瀑布》无疑借鉴了《一日长于百年》的结构模式,把三条线索立体交叉在一起,以交响音乐式结构建构出恢宏的艺术空间。该长篇小说能够把雄壮的战争气势和精细的人物刻绘结合起来,把古朴原始的民族风情和科学研究的献身精神结合起来,作品里既有远古的影子,也有宇宙的回声,更有炮火的硝烟,鼓荡着现代信息社会的巨翼,赞美着青春、爱情与和平。《亚细亚瀑布》的主体故事是我国一支部队在南疆和邻国打的一场小范围的战役,其实主要是借助这场战役写出我国新时期军人的各种精神面貌。该小说主要写了某师某团六连如何走出历史的阴影再次成长为朝气蓬勃的连队的过程。六连是和中华人民共和国同龄的,曾经出过不少战斗英雄、特等功臣,接受过中央首长的视察,有光荣的历史传统。但后来在七九战争中出过一个叛徒,让六连声誉一落千丈,背上了沉重的包袱,连续几年没提过干,连报考军校都没份。虽然连长陈隆华、副连长金国庆、排长康乐、班长范三斤、战士顾进才等人都存在着这样那样的问题,但到了战场后,他们都英勇无畏,聪明善战,能够及时根据战场现实情况调整作战方法,最终夺取了胜利。金国庆代表全连参加"雀门箐战役"事迹巡回报告团,战士顾进才等三人考上了军校,就连原来对六连不满的指导员谢玉宝也改变了态度,主动维护六连的荣誉。与这个现实的主体故事并行的还有民俗学者孙惟慈老先生寻找纳西族老歌手木九幺破解纳西古文献的故事,和高原大气物理研究所第六雷电观测站中女研究生陶然、导师方耕畴等人献身于雷电研究的故事。前者指向历史,后者通过科学研究的超前性、人类性指向未来;而三个故事也像三颗行星一样构成一个完整的星系,共同展示了我国人民告别"文化大革命"后在各条战线上如何勇于创新,摆脱历史的重负,直面未来,像瀑布那样永不止息地向前发展。就像《一日长于百年》一样,朱春雨的《亚细亚瀑布》采用的这种艺术结构,融历史、现实、未来于一炉,极大地拓展了小说的思想艺术容量,较好地表现了现代世界的丰富性和复杂性。

朱春雨的长篇小说《橄榄》在艺术结构上也吸取了艾特玛托夫的长篇小说《一日长于百年》的独特经验。该长篇小说的主体故事由四个国家的四个家庭组成,恰如四个各自旋转而又互相呼应的星球。第一个是中国人的家庭的故事,以杜季壮为中心。他的老家在辽南苹果园里,父亲早逝,他和哥哥杜伯壮由母亲带大。哥哥大学毕业后返回家乡在果树园艺研究所工作,和苏联专家瓦西里耶夫一起从事苹果育种改良研究,最终共同培育出了一种优良的苹果,但后来哥哥被打成了右派,瓦西里耶夫一家则被撤回国。杜季壮后来成为一名学者,在北京生活,妻子是一位小学教师。大儿子杜华光曾经在父亲的故乡辽南农村下放当知青,和吴月月相爱,后来又回到北京。二儿子杜华明从小崇拜徐霞客,当兵后想四处考察,想写一本《中国古战场考略》,最终死于沙漠古战场考察中。女婿彭昭远是个言行轻薄之人,只想着不劳而获,借经济大潮涌动之机四处招摇撞骗,后来卷入一桩经济案件,偷偷地溜到国外去了。第二个是苏联人的家庭故事,以柳鲍芙·叶甫盖尼耶芙娜·瓦西里耶娃为中心,她小时候和父母到中国辽南农村生活,认识了杜季壮一家人。回到苏联长大成人后,她成了古代鸟类专家,长期在野外从事研究工作。大儿子伊戈尔是个建筑工人,为人勤劳善良,本分务实。他的妻子尤莉雅却不愿当个卖香烟的售货员,离家出走去当歌星,最终和伊戈尔劳燕分飞,而伊戈尔带着儿子米沙远赴西伯利亚工作。小儿子阿勃拉姆是个军官,人造星球爆炸后,他驾驶飞船清除核污染时受到核辐射。第三个是日本人的家庭故事,以河野由吉中心,他在第二次世界大战期间曾经参加日本军队征战南洋,从死人堆里爬出来才得活命;战后创建了河野电子公司,成为大老板,在莫斯科做生意,和儿子河野健次是生意场的竞争对手。他的年轻夫人河野友子还和河野健次存在不伦的情人关系。后来因为人造星球爆炸,河野由吉作为电子元件的供应商被起诉,最终缠绵病榻,他渴望返回日本,叶落归根。他的电子公司也在竞争中输给了儿子河野健次。第四个是美国人的家庭故事,以威尔斯太太为中心,她当过记者,在第二次世界大战中和苏联战士伊万在德国托尔高地有过浪漫的情事。她的儿子约翰·威尔斯曾经从事人文地理研究,后来死在越南战场。她带着有吸毒史的孙女珍妮在莫斯科寻找恢复的可能,后来因吸毒,珍妮被遣送出境,却当了劫机犯。四个国家的四个家庭的故事,又以学者杜季壮为彼此联系的焦点;他在联合国教科文组织下属的一个名叫"人类未来设计和未来世界设计"的国际性学术机构工作,住在莫斯科 M 大饭店,邻居就是日本人河野由吉和美国人威尔斯太太,而他此行另一个目的就是重新联系失散多年的童年伙伴苏联人柳鲍芙·叶甫盖尼耶芙娜·瓦西里耶娃。其实,《橄榄》中的杜季壮的结构意义就像《一日长于百年》中的叶吉盖,他们都处于小说的中心,就像太阳一样吸引着其他旋转的星球。不过,朱春雨在《橄榄》中把艾特玛托夫的《一日长于百年》中故事主体的历时性关系,改变为四个国家的四个家庭故事的共时性关系,《一日长于百年》中历史、现实和未来的本质相通变成了《橄榄》中不同国家、不同民族的本质相通。

朱春雨的长篇小说《血菩提》在结构上依然是借鉴艾特玛托夫的《一日长于百年》,不过与《亚细亚瀑布》和《橄榄》又有所不同。《血菩提》的一条主线,是由小说的单数各章勾勒出来的,主要是讲述作为满族的"我"的一生经历,从他在省城读大学时下乡做历史调查,初次闯入长白山巴拉峪,认识巴拉人,因为猎熊成为巴拉人的巴图鲁(即英雄);"文化大革命"结束后当了报社编辑、作家,一直苦苦探求满族巴拉人的民族文化之根。这条主线构成小说的外层框架,就像《一日长于百年》中叶吉盖骑着骆驼在荒原中给卡赞加普送葬的一天行程构成小说的外层框架一样。《血菩提》的另外三个故事包含在小说双数各章中,就是"我"从萨满爷张吉喜、聋子大伯张九十三还有日本人渡边伸明写的话剧《神之牢》那里得知的抗联支队、土匪关东鹰、迷失在深山密林里的十几个日本关东军士兵的故事。隗喜涛率领的抗联支队共有两百多人,奉命穿过密林向兴凯湖越国境线撤至苏联小镇伊曼,然而因日本关东军的讨伐、盲目营救"39号"首长、内部错误的肃奸,还有冬天森林里的严酷环境,最终除了通讯员张九十三外,其余人全部牺牲在森林中。土匪关东鹰也因为不能与抗联军队联合,内部又出现投靠日本人的叛徒,最终被日本军队击溃,壮烈牺牲。那十几个误入密林的日本士兵,最终除了久保田顺二之外,也全部牺牲。三个故事也像三个星球一样各自独立,又互相映照,共同展示了战争的残酷、人性的迷雾、命运的偶然。这三个故事在《血菩提》中的结构位置恰好和叶吉盖、卡赞加普、阿布塔利普三个人的人生故事在《一日长于百年》中的结构位置遥相呼应。至于《血菩提》中的巴拉人请神、巴拉人神箭手、勇阿里被窗食等传说,就像《一日长于百年》中的曼库特、赖马雷和白姬梅等传说一样,为长篇小说开拓出深远的历史和文化景观,让历史和现实互为参照,增添了小说的艺术魅力。

除了艺术结构方式,艾特玛托夫对朱春雨另一个比较深刻的影响主要表现于那种超越民族、超越国家的行星思维,或曰人类整体意识。

在《一日长于百年》中,艾特玛托夫总是能够以超越的视角来审视文明和人性。在他看来,像叶吉盖、卡赞加普、阿布塔利普这样的人勤劳善良,富有爱心,能够记取历史和传统文化,就像大地一样支撑着这个世界,他们才是具有行星思维的人。艾特玛托夫曾说:"行星思维的实质就在于,使每个人关心别人,关心别人的国家的人民,就像关心自己一样,让别人的痛苦和幸福,悲伤和欢乐能使他慌乱和欢乐,让他对一系列问题感到忧虑:在这人世间该怎么生活? 为了把这个世界改造好又该做些什么? 为了把自己的念头同别人的愿望连结一起,就要把他们吸收到建设新世界的崇高事业中去。"①颇具意味的是,艾特玛托夫让那两个能够从宇宙中观察地球的宇航员来表达更为直观的行星思维,"我们从密封舱看到了地球的侧影。我们的地球在黑乎乎的浩瀚的空间里,像颗钻石一样晶莹发光。它闪耀着令人惊异的从未见过的天蓝色,看起来像个婴儿头颅那样娇弱。在这远离地球的地方,我们觉得所有活在世上的人们都是我们的兄弟姐妹,离开他们我们就不能想象自己,但是,我们知道,地球上的人们却远非都这样想……"②对于艾特玛托夫而言,地球上的人类必须超越阶级、民族、国家乃至文化的纷争,勠力同心,彼此关爱,才能和衷共济,共同创造出美好的未来。而且,这种行星思维,甚至要把地球上各色生灵包括进去,像《一日长于百年》中的狐狸、骆驼,《断头台》中的狼等自然生命。

在长篇小说《亚细亚瀑布》中,朱春雨的行星思维还是处于萌芽状态,他对边疆战争中我国战士的英勇无畏的歌颂中还存在着比较鲜明而又狭隘的爱国主义、民族主义的痕迹。不过,当他写到排长康乐对敌军战死士兵的佩服和敬礼,就表现出他试图超越爱国主义、民族主义的些微努力。当他写第六雷电观测站女研究生陶然那种为科学献身的精神时,他就已经在向行星思维迈进了。

真正把朱春雨的行星思维表现得非常充分的还是他的长篇小说《橄榄》。该长篇小说是献给 1986 国际和平年的,它对战争的批判、对和平的期望就具有全人类的整体意识。朱春雨认识到,真正的战争中其实没有什么胜利者或失败者,谁都是战争的受害者,是人性恶的受害者。《橄榄》就写四个国家的四个家庭的故事,每个家庭背后都留有战争的浓重阴影。杜季壮年幼时误入的那个辽南野鬼沟、万尸坑就是中华民族饱受战争祸害的铁证;而卓伊卡的老祖母摇篮奶奶生活的白俄罗斯在希特勒的劫火中化为一片焦土,她成为那个世界末日试验场上唯一活下来的人,还患了一种奇怪的病,若听见爆炸声就神志不清。日本人河野由吉从死人堆里爬出来捡到一条命,但是回到家中因为怀疑儿子不是亲生的,直接导致妻子自杀。美国人威尔斯太太的儿子也死于越南战争,这也直接导致其孙女珍妮的叛逆性格。朱春雨是以唤起人类的全球意识为己任的,"作家无法摆脱各自特定的生存环境所造成的心理与审美乃至政治倾向,却不能不意识到自己是人类整

---

① [吉尔吉斯]艾特玛托夫:《对文学与艺术的思考》,陈学迅译,新疆大学出版社 1987 年版,第 236 页。
② [吉尔吉斯]艾特玛托夫:《一日长于百年》,张会森等译,新华出版社 1982 年版,第 55 页。

体的一个成员,对人类整体负有义务与权力,遗憾的是众多的人类只有义务而无权力。与其说今日作家应努力唤起全球意识,不如说唤起人类整体意识更为妥切,更可有一种抵迫的使命感去振奋良心。这种整体感并不在于写了多少国家多少民族,而在于成就新的博大的思维胸怀"①。应该说,这是朱春雨在向艾特玛托夫的行星意识遥致敬意。

朱春雨是满族人,在1986年创作的长篇小说《血菩提》中,他对自己民族的文化之根表现出浓厚的追寻兴趣。这种精神和艺术上的对民族文化之根的追寻无疑和艾特玛托夫的影响有关。在中篇小说《白轮船》中,艾特玛托夫就通过对本民族的神话传说的再书写表现出主动寻觅民族文化之根的倾向。长篇小说《一日长于百年》虽然写的是哈萨克族人,而不是吉尔吉斯族人,但是对民族文化的寻根倾向依然令人印象深刻。在关于曼库特的传说中,使艾特玛托夫感到毛骨悚然的是柔然人对俘虏的民族记忆的摧毁,以及当俘虏丧失了民族记忆之后变成驯服奴隶的悲惨现实。因此伟大的母亲乃曼·阿纳不断提醒变成曼库特的儿子,让他记得自己是杜年拜的儿子,死后她的白头巾化成一只杜年拜鸟,依然不断提醒曼库特他是杜年拜的儿子。记住自己是谁的儿子,其实就是记住自己的民族文化之根。阿布塔利普后来沦落到小小会让站里,也决定一边写回忆录,一边收集民歌,整理民族文化资源,但横遭厄运。艾特玛托夫批判像萨比特让那样遗宗忘祖的现代曼库特,也批判像现代柔然人的侦查员唐塞克巴耶夫,更批判要铲平阿纳贝特墓地、割断当代人与祖先英灵的联系,割断地球人和林海星人的美苏两个强权国家,它们无疑也是柔然人的现代翻版。而叶吉盖试图与这种蛮横的力量较量,就像乃曼·阿纳一样不断地提醒着人们要记住自己的民族文化之根,因此他给卡赞加普送葬其实也是在对祖先英灵的一种庄严祭司。

长篇小说《血菩提》的副标题是"浪漫的满洲",这对于朱春雨而言无疑是一次庄严的民族文化之根的追寻之旅。在小说的《跋》中,朱春雨曾说:"当初我的老祖宗们如果不是一窝蜂地贪占皇上恩泽而进关享受俸银禄米,总不至于丢了老家七零八落地浪迹天涯忘了语言文字成了个赖赖巴叽的少数民族吧? 对人类整体来说,一个民族的消亡可能意味着进步,但对那个消亡的民族,那消亡过程是否有着心甘情愿的愉快?"②由此看来,他对自己民族文化之根的沦丧其实是感到非常悲哀的。正是出于满族的主体已经彻底汉化现实的无奈,朱春雨就把他的笔触伸向了长白山密林深处的满族

① 朱春雨:《橄榄》,上海文艺出版社1987年版,第407页。
② 朱春雨:《血菩提》,作家出版社1990年版,第445页。

巴拉人身上，由于远离尘嚣，在他们身上还稍稍保存着满族文化的根源。"当初，努尔哈赤统一建州各部，兴兵建旗，收海西部攻野人部，有那逃避征战的女真人躲入密林深山，过着散漫天然的日子，从松花江（那时叫海西江）经牡丹江到张广才岭，沿山里的水脉，拉开他们顽强的生命线。他们被叫做巴拉玛——没有规矩的人，他们无拘无束地在长白山林海里漂泊浮沉，没人顾及他的生存，他们也不顾及别人的生存。并不轻松的生存，相应着并不轻松的繁衍，这支不是按几何级数增殖的人群不记得在封闭环境里传了多少代，忘记了多少回日出日落才是一年"①。这就是满族巴拉人的来历。

当朱春雨要从巴拉人身上去探寻满族文化之根时，他就非常有意识地塑造了萨满爷张吉喜形象，讲述了长白山巴拉峪人请神的故事、跟随依克阿唐将军到朝鲜打过日本兵的巴拉人神箭手的故事，一个非常神秘的民族文化世界悄然呈现。小说曾如此描写萨满爷张吉喜，"我听见萨满爷在冥冥之中引导我。他已非他，头戴饰有鹿角和明镜的神帽，帽后的风带在流泻的月光中飘动；穿着紫红色缀着六足蛇、四足蛇、短尾蛇和蛤蟆绣片的神衣，神衣上的图案在蠕动；系着宽摆神裙，三十六条缨穗随风飘摆，猪皮神靴尖上的铃铛，发出丁零零的响声；带着紫狍皮手套的手一只拄着四尺二寸镶有铜人的神杖，一只拉着我，拖得我跟跟跄跄"②。正是萨满爷让"我"在神游中遇到满族人的掌管生死的两个神，即白胡子老头和黑胡子老头。后来巴拉峪人请神场面的庄严和残酷，萨满爷张吉喜为了维护萨满文化的悲壮，都显示了萨满信仰在满族人心目中的至关重要性质。这些满族巴拉人崇天敬神，和大自然交融为一体，"一拍手，鹿儿围到身旁；一跺脚，鱼儿游向岸边"，野性勃发，血性激烈。更突出的是他们的浓郁的生殖崇拜情绪，像那个巴拉人神箭手隐居深山老林不断地抢女人为妻，就是为了生育孩子；至于勇阿里传说中的生殖崇拜情绪就浓郁得几近恐怖；而聋子大伯张九十三要猎杀交配中的公熊，取其生殖器给隗杠子吃，治疗其阳痿，也是一种生殖崇拜的表现。

当朱春雨在《血菩提》中试图寻找民族文化之根时，的确曾经为祖先强悍野性的生命力、神秘神奇的信仰崇拜等而惊叹、而赞美，但他对满族巴拉人那种民族文化又不是简单的肯定的。他对之同样有一种难能可贵的现代反思意识，例如对生殖崇拜中那种只知部落生命而不知个体生命价值的迷信和残忍就颇有反思，还有对像关葫芦、隗杠子、佟二窝瓜等满族巴拉人的

---

① 朱春雨：《血菩提》，作家出版社 1990 年版，第 27 页。
② 朱春雨：《血菩提》，作家出版社 1990 年版，第 23 页。

愚昧和卑琐也有深刻的反思。像关东鹰、隗喜涛、张九十三、张吉喜等巴拉人在历史的浪潮不但无法主宰自己的命运，也很难理解现代历史的潮流涌动，只能委身其中、湮没无闻，这无疑也反映了朱春雨对民族文化悲剧的深切同情和深入反思。

对于那种不尊重历史和民族文化传统的做法，朱春雨也和艾特玛托夫一样激烈反对。《一日长于百年》中曼库特的传说就惊心动魄。相传柔然人侵占了萨雷—奥捷卡大草原之后，对待俘虏极不人道、残酷至极。他抓住年轻力壮的俘虏后，绑住手脚，把头发剃光，盖上新鲜的骆驼皮，扔到旷野中，让他们在饥渴中忍受太阳的暴晒。受此酷刑后，大部分人会死去，少数活下来的俘虏会丧失一切记忆，变成一个痴呆呆的"曼库特"。随后柔然人就利用被驯服的曼库特来干各种繁重无聊的体力活，而不用担心任何反抗。与这个传说相似，朱春雨的长篇小说《亚细亚瀑布》中纳西族木九幺老爹因为会唱古歌，受到非常可怕的摧残，被用一张血渍涟涟、散发着热气的牛皮箍到赤裸的身上，拉到烈焰熊熊的篝火旁去烘烤。这种表现着蒙昧和野蛮的原始刑法，让人毛骨悚然。柔然人对曼库特施以酷刑，是为了逼迫其遗忘自己，成为只会干活不会反抗的奴隶。

在《一日长于百年》中，艾特玛托夫更是通过阿布塔利普的遭遇展示历史和民族文化的虚无主义态度。阿布塔利普曾经在卫国战争中被德军俘虏，后来逃脱在南斯拉夫参加游击战，见多识广，回国后又曾因当俘虏的经历受到打击，不能继续当老师，被排挤到萨雷—奥捷卡荒原里，在鲍兰内·布兰内会让站工作。但是他并不消沉沮丧，而是积极生活，干好本职工作之余，还收集当地民歌，保存传统文化，而且还想记录下他在战争的经历和理解的事情，作为精神遗产留给后代。但是铁路侦查员唐塞克巴耶夫却根本不能理解阿布塔里普的追求，在他看来，"若是每个人都恣意乱写，会有什么后果？……谁想写什么就写什么，谁想说什么就说什么"，[1]那是非常可怕的。"一个人一生经历的事情是各种各样的，重要的不在于什么事！重要的是如何口头甚至书面地回忆往事，是否是按着现在要求的那样，我们所需要的那样回忆、描绘。凡是对我们不利的东西就不应该去回忆。如果不坚持这条原则，那就是反动的行为"[2]。最终阿布塔利普被关进监狱，折磨致死。可以说，像唐塞克巴耶夫对历史和传统文化的态度，就是极权社会的

① ［吉尔吉斯］艾特玛托夫：《一日长于百年》，张会森等译，新华出版社 1982 年版，第 183 页。

② ［吉尔吉斯］艾特玛托夫：《一日长于百年》，张会森等译，新华出版社 1982 年版，第 187 页。

常态、就是人性邪恶的集中表现、就是虚无主义的大爆发。

　　除了艺术结构、行星思维和对民族文化之根的追寻等方面,朱春雨的小说在相关情节和人物上也受到艾特玛托夫小说的影响。如《亚细亚瀑布》中的雷电研究和《一日长于百年》中的科幻故事相映成趣,两者都涉及指向未来的科学研究,陶然、方耕畴等人也和《一日长于百年》中的两个宇航员一样富有科学献身精神。长篇小说《橄榄》中人造星球的科幻故事也和《一日长于百年》中的科幻故事遥相呼应,都呼唤人类要团结起来,以一种整体意识协调行动,才能成就未来。其实,《亚细亚瀑布》中的有些人物也和《一日长于百年》中的有些人物具有关联性。例如金国庆原本是知青,后来考上军校,当了军官,但对具有知青经历的人非常感兴趣。在部队开往前线的途中,他在一个村子里遇到同样具有知青经历的小学老师彭黛。她的丈夫是那个火热年代里志在边疆把石山造成大寨田的知青标兵葛卫红,曾经上过《人民日报》,和陈永贵一起合过影,后来一场山洪摧毁了他的大寨田,自己被滚落的石头砸瘫,随后还失去了理智,只能由彭黛照料。而且彭黛不但要照料丈夫,还要抚养儿子葛沉思。看到彭黛的悲惨遭遇,金国庆不由自主地爱上了她,但又深知这种爱情没有结果,因此内心斗争剧烈,后来到战场上几乎有意地向各种危险境况勇打猛闯,似乎有意寻找死亡。应该说,金国庆的这种情感纠葛和《一日长于百年》中的叶吉盖在阿布塔利普被捕后,深深地爱上了查莉芭,明知这种爱无望又无法自拔的纠结心境,是遥相呼应的。此外,《亚细亚瀑布》中的六连处理复员兵石二旺因为被俘受伤的经历,不能复员返乡,先是只能在六连所在地过着居无定所、食不果腹的屈辱生活,后来得到陶然的帮助,才能在第六雷电观测站当临时工;为了在雷电中连接科研电缆,他又被雷电击中牺牲。石二旺的勤劳、善良和淳朴和《一日长于百年》中的卡赞加普形象无疑是遥相呼应的。在石二旺死后,陶然不但要给他申请烈士的荣誉,还要找好棺材厚葬他,无疑也和《一日长于百年》中叶吉盖准备好好安葬卡赞加普的情节相呼应。

　　此外,朱春雨小说在象征艺术和神话传说的运用方面也借鉴了艾特玛托夫的《一日长于百年》的成功经验。象征艺术和神话传说的水乳交融是艾特玛托夫的《一日长于百年》之所以具有浓郁的艺术魅力的奥秘之一。例如布兰内会让站就具有象征意义,那里连接着东西和古今,来来往往的火车似乎暗示出生活是永恒的,人类社会的历史、现实与未来是连绵不绝的;因此像曼库特的悲剧就不断在大地上重演着,当然像乃曼·阿纳的那种大爱也绵绵若江河水。至于在萨雷—奥捷卡荒原上缓缓行进的送葬队伍也是一种象征,一方面象征了一部分人总是信奉强权要割断人类与历史、与传统文化、与美好未来联系的悲剧；另一方面又象征了人类中总有一种记住历史、记住传统文化、直面未来、给予大爱的无畏精神。至于曼库特和乃曼·阿纳、赖马雷和白姬梅的神话传说的重构更是给《一日长于百年》开拓出极为深远的艺术空间。

朱春雨在《亚细亚瀑布》《橄榄》《血菩提》等长篇小说中也善于采用象征艺术拓展小说的艺术深度。《亚细亚瀑布》中的瀑布就像《一日长于百年》中的会让站一样具有原型式的象征意义。"唔，多气派的景致！一如银龙脱缰，喷珠吐玉，从高高的山峦冲下一股闪光的白练，泛滥着珠母色的气浪；在水气氤氲的深处，当午的猛烈阳光煅烧出缤纷的色彩，那是炫目的虹——为幻想架起的桥梁，它让人将神思、凝想和假设突破现实的极点；用极点之外的感觉来品味我们的生活，会有怎样的新发现？水流，大地的乳汁？大地的血？大地的汗？大地的泪？它是不可遏止的激情，从泥土和岩层下，从石砺和腐物下，迸发而出，成为可视的流动，循着庄严的自然法则，开辟自己的路，左折右转，不屈不挠，即使从空中跌落，也不会放弃奔腾的追求——看看，眼前这道瀑布！石崩山裂的声响里，水流粉碎成腾空的泡沫，忽而又在深潭里击起陡直的水柱，忽而又化为乌有。这无拘无束地倾泻的力量，荡涤了一切可以荡涤的东西，并且义无反顾地在继续凿击不易凿穿的一切。大自然赐给它的性格是如此的顽韧不拔。'挥弄洒珠，拊拂瀑沫'是现象，不息地前进才是本质。"①可以说，六连的脱胎换骨、孙惟慈和木九幺老爹对纳西族东巴文化的传承、第六雷电观察站中的研究人员的牺牲精神，都是亚细亚瀑布的一道道波浪，这象征了中华民族英勇奋进的民族精神。而长篇小说《橄榄》开头和结尾都重复了这一段："似乎从天顶又似乎从地下，传来阵阵喊喊喳喳的说话声，待你仔细谛听，那声音又悄然遁去了，时而它又会出现在人们的欢乐或痛苦之后的冷静里……久而久之，就会发觉，那有如草叶窸窣般的言语是来自历史的深处；这时，你凝眸望去，过去了的古远年代仿佛隔着一层纱帷，它在纱帷的后边显现着苍老的轮廓：一座辉煌的宫殿和一堆杂乱的瓦砾都在朦胧里，正是从那个发出和我们捉迷藏的声音——"②应该说，这种重复也和艾特玛托夫的《一日长于百年》中关于会让站不断重复的那一段有关，具有象征意义，表现了作者对历史的追寻和人类命运的整体观照意识。而《橄榄》中作为和平象征的橄榄和画着八卦图的风筝更是不断出现，诠释着和平的艰难。长篇小说《血菩提》中的那冰峰

---

① 朱春雨：《亚细亚瀑布》，人民文学出版社1986年版，第5页。
② 朱春雨：《橄榄》，上海文艺出版社1987年版，第1页。

雪盖的长白山密林也是民族历史的一种象征,那么多鲜活的生命迷失其中寻找不到出路。

神话传说的运用也增添了朱春雨长篇小说的艺术魅力,丰富了思想内涵。《亚细亚瀑布》就通过木九幺老爹讲述了纳西族大善神依格窝格、男善神米利东阿普、女善神勒金色阿仔创造天地、创造人类文明的古老传说,还有祖先与大洪水搏斗的神话传说,让纳西族人民那种英勇无畏的精神和当今中华民族的奋进精神交相辉映。而《橄榄》中,与四个国家的四个家庭的故事相关的,朱春雨还有意让四个人讲述四个非常离奇的故事,也很像神话传说。第一个故事,威尔斯太太的儿子讲述的关于图弗尼亚的故事。据说图弗尼亚曾经是热带雨林中的宝石般的美好之地,那里物产丰富,生活和谐,但后来得罪了狒狒,导致人与狒狒大战,结果人染病上身,美好的世界瞬间瓦解。第二个故事是河野由吉先生讲述的,说纳粹德国失败后,少校埃森巴赫逃到了拉丁美洲,最终凭借他的画技出了名赚了大钱,但一个知道他的纳粹底细的绅士想利用他发财,结果两人同归于尽。第三个故事是杜季壮的大哥杜伯壮讲述的,关于女人四处寻找幸福树的神奇故事。第四个故事是伊戈尔在西伯利亚的经历,说鹿群以身体阻挡穿过森林的火车,结果一只鹿被碾死,到晚上还有鹿用长角撞击火车,矿长最终决定更改铁路线路。死去的鹿被埋入坟冢,坟冢前还出现一孔暖泉,据说是鹿的眼泪,能够医治百病。其实,这四个故事和《橄榄》的主题是呼应的,那就是对战争的厌弃、对幸福与和平的寻找。至于《血菩提》中,神话传说的运用就更是成为了小说有机的一部分,巴拉人请神的传说、神箭手的传说、勇阿里的传说、还有白胡子和黑胡子老头的传说,共同营构出满族巴拉人神秘的文化世界,也和历史、现实互相映照。

综上所述,艾特玛托夫的长篇小说《一日长于百年》对于朱春雨的长篇小说的确具有相当重要的辐射性影响。如果没有前者,后者的《亚细亚瀑布》《橄榄》《血菩提》也许就会是另一幅面貌。不过,在接受艾特玛托夫的艺术营养时,朱春雨能够立足于本民族文化传统,致力于追寻本民族文化之根,而在这种追寻中,他没有画地为牢,自我设限,又具有非常广阔的人类整体意识和现代意识,因此能够使他的小说显得卓尔不群,尤其是长篇小说《血菩提》,放在中国当代长篇小说之林中的确是风姿卓然的。

第四章　艾特玛托夫与中国当代西部作家

　　艾特玛托夫生活的吉尔吉斯斯坦对于中国而言就是西部，其笔下的吉尔吉斯斯坦乡村和草原中的村民和牧民的生活，还有哈萨克辽阔草原上的人民生活，都带有西部地区特有的沉郁、雄强、豪爽、浪漫的特性。因此，许多中国当代西部作家对艾特玛托夫小说都具有一种契合之感，一种亲近之感。当然，如果就作家描绘的内容来看，像张承志、王蒙等人书写内蒙古、黄土高原、新疆经验的作品都可以纳入西部文学；如果就作家的籍贯而言，像红柯、温亚军、意西泽仁等人都可以算是西部作家。但是在此，我们主要讨论张贤亮、路遥、高建群等受艾特玛托夫影响比较大的当代西部作家。对于这几个西部作家而言，艾特玛托夫小说中的鲜明厚重的道德感、大地崇拜和女性崇拜情绪以及浓郁的地域风情描写都是他们非常感兴趣的，也是他们接受艾特玛托夫的主要方面。像张贤亮的《肖尔布拉克》就和艾特玛托夫的《我的包着红头巾的小白杨》一样寻觅着西部底层人民的善与美，而《河的子孙》则借鉴艾特玛托夫的《永别了，古利萨雷！》的叙述手法寻觅民族生机，至于《绿化树》《男人的一半是女人》则明显吸取了《母亲—大地》中的女性崇拜因素化入了民间传奇的奇情故事中。路遥的《人生》《平凡的世界》《在困难的日子里》等小说都像艾特玛托夫一样去发掘底层人民的坚韧和淳朴，追寻着人性和人道的亮光。而高建群的《遥远的白房子》则像艾特玛托夫一样书写着富有异域色彩的边地风情，《大顺店》等小说则回响着女性崇拜的美音妙曲。

第一节　人道主义和女性崇拜情绪的启示与背离

　　在中国当代文学中，张贤亮曾是个聚讼纷纭的话题。他的《灵与肉》《绿化树》《男人的一半是女人》《河的子孙》《习惯死亡》等小说均引起巨大的反响，国家主流意识形态往往从中解析出改造知识分子的合理性，大部分知识分子却从中解读出知识分子本身的奴性和卑贱，至于大众读者则欣赏其中才子美人的传奇故事，真是令人目眩神迷，莫衷一是。不过，在创造这个带有典型的中国西部地域风情的小说世界时，张贤亮倒是博采众长，对托尔斯泰、陀思妥耶夫斯基、屠格涅夫等俄罗斯古典作家多有借鉴。其中,张贤亮对艾特玛托夫的借鉴也是中国当代文学史中的一个显著例子。

要梳理清楚艾特玛托夫对张贤亮的文学史影响问题,首先我们必须看看张贤亮的小说《肖尔布拉克》和艾特玛托夫的中篇小说《我的包着红头巾的小白杨》之间的文学史联系。这两部小说的相似性是显而易见的,两部小说都采用了第一人称的叙述方式,都是故事主人公向一个记者叙述自己的爱情和婚姻的曲折故事。艾特玛托夫的《我的包着红头巾的小白杨》中,是卡车司机伊利亚斯向偶然相遇的记者叙述自己的人生故事,而张贤亮的《肖尔布拉克》则是在新疆开卡车的河南籍司机"我"向搭车的记者叙述自己的人生故事。不过,《我的包着红头巾的小白杨》中,记者作为一个人物出场了,而且他在伊利亚斯的故事之后还补充了另一个故事,也就是养路工巴伊切米尔的故事,从而使得小说内容显得更为丰富。而《肖尔布拉克》中,那个记者没有出场,仅是司机"我"的人生故事的聆听者和记录者。第一人称的叙述使得小说更具有亲历性,也更能够直接披露小说主人公的内在心理。两部小说的叙述都极为朴实而流畅,具有生活本身特有的那种质朴和蕴藉意味。

其次,两部小说在人物和情节的安排上也比较相似。艾特玛托夫的《我的包着红头巾的小白杨》中,前半部分叙述了伊利亚斯和阿谢丽的爱情如何发生,幸福家庭如何组建,后来由于伊利亚斯和女同事卡基佳的关系,这份爱情又如何失去的;后半部分则叙述了西天山养路工巴伊切米尔如何丧失亲人,最终又如何得到阿谢丽的爱情的。这种发生在两个男人和一个女人之间的爱情得而复失、失而复得的曲折安排,在张贤亮的《肖尔布拉克》中被转换成了同一个男人在两个女人之间的爱情变化,那个新疆卡车司机先是和陕北姑娘结婚,后来发现她另有所爱,便毅然割舍,最后又偶然结识了带着孩子的上海女知青,并最终组成了新家庭。这种情节安排打破了生活沉闷的逻辑,使得小说具有更大的吸引力。其实,两部小说不但总体情节相似,而且在许多小情节上也比较相似。例如《我的包着红头巾的小白杨》中的养路工巴伊切米尔在寒风凄厉、阴冷潮湿的天气里遇上路边抱着孩子、请求搭车的阿谢丽,而《肖尔布拉克》中新疆司机也是在寒风呼啸的天气里遇上路边带着孩子、要搭车的上海女知青。《我的包着红头巾的小白杨》中伊利亚斯在离开阿谢丽后曾再次在伊塞克湖畔看到翩翩起舞的白天鹅,而《肖尔布拉克》中新疆司机也是离开陕北姑娘后在赛里木湖上看见了大白天鹅。

再次,两部小说在心理描写方面也比较相似。例如《我的包着红头巾的小白杨》中伊利亚斯在和女同事卡基佳好上后，一方面无法摆脱与卡基佳的缠绵，另一方面也感到自己对不起深爱的阿谢丽，因此那种两难心理被艾特玛托夫描摹得丝丝入扣。而《肖尔布拉克》中，当新疆司机得知陕北姑娘原来有从青梅竹马的小伙子后，那种取舍两难的心理也被渲染得非常到位。还有《我的包着红头巾的小白杨》中伊利亚斯再次发现阿谢丽和儿子萨马特在养路工巴伊切米尔那里生活，因此他每次开车都怀着急着赶赴那里见儿子的心理，也和《肖尔布拉克》中新疆司机在遇到上海女知青后，对她和她的孩子的牵挂心理一样，都被作者极力渲染，让人心魂缭乱。虽然张贤亮的《肖尔布拉克》在多方面借鉴了艾特玛托夫《我的包着红头巾的小白杨》，但是两者却是植根于不同文化土壤中的，因而两部小说所表现的具体生活、人物性格和文化心理，是有极大差距的。这也保证了张贤亮的《肖尔布拉克》的本土化特征。

首先，我们可以看出，两部小说表现的爱情其实是两种不同的爱情。艾特玛托夫的《我的包着红头巾的小白杨》中，伊利亚斯和阿谢丽一见钟情，随后阿谢丽勇敢地反抗家庭婚约，孤身和伊利亚斯出走。对于艾特玛托夫而言，爱情本身就是美好的，是生活的目的，婚姻才是爱情的自然结果，因此他才把伊利亚斯和阿谢丽最初的爱情写得如此美丽动人，尤其是他们在伊塞克湖边看着白天鹅翩翩起舞时，爱情就呈现出天地间最美的色彩。而张贤亮的《肖尔布拉克》中，新疆司机和陕北姑娘之间基本上没有爱情，只有共同生活期许的婚姻，即使是后来新疆司机遇上带着孩子的上海女知青，现实的婚姻生活依然压倒了爱情。因此艾特玛托夫的《我的包着红头巾的小白杨》中的爱情带有中亚游牧民族鲜明的民族性的，富有更多浪漫色彩；而张贤亮的《肖尔布拉克》中的爱情是为了婚姻而存在的，更多的体现的是中华文化中的敦厚务实特性。

其次，在两种不同的爱情背后，艾特玛托夫和张贤亮也展示了两种不同的价值观、文化观。《我的包着红头巾的小白杨》中，像伊利亚斯和阿谢丽都是非常具有个性光彩的人物，伊利亚斯想在挂拖车翻越天山，也是其勇于探索的个性精神使然；而像小白杨一样的阿谢丽更是富有独立个性，她敢于反抗家庭的婚约和伊利亚斯私奔，在得知伊利亚斯和卡基佳的事情后毅然带着出生不久的孩子离家出走，后来再次见到伊利亚斯她居然拒不相认，都显示了她特立独行的个性。对于这些具有个性的人而言，自由才是最珍贵的，而自由往往是具有一定的悲剧性，这正是艾特玛托夫在《我的包着红头巾的小白杨》的结尾处让伊利亚斯再次孤独地远赴帕米尔高原的原因。而张贤亮的《肖尔布拉克》中的人物却是生活在明显的集体本位文化伦理中的，像新疆司机、陕北姑娘、小伙子、上海女知青等人，作者强调的不是他们的鲜明个性、自由意志，而是他们的忍让、利他、勤劳、内敛等性格。受本民族的审美习惯的影响，张贤亮在《肖尔布拉克》中有意采用大团圆的结局，和艾特玛托夫《我的包着红头巾的小白杨》中的悲剧性结局泾渭分明。这种不同的价值观、文化观展示着不同的民族性，谁高谁低，很难判定，不过正是由此才显示出张贤亮《肖尔布拉克》的民族化努力的成功之处。

张贤亮另一个著名的中篇小说《河的子孙》也在思想艺术上借鉴了艾特玛托夫的中篇小说《永别了，古利萨雷！》和《母亲—大地》。

先看《永别了，古利萨雷！》对《河的子孙》的影响。首先，两部小说都是采用第三人称回忆性叙述。艾特玛托夫的《永别了，古利萨雷！》开篇就是渐入老年的塔纳巴伊赶着垂死的古利萨雷行走在回家路上的凄凉场景，随着小说帷幕慢慢拉开，塔纳巴伊展开了对自己一生的坎坷历程的哀婉回顾，与之构成对照的是对骏马古利萨雷悲剧性一生的动情叙述。张贤亮的《河的子孙》开篇是渐近老年的魏天贵给地委副书记贺立德送完新鲜蔬菜后，赶着一匹毛驴沿着黄河慢慢回家的场景，而小说的主体就是魏天贵在回家路上对自己近三十来年人生的回忆。两部小说叙述的时间都是从傍晚到第二天黎明，这是非常有意味的，人生接近老年就像一天的傍晚，这时人心需要静下来，对人生做一个回顾性的回忆和总结，而且只有在回忆中，人生的整体性才能慢慢地显露出来，人生的意义才能慢慢地被觉知，历史的宏观进程才慢慢地呈现，因此两部小说最后都写到黎明，也就是人的精神的新生。

其次，两部小说的人物塑造、人物关系、情节安排等方面存在着比较鲜明的相似性。《河的子孙》中的魏天贵和《永别了，古利萨雷！》中的塔纳巴伊构成呼应，虽然魏天贵是大队党支部书记，主要工作的是管理村民和协调大队与上级机关之间的关系，而塔纳巴伊是集体农庄的牧民，从事最基本的牧业劳动，他们都是当时社会最底层的劳动人民，都是富有热情、勤劳朴实的人，都是当时社会真正的中流砥柱。魏天贵和韩玉梅的婚外情，也与塔纳巴伊和贝贝桑的婚外情构成一种呼应。贝贝桑是寡妇，而韩玉梅则是受骗于人，在艰难年代里不得不仰仗男人才能生活得好；但她们都是性情坚贞、忠于爱情的。而且两部小说中最出彩的地方，也都是对男主人公在真情和道德之间两难境遇中的复杂心理的渲染上。《河的子孙》中的贺立德和《永别了，古利萨雷！》中的乔罗也是构成呼应的一对人物。贺立德从县委书记到地委副书记，虽然曾经受到批斗，但很快他就成为一个能够非常好地适应政治时势的人物，从而能够保证自己立于不败之地；而集体农庄主席乔罗原来也是认真负责、讲究原则的，但是在官僚主义政治势力的影响下,他慢慢地也变成了一个唯唯诺诺、不轻易表达看法、唯上是从、唯时是从的人。魏天贵和贺立德的关系,也和塔纳巴伊和乔罗的关系构成呼应。

再次,两部小说在主题上也比较相似,那就是对民族精神的发掘。两相对照,我们可以发现《河的子孙》和《永别了,古利萨雷!》各自不同的民族特点。像《永别了,古利萨雷!》中的塔纳巴伊就更具有吉尔吉斯族人豪爽耿直、赤诚热情的特点,他对看不惯的东西就敢于直言,敢于坚持真理,勇于反抗官僚政治,即使是和贝贝桑的爱情,也可以看出他的浪漫热情、激情外露。而《河的子孙》中的魏天贵却是典型的中国农民,更多的是温柔敦厚、忍隐退让、克制内敛,他不会像尤小舟那样针锋相对地表达反对意见,而是表面上虚与委蛇,实际行动上却遵照中国农民特有的务实精神。对待韩玉梅的爱情,就最能显示他的那种克制内敛的特性。他本来在家庭中得不到情感的满足,很喜欢韩玉梅,但因独眼郝三的事情有愧于心,不敢接受韩玉梅的爱情。相对于塔纳巴伊而言,魏天贵无疑是更为受制于道德伦理的中国人,也是心性更为内敛的中国人。

再看《河的子孙》与艾特玛托夫《母亲—大地》的文学史关联。两者间的主要表现于原型的采用。《母亲—大地》中采用了大地的原型。艾特玛托夫在该小说中让大地直接和饱受苦难的托尔戈娜伊对话,让她缓缓地叙述了自己的一生,从童年的欢乐开始,到和苏万库尔结婚,再到美满幸福的家庭,随后是战争的灾难接踵而至,三个儿子和丈夫全部牺牲,后来连儿媳妇阿莉曼也死于难产,她只能和孙子相依为命。可以说,托尔戈娜伊通过对种种苦难的忍受,已经由大地之子变成像大地一样伟大的母亲。这种大地—母亲原型是人类集体无意识中最基本的一种原型。而张贤亮的《河的子孙》采用的是黄河原型。魏天贵、韩玉梅、尤小舟、贺立德等都是河的子孙,他们不是像托尔戈娜伊那样崇高、伟大、单纯,而是具有复杂性、多面性,善恶交织,崇高和卑下混杂,但是作为河的子孙,他们具有永不停息、向前努力的本性,虽然伤痕累累但是依旧生机勃勃。因此这些河的子孙的命运,和小说不断写到的黄河构成一种呼应。就像小说结尾处,作者通过尤小舟之口所说的,"你看这黄河水,尽管一路来人家扔了多少脏东西在里面,什么粪便啦,血污啦,死狗烂猫啦,流失的肥料啦,可只要它不停地流,不停地运动,它总能保持干干净净的。这在科学上叫'流水的自净作用'。我们中华民族也是这样,千百年来人家扔了多少脏东西在里头!可最终我们还是建成了一个社会主义国家。尽管我们的制度还很不完善,不可避免地还有人要朝里头扔脏东西,但我们是能'自我净化'的! 一切扔在里头的脏东西,在我们民族的不停的运动里,都会沉淀下去的!"①这里的黄河对于中华民族而言无疑具有原型意义。正是运用这种原型的运用,两部小说都获得了巨大的艺术魅力。

此外,张贤亮的中篇小说《绿化树》也受到艾特玛托夫的中篇小说《查密莉雅》的鲜明影响。《绿化树》的主旨是写像章永璘受到严厉的打击后如何从底层劳动人身上汲取肉体和精神康复的力量的。不过,这部小说吸引人的情节还是对章永璘和马缨花那朴实而又炽烈、最终又无疾而终的爱情的描写,当然还有海喜喜的生动形象也令人过目难忘。其实,若细致考辨,我们可以发现艾特玛托夫《查密莉雅》中的丹尼亚尔到了张贤亮的《绿化树》中似乎分裂成了章永璘和海喜喜两个形象,章永璘得到了丹尼亚尔的敏感、多情、沉静的一面,而海喜喜得到丹尼亚尔的热爱劳动、喜欢唱歌、朴实憨厚、孤独寂寞的一面。至于马缨花那爽朗豪壮、对爱情的雄奇热火的追求的性格,似乎也与《查密莉雅》中的查密莉雅之间存在暗潮涌动的相通。

最显著的借鉴还是《绿化树》中对海喜喜唱民歌的描写。小说开篇不久,就写到海喜喜在接章永璘等人回农场的路上,一边赶车一边唱歌:

> 他声音的高亢是一种被压抑的高亢,沉闷的高亢,像被一股强大的力量猛烈挤压出来的爆发似的高亢。在"哟噢"、"呀"、"了"这样的尾音上,又急转直下,带着呻吟似的沉痛,逐渐地消失在这无边无涯的荒凉的田野上。整个旋律富有变化,极有活力,在尾音上还颤动不已,以致在尾音逐渐消失以后,使我觉得那最后一丝歌声尚飘浮在这苍茫大地的什么地方,蜿蜒在带着毛茸茸的茬口的稻根之间;曲调是优美的。我听过不少著名歌唱家灌制的唱片,卡鲁索和夏里亚宾的已不可求了,但吉里和保尔·罗伯逊则是一九五七年以前我常听的。我可以说,没有一首歌曲使我如此感动。不仅仅是因为这种民歌的曲调糅合了中亚细亚的和东方古老音乐的某些特色,更在于它的粗犷,它的朴拙,它的苍凉,它的遒劲。这种内在的精神是不可学习到的,是训练不出来的。它全然是和这片辽阔而令人怆然的土地融合在一起的;它是这片土地,这片黄土高原的黄色土地唱出来的歌。②

这一段歌声描写明显是脱胎自艾特玛托夫的《查密莉雅》中对丹尼亚

---

① 张贤亮:《河的子孙》,见《张贤亮选集》三,百花文艺出版社 1995 年版,第 155 页。
② 张贤亮:《绿化树》,《张贤亮选集》三,百花文艺出版社 1995 年版,第 175 页。

尔的歌声的生动描绘：

> 要是我能摹仿丹尼亚尔的歌子，哪怕只是一点点，该有多好！其中几乎就没有歌词，它不用词儿便能打开伟大的人的心怀。无论在这以前或是以后，我从来没有听到过这样的歌子：它不像吉尔吉斯调子，也不像哈萨克调子，可是其中又有吉尔吉斯风味，又有哈萨克风味。丹尼亚尔的乐曲溶合了两个亲近的民族的最优美的曲调，又独出心裁地将它编织成一支和谐的、别具一格的歌曲。这是一支高山和草原之歌，它时而高亢昂扬，像登临吉尔吉斯的高山，时而纵情驰骋，像奔驰在哈萨克草原上。①

当章永璘听了海喜喜的歌声后，也像《查密莉雅》中的谢依特听了丹尼亚尔的歌声一样，他明白了对土地的热爱，对生活的热爱，以及这种热爱中难以挥去的那种浓烈忧伤。应该说，这种借鉴的确为《绿化树》增光添彩，使之魅力顿显。

如果进一步以整体眼光来审视张贤亮的小说创作，我们就可以发现张贤亮在对人道主义的书写、女性崇拜情绪的婉曲表达、地域风情的描绘等方面也是受到艾特玛托夫的影响的。

首先看看人道主义的书写。众所周知，人道主义是艾特玛托夫的立身之基。他承认人的价值和尊严，尊重人的个性和自由意志，追求平等，展示博爱，尽其可能地批判人性中的丑陋和邪恶，批判苏联官僚主义政治对人的个性和自由的摧残。艾特玛托夫曾说："人道主义是人的一种自然、不可分离的本性，是人的伴侣，它就像需要劳动那样，是极其自然和平凡的。"②的确，《查密莉雅》就通过丹尼亚尔和查密莉雅的爱情波折展示了底层人民身上那种光彩四射的个性生命，还有那种对大地、对生活的无限热爱，以及对爱情的炽热追求。而《我的包着红头巾的小白杨》中，像伊利亚斯和阿谢丽的爱情就更是人道主义光辉的绝妙展示，他们身上的那种善良、坚强、挚情更是言说着底层人民的生命之美。至于《第一位老师》中的玖依申、《母亲—大地》中的母亲托尔戈娜伊、《永别了，古利萨雷！》中的塔纳巴伊等人物也无不展示了底层人民的价值和尊严，善良和美好。可以说，艾特玛托夫

---

① ［吉尔吉斯］艾特玛托夫：《查密莉雅》，《艾特玛托夫小说集》上，外国文学出版社1980年版，第40页。

② ［吉尔吉斯］艾特玛托夫：《对文学与艺术的思考》，陈学迅译，新疆大学出版社1987年版，第27页。

小说展示的人道主义恢复了俄罗斯古典文学中的优美精神,展示了被苏联官僚主义政治遗忘和压抑的人道胜景。

张贤亮小说在新时期文学中的一个重要特点也就是对艾特玛托夫那种人道主义的中国言说。张贤亮在散文《满纸荒唐言》中曾说道:"长期以来在底层生活,给我印象最深刻的,就是种种来自劳动人民的温情、同情和怜悯,以及劳动者粗犷的原始的内心美。这就是我因祸所得之福。……但我觉得,我拙劣的文笔还没有表现出劳动人民内心美的万分之一。漂母一饭,韩信终生不忘;我在困苦中得到平凡微贱的劳动者的关怀,一点一滴积累起来,即使我结草衔环也难以回报。所以,在我又有机会拿起笔的时候,我就暗暗下定决心,我今后笔下所有的东西都是献给他们的。"①张贤亮的这种人道主义激情根源和艾特玛托夫比较相似,两者都曾受惠于底层人民,都极力发掘底层人民身上的人性美和人情美。

在短篇小说《灵与肉》中,许灵均就是从底层人民那里获得生活的动力,感受到"灵"的优美的。小说写到许灵均在农场里和四川女人秀芝结婚,如果没有大伙的慷慨帮助,一穷二白的许灵均也许就只好因陋就简,将就一番,但是大伙没有遗忘他,主动伸出了援助之手。"人毕竟是有人性的,他们在给灵均的温暖中自己也悄悄地感到了温暖,觉得自己还没有在'损失最小最小'的革命中损失掉全部的人性。他们有的给他一口锅,有的给他几斤粮,有的给他几尺布票……而且又由一个年轻兽医发起:每家送五毛钱。给他凑出一笔安家的基金。甚至支部会议上也出现了从未出现过的统一:一致通过一项决议——按制度给了他三天婚假。人,毕竟是美好的!他们俩就靠人们施舍的这点同情开始建立了自己的家庭。"②相对于这些底层人民的人性温情的"灵"而言,许灵均父亲及其女秘书所代表的那个物质丰裕的世界就是只有"肉"的意味了,许灵均最终舍"肉"取"灵",就是对祖国的热爱,就是对底层人民的热爱,对自己苦难命运的热爱。

中篇小说《肖尔布拉克》同样致力于展示底层人民的善良和淳朴,满蓄着人道主义的光辉。小说开篇就展示了五六十年新疆大建设时五湖四海的人聚集到尾亚的盛大景观。与内地阶级斗争搞得沸反盈天不同,那时的新疆对全国各地来的人敞开了怀抱,而那些怀抱着一技之长、或怀揣着美好憧憬的底层人民到了新疆,辽阔的天地似乎都能够让他们的人性得到较好的舒展,因此人与人之间的关系相对而言都较为纯真,像刚到新疆的小说主人

---

① 张贤亮:《满纸荒唐言》,《张贤亮选集》一,百花文艺出版社 1995 年版,第 190 页。
② 张贤亮:《灵与肉》,《张贤亮选集》一,百花文艺出版社 1995 年版,第 159—160 页。

公在尾亚走投无路时,所遇之人都纷纷为他出谋划策。陕北姑娘后来迫于生活无奈,不得不和那位新疆司机结婚,也是勤劳安分,即使后来那个陕北小伙子找上门来,他们也是恪守礼仪,而和新疆司机离婚后,陕北姑娘和小伙子就更是待之以礼。新疆司机更是最佳地彰显了底层人民的善良和淳朴,他成全了陕北姑娘和小伙子,途中遇到上海女知青,更是无私地帮助他。至于像《河的子孙》中的独眼郝三,虽然是身残家穷,但是对人热情。《绿化树》中的海喜喜也是底层人民中光彩照人的一员,他歌唱得好,热爱劳动,最后离开农场时还想着留给章永璘一麻袋大豆,因此章永璘感动得热泪盈眶。通过这些形象,张贤亮也像艾特玛托夫一样把人道主义落实为底层人民的善良和淳朴。

当然,相对而言,张贤亮更喜欢展示那些底层人民中的女性人物的人性美和人情美,从而流露出像艾特玛托夫一样的女性崇拜情绪。早在中篇小说《面对面》中,艾特玛托夫就通过赛伊德形象,展示了底层人民中女性的坚韧和伟大,道德意识的纯粹和对爱情的忠贞。到了中篇小说《母亲—大地》中,母亲托尔戈娜伊就慢慢地显现出大母神般的神圣特质,也把艾特玛托夫的女性崇拜情绪表达得淋漓尽致。至于进一步发展到《白轮船》中的长角鹿妈妈、《花狗崖》中的鱼女、《一日长于百年》中的乃曼·阿纳,更是以神话传说形式接续上了人类崇拜女性的集体无意识。当然,《查密莉雅》中的查密莉雅、《第一位老师》中的阿尔狄娜依、《我的包着红头巾的小白杨》中的阿谢丽等女性形象也是灿若星辰,熠熠生辉,也显示了艾特玛托夫的女性崇拜情绪。

张贤亮书写的那些知识分子沦落社会底层,受到善良美丽的底层女性的帮助、爱护、救助等传奇悲情故事中,也渗透着浓郁的女性崇拜情绪。中篇小说《土牢情话》中,被关押监督劳动的知识分子石在就遇上了美丽善良的乔安萍。乔安萍理解石在,尊重石在,不但给他送珍贵的玉米饼子,还要在牢房的窗前给她跳"忠字舞",后来更是冒险为其送信。可以说,她对石在是一片痴心,然而谁知石在却禁不住武装连刘俊等人的几声恐吓,就把乔安萍的事情全部交代了,结果导致她被强奸,后来还不得不嫁给看守王富海,残酷地终结了自己的浪漫美梦。最后当然是石在的痛苦忏悔:"她那天赋的朴实与天真,使她在那混乱的年代里还保持着闪光的灵魂;她像一片未经污染的土地,上面仍然灿烂地开着鲜花。……她凭着她充满着浓郁的泥土气息的少女的心,凭着她单纯的直感对我倾心相许,但我那已经被扭曲了的心灵却大大地辜负了她,把她炽热的爱情浸在我利己主义的冰水之中。"①然而,忏悔

---

① 张贤亮:《土牢情话》,《张贤亮选集》二,百花文艺出版社1995年版,第83页。

是忏悔,人生的悲剧终究已经铸成,美好的底层女性终究是被各种历史合力牺牲了。

最典型的女性崇拜情绪无疑是在《绿化树》和《男人的一半是女人》中表现出来的。《绿化树》中,章永璘已经被折磨得不成人形,饥饿使他的所有心智只能围绕着食物展开,也基本丧失了个性的尊严感。正是在此窘境中,马缨花出现了,她也是美丽善良,用她的粮食和爱情使得章永璘恢复成一个正常人。正如小说所言:"她和海喜喜,把荒原人的那种粗犷不羁不知不觉地注入了我的心里。而正在我恢复成为正常人的时刻,这种影响就更为强烈。"①可以说,马缨花对于章永璘而言,具有渡人苦厄的观世音菩萨意味。到《男人的一半是女人》中,由于从来没有接触女性,章永璘竟然丧失了男性功能,被阉割似的恐惧把他投入生存的绝境。在此绝境中,也是底层女性黄香久第一次使他成为真正的男人,再次创造了他。因此,对于章永璘而言,底层女性的确是崇拜的对象。至于《河的子孙》中的韩玉梅也是光彩照人的,她原本被骗失身,但是后来明确了对魏天贵的爱情,就极为坚贞;也正是她的爱情使得魏天贵感受到生活的真正幸福所在。

张贤亮毕竟和艾特玛托夫不同。对于艾特玛托夫而言,他崇拜的女性更具有个性特征,更具有超越性的精神光彩,即使在《母亲—大地》中像大母神一样的母亲托尔戈娜伊,他要着重强调的也不是其生育生命、养育生命的自然性特征,而是她对苦难的坚忍、对劳动的热爱、对人的博爱等具有精神性的特质。至于查密莉雅、阿谢丽、阿尔狄娜依等女性形象就更是如此,她们的个性色彩鲜明,人格独立,精神也是生机勃勃。对于艾特玛托夫而言,女性就是生命所有美好质素的展示,本身就是美的,就是目的。但是对于张贤亮而言,底层女性显示出来的更多是提供食物、提供性满足的自然性,像乔安萍、马缨花、黄香久等女性形象,无不如此,在她们身上,我们很难看到多少个性的光彩,也很难看到人格的独立,或者精神世界的丰富蕴藉。她们其实在那些受到打击的右派知识分子面前还是天然地具有低人一等的感觉的。因此,非常有意味的是,像《土牢情话》中的石在、《绿化树》和《男人的一半是女人》中的章永璘,在得到底层女性救助后最终都再次离弃了她们。对于章永璘这样的人来说,真正具有价值的并不是底层女性身上的那种美丽和善良,他们试图到《资本论》中寻找精神的皈依,试图到红地毯上追求人生的价值和荣耀。这就是《绿化树》最后那个饱受知识分子诟病的结尾:"一九八三年六月,我出席在首都北京召开的一次共和国重要会

---

① 张贤亮:《绿化树》,《张贤亮选集》三,百花文艺出版社1995年版,第269页。

议。军乐队奏起庄严的国歌,我同国家和党的领导人,同来自全国各地各界有影响的人士一齐肃然起立,这时,我脑海里蓦然掠过了一个个我熟悉的形象。我想,这庄严的国歌不只是为近百年来为民族生存、国家兴盛而奋斗的仁人志士演奏的,不只是为缔造共和国而奋斗的革命先辈演奏的,不只是为保卫国家领土和尊严而牺牲的烈士演奏的……这庄严的乐曲,还为了在共和国成立以后,始终自觉和不自觉地紧紧地和我们共和国、我们党在一起,用自己的耐力和刻苦精神支持我们党,终于探索到这样一条正确道路的普通劳动者而演奏的吧!他们,正是在祖国遍地生长着的'绿化树'呀!那树皮虽然粗糙、枝叶却郁郁葱葱的'绿化树',才把祖国点缀得更加美丽!啊,我的遍布于大江南北的、美丽而圣洁的'绿化树'啊!"①虽然章永璘意识到"绿化树"的美丽,但是最终这个"美丽"是在他踏上政治权力认可的红地毯时才真正想到的,他是舍弃了"绿化树"才意识到"绿化树"的美的。因此,张贤亮的女性崇拜情绪无疑是受到他对国家主流政治价值的首肯制约的。也就是说,张贤亮不可能像艾特玛托夫一样真正承认女性生命的目的性价值,而只能承认她们的工具性价值。

刘再复曾说:"有些作家虽然能够达到梁启超,而无法超越梁启超,即敢于面对朝廷,但不敢面对国家,可以面对朝廷为民请命,而不敢面对国家争取自身独立的精神价值和个体精神创造的自由权利,不敢把个性立场、人道立场、文学立场放在国家立场之上。这是中国作家的致命弱点,在精神境界上无法上升的基本原因。"②这种致命弱点在张贤亮身上无疑也是明显的。人道主义、女性崇拜情绪等都最终被他的国家立场侵蚀了,破坏了,因此他的小说终究不可能像艾特玛托夫的小说那样具有全世界、全人类的意义。中篇小说《面对面》是第一篇具有艾特玛托夫典型风格的小说,该小说就显示了艾特玛托夫对人道主义、对女性崇拜情绪的独特坚持。小说女主人公赛伊德在丈夫伊斯马依尔当了逃兵后,刚开始并没有反对他,也没有蔑视他,或者去向政府当局告发他。她只是尽可能地帮助丈夫躲藏起来,给送食物。但当伊斯马依尔偷走邻居家的唯一母牛后,赛伊德就不能容忍他了,告发了他。对于赛伊德而言,国家、民族、政党等的确是具有价值的,但更有价值的是乡民保守的朴素伦理,是人与人之间的友爱。像她的丈夫伊斯马依尔变成完全自私自利,甚至敢于向那么可怜的孤儿寡妇下手时,在赛伊德看来,他就不配称做人了,甚至不配活着了。艾特玛托夫是勇于把个性立

---

① 张贤亮:《绿化树》,《张贤亮选集》三,百花文艺出版社1995年版,第337—338页。
② 刘再复:《人文十三步》,中信出版社2010年版,第144页。

场、人道立场、文学立场放在国家立场之上的，这也正是他的小说能够获得世界性声誉的根本原因。而像张贤亮在《绿化树》《灵与肉》等小说中所表现出的国家至上、民族至上的无比热情在艾特玛托夫的小说是很难见到的。

最后需要提及的是，张贤亮的小说对西部尤其宁夏那些黄河灌溉区的地域风情的描写也是受到艾特玛托夫小说的影响的。例如《河的子孙》写魏天贵眼中的黄河边的红日初升和月亮初起时的景象："不久东方大亮了。悬在沙坡顶上的一长条云彩，银灰色的一面变成了鲜艳的桔红色，上面也渐渐地染上了深紫色。倏地，沙坡后面急骤地射出道道红色的光芒，像坡背后忽然燃起了熊熊的烈火。于是，河这边的河岸、草滩、土坡、田野、村庄……整个世界顿时豁然明亮起来，在清晨湿润清凉的空气中，全都反映出一种华丽的、透明的、带着金黄色的红光。'爬地虎'上的清霜化成了晶莹的露珠，他趴在草坡上，连睫毛都沾上了露水。这样，他眺望前方，就看到了赤、橙、黄、绿、青、蓝、紫组成的极其绚丽的色彩，并且，这一轮轮斑驳陆离的光圈还在他眼前回旋不已。"①"黄河那边，先是泛出朦胧的鱼肚色的光亮，不大一会儿，一轮桔色的月亮就在沙坡顶上悬起，徐徐地散射出黄澄澄的光华。前方那片小树林，一边沐着月光，一边蒙着浓厚的阴影，看起来神秘而又绮丽。古道上的车辙，在月光的斜照下更显得凹凸不平，更显得漫长得没有尽头了。"②这种自然景物的描写既优美绝伦，又非常具有地域风情，也和艾特玛托夫笔下的吉尔吉斯草原和群山的明媚描绘遥相呼应。

应该说，艾特玛托夫对张贤亮的影响的确使得后者更具有创造力。若离开了艾特玛托夫的小说影响，张贤亮的《肖尔布拉克》《河的子孙》《绿化树》《男人的一半是女人》等小说必然会是别一番风貌。在吸取艾特玛托夫的思想艺术营养时，张贤亮也没有脱离本土文化的根源，但是他的优点和局限也都在本土文化中埋藏着，这是我们不得不详加审察的。

第二节　底层人民的善良和土地崇拜的情绪

可以毫不夸张地说，路遥从黄土高原上走出来，短短时间内成就了中国新时期文学中的一段传奇。他的中篇小说《人生》和长篇小说《平凡的世界》自发表之日就引起巨大的轰动，直至今日，相当多的年轻学子依然为之心醉神迷，为高加林的命运唏嘘感叹，为孙少安、孙少平兄弟不息的追求精

---

① 张贤亮：《河的子孙》，《张贤亮选集》（三），百花文艺出版社 1995 年版，第 21 页。
② 张贤亮：《河的子孙》，《张贤亮选集》（三），百花文艺出版社 1995 年版，第 37 页。

神而感奋不已,从而稚嫩软弱的心志无形之中得到文学的淬炼和磨砺。为了构造富有浓郁的黄土高原地域色彩的种种人生故事,路遥曾经博览群书,转益多师,汲纳了古今中外许多文学大家的艺术营养。在《平凡的世界》创作随笔《早晨从中午开始》中,路遥就曾说:"我的精神常如火如荼地沉浸于从陀思妥耶夫斯基和卡夫卡开始直至欧美及伟大的拉丁美洲当代文学之中,他们都极其深刻地影响了我。当然,我承认,眼下,也许列夫·托尔斯泰、巴尔扎克、斯汤达、曹雪芹等现实主义大师对我的影响要更深一些。"①的确,我们可以在路遥的诸多小说中发现许多文学家留下的痕迹,像曹雪芹的《红楼梦》、柳青的《创业史》等小说对他的影响就相当深刻。在回答《延河》文学杂志的编辑提问时,路遥曾经如此回答"在中国或世界名著中,你最喜欢谁的作品"的问题:"喜欢中国的《红楼梦》、鲁迅的全部著作和柳青的《创业史》。国外比较喜欢列夫·托尔斯泰、巴尔扎克、肖霍洛夫、司汤达、莎士比亚、恰科夫斯基和艾特玛托夫的全部作品;泰戈尔的《戈拉》、夏绿蒂的《简·爱》、马尔克斯的《百年孤独》等。这些人都是生活的百科全书式的作家。他们每一个人就是一个巨大的海洋。"②这是路遥的自述,他说喜欢鲁迅的全部著作和艾特玛托夫的全部作品! 由此可见,艾特玛托夫对路遥的影响的确也是非常深刻的。

其实,如果我们能够细致地阅读艾特玛托夫和路遥的小说,我们可以惊奇地发现他们是气质非常相似的两个作家,也就是说,路遥喜欢艾特玛托夫的全部作品乃是他们彼此间的确心有灵犀。艾特玛托夫和路遥从小都是生长在非常艰苦的家庭中,贫困的物质生活给他们的心灵留下深刻的烙印,底层劳动人民的善良和坚韧品格又熏陶出了他们极为自尊、敏感、质朴、热爱劳动、懂得感恩、勇于追求、富有理想的品性。他们都是既脚踏实地又昂扬浪漫的人,都是既热爱故乡又具有非常宏阔的世界眼光、人性眼光的人。路遥还曾多次提到艾特玛托夫的小说对他的启发。在《人生》中,路遥塑造德顺老汉形象时就想到艾特玛托夫的中篇小说《查密莉雅》,"我是很爱他的,我想象中他应该是有浪漫色彩的,就像艾特玛托夫小说中写的那样一种情景:在月光下,他赶着马车,唱着老的歌谣,摇摇晃晃地驶过辽阔的大草原……"③德顺老汉的形象最后所有变化,不过最初的构想反映了路遥对艾特玛托夫的喜爱。

---

① 路遥:《早晨从中午开始》,《路遥文集》第 2 卷,陕西人民出版社 1993 年版,第 12 页。
② 路遥:《答〈延河〉编辑部问》,《路遥文集》第 2 卷,陕西人民出版社 1993 年版,第 396 页。
③ 路遥:《答中央广播电视大学问》,《路遥文集》第 2 卷,陕西人民出版社 1993 年版,第 455 页。

　　在《平凡的世界》第二部中,路遥写到孙少平到黄原城去揽工,田晓霞在地区师专中文系上学,曾经给他借了不少书,还特意从他父亲田福军的书架上"偷"了那本内部发行的艾特玛托夫的《白轮船》。田晓霞非常喜欢该小说,还认为"任犊"写的书前序言全是胡说八道,不值得理睬,而孙少平很快就被该小说吸引住了——"那个被父母抛弃的小男孩的忧伤的童年;那个善良而屡遭厄运的莫蒙爷爷;那个凶残丑恶而又冥顽不化的阿洛斯古尔;以及美丽的长鹿母和古老而富有传奇色彩的吉尔吉斯人的生活……这一切都使少平的心剧烈地颤动着。当最后那孩子一颗晶莹的心被现实中的丑恶所摧毁,像鱼一样永远地消失在冰冷的河水中之后,泪水已经模糊了他的眼睛;他用哽咽的音调喃喃地念完了作者在最后所说的那些沉痛而感人肺腑的话……这时,天已经微微地亮出了白色。他吹灭蜡烛,出了这个没安门窗的房子。"①随后不久,孙少平和田晓霞登上古塔山,看着黄原城,他竟然背诵了小说中的那首古歌——"有没有比你更宽阔的河流,爱耐塞,/有没有比你更亲切的土地,爱耐塞,/有没有比你更深重的苦难,爱耐塞,/有没有比你更自由的意志,爱耐塞。"②看来,路遥对艾特玛托夫的感受和喜爱的确是动人的。其实,《白轮船》中那首古歌若被路遥用来作为《平凡的世界》的题记也是非常恰当的。讴歌底层人民人性美、人情美,执守坚韧的民间立场,展示鲜明的道德批判是艾特玛托夫对路遥的一个深刻影响。

　　艾特玛托夫小说中的主人公基本上都是纯粹的底层人民,他们大多是集体农庄庄员、牧人、士兵、司机、养路工等,他们脚踏实地生活在大地上,热爱劳动,勤劳善良,淳朴实在。他们虽然无权无势,也没有受过多少教育,没有车载斗量的知识,但是他们热爱生活,富有道德感,富有激情,绝不缺乏生活的智慧。像中篇小说《早来的鹤》中的苏尔坦穆拉特、《骆驼眼》中的柯美尔等少年都是处于嫩芽般的年纪,但是他们就主动承担起生活的责任,以自己的勤恳劳动书写着人性的优美。而《查密莉雅》中的丹尼亚尔和查密莉雅,能够深刻地理解生活,内心极为丰富,又勇于追求自己的幸福爱情,都是人性光彩的发扬者。《我的包着红头巾的小白杨》中的伊利亚斯其实也具有开拓精神的人,只不过他没有韧性和坚强的意志而已,但知道自己犯错后,他也能够忠诚地悔过;至于阿谢丽具有小白杨一样亭亭玉立的正直人格,为了和伊利亚斯的爱情敢于反抗家庭,后来与巴伊切米尔在一起生活时同样优雅而自尊;养路工巴伊切米尔对家庭的爱、对他人的爱以及忠于职守

---

① 路遥:《平凡的世界》第2部,《路遥文集》第4卷,陕西人民出版社1993年版,第280页。

② 路遥:《平凡的世界》第2部,《路遥文集》第4卷,陕西人民出版社1993年版,第283页。

的精神更是像天山雪莲一样熠熠生辉。《第一位老师》中的玖依申老师更是富有献身精神，自己识字不多，却成了库尔库列乌村破天荒的老师；为了拯救少女阿尔狄娜依，他敢于挑战陈旧的风俗，挑战强横的牧人。至于《母亲—大地》中的母亲托尔戈娜伊、《永别了，古利萨雷！》中的塔纳巴伊等都是展现了底层人民的善良、人性美、人情美的典型。艾特玛托夫的曾说："文学应该勇敢地肩负起自己艰难的使命——要干预复杂的生活，以及使人认识和喜爱自身、他人身上和社会上的全部善良的、美好的、受到尊重的东西，并为此而操心不息。就在这一点上我看到了艺术的真正使命所在。我觉得——这就是我的信念——这种使命将永存不灭，无止无尽，因为人正在艺术中，为了美好的追求去寻找证明，否定邪恶和不公正，它们的存在是不符合人的社会和道德理想的。没有斗争，没有怀疑和希望，就达不到这目的。这大概是永恒的。因此艺术将永远面临一个任务，就是向人讲述生活的复杂性，讲述生活的美。"①应该说，艾特玛托夫的小说的确没有辜负文学艺术的这种崇高使命，他通过这些小说人物让人们再次体认了人性的正确方向，也确立鲜明的民间立场。

　　路遥在这个根本方向上和艾特玛托夫是一致的。在茅盾文学奖颁奖仪式的致词中，路遥说："我们的责任不是为自己或少数人写作，而是应该全心全意全力满足广大人民群众的精神需要。我国各民族劳动人民创造了辉煌的历史壮丽的生活，也用她的乳汁育了作家艺术家。人民是我们的母亲，生活是艺术的源泉。人民生活的大树万古常青，我们栖息于它的枝头就会情不自禁地为此而歌唱。只有不丧失普通劳动者的感觉，我们才有可能把握社会历史进程的主流，才有可能创造出真正有价值的艺术品。因此，全身心地投入到生活之中，在无数胼手胝足创造伟大历史伟大现实伟大未来的劳动人民身上领悟人生大境界、艺术的大境界应该是我们毕生的追求。"②可以说，讴歌底层人民的人性美、人情美，坚持民间立场，也是贯穿路遥小说的一条红线。路遥也和艾特玛托夫一样喜欢写那些自尊、坚毅、善良，热爱劳动，富有正义感和同情心的底层人物。像《人生》中的德顺老汉就是底层人民的人性美的典型，他年轻时曾经有过热烈的爱情，但因为难以忍受的贫困，最终是一辈子单身，不过他不消极，不沮丧，总是从容生活，对周围的人散发着温暖的光明一般的爱心。而《平凡的世界》中的孙玉厚也是黄土高

①　[吉尔吉斯]艾特玛托夫：《对文学与艺术的思考》，陈学迅译，新疆大学出版社1987年版，第11页。

②　路遥：《在茅盾文学奖颁奖仪式的致词》，《路遥文集》第2卷，陕西人民出版社1993年版，第374页。

原上孕育出来的那种平凡而又伟大的底层人民,他操持着如此贫困的家庭,但总有一种不急不躁的韧性,不但借债给弟弟孙玉亭成家,后来为了子女的生活和家业更是呕心沥血,显示了少有的崇高品格。不过,相对而言,路遥更喜欢展示那些来自底层的青年人,尤其是像《在困难的日子里》中的马建强、《人生》中的高加林、《平凡的世界》中的孙少安、孙少平等,为了理想绝不屈服于贫困而卑微的生活,总是不息地奋斗的昂扬精神。其实这种精神才是底层人民的人性美的最佳例证。当然,路遥也喜欢展示那些来自乡村的底层女性身上巨大的人性魅力,如《人生》中的刘巧珍、《姐姐》中的姐姐等。

热爱劳动,对于底层人民而言尤其是户外的体力劳动,无疑是底层人民的人性美的必然要求。无论是艾特玛托夫还是路遥,对热爱劳动的强调都是非常有力度的。艾特玛托夫曾说:"众所周知,热爱劳动是衡量人的尊严的一个必须的尺度。大家都在根据劳动来判断,他是一个怎样的人他做了什么?"①与之呼应,路遥也曾反复说:"只有在无比沉重的劳动中,人才会活得更为充实。这是我的基本人生观点。"②他还说:"劳动自身就是人生的目标。人类史和文学史表明,伟大劳动和创造精神即使产生一些生活和艺术的断章残句,也是至为宝贵的。劳动,这是作家义无反顾的唯一选择。"③艾特玛托夫非常喜欢写底层人民的劳动场面,像《查密莉雅》中丹尼亚尔和查密莉雅的优美爱情就是在火热的劳动中如花般绽放的,而《永别了,古利萨雷!》中的塔纳巴伊的放马牧羊的劳动描写占据了小说的主体。路遥的小说也是如此,像《人生》中对高加林参加各种劳动的描绘,《平凡的世界》中孙少安、孙少平的各种劳动生活都是活灵活现的。

当然,对底层人民的善良、人性美、人情美的讴歌,并不意味着艾特玛托夫和路遥就对底层人民身上的缺点视而不见。他们关注底层人民身上的缺点,而且多从道德角度来审视,富有一种强烈的道德批判色彩。强烈的道德感,是非清晰,善恶判然,不容混淆,其实也是艾特玛托夫和路遥的共同特点。像中篇小说《面对面》中逃兵伊斯马依尔的自私自利,《查密莉雅》中奥斯芒的粗俗和萨特克的大男子主义,《第一位老师》中阿尔狄娜依的婶婶的凶横,《骆驼眼》中阿巴吉尔的蛮横等,都是艾特玛托夫道德批判的对象。不过,相对而言,艾特玛托夫道德批判的锋芒更多指向的是那些拥有权力的

---

① 史锦秀:《艾特玛托夫在中国》,河北人民出版社2007年版,第114页。
② 路遥:《早晨从中午开始》,《路遥文集》第2卷,陕西人民出版社1993年版,第4页。
③ 路遥:《早晨从中午开始》,《路遥文集》第2卷,陕西人民出版社1993年版,第5页。

人们,例如《永别了,古利萨雷!》中的区监察委员谢基兹巴耶夫,《白轮船》中的护林员奥洛兹库尔等。路遥的道德批判则偶尔也指向底层人民,即像《人生》中的高加林,他就一时迷失了自己,不过最终他也意识到自己的错误,作者也承认他的追求的确具有一定的历史合理性和人性合理性;还有短篇小说《黄叶在秋风中飘落》中的刘丽英,仗着自己长得漂亮一点,就和高广厚离婚,嫁给卢若华,结果又生活得不幸福,不过作者最终也让她悔改了。相对而言,路遥的道德批判锋芒也是更多地指向那些各级政府中拥有权力的官员及其家属们,像《在困难的日子里》中县国营食堂主任的儿子周文明、《黄叶在秋风中飘落》中的县教育局副局长卢若华、《人生》中的大队支书高明楼等,正是他们依仗着没有监督和节制的大小权力在现实世界中播撒着不和,散布着道德缺失的阴影。

在鲜明的土地崇拜情绪中融合着女性崇拜情绪,则是艾特玛托夫对路遥产生影响的第二个重要方面。艾特玛托夫的父亲英年早逝,他从小由母亲养大,而能够给他讲述各种民间传说和故事的老祖母对于他而言具有神一般的意味。更兼吉尔吉斯游牧民族生活中,女性往往承担着更为繁重的各种家务活,对于家庭的支持作用巨大。因此,艾特玛托夫对女性总是有一种由衷的崇拜情绪,不过成年后更阅历世事,他就把这种情绪和对土地的崇拜情绪融合起来,从而展示出了极富意味的价值取向。最明显的无过于中篇小说《母亲—大地》了。该小说通过母亲托尔戈娜伊先后给卫国战争献出丈夫和三个儿子的感人故事,展示了女性的伟大和土地的辽阔情怀。该小说结尾写道:

> "啊,田地,我珍贵的田地,收割之后你如今可以休息休息啦。……
>
> "呃,光辉灿烂的太阳啊,你绕着大地运行,你告诉人们吧!
>
> "呃,雨云呀,你给世界洒下明净的大雨吧,你就通过每一滴雨珠告诉人们吧!
>
> "大地呀,母亲—养育者呀,你以你的胸膛哺育了我们大家,你养育了各个角落里的人们。你说吧,亲爱的大地,你对人们说说吧!"
>
> "不,托尔戈娜伊,你说吧。你是一个大写的人。你高于一切,你的智慧超于一切,你是一个大写的人! 你说吧!"①

---

① ［吉尔吉斯］艾特玛托夫:《艾特玛托夫小说集》上,外国文学出版社 1980 年版,第 481 页。

关于该小说，艾特玛托夫曾说："全部的问题在于，大地对于托尔戈娜伊意味着什么？大地——是她的命运，她的劳动，她的爱，她的神圣信仰。……普通人的伟大就在于：他们能默默忍受痛苦，能在自己内心承受自己的痛苦。"①当然，不但在《母亲—大地》中，在其他很多小说中，艾特玛托夫都展示了土地崇拜和女性崇拜相融合的情绪。《查密莉雅》中的查密莉雅那么优美，又具有博大心灵，丹尼亚尔对大地对生活爱得那么深沉，因此丹尼亚尔和查密莉雅的结合就具有鲜明的土地崇拜和女性崇拜的情绪。而《白轮船》中的长角鹿妈妈就是一种母性大地的象征，最终对世界的绝望的小男孩跳入河中要去遥远的伊塞克湖寻找梦想，也就是以悲剧的方式融入大地的怀抱。而《花狗崖》中的关于鱼女温暖的肚腹生育了人类的传说，最终奥尔甘跳入大海去寻找鱼女，也是土地崇拜和女性崇拜的例证。

与艾特玛托夫的遥相呼应的路遥在小说也展示了鲜明的土地崇拜和女性崇拜融合的浓郁情绪。在中篇小说《惊心动魄的一幕》中，县委书记马延雄在返回县城去制止冲突的途中，饥饿至极，好不容易得到几穗嫩玉米，"他啃了几穗嫩玉米，身子明显感觉硬朗起来，吃完后，他像孩子吸吮了母亲的乳汁，两只手亲昵地抚摸着土地，两大滴饱含着感情的热泪和雨水一起淌在了大地母亲的胸脯上……"②对黄土高原的深情热爱是路遥精神的一个重要方面。1987年，路遥曾经随团出访民主德国，看到资本主义国家人民的生活居然如此美好，他大为震惊，但是他却说："一切都是这样好，这样舒适惬意。但我想念中国，想念黄土高原，想念我生活的那个贫困世界里的人们。即使世界上有许多天堂，我也愿在中国当一名乞丐直至葬入它的土地。"③可以说，理解不了路遥对黄土高原至死不渝的这种深情，就理解不了路遥的小说。

因此在小说《人生》中，刘巧珍恰恰是路遥的土地崇拜和女性崇拜情绪完美融合的最佳典型。刘巧珍美丽，善良，热情，又富有人性飘逸浪漫的素质，她爱高加林，简直就像大地母亲喜爱自己养育的出彩生命一样。但是当高加林抛弃了她，她也没有过度的怨尤，也没有想到报复，只是像艾特玛托夫的《母亲—大地》中的托尔戈娜伊一样默默地承受着痛苦。她及时制止了姐姐，让她不要去羞辱铩羽而归的高加林，还想着请求马拴和高明楼帮忙，让高加林再次去当民办老师。刘巧珍此等以德报怨的举止无疑是反映

① [吉尔吉斯]艾特玛托夫：《对文学与艺术的思考》，陈学迅译，新疆大学出版社1987年版，第175页。

② 路遥：《路遥小说名作选》，海南国际新闻出版中心1997年版，第315页。

③ 路遥：《早晨从中午开始》，《路遥文集》第2卷，陕西人民出版社1993年版，第73页。

了她那像大地母亲一样的广博胸怀。而高加林最终认识到像刘巧珍那金子一样的心，面对大地喟然长叹，以痛苦的忏悔与大地和解。德顺老汉也是代表着深刻领悟了大地的归根复命之人，正是他最终教导无路可走的高加林重新认识人生："就是这山，这水，这土地，一代一代养活了我们。没有这土地，世界上就什么也不会有！是的，不会有！只要咱们爱劳动，一切都还会好起来的。再说，而今党的政策也对头了，现在生活一天天往好变。咱农村往后的前程大着哩，屈不了你的才！娃娃，你不要灰心！一个男子汉，不怕跌跤，就怕跌倒了不往起爬，那就变成个死狗了……"①其实，《平凡的世界》中的孙少平最后失去了田晓霞，也拒绝了金秀的爱情，而选择返回大亚湾煤矿，和惠英一家生活，也是鲜明的土地崇拜和女性崇拜情绪。

对地域风情的捕捉，对民间文学资源的汲取，则是艾特玛托夫对路遥影响的第三个主要方面。在艾特玛托夫的小说中，除了中篇小说《花狗崖》描写尼福赫人的渔猎生活之外，其他绝大部分小说都是写中亚吉尔吉斯人和哈萨克人的生活，富有鲜明的中亚地域风情。而路遥的小说基本都是写陕北黄土高原城乡人的生活，同样富有原汁原味的地域风情。

艾特玛托夫和路遥小说的地域风情首先表现于各自独特的自然风景描绘中。艾特玛托夫笔下的自然景物富有中亚的独特性，像《查密莉雅》中黄昏时的中亚草原，《我的包着红头巾的小白杨》中奇峰耸峙的西天山和白天鹅翱翔的伊塞克湖，《第一位老师》中白杨萧萧、激流放荡的草原小村等，都有机地融入人物性格和故事发展中去了。《查密莉雅》中，艾特玛托夫曾如此描写草原上的黄昏："河那边，在哈萨克草原的边沿上，已经疲乏无力的割草时候的夕阳，像烧旺的烙饼炉的灶眼一样发着红光。它缓缓地向地平线外游去，用霞光染红天上柔软的云片，向淡紫色的草原投射着余晖，草原上低洼的地方已经笼罩起淡淡的、蓝灰色的暮霭。"②他又如此描写草原村庄上夏天雷雨来时的景色："一天来被灼晒得白热化了的干裂、火烫的大地，这会儿似乎正在渐渐冷却，升起一层白茫茫的雾气。在同样白茫茫的蜃气中，西方天际跳动着一颗柔韧的形状无定的太阳。在那苍茫的天际，正在聚拢橙红色的暴风雨的云块。干热的风一阵阵吹来，吹到马面上，像是留下一层白色的水碱，然后猛力撩开马鬃，疾驰而去，到小丘上去拨动艾蒿的细叶。……急端端的风从草原里奔来，卷起麦秸团团打转，撞到打谷场边歪斜的帐篷上，又斜斜里跑到大路上陀螺似地滴溜溜乱转。蓝色的寒光又在乌

---

① 路遥：《路遥小说名作选》，海南国际新闻出版中心1997年版，第186页。
② ［吉尔吉斯］艾特玛托夫：《艾特玛托夫小说集》上，外国文学出版社1980年版，第14页。

云中飞掣,焦雷带着干枯的断裂声在头上喀嚓喀嚓响着。叫人又怕又喜——一场大雷雨,最后一场夏季大雷雨就要来临。……帐篷上吹落的毛毡在地上扑扑跳动着,像被击落的鸟儿在拍打翅膀。大雨一阵猛似一阵地倾注着,像是在狂吻大地,雨脚被风擦得歪歪倒倒的。沉雷像猛烈的山崩似地隆隆滚动,斜穿过整个天空。群山之上闪耀着远方闪电明亮的火光,就像春天火红的郁金香。疾风在深谷里呼啸,如癫如狂。"①艾特玛托夫的这种景物描写的确非常优美传神,又增添了小说的地域特色。

路遥的小说亦如此,对黄土高原上陕北乡村景物的描写也非常生动而富有地域特色。中篇小说《人生》开篇就描写了陕北黄土高原上的大雷雨要来前的景象:"农历六月初十,一个阴云密布的傍晚,盛夏热闹纷繁的大地突然沉寂下来;连一些最爱叫唤的虫子也都悄没声响了,似乎处在一种急躁不安的等待中。地上没一丝风尘,河里的青蛙纷纷跳上岸,没命地向两岸的庄稼地和公路上蹦蹿着。天闷热得像一口大蒸笼,黑沉沉的乌云正从西边的老牛山那边铺过来。地平线上,已经有一些零碎而短促的闪电,但还没有打雷。只听见那低沉的、连续不断的嗡嗡声从远方的天空传来,带给人一种恐怖的信息——一场大雷雨就要到来了。"②这段自然景物描写还暗示了高加林遭遇人生突变的人事。后来该小说还写到高加林和刘巧珍第一次从县城返回时的自然景物:"太阳刚刚落山,西边的天上飞起了一大片红色的霞朵。除过山尖上染着一抹淡淡的桔黄色的光芒,川两边大山浓重的阴影已经笼罩了川道,空气也显得凉森森的了。大马河两岸所有的高秆作物现在都在出穗吐缨。玉米、高粱、谷子,长得齐楚楚的。都已冒过了人头。各种豆类作物都在开花,空气里弥漫着一股清淡芬芳的香气。远处的山坡上,羊群正在下沟,绿草丛中滚动着点点白色。富丽的夏日的大地,在傍晚显得格外宁静而庄严。高加林和刘巧珍在绿色甬道中走着,路两边的庄稼把他们和外面的世界隔开,造成了一种神秘的境界。两个青年男女在这样的环境中相跟着走路,他们的心都由不得咚咚地跳。"③像这样的自然景物描写无疑使路遥的小说染上了鲜明的地域特色。在《平凡的世界》中,路遥更是把这种景物描写发挥到淋漓尽致。

艾特玛托夫也比较注意描写吉尔吉斯人的民风民俗,以增强小说的地域风情。如《查密莉雅》中农村宗法制的遗留、《第一位老师》中吉尔吉斯牧

① ［吉尔吉斯］艾特玛托夫:《艾特玛托夫小说集》上,外国文学出版社 1980 年版,第 58—62 页。

② 路遥:《路遥小说名作选》,海南国际新闻出版中心 1997 年版,第 1 页。

③ 路遥:《路遥小说名作选》,海南国际新闻出版中心 1997 年版,第 36 页。

人娶小妾的民俗、《永别了,古利萨雷!》中草原赛马活动,等等,都具有中亚游牧民族生活的独特性。而路遥小说对陕北黄土高原的民风民俗的描写也非常生动,如《平凡的世界》中对双水村人打枣活动的描写,还有当地人的饮食习惯、婚丧嫁娶、节日礼俗等都得到了非常细致而逼真的呈现。

为了进一步增强文学的表现力,艾特玛托夫和路遥也都善于从当地民间文学传统中汲取艺术营养,这也添加了他们小说的地域风情。艾特玛托夫在《永别了,古利萨雷!》中反复引用那首吉尔吉斯族民歌《骆驼妈妈的哭诉》,把牧民塔纳巴依丧失骏马和情人的悲情渲染得如泣如诉。而《白轮船》中,艾特玛托夫更是笔触伸向遥远的历史深处,把长角鹿妈妈的传说纳入对现实和未来的观照中,从而写出了人性的沉沦悲剧,那首古歌更是为整部小说奠定忧郁而悲怆的基调。路遥虽然没有在小说纳入什么的神话传说,但是他也把陕北黄土高原的谚语、格言、信天游、秧歌、快板等民间文学形式纳入小说中,增强了小说地域风情,例如《人生》中刘巧珍出场时就唱着信天游,而德顺老汉和高加林、刘巧珍一同到县城去淘粪的路上,也唱着信天游。

真正的地域风情还是体现在对当地人民的独特精神的揭示上。就像张承志所说的,艾特玛托夫写出了中亚游牧民族的心情,其实那就是像丹尼亚尔、查密莉雅、玖依申、伊利亚斯、托尔戈娜伊、塔纳巴伊等人物所体现出来的那种豁达热情,粗野豪爽,富有浪漫情怀,又暗含着忧郁气质的民族精神。相对而言,路遥笔下的陕北黄土高原的民族精神就少了一点中亚游牧民族那种浪漫情怀和忧郁气质,而多了一份朴实坚韧、温文敦厚。

在具体情节构思、人物塑造乃至艺术手法上,艾特玛托夫对路遥也存在着一定的影响。艾特玛托夫和路遥都深受民间文学的影响,喜欢写英雄美人式的爱情,富有浪漫主义气息。其实,《人生》前半部分中高加林、刘巧珍的爱情,和艾特玛托夫的《查密莉雅》中丹尼亚尔、查密莉雅的爱情构成呼应,都展示了乡村人物的爱情的纯洁和优美;而《人生》后半部分写高加林的背叛、忏悔,就和艾特玛托夫的《我的包着红头巾的小白杨》中伊利亚斯对阿谢丽的背叛、忏悔相呼应了。路遥的短篇小说《姐姐》也是对艾特玛托夫《查密莉雅》的借鉴。和《查密莉雅》一样,该小说也是采用“我”作为第一人称叙述者。《查密莉雅》中的“我”是查密莉雅的小叔子谢依特,是个少年,喜欢绘画;而《姐姐》中的“我”是姐姐的小弟弟,也是小孩,也喜欢美术。此外两部小说都是写在众人眼光中的别具一格的爱情,不过《查密莉雅》是爱情对宗法礼俗的超越,而《姐姐》是爱情对世俗眼光的挑战。就连小说中关键的情人间倾吐衷肠的情节也都是发生在村口的麦秸垛上,而且都被小说叙述者"我"偷看和偷听到,并为他们的爱情而感动而欢悦。但《查密莉雅》中丹尼亚尔和查密莉雅最终比翼齐飞,双宿双栖了;而《姐姐》中的插队知青高立民最后却变成了新时代的陈世美,抛弃了困难时期与他相爱、给予他帮助的情人。艾特玛托夫的中篇小说《第一位老师》中,乡村少女阿尔狄娜依后来爱上了富有献身精神的玖依申老师,但是玖依申老师却考虑到自己和她的身份差距太大,拒绝了她的爱情,不给她回信。这个情节也屡次出现在路遥的长篇小说《平凡的世界》,先是在家务农的孙少女拒绝了已经在县城当上小学老师的田润叶的爱情,后是当煤矿工人的孙少平也拒绝了医学院大学生金秀的爱情。这些爱情故事的书写,都反映了艾特玛托夫对路遥的深刻影响。

其实,若细致阅读艾特玛托夫和路遥小说,我们还可以发现他们都非常喜欢包含热情的叙述,叙述中时时夹杂着叙述者的议论和抒情,把作者的爱情情仇和伦理观念一股脑儿地宣泄出来,从而形成具有强烈感染力的艺术氛围。而且他们都喜欢对人物内心展示丰富细腻的描写。在人物设置上,他们也都比较倾向于二元对立方式。像艾特玛托夫的《查密莉雅》中丹尼亚尔的深情、博大、敏感的心灵,就和奥斯芒的粗鄙、萨特克的麻木构成对照;《第一位老师》中玖依申的无私和牧民的麻木自私也构成对照;《永别了,古利萨雷!》中塔纳巴伊的勤劳善良,和谢基兹巴耶夫的伪善颠顸构成对照。路遥也是如此,《在困难的日子里》中周文明的市侩和吴亚玲的热情构成对照,《风雪腊梅》中冯玉琴的淳朴和康庄的混沌构成对照,而《你怎么也想不到》中献身事业的郑小芳和贪图名利享乐的薛峰更是黑白分明。在这种人物对照方式中,艾特玛托夫和路遥的道德激情就表露无遗。

艾特玛托夫的《我的包着红头巾的小白杨》中伊利亚斯第一次遇见阿谢丽的场景是非常经典的。小说写到伊利亚斯到集体农庄出车,因为路况太差,弄得车子坏了,他不得不爬到车底下去修车,结果第一次遇见了想搭车的阿谢丽——

> "走开,别纠缠我!"我从车下喊道。我斜眼看到一条裙子的底边,是一条老式的裙子,上面满是粪迹。显然,这是一位老太婆在等车,希望我把她捎到村子去。
>
> "老大娘,你走自己的路吧!"我对她说,"我还要在这儿呆很久,你等不及的……"
>
> 她回答我说:
>
> "我不是老大娘。"

她说得有点难为情,又有点像开玩笑。

"那你是什么人呢?"我奇怪了。

"我是姑娘。"

"姑娘?"我斜眼看了一下胶鞋,恶作剧地问道:"漂亮吗?"

胶靴在地上踩了两下,拉开步子,准备走开。我赶快从车底下爬出来,原来是一个窈窕的姑娘,严厉地皱着眉头,头上包着红头巾,肩上披着一件肥大的、大概是她父亲的上衣。她默默地看着我。我简直忘记了自己是坐在地上,满身污泥。①

这个包着红头巾、身材像小白杨一样的阿谢丽就如此闯入了伊利亚斯的心中,也闯入了世界文坛的核心。路遥的《人生》中,高加林第一次对刘巧珍的深刻印象与此就颇有关联。"高加林由不得认真看了一眼前面巧珍的侧影。他惊异地发现巧珍比他过去的印象更要漂亮。她那高挑的身材像白杨树一般可爱,从头到脚,所有的曲线都是完美的。衣服都是半旧的:发白的浅毛蓝裤子,淡黄色的的确良短袖衫;浅棕色凉鞋,比凉鞋的颜色更浅一点的棕色尼龙袜。她推着自行车,眼睛似乎只盯着前面的一个地方,但并不是认真看什么。从侧面可以看见她扬起脸微微笑着,有时上半身弯过来,似乎想和他说什么,但又很快羞涩地转过身,仍像刚才那样望着前面。高加林突然想起,他好像在什么地方见到过和巧珍一样的姑娘。他仔细回忆一下,才想起他是看到过一张类似的画。好像是幅俄罗斯画家的油画。画面上也是一片绿色的庄稼地,地面的一条小路上,一个苗条美丽的姑娘一边走,一边正向远方望去,只不过她头上好像拢着一条鲜红的头巾……"②这个小白杨和红纱巾的意象曾经在《人生》中反复出现,几乎成为刘巧珍的一种象征了。

非常有意思的是,在路遥中篇小说《你怎么也想不到》,艾特玛托夫《我的包着红头巾的小白杨》的这个优美片段再次出现。此次是写郑小芳从地区林业局到沙漠农场的路上——

拖拉机吼叫着开过来了——竟然是有方向盘的大拖拉机,后面拖着斗车。但没有驾驶室,拖拉机手坐在上面,浑身是土,像神庙里的一尊塑像。

---

① ［吉尔吉斯］艾特玛托夫:《艾特玛托夫小说集》上,外国文学出版社1980年版,第80页。

② 路遥:《路遥小说名作选》,海南国际新闻出版中心1997年版,第37页。

　　拖拉机猛然在我身边停下来了,但发动机还继续轰鸣着。

　　那个驾驶员在车上弯过身看我。我只看见他的一排白牙齿。"你去哪?"他开口问我。

　　"去农场。"

　　"听声音,我可以说你是个女人。"

　　"不听声音,我也知道你是个男人!"我对这个人的话很生气。"哈……"他笑了,"如果你愿意的话,请坐上来,我正是要去农场的……"

　　我有点讨厌他说:"不了,我自己走着去。"

　　他大概也看出我生气了,赶快解释说:"我的确没认出你是个女的!因为你完全成了个土人。再说,这地方很少有女人……噢,女同志。女同志!你上来吧,天都快黑了,路还远着哪!"

　　我有点犹豫了。

　　正在我犹豫的时候,那个驾驶员已经从拖拉机上跳下来,走到我跟前,把我手里的东西拿过去,放在了斗车里。他的动作很敏捷,是一个身强力壮的小伙子。①

　　都是一样的男女间初次相见,都是一样的误会,以及由此引起的略带幽默、富有生活色彩的片段。

　　路遥的《人生》写德顺爷爷和高加林、刘巧珍赶着驴车到县城去拉粪,路上德顺老汉唱了民歌《走西口》,还讲述了自己的爱情悲剧,感动了高加林和刘巧珍——

　　驴儿打着响鼻,蹄子在土路上得得地敲打着。月光迷迷蒙蒙,照出一川泼墨似的庄稼。大地沉寂下来,河道里的水声却好像涨高了许多。大马河隐没在两岸的庄稼地之中,只是在车子路过石砭石崖的时候,才看得见它波光闪闪的水面。……巧珍不知什么时候已经靠在了加林的胸脯上,脸上静静地挂着两串泪珠。加林也不知什么时候,用他的胳膊按住了巧珍的肩头。月亮升高了,远方的山影黑黝黝的,蒙上一层神秘的色彩。路两边的玉米和高粱长得像两堵绿色的墙;车子在碎石子路上碾过,发出轻微的沙沙声;路边茂密的苦艾散放出浓烈清新的味道,

---

　①　路遥:《你怎么也想不到》,《路遥文集》1、2 合卷本,陕西人民出版社 1993 年版,第 175 页。

直往人鼻孔里钻。好一个夏夜啊！①

如前所述，这个片段，路遥自己也说曾经借鉴了艾特玛托夫的小说《查密莉雅》中查密莉雅和丹尼亚尔从车站回家的那个著名片段——

　　夜色显得无限美好。谁又不晓得八月之夜，不晓得八月夜里那若远若近的分外明亮的星星！每一颗星都清晰在目。瞧，有一颗星，边上像是沾满了霜花，周身发着冷光，带着天真烂漫的惊讶神情从漆黑的天上望着大地。我们在峡谷里走着，我久久地瞧着这颗星。马儿称心如意地朝家里小步快跑，碎石子在车轮下面沙沙响着。轻风从草原上送来正在开花的艾蒿苦涩的花粉，送来熟透了的黑麦那种清淡的香气，这一切和柏油气味以及汗腥的马具气味混到一起，弄得头脑晕乎乎的。②
　　当丹尼亚尔的声音再度开始提高时，查密莉雅抬起头来，走着走着，跳到车上，和他坐到一起。她将两臂抱在胸前坐着，如同石像一般。我朝前跑一两步，和他们并排走着，从一旁望着他们。丹尼亚尔在唱着，似乎没有发觉查密莉雅坐在他身旁。我看到，她的手无力地垂下来，挨近丹尼亚尔，将头较轻地靠在他的肩上。他的声音只颤动了短短一小会儿，就像正跑着的马被鞭打得额了一下似的，然后又带着新的力量响亮起来。他在歌唱爱情！③

看来如此优美的情节会在世界各族人民的文学史中四处流传。其实，路遥的中篇小说《你怎么也想不到》写薛峰在剧场听交响音乐《北方的冬夜》，其所生发的想象也和艾特玛托夫的中篇小说《查密莉雅》中写丹尼亚尔的歌声唤起谢依特的想象极为相似。

　　在那美妙的乐曲声中，我似乎置身于故乡冬天的夜晚。我看见清冽的月光照耀着荒凉的山野；山路像一条灰白的带子从村子里伸出来，消失在远方黑黝黝的山弯里；古铜色的山岗静悄悄地屹立着。河道里，冰面闪耀着淡淡的微光；寒风吹过山坡和原野，割去穗子的高粱秆和树枝上的柘叶发出了飒飒的响声。村子沉睡了，不时传来一声公鸡的啼鸣

---

① 路遥：《路遥小说名作选》，海南国际新闻出版中心1997年版，第86—88页。
② ［吉尔吉斯］艾特玛托夫：《艾特玛托夫小说集》上，外国文学出版社1980年版，第37页。
③ ［吉尔吉斯］艾特玛托夫：《艾特玛托夫小说集》上，外国文学出版社1980年版，第50页。

和狗的吠叫。突然,耳边隐隐约约传来说书匠的三弦声,刷板的呱哒声……声音越来越近……现在已经是在一个弥漫着旱烟味的热气腾腾的土窑洞里了。瞎眼的说书匠正在倾斜着上半身,醉心地弹着三弦,说着古朝古代的故事。农人们有的头低倾,有的大张嘴盯着说书匠的表情变化,一个个听得如痴如迷……窑洞外面,风轻轻呜咽着,地上铺满银色的月光……河道里的那座小桥上现在似乎走过来了三三两两的人,烟锅的火光一明一灭……这些人进了村子,向那个传出说书声音的土窑洞匆匆赶去……当乐曲停止以后,我还完全沉浸在这一片梦幻之中。①

当一支歌子的余音似乎停息了时,一阵新的激荡的浪潮,像是又把沉睡的草原惊醒。草原很感激地在倾听歌手歌唱,那种亲切的曲调使草原如醉如痴。等待收割的、已经熟透的蓝灰色的庄稼,像宽阔的河面似的起伏不定,黎明前的微曦在田野上游荡。水磨旁雄伟的老柳群飒飒地摇动着叶子,河那岸野营里的篝火已经奄奄一息,有一个人,像影子一样,无声无息地在河岸上朝村子的方向纵马飞奔,一会儿消失在果园里,一会儿重新出现。夜风从那儿送来苹果的香气,送来正在吐穗的玉米鲜牛奶般的甜味儿,以及尚未晒干的牛粪块那种暖熏熏的气息。②

两段音乐描写都主要放在音乐是如何启发人重新观照生活世界的,重新体验到生活的美好的。

当然,我们如此指出路遥对艾特玛托夫的诸多借鉴,并不是要抹杀路遥的独创性。路遥毕竟是路遥,是从陕北黄土高原上出来的著名作家,他从艾特玛托夫那里借鉴了许多积极的艺术营养,但他的根子还在本土的历史文化之中,像高加林、刘巧珍、黄亚萍、孙少安、孙少平、田润叶、田晓霞等人物虽然和艾特玛托夫笔下的相关人物存在着一定的相似点,但他们都是黄土高原的子孙,而绝不会混淆于其他民族文学的人物。路遥曾说:"我的观点是,只有在我们民族伟大历史文化的土壤上产生出真正具有我们自己特性的新文学成果,并让全世界感动耳目一新的时候,我们的现代表现形式的作品也许才会趋向成熟。正如拉丁美洲当代大师们所做的那样。他们当年也受欧美作家的影响(比如福克纳对马尔克斯的影响),但他们并没有一直跟

---

① 路遥:《你怎么也想不到》,《路遥文集》1、2合卷本,陕西人民出版社1993年版,第200页。
② [吉尔吉斯]艾特玛托夫:《艾特玛托夫小说集》上,外国文学出版社1980年版,第41页。

踪而行,反过来重新立足于本土的历史文化,在此基础上产生了真正属于自己民族的创造性文学成果,从而才又赢得了欧美文学的尊敬。如果一味地模仿别人,崇尚别人,轻视甚至藐视自己民族博大深厚的历史文化,这种生吞活剥的'引进'注定没有前途。"①的确,纵观路遥的小说,尤其是《人生》《平凡的世界》等代表作,他是无愧于时代的,无愧于民族的,他对像艾特玛托夫等文学家的艺术营养的借鉴不但没有损害他的独创性,反而激发了他的独创性。这是值得尊重的。

第三节　边地风情和女性崇拜情绪的深情书写

20 世纪 90 年代初,陕西作家陈忠实的《白鹿原》、贾平凹的《废都》、高建群的《最后一个匈奴》等长篇小说曾经给中国当代文坛造成巨大的震动,被批评家戏剧性地称为"陕军东征"。也许与陈忠实、贾平凹相比,高建群的声名在中国当代文坛要稍逊一筹,其实他也是一个勤奋多产、具有远大抱负、富有创造性的作家,除了《最后一个匈奴》之外,他还有《六六镇》《古道天机》《愁容骑士》等长篇小说,《遥远的白房子》《雕像》《伊犁马》《大顺店》等中篇小说,以及《东方金蔷薇》《我在北方收割思想》《胡马北方大漠传》《狼之独步》等散文集。高建群曾经在新疆阿尔泰地区当过五年兵,在陕北高原生活过多年,他的小说多关注西部人的生存,擅长在历史和现实的交汇中勾勒人的崇高气节和理想激情,长篇小说多具有史诗风格和理想主义色彩。

高建群也酷爱俄罗斯文学,深受普希金、莱蒙托夫、托尔斯泰、陀思妥耶夫斯基等小说家的思想艺术滋养,其中当然也有艾特玛托夫。在《给我一匹黑骏马》中,高建群回忆在新疆当兵时的生活经历时曾说:"著名的苏联作家艾特玛托夫曾经描绘那一边的地理风光,他的成名作和早年作品,都是以这一带的风光作为故事的背景的。他就生活在我们只能用高倍望远镜远眺的某一个村镇或小城。也许,在我梭巡北方时,曾经隔着边界线,和他四目相对。……我这个小人物,每每谈到苏联文学,总要抓住机会,向他致意,并称他为大师。"②由此可见,高建群对艾特玛托夫的喜爱和尊敬。他还曾说:"首先谈阅读吧。其实我读了大量的书。我没有上过大学。我曾经有一段时间特别喜欢俄罗斯文学。去年俄罗斯年,他们来了个庞大的代表团,

①　路遥:《早晨从中午开始》,《路遥文集》第 2 卷,陕西人民出版社 1993 年版,第 13 页。
②　高建群:《给我一匹黑骏马》,《中篇小说选刊》1997 年第 6 期。

我在跟他们对话时说,我可以把俄罗斯从普希金开始,所有经典作家的作品大部分都能背出来。普希金、莱蒙托夫、果戈理,三个小说巨匠,托尔斯泰、屠格涅夫、陀思妥耶夫斯基包括后来一些著名作家的作品我都读过。我能理解他们,可能是我当兵的那个地方跟他们接近。苏联有个作家艾特玛托夫,写那个苦艾草原,写鲜花那个颜色,红得像血一样,黄色的那么灿烂,紫色的,白色的,阳光照在草原上,牧民把草割过以后,中午太阳一晒,散发出浓烈香味的那种感觉,也许中国作家中只有我才能深刻地体会到。因我生活在额尔齐斯河,阿斯塔菲耶夫、别洛夫好多苏联的作家都写过那条河,从河两边的白桦树丛中传出忧伤的歌声,这些俄罗斯的文学对我影响很大。"①高建群在此所说大概是指艾特玛托夫的中篇小说《骆驼眼》对苦艾草原的绚丽描绘,其中一段就是如此描写的:"雨说停一下子就停了。云破天开,天空闪烁着深邃无边的、透明的蓝宝石光。它仿佛是被春季的慷慨的骤雨洗净了的自由无羁的草原所呈现的那种美与纯洁的继续。无边无垠的、辽阔的阿纳尔哈依显得更加宽广,更加辽阔了。一条虹横跨在阿纳尔哈依整个天空上。它从世界的这一端到那一端,吸收了世上一切的柔和的色彩,凝固在高空里。我惊喜地朝四周望着。蓝湛湛的、不可衡量的天空、闪烁的七彩虹和暗淡的苦艾草原啊!大地很快就干了,在大地的上面,一只老鹰伸展着张开不动、绷得紧紧的翅膀,高高地在云霄里盘旋。好像不是它自己,也不是它的翅膀,而是大地的强大呼吸、大地的上升的暖流把老鹰送达那么高的地方去了。"②此等美奂美伦的景物描写的确给人印象深刻,让人佩服艾特玛托夫笔墨的出神入化。韦建国等人主编的《陕西当代作家与世界文学》一书也曾经指出:"艾特玛托夫的影响在高建群的第一部小说里就有所显现,艾特玛托夫特有的创作风格特点在高建群以后的作品中被不停地复制、改造并与西北黄土高原文化多次整合,逐渐成为高建群创作风格的重要构成要素,蕴含于他创作的作品之中。"③的确,艾特玛托夫对于高建群而言,具有一种至关重要的影响。

应该说新疆的五年生活对于高建群的文学创作而言起着重要的作用。高建群曾多次说到他是如何深情地热爱新疆:"我迫不及待地要告诉你的是,我是多么的热爱新疆。有一部电影叫《蝴蝶梦》,那里面的第一句道白

---

① 黎峰:《我把每一件作品都当作写给人类的遗嘱——对话高建群》,见 http://www.snwh.gov.cn/whjd/gjqzt/dhgjq/200908/t20090810_77186.htm。

② [吉尔吉斯]艾特玛托夫:《骆驼眼》,《艾特玛托夫小说集》上,外国文学出版社 1980 年版,第 246 页。

③ 韦建国等:《陕西当代作家与世界文学》,中国社会科学出版社 2004 年版,第 285 页。

说：'昨天晚上，我又梦到了曼德利，月光很白，野藤爬满了庄园的小路。'然而对我来说，大约每个'昨天晚上'，我都会梦到新疆的。从十八岁到二十三岁，我的人生的最宝贵的一段时光是在新疆度过的，在中苏边界一个荒凉的边防站度过的。"①新疆转换了高建群看待世界和生活的眼光，使他有可能以一种艺术眼光来审视大千世界和芸芸众生，这才使得文学创作成为可能。而高建群最初的小说创作就是对新疆记忆的深情书写，像中篇小说《遥远的白房子》和《伊犁马》等。这些小说与艾特玛托夫的小说之间存在较为明显的借鉴关系。

高建群的中篇小说《遥远的白房子》以晚清时期新疆额尔齐斯河附近中俄交界一个边防站的传奇故事演绎了中亚游牧民族的浪漫和血性。小说主人公原名马回回，是个在新疆生活的回族人，年轻时英俊浪漫，随跟父亲，做着偷越边境的走私生意，后来拜倒在有夫之妇耶利亚的石榴裙下。耶利亚是游牧民族匈奴人的子遗，生得美貌，多情浪漫。马回回和耶利亚偷情时被抓，牧人们把他用镰刀穿过小肚子钉在草原上，幸好遇到一群强盗，他被救了起来，还做了强盗的头领。随后马回回改名马镰刀，夺回耶利亚为妻，还被清政府招安，做了白房子边防站站长。到了边防站，耶利亚大肆引诱年轻的士兵，结果让马镰刀忍无可忍，没有再踏进她的毡房。后来一次边境巡逻时，马镰刀邀请俄罗斯边防站站长道伯雷尼亚及其下属越境喝酸奶子，并随手给他写了一张暂借牛皮大的地盘做小憩之用。谁料那张小纸条被莫斯科来的土官生偷走，上交给政府当局以邀功请赏，结果使得清政府被割去五十平方公里的领土，而马镰刀也被判死刑。马镰刀气愤不过，偷偷潜逃，回到白房子边防站，召集部下，越境要去向道伯雷尼亚报仇。在得知事情原委后，道伯雷尼亚感到有负于人，自杀谢罪，其手下也效仿他自杀谢罪。马镰刀及其手下最后也自杀，只留下一个汉族青年人和耶利亚。马镰刀死后，耶利亚断绝了与男人的交往，独自生活在草原上，像一个神秘的女巫。小说主要在对中亚地域风情尤其是游牧民族的浪漫和血性的书写方面对艾特玛托夫小说有一定的借鉴。马镰刀敢爱敢恨、轻死重义，以及俄罗斯边防站站长道伯雷尼亚的轻死重义，都是非常具有中亚游牧民族的特性。在他们身上，我们仿佛可以看到艾特玛托夫的《查密莉雅》中丹尼亚尔、《永别了，古利萨雷!》中的塔纳巴伊、《一日长于百年》中的叶吉盖等人身上那种坚毅、果敢、豪爽、朴实的民族性。至于耶利亚形象，更是富有神奇的异域魅力，她对待男人、对待性的浪漫开放态度，以及在马镰刀等人死后的毅然坚守，都显示

---

① 高建群:《狼之独步——高建群散文精粹》,东方出版中心 2008 年版,第 101 页。

出了中亚游牧民族女性的独特魅力。其实,在她身上,我们也隐约可以窥见艾特玛托夫《查密莉雅》中的查密莉雅、《我的包着红头巾的小白杨》中的阿谢丽和卡基佳、《母亲—大地》中的阿莉曼等女性形象的磊落不羁的气质,不过艾特玛托夫只是尽可能地展示她们精神化、符合道德伦理的一面而已,而高建群则展示出来耶利亚表面上看似不符合伦理规范但极富生命野性的特质。

在对额尔齐斯河流域的地域风光的展示上,高建群更是向艾特玛托夫遥致敬意。例如,该小说开篇就写饿鹰在荒原上盘旋寻找猎物,结果被马镰刀开枪射杀的那一幕就非常富有边疆异域色彩;而两国边防士兵喝酸奶,在胡杨下跳舞唱歌,更是富有魅力。该小说写道:"月亮,一轮苍白的、丰满的,像美人的脸庞似的月亮,来君临他们的头顶,正像歌中唱到的那样:月亮在照耀。这是中亚细亚一带最美丽的白夜,它一直要延续到凌晨四点钟。太阳已经早早地落下了,但是,它不断将自己的白光,恋恋不舍地送给它曾经照耀过的地方。大地、山脉、天空在这一瞬间镀上了一层水银。茇茇草泛着白光,白杨的叶子泛着白光,所有的各种颜色的马匹,以及人类本身,都变成白色的了。沙狐、土拨鼠、刺猬也不知道从哪里爬出来,在荒原上大摇大摆地走着,甚至走到人的脚下。"①这富有中亚地域色彩的景物,无疑给该小说带来难以掩饰的艺术光彩。而关于俄罗斯勇士道伯雷尼亚的那个得不到财富、爱情、死亡的神话传说的插入,以及在小憩之中莫斯科士官生吟唱的那首俄罗斯拜节歌或行乞歌,道伯雷尼亚用悲怆的男低音吟唱的那首关于哥萨克骑兵悲惨命运的歌,都为该小说拓展了更为深远的艺术空间,就像艾特玛托夫的《永别了,古利萨雷!》中的那首民歌《骆驼妈妈的哭诉》和《白轮船》中关于长角鹿妈妈的神话传说的引入一样。

高建群的中篇小说《伊犁马》叙述的是一个曾经在新疆当过兵的男人和一匹马之间的错综命运,道尽了世易时移背景下生命的隐痛和哀伤。小说主人公叫李家勋,远离家乡,奔赴遥远的新疆边关当骑兵,遇上一匹小黄马。这匹小黄马是匹骏马,但有溜缰的毛病,后来好不容易在李家勋的调教下变成了一匹听话的好马,还与他建立了深厚的情感联系。那时中国与苏联的关系紧张,一次紧急事件中李家勋救了哈萨克族姑娘乌龙木莎一命,两人擦出了爱情的火花,但随后李家勋又不得不退伍返乡。然而退伍返乡后,李家勋的生活缠陷于诸多烦恼之中,总是情不自禁地怀念新疆。后来他竟然再次在故乡的城市大街上遇到那匹小黄马,它已经从军队退役,被贱卖给

---

① 高建群:《遥远的白房子》,《伊犁马》小说集,四川文艺出版社 2007 年版,第 23 页。

农民,当拉粪的役马。李家勋感慨万千,花钱买下小黄马后,骑着它不远万里地再次返回新疆,去寻找当初的恋人乌龙木莎,然而乌龙木莎已经成家,当上了兽医,变成一个现实主义者了,不再能理解像李家勋这样的怀念过去的浪漫主义者。最终李家勋要到阿尔泰山去给乌龙木莎家打一次柴,结果雪橇下坡过快,得到小黄马的救助才幸免于难,而小黄马则不幸牺牲。李家勋不得不黯然地离开新疆,返回内地。

该中篇小说就和艾特玛托夫的中篇小说《永别了,古利萨雷!》之间存在着比较明显的文学史联系。高建群的《伊犁马》写小黄马的命运,其实艾特玛托夫《永别了,古利萨雷!》中的古利萨雷也是小黄马。古利萨雷为吉尔吉斯语,即毛莨,是一种多年生草本植物,开黄色的小花,因此骏马古利萨雷也是小黄马。高建群也像艾特玛托夫一样,把人和马的命运交织在一起叙述,展示人生命运的沧海桑田,展示时代巨潮的波澜起伏。在艾特玛托夫的《永别了,古利萨雷!》中,牧民塔纳巴伊和溜蹄马古利萨雷的命运是一种鲜明的互文关系,在赛马大会上他们共同见证生命荣耀的顶峰,随后也一同接受着命运之轮的无情碾压,古利萨雷被骗后成为疲沓的走马,而塔纳巴伊则被开除党籍,被牧羊之事缠得焦头烂额,最后他们也一同迎来了衰老和死亡的悲剧结局。而高建群的《伊犁马》中,最初小黄马年轻气盛,跃跃欲试,龙腾虎跃,李家勋初到部队也是意气风发,血气方刚;当小黄马为寻找母马敢于向那匹黑马挑战时,李家勋也遇到了乌龙木莎,并获得她的爱情;最终返乡回到内地,李家勋被妻子的出轨、离婚、事业等事情缠得无奈至极,灰头土脸时,小黄马也被清退出部队,并被转卖给内地的农民,成为拉粪的走马,境况惨不忍睹。《伊犁马》中的李家勋和乌龙木莎的关系,也与《永别了,古利萨雷!》中塔纳巴伊和贝贝桑的关系遥相呼应,两者都是婚外情,都和骏马有关。

在具体的艺术手法上,《伊犁马》和《永别了,古利萨雷!》之间存在着呼应。两部小说都采用倒叙手法,《永别了,古利萨雷!》从塔纳巴伊和古利萨雷都垂垂老矣的现实中慢慢地展开回忆性倒叙,把塔纳巴伊和古利萨雷的曲折坎坷的一生呈现了出来;而《伊犁马》中,高建群也是采用倒叙手法,从李家勋退伍十年后在内地生活的困境中开始倒叙,并由小黄马当前的沦落追忆当初的神骏。应该说,这种写法使得两部小说都笼罩着浓厚的哀伤忧郁的悲剧气氛。此外,《伊犁马》也像《永别了,古利萨雷!》一样插入传说,以拓展小说的艺术空间。《永别了,古利萨雷!》中一个是骆驼妈妈寻找自己的孩子的传说,另一个是猎人父子打光了猎物,结果儿子被灰山羊设计引诱到悬崖上,上不着天下不着地,唯求一死的传说;两个传说把塔纳巴伊那种陷入生活困境、不得解脱的悲剧色彩渲染得极为动人。而《伊犁马》中，高建群也插入了两个传说，一个是哈萨克人赛力克曾经喝过熊奶的传说，另一个是小黄马死后成为传说中的有三只眼睛的马王的传说。两则传说也给小说增添了更多的艺术魅力，尤其是后一个传说中，死后化为马王的小黄马和恍惚中的李家勋就人类的存在道德的交流，赋予了小说更多的形而上意味。

不可忽视的还有，高建群在该小说中对新疆鲜明的地域风情的书写和艾特玛托夫的呼应。在《伊犁马》中，高建群曾如此描写阿尔泰额尔齐斯河边的那片草原，"确实有一块草原。幽暗的带子般的河流，迎风起舞的高大的胡杨，北斗七星在天空安详地照耀，伊犁马时而聚时而散，时而站在阿尔泰山的悬崖上鸟瞰。那里之所以有漫长的积雪的冬天，是为了让这块远离海洋的大陆有足够一年使用的滋养。那里之所以有酷热的炎阳的夏天，是为了让牧草茂盛地生长起来。绵长的水流是为了将海味送上你的毡房门口，险峻的红色山峦是为了给太阳的初升铺上一层绚丽的景色。魔幻般的白夜是为了让人类在平静中贮存精力和思考自身。一个像我当时那样年轻的民族，在封闭中走着自己的岁月。春小麦在生长。罂粟花在开放。大刈镰在沙沙响。马拉收割机在歌唱。一座浅浅的甜水井，井边一架中世纪的吊杆。吱吱呀呀偶然响起。剽悍而豪迈的男人，妩媚而羞涩的女人。女人们个个守身如玉，男人们个个坐怀不乱。"①可以看出，新疆在高建群的笔下呈现出妩媚、浪漫、多情的一面。当这种地域风情意识被艾特玛托夫引发后，高建群并没有停留于对新疆记忆的深情书写，他以文学眼光重新打量了陕北这片厚重的土地，并在《最后一个匈奴》等长篇小说中浓墨重彩地勾勒着其内在的地域风采和人性内涵。

在对陕北黄土高原的书写中，我们可以发现艾特玛托夫的女性崇拜情绪对高建群的相关影响。对于艾特玛托夫而言，女性不但是生命之根，是生命之源，更是具有近于神圣的品质。像《母亲—大地》中的母亲托尔戈纳伊对纷至沓来的生活苦难的忍受，对生活重担的自觉承担，对亲人和乡亲的深挚之爱，都彰显着女性生命的伟大，并把艾特玛托夫的女性崇拜情绪表露无遗。《白轮船》和《花狗崖》更是以神话传说形式言说着女性生命的崇高伟岸，长角鹿妈妈在吉尔吉斯族人即将被仇人斩尽杀绝的危急时刻救出了那对男孩女孩，从而让他们能够再次繁衍生息；而《花狗崖》中"鱼女"则是以她灼热的肚腹创始了生命。《一日长于百年》中的乃曼·阿纳更是富有牺

---

① 高建群：《遥远的白房子》，《伊犁马》小说集，四川文艺出版社 2007 年版，第 56 页。

牲精神的母亲,她为了救回被柔然人折磨成曼库特的儿子,不惜冒险进入柔然人之中,试图用爱挽回儿子的记忆,但最终被变成曼库特的儿子射死。可以说,艾特玛托夫要寻找的是那种孕育生命、付出大爱的伟大女性精神,正是这种精神使得人类得以绵绵不绝。

高建群对陕北黄土高原的深刻描绘中,女性崇拜情绪也是非常浓郁的。在散文《陕北论》,高建群曾说:"悠悠万事,在陕北,唯以生殖与生存为第一要旨。尽管这生存不啻是一种悲哀和一场痛苦,但是仍旧代代相续而生生不息,人类辉煌的业绩之一,恐怕就在于没有令自己在流连颠沛中泯灭。陕北的大文化,有人称之为'性文化',有人名之为'宗教文化',这些姑且不说,但以笔者管见,性文化也好,宗教文化也好,落根都在这'生存文化'上。"①无论是生殖还是生存,女性都是第一位的,因此高建群还曾说:"我是一个女性崇拜论者。我常常在自己的斗室里,面壁虚构出自己的理想女性形象,并且夜夜地在她们的石榴裙前焚香。"②他把陕北黄土高原称为母亲,甚至设想上帝真的是女性。

在中篇小说《老兵的母亲》中,高建群就塑造了一个为革命的儿子做出英勇牺牲的崇高母亲形象。小说写到,陕北黄土高原地瘠民贫,遇上灾荒年岁,底层人民往往只能辗转沟壑,饿殍遍地。自从共产党的革命主张传到该地,无奈的人民往往揭竿而起,史铁栓就是这样一个来自底层的革命者。他的父亲也曾经参加过闹红,失败后蹲了大牢,出狱后就灰心丧气,嗜赌如命,甚至把女儿当作赌注输掉了,结果导致大女儿年纪轻轻就上吊自杀,二女儿给人做童养媳。母亲是个具有无私的牺牲精神的人,她从小辛苦拉扯养大儿子,后来还讨饭供养儿子上中学,鉴于父亲的情况,母亲反对儿子参加红军闹革命。但史铁栓不听母亲的劝阻,带领二百多人的皮袄队员,以极简单的武器想去攻占瓦窑堡,结果导致绝大部分人牺牲。当乡亲们向史铁栓索要自己的亲人时,母亲为了挽救儿子的生命,毅然站了出来,说自己才是告密的奸细,结果母亲被乡亲们处死,而史铁栓保全了性命。此后一生,史铁栓都对母亲深怀愧疚,即使革命成功后身居高位,他亦不能自已。这位陕北高原的母亲,和艾特玛托夫笔下的托尔戈娜伊相比,其崇高的献身精神毫不逊色。

有时,高建群都对那种由女性当家作主的母系氏族社会颇怀憧憬。例如中篇小说《坏女孩》中,现实中的路霞最终在"我"的眼里由一个"坏女

① 高建群:《陕北论》,《人民文学》1991 年第 3 期。
② 高建群:《狼之独步——高建群散文精粹》,东方出版中心 2008 年版,第 149 页。

孩"变为卡门、梦露、麦当娜、邓肯,甚至与母系氏族部落女酋长的形象叠合,化为神圣的圣母。而他的中篇小说《大顺店》更是围绕大顺店构造了一个战争时期转瞬即逝的母系氏族社会。小说讲到抗战时期,山西大王庄被日寇扫荡,绝大部分村民被杀,名叫茴香的年轻姑娘侥幸活命,被日本军队拉去当慰安妇。受尽地狱般的折磨后,日寇终于投降,身心遭受巨大伤害的茴香来到黄河边的痞巷,利用自己的女性魅力,聚拢了一些地痞流氓、退伍伤兵、老弱病残的男人生活在一起,组成一个母系氏族般的社会。她还把自己的名字改为大顺店,就是陕北人走西口路上谁瞌睡了谁都能进去打个盹儿的那种行人小店。她对这些男人有较大的主宰权,往往是谁对这个部落社会贡献大,谁当晚就有被选中和大顺店共度良宵的机会。后来新到张谋儿一家人,为人磊落正直,大顺店爱上了张谋儿,但张谋儿不为所动。烂眼圈马王爷垂涎张谋儿的媳妇,结果被大顺店折磨致死。再后来国民党的两个溃兵和日本士兵多吉喜一逃到痞巷,最终多吉喜一被张谋儿杀死,为大顺店报了仇。大顺店的身心在和平生活中慢慢恢复了健康,重新找到做人的尊严和意义。最终随着新社会的建立,这个母系氏族般的社会自然瓦解,大顺店返回家乡,结婚生子,寿终正寝。该小说所塑造的大顺店无疑是残酷战争的受害者,但她在受到如此深重的伤害后,还能够以自己的女性生命给那个龙蛇混杂的痞巷社会带去一种古老而庄严的秩序,就非比寻常了。

在中篇小说《雕像》中,高建群塑造的兰贞子自然是勇敢无畏的革命者形象,但最终画家"我"决定给她的雕像以粗壮的与高原融为一体的腰身,把她的那一双干瘪的没有哺育过孩子的奶头加大到宛如一座山包,让微闭的眼睛透出一股献身者特有的宁静和安详,这种艺术构思无疑也是反映了作者的女性崇拜情绪。至于中篇小说《骑驴婆姨赶驴汉》中的年轻女子麦凤凰那天真活泼、自由好动、炽热多情的性格,似乎和艾特玛托夫的《查密莉雅》中的查密莉雅遥相呼应,而麦凤凰对李纪元的爱情,也和查密莉雅对丹尼亚尔的爱情之间存在着一定的相似性。她们都显示出作者对优美的女性生命的崇拜。

综上所述,艾特玛托夫对高建群的影响主要表现于两个方面,一个是高建群的新疆记忆的文学书写,一个是他对陕北黄土高原的女性崇拜情绪的发幽抉微。这两方面的影响无疑也赋予了高建群小说较为独特的艺术魅力,对于他的文学创作产生了较大的推动作用。

第五章 艾特玛托夫与中国当代其他作家

除了以上各章所论述的中国当代作家之外，还有一些作家无法合适地归类，他们也曾经受到艾特玛托夫或大或小、或深或浅的影响，我们就把他们纳入本章中加以简要的论述。这些不好归类的作家，从地域上看依然以北方作家为主，山东作家和东北作家较多。像张炜、矫健、刘玉堂等山东作家都曾经明确地承认过自己曾经受到艾特玛托夫较大的影响，从他们的小说中也可以找出许多借鉴艾特玛托夫的因素，例如张炜的民间立场、自然生态书写等方面无疑就对艾特玛托夫多有汲取。而像迟子建、孙惠芬、高维生等东北作家，也曾经受到艾特玛托夫的一定影响。迟子建就不断表示自己对艾特玛托夫的喜爱，称赞他的小说具有天堂的气象，她的小说创作处处洋溢的温情书写、美妙的动物叙事等方面曾对艾特玛托夫有所借鉴。至于杨显惠、曹乃谦、郑义、邓九刚、刘醒龙等作家也曾对艾特玛托夫表现出浓厚的兴趣，像杨显惠的中短篇小说集《这一片大海滩》就明显受到艾特玛托夫的深刻影响，郑义的《远村》和艾特玛托夫的《永别了，古利萨雷!》《一日长于百年》都是在利用人和动物的命运互相映衬，邓九刚的小说《黄羊鸣》和艾特玛托夫的《断头台》一样关注着现代化技术武装起来的人对自然生命的屠杀，刘醒龙的小说《灵犭是》与《弥天》都和艾特玛托夫的《白轮船》存在着精神联系。余华曾经坦言不欣赏艾特玛托夫，"读过他的书，感觉很一般。"①但是若细致读读余华的《活着》，我们也不得不为该小说和艾特玛托夫的《母亲—大地》的神形兼似而大感诧异。两部小说都是叙述一个人不断丧失亲人的苦难故事，而且都把那种人与人之间的温情渲染得令人落泪的地步，都是以主人公的第一人称回忆口吻叙述故事，语言都极为朴实，叙事也极其简洁干净，就连两部小说透显出的大地崇拜情绪都甚为相似;而不同之处主要表现在《活着》的主人公福贵是个男人，《母亲—大地》的主人公托尔戈娜伊是个女人，此外就是《活着》透显出更为浓郁的现代主义气息而已。看来，余华也许只是讳言自己曾经受到艾特玛托夫的深刻影响。不过，限于篇幅，本章不可能再一一分析这些作家如何受到艾特玛托夫的影响的，我们只能选择张炜、杨显惠、迟子建三位作家为代表，较为细致地梳理艾特

---

① 夏榆：《最后一位文学神父离去了》，《南方周末》2008 年 6 月 18 日。

玛托夫的文学阳光是如何照射进他们的创作中的。

第一节　民间立场与生态书写的张扬

　　经过三十多年的艰苦创作，张炜已经为中国当代文学贡献出一千多万字的文学作品。单就数量而言，就已经洋洋大观，令人高山仰止了。若披览《古船》《九月寓言》《家族》《外省书》《柏慧》《能不忆蜀葵》《丑行或浪漫》《刺猬歌》等长篇小说，读者就不得不为张炜文学世界的绮丽多彩、深邃厚重而惊叹了，更不用说那部煌煌五百万言、荣获茅盾文学奖的多卷本长篇小说《你在高原》了。构筑如此庞大的文学世界，不但需要恒久蓬勃的想象力和钻之弥坚的意志力，更需要海纳百川的吸收能力和推陈出新的创造力。就文学阅读视野的广博和开阔而言，张炜在中国当代作家中即使不是首屈一指，也必然是位列前三甲。他曾经出版过一本名叫《人的魅力：读域外作家》的书，被他评点过的外国作家多达五十余位，19、20世纪世界文学经典作家几乎全部被囊括其中，像托尔斯泰、陀思妥耶夫斯基等文学巨匠自然是关注重点，而像汉姆生、索因卡、波特等不太知名的作家也在他关注范围之内，而且他评点作家作品寥寥数语间往往就能一语中的，见解不凡。这实在显示出张炜对世界文学的接受视野的博大。正是张炜对古今中外文学营养的充分汲取，直接促成了他巨大的文学成就。他能够把来源各异的文学营养汇于一炉，冶炼出富有独特个人风格的文学作品。因此，要清晰地指出张炜的作品受到哪个作家的直接影响，其实是非常困难的一件事情。要梳理艾特玛托夫对张炜的影响，毫无疑问也是一件困难的事情。张炜的确非常喜欢艾特玛托夫，受到艾特玛托夫小说较大的影响，但是艾特玛托夫对他的影响是和托尔斯泰、陀思妥耶夫斯基、阿斯塔菲耶夫、马尔克斯乃至鲁迅、孙犁等作家对他的影响融合在一起的；若要单独指出张炜创作中哪些因素只受到艾特玛托夫的影响，几乎是一件不可能的事情。因此，我们在下文中也只能指出张炜创作大致在哪些方面受到艾特玛托夫的影响，而这些影响也许同时还有其他不同的来源。

　　张炜很早就明确承认过艾特玛托夫对他的影响。在一次和他的母校烟台师范学院学生对话中，当有人问他对他影响最大的中外作家是哪几个时，张炜答道："一个人在搞创作时，特别是刚刚起步，对他发生影响的作家有时会是刚刚接触的作家。他不一定是重要的，但由于特殊原因，你在攀登之路上和他遭遇了。遭遇了很可能就喜欢起来。那么这个作家在这个阶段上对你会产生很大影响。但随着阅历的增长，对生活认识程度的加深，文学经验的增多,你就会对他的认识发生变化。比如最早孙犁对我有影响。受这些影响我写乡村少女、田园风光,用一种很柔和的笔触再现生活,想掌握几笔就把一个人物雕刻出来的技能。后来屠格涅夫对我产生了很大影响,再后来是艾特马托夫和阿斯塔菲耶夫。当然,中国很早的作家,像徐志摩,对我也产生了影响,他的许多诗我小时候就读过。"①随后,当另有人问他最佩服的作家是谁时,他再次提到艾特玛托夫,"最佩服的作家是鲁迅和托尔斯泰。我还佩服许多现代派作家,像卡夫卡、伍尔夫、加缪等。我刚才讲过的标志着苏联社会主义文学新方向的艾特玛托夫和阿斯塔菲耶夫,我都非常喜欢。我建议大家读一读他们的作品。"②看来,艾特玛托夫的确给最初登上文坛的张炜留下了非常深刻的印象。

后来在《人的魅力:阅读域外作家》中,张炜直接评点了艾特玛托夫的小说,他说:"他是这些年在中国影响最大的苏联作家。他的那些好作品会长久地让中国读者记住,而在其他作家那儿,要做到这一点却很难。我特别重视的是他的《白轮船》之前的作品。那些中短篇使作者耗去了心力,使用了真实的情感。它们看不出得意的作家惯有的一些飘忽感和聪明机智,而是沉下来的心跳之声。这些作品中显示的人的自尊会让人记住。哪怕是写红苹果的一篇恋爱故事,短短的,读过也难以忘怀。故事与主题之类看来并不那么重要,重要的是字里行间留下的痕迹。它如果是质朴的,援助弱者的,那么它起码会是好的。如果除此之外还有同样多的挚爱,不屈的声音,就会令人倍加珍视。"③从这段评点看来,张炜比较关注艾特玛托夫早期小说中那种质朴和善良的人道主义立场;因此他对《白轮船》之后的艾特玛托夫小说就显得肯定不足,对《断头台》等艺术构思复杂的小说就更是表现出遗憾。其实,即使是《白轮船》之后的《一日长于百年》《断头台》等长篇小说对张炜依然产生了影响。

从整体上看,张炜的创作历程表现出和艾特玛托夫的创作历程较为相似的一面。他们最初登上文坛时,都比较喜欢去发掘底层人民的人性美和人情美,立足于民间立场,讴歌那些把生命牢牢地扎根于大地的农民、牧民,如艾特玛托夫的《面对面》《查密莉雅》等小说,张炜的《声音》《拉拉谷》等小说;随后他们又都开始直面现实,反思历史,把人道主义立场向更远的历

---

① 张炜:《关于我、我的忧虑和感奋——与烟师学生对话实录》,《烟台师范学院学报》(哲学社会科学版)1993 年第 4 期。

② 张炜:《关于我、我的忧虑和感奋——与烟师学生对话实录》,《烟台师范学院学报》(哲学社会科学版)1993 年第 4 期。

③ 张炜:《人的魅力:读域外作家》,文汇出版社 2002 年版,第 75 页。

史空间和更深的现实社会拓展,如艾特玛托夫的《永别了,古利萨雷!》,张炜的《秋天的思索》《秋天的愤怒》《古船》等;再接着就是向民族文化的根源和更为宏大的人类命运等因素挺进,艾特玛托夫的《白轮船》《一日长于百年》《断头台》等,张炜的《九月寓言》《外省书》《你在高原》等。也许这是富有创造力的作家都比较相近的发展路子。

要把握艾特玛托夫对张炜的影响,无疑还是要从他们各自的早期创作入手。艾特玛托夫对张炜的影响首先就表现于他早期小说中那种发掘底层人民的人性美和人情美的鲜明的民间立场以及人道主义反思上。

艾特玛托夫的民间立场和人道主义立场是非常鲜明的。他曾说:"文学的最初源泉——还是人所创造的故事,这种故事是讲人的,讲人的精神和道德的本质,讲人的败落和升腾,讲人对美和人生的真谛百折不挠的探索,讲他对真理的强烈渴望和永远维护公理的决心——在各个时代这个最初源泉是不会变化的,因为这里蕴含有人的本质。……还有一个对所有先进文学都适用的共同而统一的使命:那就是确立人道主义,把人从正在降低他的地位的罗网中解放出来……"[1]从他的早期小说开始,艾特玛托夫就不断地重新以自己的努力阐释着他对文学的最初源泉的独特理解。他的小说没有像苏联当时盛行的作品那样或者去塑造符合主流意识形态的大公无私、富有牺牲精神的英雄人物,或者去揭露极权统治造成的残酷黑暗,更多的是立足民间,致力于发掘底层人民身上的人性美和人情美。像中篇小说《面对面》中,那么艰难的战争环境里,村子里的人不但食不果腹,还要忍受不断失去亲人的悲痛和高强度的体力劳动,但像赛伊德、库尔曼等人却是那么朴实,那么坚守道德,闪烁着不可忽视的人性光彩。而《查密莉雅》中的查密莉雅和丹尼亚尔,对生活和大地的热爱,对爱情的赤诚追求,也显示了底层人民精神的高贵。至于《我的包着红头巾的小白杨》中的伊利亚斯、阿谢丽、巴伊切米尔,《第一位老师》中的玖依申,《母亲—大地》中的托尔戈娜伊,《骆驼眼》中的柯梅尔,《早来的鹤》中的苏尔坦穆拉特等人物,无不是热爱劳动,心地坦诚,人格正直,富有个性和牺牲精神的人,他们都默默地诠释着底层人民的人性光辉。

和艾特玛托夫一样,最初踏上文坛的张炜就显示出强烈的民间立场,总是从底层人民、民间社会那里去寻找真正的人性力量、人道方向,把文学视为人道主义的事业。张炜曾说:"我想我在尽力地传播有意义的声音,这种

---

① [吉尔吉斯]艾特玛托夫:《对文学与艺术的思考》,陈学迅译,新疆大学出版社1987年版,第51页。

声音有助于美好事物的形成和发展,比如提醒和劝导,比如抗争和呼号,比如维护善良和扶持弱小……我的力量不大,但我有自己的愿望和倾向。"①的确,张炜也没有延续当时的主流文学那种塑造符合意识形态需要的英雄形象的特点,也没有像伤痕小说一样致力于哭诉创伤,而是在《声音》《拉拉谷》《天蓝色的木屐》《海边的雪》等小说中专注地描绘底层人民那种摧毁不了、压迫不跨甚至具有自由自在品格的风姿。

张炜的短篇小说《声音》就塑造了富有人性光彩的一对乡村青年男女,二兰子和罗锅儿。二兰子热爱劳动,为人淳朴,长得也美丽动人。她到林子里去割猪草,看到四周那么美丽的景物,不由得高兴至极,因此不由自主地高喊"大刀唻——,小刀唻——……"结果二兰子的呼喊引来了罗锅儿的"大姑娘唻——! 小姑娘唻——"的回应。罗锅儿原来是乡村民办教师,因为师范生多了就被辞退了,他也到林子中割牛草。他虽然从小有残疾,但心志很高,立志要像一个人一样活着,当不成民办教师,他就刻苦自学英语,想报考公社工艺制品厂当工人。刚开始二兰子看到罗锅儿的残疾,还有点失望,但随着对他的渐渐了解,不由得佩服起来。最后罗锅儿终于当上了工人,也带着对二兰子真心的赞美和鼓励踏上了新的人生之路。该短篇小说其实和艾特玛托夫的中篇小说《查密莉雅》有点相似。例如两部小说都是通过描绘一对淳朴的乡村青年男女的爱情来展示底层人民的人性美,不过《声音》没有点明爱情的最终发展,而《查密莉雅》则展示爱情的炫目光彩。《声音》中男主人公罗锅儿有残疾,《查密莉雅》中丹尼亚尔的腿则带着战争的创伤。两部小说都采用了鲜明的对比手法,男人身体的残疾和内在坚定的信心、丰富的精神构成对比,男人外貌的丑陋和女人的美丽也构成对比。《查密莉雅》中查密莉雅和丹尼亚尔最初的心灵相通是通过歌声才达成的,而《声音》中则是二兰子、罗锅儿在林子的呼喊和回应,也是最淳朴的歌声。当然,张炜的《声音》在艺术魅力上无疑要逊于艾特玛托夫的《查密莉雅》,可以看作是《查密莉雅》在中国文学中的一声较为微弱的回声。

张炜的短篇小说《一潭清水》也是他早期小说的代表作,显示了他对底层人民的人性美和人情美的发掘努力。徐宝册的慷慨大度,待人热情和善,与老六哥的气度狭隘,性情阴郁自私构成鲜明的对比。而瓜魔小林法,简直是一个乡村的小精灵,他身子细长乌黑,柔软灵活,像条海鳝,给徐宝册带去无穷的乐趣。最后他们离开了老六哥的瓜田,到海边葡萄园去,还想在葡萄园中也挖出一潭清水。无疑,一潭清水是无邪童心的象征,是人性美和人情

---

① 张炜:《心灵与物质的对话》,《张炜文集》第 2 卷,上海文艺出版社 1997 年版,第 656 页。

美的象征,像老六哥那样执着于物欲的人败坏了一潭清水,只有像徐宝册和小林法这样的人才能保存着一点人性之美。该小说似乎也对艾特玛托夫的《白轮船》构成呼应。《白轮船》中的小男孩对伊塞克湖的憧憬就和《一潭清水》中的小林法对瓜田中那潭清水的迷恋具有异曲同工的人性魅力。而徐宝册也像《白轮船》中的莫蒙爷爷一样富有爱心,不过他比莫蒙爷爷更果敢,更有力量,因此他最终敢于离开像奥洛兹库尔一样的老六哥,从而让悲剧不至于发生。因此《一潭清水》最后洋溢着的是欢快明媚的色彩,而不像《白轮船》那样忧郁哀伤。

　　到了中篇小说《永别了,古利萨雷!》,艾特玛托夫就更是站在人道主义立场上来深入洞察社会现实,反思官僚主义的反人道力量。像塔纳巴伊和骏马古利萨雷的坎坷一生,都是和官僚主义的黑暗势力息息相关的。而《一日长于百年》中,艾特玛托夫更是通过阿布塔利普的悲惨命运,展示了那种试图控制人的思想、控制真实历史记录的邪恶性质。这显示了艾特玛托夫战斗的人道主义方面。与艾特玛托夫的这种追求相似,张炜在《秋天的思索》《秋天的愤怒》《古船》等小说中也展示了对乡村宗法政治、封建专制文化的人道主义反思。《秋天的思索》中,那个王三江原来当生产大队长时,就胡作非为,颐指气使,后来在民主选举中落选了,他居然能够再次利用承包葡萄园之机高高地凌驾于百姓之上。因此酷爱思索,富有正义感的青年老得最终认识到,正是王三江导致村民生活的不幸福,“这是个真正的坏家伙!他不知捣了多少鬼,偷税漏税,坑害国家,也坑害了咱们这些没白没黑种葡萄的人!他就像一棵邪树,吸着毒水长了这么多年,小根须也比大拇指粗。光图个歇阴凉,受透了窝囊气,快伸出巴掌推倒他吧!”①到了《秋天的愤怒》中,张炜的思考就更为深入了,肖万昌形象也更富有历史感和立体感。当肖万昌和民兵连长沆瀣一气,鱼肉乡民,相继造成袁光、傻女等人的悲剧,还逼迫李芒流亡他乡。当承包到户后,他居然又利用李芒的种烟技术成为全县有名的专业户。在李芒和他分开后,他居然再次利用各种权力给李芒设置障碍,而且再次以合作为名,役使别的乡亲。肖万昌是残忍的,他只迷恋权力,总喜欢看着别人趴在地上挣扎,只想过欺压人的寄生生活。《古船》中的四爷爷赵炳和赵多多则更显示了人性的邪恶一面。他们更迷恋权力,借机肆意地摧毁乡邻,霸人妻女,耀武扬威。到了改革开放后,他们又摇身一变,成为农民企业家,成为半隐退但又操控一切的乡绅,不变的只有他们贪婪的欲望和丑陋的嘴脸。就像隋抱朴一样,张炜也在小说中为历

---

① 张炜:《浪漫的秋夜》(中短篇小说集),中国青年出版社1986年版,第138页。

史深处无处不在的暴力和苦难感到深深的迷惑,呼唤着人性和人道的出场。

张炜在小说中也显示了和艾特玛托夫一样的强烈道德感。艾特玛托夫的小说往往是非常富有道德感的,善恶分明,黑白判然的。像《查密莉雅》中的奥斯芒,《我的包着红头巾的小白杨》中的江泰,《第一位老师》中的阿尔狄娜依的婶婶和红脸汉子,《白轮船》中的奥洛兹库尔等人都是恶势力的代表,而查密莉雅、丹尼亚尔、阿谢丽、玖依申等人无疑是善的代表。张炜小说也采用了这种二元对立式的道德判断,例如《秋天的思索》中的王三江,《秋天的愤怒》中的肖万昌,《古船》中的四爷爷、赵多多等人都是"黑暗的力量",而像老得、李芒、隋不召、隋抱朴等人都是善的代表。这种强烈明晰的道德感使得艾特玛托夫和张炜的小说更具有直击人心的淳朴力量,但无疑也缺少了一点艺术的深度韵味。

艾特玛托夫对张炜的另一个重要影响主要表现于女性崇拜和土地崇拜情绪方面。对于艾特玛托夫而言,女性距离生命的本质往往更近,更能够展示生命之美。他年幼时父亲早亡,从小由母亲带大,老祖母的诸多故事和传说是他最早的文学营养。因此艾特玛托夫小说中的女性形象大多是美丽善良,富有个性光彩的,像查密莉雅、阿谢丽、阿尔狄娜依、托尔戈娜依等等,不一而足。尤其是《母亲—大地》中的托尔戈娜伊,在乡村大地上生长起来,和苏万库尔好不容易盼来较为幸福美满的生活,谁知战争爆发,丈夫和三个儿子相继牺牲,最后唯一的儿媳妇在生下孙子后也死去,她只有默默地承担着生活的各种苦难,在和大地的交谈中升华着生命的境界。在此,女性和土地构成二而一的象征,都是生命的孕育者和养育者。《白轮船》中的长角鹿妈妈,《花狗崖》中的鱼女,也都是女性崇拜和土地崇拜情绪的象征形象。它们显示了艾特玛托夫精神世界的阴柔一面,母性一面,和《永别了,古利萨雷!》中的塔纳巴伊、《一日长于百年》中的叶吉盖、《断头台》中的鲍斯顿等男性形象所代表的阳刚、父性的一面构成一种美好的平衡。

张炜的土地崇拜情绪在早期小说中表现得还比较隐晦,只是在对芦青河的优美描绘中偶有流露,他那时更关注的还是底层人民的淳朴善良和对历史灾难的人道反思。但是到了《九月寓言》中,他的土地崇拜情绪一下显豁起来了。作为该小说主题阐释性的长篇散文《融入野地》就把张炜的土地崇拜情绪表露无遗。张炜如此说道:"城市是一片被肆意修饰过的野地,我最终将告别它。我想寻找一个原来,一个真实。这纯稚的想念如同一首热烈的歌谣,在那儿引诱我。市声如潮,淹没了一切,我想浮出来看一眼原野、山峦,看一眼丛林、青纱帐。我寻找了,我看到了,挽回的只有没完没了的默想。辽阔的大地,大地边缘是海洋。无数的生命在腾跃、繁衍生长,升起的太阳一次次把它们照亮……当我在某一个瞬间睁大了双目时，突然看到了眼前的一切都变得簇新。它令人惊悸，感动，诧异，好像生来第一遭发现了我们的四周遍布奇迹。"①张炜要寻找的大地是富有勃勃生机、野物横行、生命旺盛的野地，而不是被人类征服和控制的城市土地，因此张炜的土地崇拜情绪具有非常鲜明的反现代性意义。在野地中，张炜发现了世界最美的一面。"只有在真正的野地里，人可以漠视平凡，发现舞蹈的仙鹤。泥土滋生一切；在那儿，人将得到所需要的全部，特别是百求不得的那个安慰。野地是万物的母亲，她子孙满堂却不会衰老。她的乳汁汇流成河，涌入海洋，滋润了万千生灵。"②《九月寓言》其实就是一曲土地的颂歌，当金秋九月，大地慷慨地给海边小村献出累累如山的地瓜，也就是献出了催生出人间万千事情的原动力。那些被瓜干烧着胃的男女们，或者黑夜在野地里四处游荡，或者在家里亢奋地男欢女爱，或者聚众忆苦，如痴如狂，或者寂然独处，神思纷扬，这些生命跃动的背后无不是大地的力量。张炜还曾说："如果一个小说家是一个真正的艺术家，那么他必定是一个'自我中心'论者。除此而外这个人还会是一个土地崇拜者，多少有些神秘地对待了他诞生的那片土地，倾听它叩问它，也吮吸它。土地确是生出诸多器官的母亲。小说家只是土地上长出的众多器官之一。"③看来，张炜就是以他的小说表达着土地崇拜者的心中激情。不过，相对而言，艾特玛托夫的土地崇拜更指向大地的精神性和道德性，而张炜的土地崇拜更关注的是大地的肉身性、情感性和自然性。例如，食、色就是《九月寓言》中海边小村人最为关注的两个自然性主题，而艾特玛托夫的《母亲—大地》中的托尔戈娜伊更关注生活的幸福、道德的高尚和生命的意义等因素。这也许是他们各自的文化传统使然。

　　与土地崇拜相关的是女性崇拜，张炜小说中的女性形象也大都较为优美，更代表着生命的美好一面。张炜曾说："女性有一种生命的美，天然的美，再生的美。"④的确，像《声音》中的二兰子，《拉拉谷》中的金叶，《秋天的思索》中的王小雨，《浪漫的秋夜》中的大贞子，《秋天的愤怒》中的小织等都是美好善良的女性形象。而《古船》中的茴子、隋含章等更是以其柔弱之美的被摧残让人对邪恶的力量心生憎恶，对善良和美好的东西心存珍惜之感。《九月寓言》中的赶鹦、肥等少女构筑了海边小村最美的风景线，展示了野地属灵的一面。而长篇小说《丑行或浪漫》中的刘蜜蜡更是一个令人崇拜

①　张炜：《远行之嘱》，长江文艺出版社1996年版，第278页。
②　张炜：《远行之嘱》，长江文艺出版社1996年版，第280页。
③　张炜：《羞涩与温柔》，东方出版社中心1997年版，第44页。
④　张炜：《周末对话》，《张炜自选集：融入野地》，作家出版社1996年版，第184页。

的母神式的形象,她来自大地,情感丰富,生命活力四射,仿佛是原始自然的化身,即使是放荡的性行为也没有任何丑陋或违规越矩的难堪,似乎天然就应该如此。作者塑造她时,也特别强调她丰腴的身体具有不息的欲望和滋润生命的能力,对于铜娃等男人而言,她具有救赎般的母性力量。不过,与艾特玛托夫的女性崇拜情绪相比,张炜的女性崇拜情绪也像土地崇拜情绪一样蕴含着更多的肉身性、自然性。在土地崇拜、女性崇拜情绪方面,张炜无疑也是在追踪着道家的返本归根、见素抱朴、安柔守雌的自然哲学精神。而艾特玛托夫的女性崇拜和土地崇拜情绪最终依然是回归到东正教、基督教的圣母崇拜传统中,就像他后来的长篇小说《雪地圣母》所展示的那样。

艾特玛托夫对张炜还有一个方面的影响主要表现于自然生态的书写,对动物形象的塑造上。艾特玛托夫从《永别了,古利萨雷!》开始就不断地叙述着细腻优美的动物故事,把他对动物心理的准确把握才能和尊重生命的生态情怀展示得淋漓尽致。他的动物故事总是和人的故事若即若离,互相映衬,像《永别了,古利萨雷!》中的骏马古利萨雷和塔纳巴伊,《一日长于百年》中的骆驼卡拉纳尔和叶吉盖,《断头台》中的那一对狼夫妻和阿夫季、鲍斯顿,乃至《崩塌的山岳》中的西天山箭雪豹和记者萨曼钦,都是相伴相生,一荣俱荣,一损俱损,从而展示出人应该尊重自然生命的生态意识。至于像《白轮船》中人对长角鹿妈妈的子孙的虐杀,《断头台》中人类对中亚莫云库梅高原上的羚羊群的机械化围猎,都是被艾特玛托夫冷峻地批判的破坏生态之举。

张炜是中国当代作家中最富有生态意识的一个作家,他也像艾特玛托夫一样非常关注动物的命运。中篇小说《三想》就是张炜的生态意识最集中的表述。该小说写到距离城市几十里地有个已经封锁了几十年的军事管制区——老洞山,这里森林茂密,花草繁盛,野物出没,生机盎然。一个城里人到此深切地感受到了大自然的瑰丽生机,对现代人与自然的关系进行了大山一般的反思;而同在一座山饱经忧患的母狼嗨嗨也对着倾盆大雨回顾一生;还有山崖下的老白果树也阅尽沧桑,对人的肆意妄为感慨不已。"奇怪的城里人"、母狼嗨嗨和老白果树代表着人、动物和植物这三个不同生命形态,从三个不同侧面反思了现代人与大自然的关系,深切地呼唤着现代人的生态意识。城里人认识到每一个生命都具有独特的意义,都是为自己而活着的,所有生命只有在彼此联系中才能活得更好,人类若不能和其他自然生命充分地交流,就无法领悟到生命的最终意义。因此,人需要真正的生态意识,需要守护大地,守护山川。而那只母狼嗨嗨的经历就像艾特玛托夫的《断头台》中的母狼阿克巴拉一样,一辈子不断被人类追赶着,围剿着,眼看着自己的族类在人类的猎杀下不断地衰败。《断头台》中母狼阿克巴拉最后丧失了小狼、公狼,只能向着月亮上的狼神比尤丽喃喃倾诉心中绵绵不绝的哀伤,而《三想》中的母狼嗨嗨却开始思考前尘后事,最终得出人和所有动物都是平等的伟大结论。而那株老白果树最终认识到,绿色才是大地恒久的颜色,所有生命都仰赖着绿色,人类也不例外,"事实上,哪里林木葱茏,哪里的人类就和蔼可亲、发育正常。绿树抚慰下的人更容易和平度日,享受天年。土地的荒芜总是伴随着人类心灵上的荒芜,土地的苍白同时也显示了人类头脑的苍白。这之间的关系没人注意,却是铁一般坚硬的事实。"①因此,张炜写道:"人类的疾病千奇百怪,这其中有的就与疏远绿色世界有关。人类的绝症已经不能依靠人类自身去根除,他要达到目的,就必须走进大自然中,平心静气,伸出他友谊的双手,与大自然里无数的手臂连接起来。让我们手携手地去享受阳光、空气,肩并肩地去度过属于我们自己的日子吧。"②这是张炜急切的生态呼唤。

其实,张炜的短篇小说《怀念黑潭中的黑鱼》也和艾特玛托夫的中篇小说《白轮船》遥相呼应。《怀念黑潭中的黑鱼》中,那对年老的夫妻曾经得到过黑鱼的巨大帮助,过着较为富足的生活,但是在贪欲的鼓动下,最终对捕鱼人说出了黑潭水源不竭的秘密,从而导致黑鱼绝尘而去。这表现了人的欲望总是不能控制得当,导致对大自然过度索取,最终让人类自食恶果的情况。《白轮船》中,那位长角鹿妈妈救助了布古族祖先,繁衍出整个部落,结果那些人的欲望膨胀,肆意捕捉长角鹿,最终导致了长角鹿绝尘而去。艾特玛托夫和张炜都在动物故事中批判了人类过度膨胀的欲望,指出它对自然生态的巨大危害。

相对于艾特玛托夫而言,张炜生活的时代和国度里,生态问题更为尖锐,因此他对生态问题的言说也比艾特玛托夫更多,更为急迫。他曾说:"人直接就是自然的稚童,无论他愿意不愿意,也只是一个稚童而已。对自己和自然的关系稍有觉悟者,就会对大自然产生一些莫名的敬畏。人的所有社会活动,都是处于自然的背景之下、前提之下的。这是我们不能忘记的。现代人对自然虽然不能说完全是依从和服从的关系,但也差不太多。人力不可能胜天,人只能在大自然的允诺下获得一定程度的自由。现代人的技能提高了,但这更多的不是表现为科技水平的提高,而主要是在对自然属性的理解方面有所提高。所以,对人类的能力、局限的认识,往往是人类

---

① 张炜:《远行之嘱》,长江文艺出版社 1996 年版,第 202 页。
② 张炜:《远行之嘱》,长江文艺出版社 1996 年版,第 204 页。

经验中最重要的部分。"①从 20 世纪 80 年代末以来,张炜的大量文学作品都是关注生态问题的,像《九月寓言》《刺猬歌》等都是比较著名的生态小说。"我觉得作家天生就是一些与大自然保持紧密联系的人,从小到大,一直如此。他们比起其他人来,自由而质朴,敏感得很。这一切我想都是从大自然中汲取和培植而来。所以他能保住一腔柔情和自由的情怀。……我发现一个作家一旦割断了与大自然的这种联结,他也就算完了,想什么办法去补救都没有用。"②张炜对于在中国当代文学中重建国人和大自然的精神联系的确起着巨大的作用。

当然,在《古船》等小说中,张炜也受到艾特玛托夫小说艺术的一定影响。如《古船》就以隋见素和赵多多争夺洼狸镇粉丝厂承包权的斗争为现实主线,以隋抱朴的回忆展开中华人民共和国成立后洼狸镇历次政治运动的腥风血雨为主线,再由隋大虎战死沙场拓展出更为开阔的时代场景,更辅之以李知常等人谈论的"星球大战"展示国际形势。从这种构思来看,张炜其实还是有意借鉴了艾特玛托夫《一日长于百年》的多维度、多层面的"星系结构"的,也显示了气象宏阔的行星思维。至于《古船》中的象征着人性和人道主义光辉的大红马、《九月寓言》中的金祥背鏊等寓言式的传说,都可以看出艾特玛托夫式的艺术影响。

必须再次重申,上文所说的张炜受到艾特玛托夫的诸多方面的影响,同时也存在其他作家的影响。例如对底层人民的人性美和人情美的发掘方面,孙犁的影响明显是不可忽视的;就女性崇拜、土地崇拜情绪方面,中国传统的道家思想的影响也非常明显;至于生态书写方面,阿斯塔菲耶夫、梭罗等作家对张炜也有所影响。张炜的文学成就关键还在于他的独创性的发挥上。他能够把异域作家的外来影响融化到本民族的文化传统中,又能够把古典智慧加以现代转化,有效地直面当今现实,回应现实问题,探寻新的出路。

第二节　自然生命哲思和人性美的证词

杨显惠在中国当代作家中应该算是老作家了,于 1980 年就开始发表作品,1988 年他的短篇小说《这一片大海滩》曾经荣获全国优秀短篇小说奖,1990 年出版中短篇小说集《这一片大海滩》。但是他的社会声誉鹊起,却是

---

① 张炜、王光东:《张炜王光东对话录》,苏州大学出版社 2003 年版,第 91 页。

② 张炜:《绿色的遥思》,文汇出版社 2005 年版,第 102 页。

近几年之事,主要是在他的"命运三部曲"——《夹边沟记事》《定西孤儿院纪事》和《甘南纪事》相继发表后。《夹边沟记事》揭露了甘肃河西走廊夹边沟农场劳改的"右派"分子在 20 世纪 50 年代末那场大饥荒中的命运,朴素的语言,干净利落的叙述,再加上极限处境中的情节,使得该书具有直击人心的力量,甚至被有些学者誉为"中国的《古拉格群岛》"。而 2007 年 12 月,鉴于杨显惠"直指人心痛处与历史伤疤,显示了讲真话的勇气和魅力",他被《南方人物周刊》评为"年度魅力人物"之一;同年《新京报》把《定西孤儿院纪事》评为年度图书时,在"致敬词"中说杨显惠是个"文学的边缘人、史学的门外汉、新闻的越位者"。也许,这种说法对于杨显惠而言倒是恰如其分。杨显惠把自己的这些作品称为"苦难文学",他认为这是对新时期"伤痕文学""反思文学"的延续和深化。杨显惠之所以踏上此种文学的荆棘之途,与他受俄罗斯文学传统的影响息息相关。他曾说:"我是读俄罗斯文学长大的。在我的文学观念里,作家必须有使命感、责任感,文学必须有改造社会的功能和征服人心的力量。"①像陀思妥耶夫斯基、托尔斯泰、索尔仁尼琴等俄罗斯作家对他的影响自然是非常深刻的,不过艾特玛托夫对他的影响也不容小觑。

杨显惠曾说:"喜欢他的原因很多,但最主要的是他的作品和其他苏联作家的作品不同,独树一帜。在我读到艾特玛托夫之前——那是 1980 年——苏联文学就只有一个主题:无产阶级革命,阶级斗争,布尔什维克的胜利,包括我很早就读到的我非常喜欢的《静静的顿河》,也是通过残酷的阶级斗争的描写,叙述了苏联共产党的胜利。可是艾特玛托夫的作品描写普通人的劳动和爱情这个永恒的主题,歌颂了普通人美好善良的品质和高贵的心灵。还有他对于天山山脉和北方草原风光的描写,他的抒情的文笔,都令我陶醉。"②看来,艾特玛托夫对于杨显惠而言,关键的意义就在于促使他对底层人民的人性美和人情美的深刻体认,还有就是对自然景物描绘的艺术自觉上。他还说:"我几乎读了能找到的艾特玛托夫的所有作品。艾特玛托夫的作品也的确深刻地影响了我的写作,整个我在 1980 年代学习写作的过程——知青生活和十几篇写渔民生活的作品,都是写劳动和爱情这个主题,包括我的获全国短篇小说奖的《这一片大海滩》。我早期的中短篇小说里有大量的风景描写,这也是从艾特玛托夫那儿学来的:河西走廊的祁连山脉、马鬃山脉和吉尔吉斯的山脉很相似,戈壁滩和荒原也很相似。还有

---

① 邵燕君:《文学,作为一种证言——杨显惠访谈》,《上海文学》2009 年第 6 期。
② 夏榆:《最后一位文学神父离去了》,《南方周末》2008 年 6 月 18 日。

那冬季的风、夏季的太阳。直到 20 世纪 90 年代，我才摆脱了艾特玛托夫对我的纠缠。那时候我读了艾特玛托夫的长篇《断头台》，他从地球写到了宇宙，叙事风格和叙述内容发生了很大变化，他想从吉尔吉斯人的写作走向全人类的写作，想从人间飞上天去，我便不再读他的书了。"①和张承志、张炜、高建群、迟子建等作家一样，杨显惠也是只喜欢艾特玛托夫前期的小说；而且他之所以受其影响，也与他曾经在甘肃河西走廊祁连山下的农场里生活过一段时间有关，地域风情的相似造成文学影响和接受的因缘。既然杨显惠如此坦言艾特玛托夫对他的影响，我们就以他的中短篇小说集《这一片大海滩》为主，看看艾特玛托夫到底是如何影响他的。

杨显惠的短篇小说《海上，远方的雷声》就受到艾特玛托夫小说比较明显的影响，尤其他的中篇小说《花狗崖》。和《花狗崖》一样，该短篇小说叙述的是老一代的人在大海中如何为了维护下一代人的生命而献出生命的感人故事。《白轮船》中，奥尔甘老人、艾姆拉英、梅尔贡为了把仅剩的一点淡水和食物留给小男孩基里斯克，也即把生命的机会留给更年轻的一代，而相继蹈海自杀，那种勇敢的牺牲精神真是惊天地泣鬼神。虽然杨显惠的《海上，远方的雷声》中没有展示出像《花狗崖》如此大气磅礴、严峻逼人的生死情境，也没有像《花狗崖》那样神话式的浓郁氛围和仪式般的庄严崇高感，但其中的故事骨干还是脱胎于《花狗崖》的。小说中，耿汉老爷子生活在冀东海滩边，从小就喜欢下海，也曾经屡受苦难，他的儿子为了下海捕鱼养活家人被大海吞噬，而他自己也屡次差点被大海夺去生命；虽然如此，他一直到老依然想着到大海上去；即使当孙子海柱已经长大成人，可以独自下海捕鱼，养活家人后，他还想和孙子一同下海，结果因为没有及时撤退，两个人被潮水围困，如果海柱要带着他游回海岸，势必两人都同归于尽，因此耿汉老爷子最终把生存机会留给孙子，结果自己被大海淹没了。

耿汉老爷子和《花狗崖》中的奥尔甘老人是遥相呼应的。他们两人都非常热爱大海，都是大海的儿子。杨显惠的《海上，远方的雷声》中写耿汉老爷子对大海的热爱，"他们问我跑海上做啥！他们根本就不知道，一沾上水，一闻见这海上的咸腥味，我心里那欢喜呀……"②当耿汉老爷子终于再次和孙子海柱下海后，"老爷子把海水大把大把地捧上头顶，闭着眼睛笑着，叫水从脸上哗哗地流下……被七月的太阳晒热了的海水把他浑身的骨

---

①　夏榆：《最后一位文学神父离去了》，《南方周末》2008 年 6 月 18 日。
②　杨显惠：《这一片大海滩》（中短篇小说集），百家出版社 1990 年版，第 56 页。

节泡松了,骨头酥软了,心跳得猛了,血流得快了!"①大海对于他而言虽然是苦难的根源,但也是快乐和幸福的根源。艾特玛托夫笔下的奥尔甘老人也被大海深深地吸引着,"奥尔甘老人出海捕猎,不仅是因为生活的需要——这是很明显的,不下海就不能生活。他出海还因为大海吸引着他。一望无际的大海使老人产生了珍贵的幻想"②。不过,和杨显惠笔下的耿汉老爷子相比,艾特玛托夫笔下的奥尔甘老人明显带有尼福赫人的原始性和神秘性,他对大海的珍贵幻想就是关于"鱼女"的梦,渴望同伟大的"鱼女"会见,甚至在对"鱼女"的渴望中混合着浓重的肉欲气息和浓郁缠绵的苦恋意味,而耿汉老爷子无疑就显得更为朴实了,像大多数中国人一样富有挥之不去的实用理性气息。如果说奥尔甘展示出深海沟壑般的人性幽暗因素,那么耿汉老爷子只呈现出海滩般的人性浅层因素。

《花狗崖》是如此写奥尔甘对大海的向往,"他感到很沉重,无声的波涛沿着他走过的路漫延而来,激起了岸边无声的白雪浪花。无声的海鸥像鹅毛大雪,在空中无声地翱翔飞舞。在这万籁俱寂、鸦雀无声的空旷海边,他找不到自己的立足之地。"③而杨显惠的《海上,远方的雷声》也写耿汉老爷子在海滩边踱步,向往大海,看着雪片一样的海鸥,"他看的最久的还是海鸥。这里的海鸥全是白色的,雪白雪白,红嘴红蹼。黄昏,退潮了,海鸥从大海上飞回来落在海滩上——一落一大片,成千上万,白白的,像白云,像棉花,像下了一场大雪。"④两相对照,杨显惠对艾特玛托夫的借鉴实在明显。

艾特玛托夫和杨显惠都试图要写出那种顽强不屈、绵绵不绝、前仆后继的生命精神。《花狗崖》开篇就如此写道:"漆黑寒冷的海滨之夜,海面上弥漫着漂浮不定的水气。在整个鄂霍次克海岸,沿着陆地与大海交接的整个地带,两种自然力永恒地、不可遏止地搏斗着——陆地抵挡着大海的冲击,大海不停地扑打着陆地。大海在黑暗中呼啸着,骚动着。海涛汹涌澎湃,向着悬崖扑来。坚如磐石的陆地发出吃力的咆哮声,抵挡着大海的冲击。自从开天辟地,有了白天和黑夜以来,它们就一直在这样搏斗着。在未来的日日夜夜,只要在无穷无尽的岁月里陆地和大海都继续存在,它们还将永远这样搏斗下去。无穷无尽的日日夜夜……"⑤这个开篇的确具有非常高超的宇宙眼光,就像《圣经·创世纪》开篇,也像《红楼梦》开篇,非同凡响,既有

---

① 杨显惠:《这一片大海滩》(中短篇小说集),百家出版社1990年版,第56页。
② [吉尔吉斯]艾特玛托夫:《艾特玛托夫小说集》下,外国文学出版社1981年版,第444页。
③ [吉尔吉斯]艾特玛托夫:《艾特玛托夫小说集》下,外国文学出版社1981年版,第450页。
④ 杨显惠:《这一片大海滩》(中短篇小说集),百家出版社1990年版,第44页。
⑤ [吉尔吉斯]艾特玛托夫:《艾特玛托夫小说集》下,外国文学出版社1981年版,第421页。

神话般的古朴，又有寓言般的深邃，洋溢的象征意味扑鼻而来，直入人心。而杨显惠的《海上，远方的雷声》开篇明显也是借鉴《花狗崖》的，"大海在他面前。海岸十分平坦，缓缓向前伸展，和海水接头，又悄悄切入水里。海水满得要溢出来，往岸上爬。黄色的水，浩淼宽广，像草原，像戈壁，像绸缎。白色的泡沫，绿色的水草飘荡着，一溜一溜一片一片漂来。白色但又微微发黄的浪花蹦着跳着，悄悄地，像是无数只田鼠咬噬一块大饼，把海岸一点一点地吃掉。"①虽然杨显惠也想像艾特玛托夫一样展示出大海和陆地间永恒的冲突和依存，把艾特玛托夫小说的主要精神借鉴过来了，但不得不说，语言的力度和精神的高度逊色于艾特玛托夫。在此永恒背景前，《花狗崖》中的基里斯克继续延续着奥尔甘、艾姆拉英、梅尔贡的生命精神，而《海上，远方的雷声》中的海柱在爷爷被大海卷走的第二天扛着抢网，走下泥滩，继续下海，顽强地延续着生活和生命。

　　杨显惠的《海上，远方的雷声》中有一段对耿汉老爷子的描写也借鉴了艾特玛托夫的《查密莉雅》中对丹尼亚尔的描写。耿汉老爷子因为被医生诊断为得了不治之症，一年多没有下海，但他还是活了下来，对海洋怀着深切的向往，常常在海滩边行走，"老爷子的眼睛睁得很大，连眨也不眨，看着前方；就像是前头有什么东西吸引着他，但那东西又不存在，海柱看不见。老爷子一声不吭，像是在听什么声音，但又没什么声音，只有大风刮过的呜呜声。"②这段人物描写明显借鉴了《查密莉雅》："丹尼亚尔的嘴角上带着清晰的纹丝，两片嘴唇总是紧闭着，眼神抑郁、镇定，只有两道弯弯的、活泼的眉毛给他那副瘦削的、总是显得疲倦的面孔增添一些生气。有时候他会凝神倾听，像是听到一种别人听不见的声音，这时他眉飞色舞，眼里燃烧着一种难以理解的喜悦。然后他不知为什么事微笑好久，显得十分高兴。这一切我们都感到奇怪。"③"丹尼亚尔对于我的到来甚至全没注意；他抱膝坐着，用沉思然而明亮的目光望着前方。我于是又感觉他是在聚精会神地倾听我所听不见的一些声音。有时他侧耳静听，凝神屏息，睁大一双眼睛。有一种东西在激荡着他的心，我觉得，他马上就要站起来，敞开自己的胸怀，不过不是对我敞开——他没有理会我——而是对着一种巨大的、无边无际的、我所看不见的东西。过一会儿我再望他，他却完全变了；丹尼亚尔沮丧地、无精打采地坐着，就像工作以后在休息似的。"④由此看来，杨显惠对艾特玛

---

① 杨显惠：《这一片大海滩》（中短篇小说集），百家出版社1990年版，第35页。
② 杨显惠：《这一片大海滩》（中短篇小说集），百家出版社1990年版，第46页。
③ ［吉尔吉斯］艾特玛托夫：《艾特玛托夫小说集》上，外国文学出版社1980年版，第21页。
④ ［吉尔吉斯］艾特玛托夫：《艾特玛托夫小说集》上，外国文学出版社1980年版，第22页。

托夫小说的确是烂熟于心的,借鉴起来得心应手。

　　杨显惠的中篇小说《黑戈壁》在选材和叙述方式等方面也明显受到艾特玛托夫中篇小说《我的包着红头巾的小白杨》的影响。《我的包着红头巾的小白杨》主要叙述的是汽车司机伊利亚斯如何获得"像小白杨一样"的阿谢丽的爱情、最终又阴差阳错地失去了阿谢丽的哀婉故事,璀璨的爱情和无奈的背叛、深切的忏悔和浓浓的温情使得该小说洋溢着百折千回的浪漫气息。而《黑戈壁》主要叙述的是下放到甘肃河西走廊戈壁滩农场里的两个知青之间的情感故事。男知青刘志成喜欢画画,给农场连队每个班的地窝子设计了美化环境加强政治气氛的方案,使得连队夺得团里的流动红旗,连长一高兴就给他一间地窝子当工作间。因此刘志成有了接触女知青的机会,因缘巧合,他喜欢上了女知青王一眉。王一眉的父亲原本是天津市委副书记,"文革"中被打倒,她也到了河西走廊当知青。虽然刘志成和王一眉彼此相爱,但当时上级规定知青不能谈恋爱,他们只能偷偷地在戈壁滩进行纯洁的约会,王一眉不停地启发刘志成以审美眼光来看戈壁,画戈壁。后来,由于两人的恋爱被上级发现,他们还不得不忍痛暂时分离。最终他们又因王一眉的父亲官复原职,她又返回天津而劳燕分飞。十年后,从西北艺术学院毕业的刘志成已经成为一位全国颇为知名的青年画家,他到天津参加全国画展,再次遇上了已经是火车站工作人员的王一眉。王一眉已经成家,丈夫对她也不错,但是她不能忘怀刘志成,邀请刘志成她家中,甚至想再续前缘,但被依然单身的刘志成拒绝了。最后带着满怀的伤感,刘志成告别王一眉,踏上返乡的火车。可以看出,杨显惠的《黑戈壁》故事主体也是刘志成先是如何得到王一眉的爱情最终又是如何失去的。这种情节安排明显也是脱胎于《我的包着红头巾的小白杨》。

　　至于两部小说的叙述方式更是相似。《我的包着红头巾的小白杨》的序幕是:当记者的"我"一次出差时没有赶上班车就想在公路旁搭车,遇上了开车的伊利亚斯,但是伊利亚斯却不让他搭车,因为他正在急着要去见已经和巴伊切米尔生活在一起的阿谢丽和儿子萨马特;后来"我"一次乘火车居然再次巧遇伊利亚斯,于是由伊利亚斯以第一人称叙述了他和阿谢丽的爱情故事;在伊利亚斯叙述完了之后,当记者的"我"又补充了养路工人巴伊切米尔讲述的他和阿谢丽、萨马特的故事。这种叙述者和叙述节奏的安排无疑既朴素又独具匠心,把一个爱情故事叙述得跌宕多姿。而杨显惠的《野戈壁》的开篇是西北艺术学院油画专业的几个老师带着学生到天津去参加全国美术展览,其中由老吴以第一人称叙述刚到天津刘志成就被一个女人接走的事情;随后刘志成以第一人称向老吴叙述了他和王一眉在河西走廊农场下放时的情感经历；最后又由刘志成叙述他到王一眉家里的各种经过。相对而言，虽然杨显惠《野戈壁》的叙述人称和叙述节奏的安排和艾特玛托夫的《我的包着红头巾的小白杨》大致相同，但却让人觉得艺术魅力逊色于后者。其实，如果杨显惠能够像艾特玛托夫一样把刘志成和王一眉在天津再次相遇的故事通过王一眉丈夫的视角来叙述，就像《我的包着红头巾的小白杨》后半段通过巴伊切米尔的视角来叙述一样，也许《黑戈壁》就能拥有更大的艺术魅力。

此外，杨显惠的《黑戈壁》除了叙述刘志成和王一眉的爱情悲剧之外，其实还非常动人地叙述了刘志成在那种艰难困苦的年代里是如何受到王一眉的启发，从河西走廊茫茫戈壁上发现美，并成就了他的绘画天才。刚开始，刘志成并感受不到戈壁滩的美，感受不到戈壁滩的内在本质和神奇力量，只是恨它的偏僻和冷漠、贫穷和丑陋，因此他即使要画戈壁滩，也没有多少情感的投入，而只是一些颜料的堆积，一些残破的碎片。但是王一眉却启发了他对戈壁滩的新理解，王一眉曾经对他说："你是不是有这样的体会，当你最痛苦最苦恼的时候，为一件什么事发愁的时候，来到戈壁滩上，看着面前的空旷和辽阔，就会把一切都忘了？——什么痛苦呀忧愁呀都忘了！觉得一种恬静、伟大、崇高的东西从心上升起……而当你因为一件什么称心如意、兴高采烈的事站在戈壁滩上，你又会觉得自己十分渺小、可怜，心理惆怅，想哭一场……"①虽然王一眉的启发较为感性，较为粗浅，但对于刘志成而言，这却至关重要。正是在王一眉的启发下，刘志成感受到了戈壁滩的神奇一面。

> 也真是奇怪，我们幽会的那块戈壁，以前我就只看见它的大——从我们脚下伸展开去，一直延伸到看不见的北方的马鬃山脉，它黑沉沉的，单调、冷漠、沉闷，顷刻之间竟然变得亲切、美丽和生机勃勃，展现出一个无比丰富、复杂和变化多端的大千世界。戈壁滩上那到处都有的稀稀落落的被太阳晒黑的石子，越远越密，越远越深沉，到了看不透的地方便成了黑色的一片，显示着严峻；但是某一片地方，红色的石子多，显出赤红、血红，又使人觉得壮丽；还有那白色的石子组成的戈壁便是纯洁和高尚。戈壁滩上长着一墩一墩的碱蓬，灰蒙蒙的，干枯稀落，但是到了明年，一场春雨，它们便会把戈壁染上绿色。远处，太阳要落下去的地方窜出几苗细细矮矮的东西，它们旋转着移动着，越来越近，

---

① 杨显惠：《这一片大海滩》（中短篇小说集），百家出版社1990年版，第180页。

越来越高大,那是戈壁滩上的旋风柱,生长着,又毁灭着。天空无限深远,蓝幽幽冷飕飕的,但是飘过几朵白云又是那样洁白和柔软。早晨的戈壁是玫瑰色的,玫瑰色的阳光织出了玫瑰色的梦;中午的戈壁是蓝色的,那像波浪一样闪烁奔流的蜃气,像宽阔的海洋,像姑娘们飘飞的头发,像蓝色的裙裾;傍晚的戈壁是橘红色的、金黄色的、紫色的,如同男子汉的庄严、宏伟、刚强的胸膛和理想……你看见过戈壁和草原交界处峻嶒的土堆群吗? 那不是泰坦神们战斗中抛下来的石块,那是风的杰作。风把沙土刮跑了,便留下坚硬如铁的土台子,它又刻呀刻呀,把土台子雕成千奇百怪的艺术品:大的是城堡、塔楼,小的是房屋、巨兽。土台子之间是深深的壕沟,像是干枯了的河道纵横交错,刚来河西的时候,我到了这里就感到恐怖,认为是到了一个死亡的星球。但是现在,我另有一番感受:大自然的永恒和变化、原始和美活生生地展现在这里。①

其实,当刘志成能够从戈壁滩上发现美时,一方面是戈壁滩的内在之美、戈壁滩的灵魂向他的坦然呈现;另一方面是他的主体人格的觉醒,是他生命意志的生成,也是他的主体人格和生命意志向着戈壁滩的投射。这就涉及杨显惠小说的一个非常重要的创作特点,那就是对大自然和人的生命之间互相启发的哲思。曾有论者非常精当地指出,"但更使我感到兴趣的是,您(指杨显惠——引者注)作品中那种独特的地域风采,既不是某种点缀式的孤立存在,也不是仅仅在作为一般性的氛围渲染,甚至也不是通常与人物活动相连的背景描写。在您的作品中,戈壁或大海,不是作为一般性的自然景观存在的,其本身,就是整篇作品发现、构思之所在。在通常的创作中,自然景观在作为主体的人类面前,仅仅是一种客体;但在您的作品中,这个客体不仅与主体并不间隔对峙,更与之交汇互通,相生相发,相得益彰。而如此发现,如此构思,意在经由流贯、涌动于客体(在您的作品中是戈壁、大海)的运动变化,及其对主体所引发的启悟和推动,表现出人类的生命意识、生命意志和品格力量;某种生命意识、生命意志和人格力量的呈现,由于是通过客体的运动变化加以折射,或有机地交融于客体的运行变化之中,这样,在您的作品中,是主体使客体富有了人格化、生命化的素质,还是客体赋予主体以显示生命意识、生命意志和品格力量的契机,两者就难以分辨

---

① 杨显惠:《这一片大海滩》(中短篇小说集),百家出版社 1990 年版,第 181—182 页。

了"①。其实,杨显惠早期小说中的这种自然生命哲思也和艾特玛托夫的影响有关。

艾特玛托夫小说中的地域风采也不是简单的孤立存在、氛围渲染或者背景写照,乃是和人的生命深切交融的同样富有主体性的因素。例如《查密莉雅》中查密莉雅和丹尼亚尔其实就是草原的灵魂,他们的坚毅与率性、赤诚与浪漫、自由和沉稳都是和那美丽的中亚吉尔吉斯斯坦草原丝丝入扣地融合在一起的,因此艾特玛托夫笔下的草原是富有灵性的,而查密莉雅和丹尼亚尔的爱情是富有草原气息的。《我的包着红头巾的小白杨》中伊利亚斯的个性和西天山那崎岖多折的山路一样,天山山路似乎既孕育了伊利亚斯的勇敢和莽撞,又孕育了他的多情和率性,他的性格和命运又使得天山山路洋溢着浪漫的异彩。《母亲—大地》中的土地和母亲托尔戈娜伊的命运更是互相渗透,互相激发,互相映衬。《白轮船》中的卡拉乌尔山、伊塞克湖和那条水流湍急、澄澈清冷的河流,更是富有灵性的魅力,和孤独、敏感、内向、爱幻想的小男孩互为主体。而《花狗崖》中的大海则变化多端,时而阳光明媚、碧波万里,时而黑雾笼罩、死气沉沉,对于奥尔甘等人来说,大海既是生命的来源又是生命的归宿,既是生又是死,大海不断激发着奥尔甘等人的生命意志和内在精神,幻化出最壮丽神秘的人性戏剧。可以说,艾特玛托夫对大自然和人的生命间内在关联的深刻哲思和形象表达在世界文坛上都是举足轻重的。

一方面受艾特玛托夫的影响,同时也从切身的经历中深刻地领悟到人与大自然的生命关联,杨显惠不但在《野戈壁》中表现了刘志成对河西走廊茫茫戈壁滩的深刻感悟,在《爷爷·孙子·海》《爷爷,我自己下海》《海上,远方的雷声》等短篇小说中,也表现了人与大海间的生命关联。《爷爷·孙子·海》中,耿汉老爷子和孙子海柱在海边捕鱼,遇上雨天,海柱辨别错了海岸方向又固执己见,爷爷不得不把他打晕再驮回去,最终爷孙两人回到了岸上。但是海柱并没有被此次历险和父亲被大海吞噬的惨剧吓倒,他继续勇敢地下海。《爷爷,我自己下海》中,十七岁的海柱因为爷爷病了就跟着长锁一块下海,后来没有及时撤退,被海潮阻拦无法上岸,他不得不把扁担插在沙滩上,站在笆箩上,等海潮退去后被人救起时,他已经冻僵了。耿汉老爷子看到孙子幸存下来,非常高兴,连声说:"下海,对,海柱,你自己下海。从明天起,你自己下海……中了,我的海柱中了,大难不死,必有后福!

① 金梅:《自然—生命感—艺术》,《文学自由谈》1988 年第 4 期。

我该歇歇喽,享享福喽……"①海柱的生命意志终于被大海激发出来了,最终他才能像《海上,远方的雷声》中所写的那样,爷爷耿汉老爷子最终融入了大海融入了永恒,他依然勇敢地面对大海,挑起生活的重担。大海无法锉毁人的生命意志,相反倒是成全了人的生命意志,人在和大自然较量中既不断地汲取着大自然的力量,又不断地融入大自然之中,从而达到相契相生,相触相应的境界。

正是出于此种自然生命哲思,杨显惠小说中的自然描写也呈现出艾特玛托夫小说中的自然描写那种极具灵性的特性。例如他在《野戈壁》中这样描写戈壁滩和祁连山:"芨芨草滩地形很高,我们停了一下,回头看了看连队的方向和我们农场的田野:我们的近前是那片年轻的稀稀落落的自然胡杨林,胡杨树的叶子长得像柳叶一样,嫩嫩的绿绿的,一簇一簇延续到河滩上;河滩上的疏勒河蓝蓝的,自然地弯曲,像是随便扔在草原上的一条绸子……戈壁蓝茵茵的,那是笼罩着戈壁的蜃气。蜃气颤动着奔流着,像宽宽的大河,像蓝色的绸缎,像草原……"②"巍峨严峻的祁连山脉矗立在我们面前。它的峰峰峦峦脉络清晰,紫色的岩石、褐色的山谷凸凹分明,积雪的冰峰高高地耸入云天。"③这种描写和艾特玛托夫笔下的草原、天山描写一样具有神韵。

除了别出机杼的自然生命哲思,在对底层人民的人性美和人情美的描绘方面,杨显惠也受到了艾特玛托夫的明显影响。在艾特玛托夫眼中,支撑世界的显然不是那些位高权重的达官贵人或富可敌国的名商巨贾,也不是那些倾国倾城的美人尤物或坐拥书城、引经据典的知识分子,而是在大地上踏实劳动,胼手胝足,栉风沐雨,无权无势也没有多少知识的底层劳动人民,是他们的默默奉献才使得人类社会得以运转,是他们的辛勤劳作和悲欢离合才提供着人性美和人情美的证词。像《查密莉雅》中的查密莉雅和丹尼亚尔无知无识、无权无势,但是对生活和大地都怀着无比的热爱,内心丰富,意志坚定,当明确了双方的爱情时,他们就能够扔下一切,远赴天涯。《我的包着红头巾的小白杨》中的无论是伊利亚斯的多情浪漫和个性倔强,或是阿谢丽的人格独立和自尊自爱,还是巴伊切米尔的柔情满怀和重责重义,都是非常动人的,即使存在悲剧,那也不是污浊人性造成的悲剧,而是因为偶然的过失和命运的诡谲。《第一位老师》中的玖依申更是人性美的典型,

---

① 杨显惠:《这一片大海滩》(中短篇小说集),百家出版社1990年版,第34页。
② 杨显惠:《这一片大海滩》(中短篇小说集),百家出版社1990年版,第195页。
③ 杨显惠:《这一片大海滩》(中短篇小说集),百家出版社1990年版,第206页。

他一无所有地来到库尔库列乌村，怀着崇高的使命意识要给小孩子带去知识的启蒙，即使受尽种种嘲笑和打击，也绝不气馁，绝不半途而废，最终以他的坚毅和善良，彻底改变了像阿尔狄娜依那样的乡村小孩的命运，使他们能够领受知识的光明，为人类文明发展做出自己的贡献。《母亲—大地》中的母亲托尔戈娜依则是胸怀博大、富有献身精神的地母式的人物，她不但为战争献出丈夫和三个儿子，而且默默地承担着生活的所有苦难，只要有可能就关心鳏寡辅助弱小，尽情地展示着人性之美。至于《永别了，古利萨雷！》中的塔纳巴伊、《一日长于百年》中的叶吉盖、《断头台》中的鲍斯顿等人无不是坚毅善良，富有责任心，道德感鲜明的底层人民，艾特玛托夫在他们身上寄予着对人性的所有信心。

在中短篇小说集《这一片大海滩》中，杨显惠表现出来的叙事立场最主要的就是对底层人民的人性美和人情美的肯定。在《爷爷·孙子·大海》《爷爷，我自己下海》《海上，远方的雷声》《这一片大海滩》等短篇小说中，杨显惠主要书写了那些向大海讨生活的底层人民生命意志的坚忍和顽强上。像耿汉老爷子、海柱等人明知道大海无处不在的凶险，但是他们没有却步，没有后退，而是勇往直前，坦然地接受大海的挑战，让生命在危险中扬起高翔的翅膀。因此，我们才会看到耿汉老爷子面对在海潮中冻僵的孙子海柱会含泪地说他已经可以独自下海了，看到在爷爷被大海卷走的第二天海柱就勇敢地再次下海，他们都对生命没有过多的伤感，看似冷漠的外表下其实还是对生活的高歌和生命意志的张扬。《这一片大海滩》中，那个女人在丈夫救人死后，不得不承担起全家四五口人的养家糊口重任，因此她才敢于鼓动人们向船老大抢鱼，甚至有机会就偷鱼，在已经上学、有了道德感的儿子锁柱不赞同她偷鱼时，她大声斥责儿子，但是当被船老大发觉偷鱼，儿子主动说是自己偷来的时，她又主动向船老大承认是自己偷的，和儿子没有关系。在生存重压下，有时的确不得不稍稍违背道德规范，但更感人的乃是他们那种不屈的生命意志。

杨显惠也非常喜欢捕捉那些底层人民的多情重义、清虚自守的人性美一面。短篇小说《妈妈告诉我》中，在兰州城外开大车店的妈妈就是一个关心弱小的富有善心的人，她看到注定要去送死的弱小的回族新兵马十八，就想方设法帮助他逃走，当逃走不成，就向大胡子连长求情，让他假枪毙马十八，至于最终弄假成真，造成悲剧，那实在是命运的残酷玩笑。短篇小说《我心中的茇茇草》中，河西农村的那对刘老汉和刘大娘更是富有爱心，看到"我"食不果腹，就不断地给做珍贵的胡萝卜吃，帮助"我"走出了困境。而短篇小说《感恩》中，老刘和福贵存都是心存善意的人，在极左政治横行的年代里,首先想到的是为他人纾困解难。当老刘最终不慎开枪打死福贵存后,就跪在他父亲面前,当下认他为自己的父亲,最终把他接到自己家中去奉养。在这些小说中,杨显惠也像艾特玛托夫一样收集着底层人民点滴的善与美,铸造着文学艺术的金蔷薇。

　　虽然河西走廊农场里的知青生活曾经给杨显惠留下许多痛苦的回忆,但是当他以文学的形式书写那份生活经验时,他更多地去发掘生活中的人性美和人情美。短篇小说《野马滩》中女知青王文英就是美丽善良的人,她像大姐姐一样爱护吴建荒、陈小泉,鼓励他们绘画、读书,热爱知识,热爱生活,做正直的人,富有美感的人。其实,杨显惠在塑造王文英形象时,也受到艾特玛托夫笔下的查密莉雅形象的影响。她们都是美丽善良,富有热情的人,王文英和吴建荒的关系,也与查密莉雅和谢依特的关系构成呼应。在《查密莉雅》中,艾特玛托夫曾经如此动人地描写夕阳中的查密莉雅:"河那边,在哈萨克草原的边沿上,已经疲乏无力的割草时候的夕阳,像烧旺的烙饼炉的灶眼一样发着红光。它缓缓地向地平线外游去,用霞光染红天上柔软的云片,向淡紫色的草原投射着余晖,草原上低洼的地方已经笼罩起淡淡的、蓝灰色的暮霭。查密莉雅望着落日,流露出内心无比的喜悦,像是在她面前出现了一个童话世界。她的脸上放射着温柔的光采,那半张开的嘴唇孩子般柔和地微笑着。"[①]而杨显惠在《野马滩》中如此描写看落日的王文英:"她虽仍在原地站立,但她的眼睛却直愣愣地望着落日,一眨不眨,像是十分激动,脸上有一种异常的光彩,嘴半张着像是要呼唤什么。过了一会儿,这表情又变了,像是十分沮丧,两色暗淡,嘴闭着,嘴角不停地抽动,眼睛里有一层亮晶晶的东西。"[②]这里无疑存在着明显的借鉴。在《刻在河西的土地上》《啊,疏勒河!》《在沙漠边缘》等短篇小说,杨显惠则通过知青在返城还是留在当地从事农业劳动面前艰难的抉择来展示底层人民的人性美。像周顺利、刘伏林等城市来的知青都在现实面前反复考量,最终都决定留在河西走廊农场里,继续从事农业劳动,也收获了他们的美满生活。

　　综上所述,杨显惠的中短篇小说集《这一片大海滩》的确受到艾特玛托夫比较深刻的影响。应该说,艾特玛托夫的影响基本上决定了这部小说的主要特质。虽然杨显惠说自己直到 20 世纪 90 年代才能够摆脱艾特玛托夫的影响,像他的《夹边沟记事》等小说明显更多地借鉴了索尔仁尼琴等俄罗斯作家的思想立场和艺术手法,但其实,艾特玛托夫对杨显惠的影响并没有

---

①　[吉尔吉斯]艾特玛托夫:《艾特玛托夫小说集》上,外国文学出版社 1980 年版,第 14 页。
②　杨显惠:《这一片大海滩》(中短篇小说集),百家出版社 1990 年版,第 132 页。

消失,而是融入其他作家的影响中,共同启发着他的小说创作。例如《夹边沟记事》中,虽然扑面而来的是无所不在的死亡气息,是凄厉狰狞的灾难,是极左政治惨无人道的暴虐和蛮横,但是在这一切底下依然绵绵不绝地流淌着底层人民那种坚毅顽强的生命意志、偶尔闪烁的人性之光、倏忽即逝的人道异彩,也许其中就依然存有艾特玛托夫那样温厚多情的心灵启示。

第三节　温情的书写和天堂的气象

迟子建建造的文学世界已经成为中国当代文学中颇为清新而优美的一部分。她的文学创作就受到诸多俄罗斯作家的影响,如屠格涅夫、阿斯塔菲耶夫、帕斯捷尔纳克、托尔斯泰、陀思妥耶夫斯基、契诃夫等,其中当然也少不了艾特玛托夫。可以说,众多的俄罗斯文学之星都曾经照耀过她,艾特玛托夫仅是其中之一。因此分析艾特玛托夫对迟子建的文学影响其实是一件勉为其难的事情,是一件难以落实到实证性材料上的事情,我们只能大致指明迟子建和艾特玛托夫创作的相似点。这种相似点也许是受到艾特玛托夫的影响,也许又是受到其他俄罗斯作家乃至西方作家的综合影响。当然我们也会在适当之处把艾特玛托夫和迟子建加以平行研究,以弥补影响研究在一定程度上的衰疲无力和穿凿附会,从而进一步剖析中国当代作家的独特性和局限性何在。

迟子建曾经认为每一个优秀的作家都是具有浪漫气息和哀愁气息的人,具有一种悲天悯人的情怀。她就深深地钟情于俄罗斯文学中那种弥漫的、挥之不去的哀愁:"我发现哀愁特别喜欢在俄罗斯落脚,那里的森林和草原似乎散发着一股酵母的气息,能把庸碌的生活发酵了,呈现出动人的诗意光泽,从而洋溢着哀愁之气。比如列宾的《伏尔加河纤夫》,柴可夫斯基的交响曲《悲怆》,艾特玛托夫的《白轮船》,屠格涅夫的《白净草原》,阿斯塔菲耶夫的《鱼王》等等,它们博大精深,苍凉辽阔,如远古的牧歌,质朴而温暖。所以当我听到苏联解体的消息,当全世界很多人为这个民族的前途而担忧的时候,我曾对人讲,俄罗斯是不死的,它会复苏的! 理由就是:这是一个拥有了伟大哀愁的民族啊。"[1]在迟子建看来,艾特玛托夫的中篇小说《白轮船》就是充满哀愁之气的文学精品,可见她对《白轮船》的激赏,与艾特玛托夫也可说是心有灵犀。

在长篇小说《额尔古纳河右岸》获得茅盾文学奖后,迟子建接受记者的

---

① 迟子建:《是谁扼杀了哀愁》,《青年文学》2006 年第 11 期。

采访时曾说,与美国相比,俄罗斯是她更为心仪的国家,"他们有真正伟大的作家,艾特玛托夫、屠格涅夫、阿斯塔菲耶夫、托尔斯泰、陀思妥耶夫斯基、契诃夫、索尔仁尼琴、帕斯捷尔纳克……能数出一大串。俄罗斯作家身上有一种大气,可能是因为国土辽阔,民族众多,山川河流的精气都注入俄罗斯作家的精神里。他们身上还有很宝贵的品质,在我们这个时代已经越来越缺乏的品质,就是他们的忧患意识,他们对强权和不义的反抗精神和独立意志。很多作家为了个人的信念,不惜被流放、监禁,这些对他们来说都可以忍受,甚至都可以接受,我觉得作家的这种气魄、信念和勇气是了不起的。"①在列举俄罗斯文学大家时,迟子建居然毫不犹豫地把艾特玛托夫列为第一个,由此可见她对艾特玛托夫必然熟稔于心,并且心存一分特别的感念。后来,迟子建又把那些俄罗斯作家称为不死的灵魂,艾特玛托夫毫无疑问地位列其中。"20 岁之后,我开始读普希金、蒲宁、艾特玛托夫和托尔斯泰的作品。也许是年龄的原因,我比较偏爱艾特玛托夫的作品,他描写的人间故事带着天堂的气象。这期间,有两部苏联的伟大作品让我视为神灯:一盏是阿斯塔菲耶夫的《鱼王》,另一盏是帕斯捷尔纳克的《日瓦戈医生》。"②把艾特玛托夫的作品称为带有"天堂的气象",无疑是指艾特玛托夫早期的那些著名小说,如《查密莉雅》《我的包着红头巾的小白杨》《第一位老师》等。此种指陈也表明迟子建曾经从艾特玛托夫的小说中呼吸领会过"天堂"的气息,而领略过"天堂"的景致的作家对文学艺术肯定会别有一番见解。

　　若整体鸟瞰艾特玛托夫和迟子建的创作活动和文学世界,我们首先会发现两者的相似点表现于对各自故乡的深情书写以及鲜明的地域色彩上。对于艾特玛托夫而言,他的故乡吉尔吉斯塔拉斯草原舍克尔村是其创作的源泉。艾特玛托夫曾说:"我认为,每个人作家都应该有一个自己的点,有一个自己的、与土地相连的连结点。"③艾特玛托夫与土地的连结点就是故乡舍克尔村。当然,他不可能仅局限于小小的一个草原村庄,围绕小村的广阔草原,远方的巍峨群山,时有天鹅翩然而降,翻卷着白色泡沫的蓝色伊塞克湖,都是他心心念念的故乡之美。因此,当我们浏览《查密莉雅》《我的包着红头巾的小白杨》《母亲—大地》《骆驼眼》等小说时,我们自然会为其中浓郁的吉尔吉斯地域风情而陶醉;当查密莉雅和丹尼亚尔驾着马车在落日

---

① 迟子建:《得奖没有太大的期待》,《半岛晨报》2008 年 11 月 2 日。
② 迟子建:《那些不死的魂灵啊》,《文学界》2010 年第 1 期。
③ [吉尔吉斯]艾特玛托夫:《对文学与艺术的思考》,陈学迅译,新疆大学出版社 1987 年版,第 123 页。

余晖下的塔拉斯草原上放歌时，当伊利亚斯开着卡车在西天山盘旋时，当母亲托尔戈娜伊在秋天的原野上向着大地倾诉衷曲时，当柯梅尔在苦艾草原上辛勤劳作时，艾特玛托夫捕捉住了其故乡独特的形貌和神韵。不过，艾特玛托夫没有停留于对地域风情的简单展示上，在他看来，通过地域风情透视人类性、普遍的人性才会有真正的价值。"我一直确信，'舍克尔的问题'应该是通过艺术家的心灵，也只有这样才能为全人类所共有。在每个具体的情况下，总是有一些问题，可以被认为是具有全人类性质的。……经典作家笔下的某个小村庄，常常能成为解决最复杂的、具有广泛意义的、全人类的共同问题的地方。……所谓地方作家的苦处又在哪里？他们能很好地了解地方生活，但是总不能超越它，升腾到它的上面。"①正是出对人类性的追求，艾特玛托夫才会在《一日长于百年》《断头台》《卡桑德拉印记》《崩塌的山岳》等长篇小说中，不断地强调行星思维，寻找人类文明的可能之前途。

毫无疑问，迟子建的文学创作在对故乡地域风情的发掘上是受到艾特玛托夫的影响的。当然，如马尔克斯、福克纳、屠格涅夫、阿斯塔菲耶夫乃至萧红等作家的影响也是不容小觑的。迟子建的大部分小说都是以故乡大兴安岭为背景的，那片土地春夏季节短暂，生命蓬勃繁盛，冬天漫长，白雪茫茫，清纯而宁静。由于地处偏远，远离国家的政治经济文化中心，大兴安岭反而能够保有着较为丰盈的原始野性，尤其是鄂伦春、鄂温克等游牧部族曾长期据守于此，他们的文化对于身处现代化迷途中的人来说反而具有一种正本清源之功效。即使汉族居民迁徙来此，大部分人接受的教育程度都较低，人性还较为纯朴，更兼人烟稀少，彼此之间的关系反而更能沉淀出一种真挚和温情。当迟子建不断地在《北极村童话》《原始风景》《日落碗窑》《雾月牛栏》《清水洗尘》《树下》《越过云层的晴朗》《额尔古纳河右岸》等小说中清雅恬淡地叙述着大兴安岭那片土地的人情风物、生死悲欢时，她的小说就自然洋溢出浓郁的大兴安岭的地域风情了。2000 年，迟子建访问挪威，在与挪威作家的座谈时曾说："当我很小在北极村生活的时候，我认定世界只有北极村那么大。当我成年以后见到更多的人和更绚丽的风景之后，我回过头来一想，世界其实还是那么大，它只是一个小小的北极村。"②由此自述可看出，迟子建和艾特玛托夫一样试图从故乡和全世界之间寻找一种隐秘的通道。如果说美丽的吉尔吉斯斯坦似乎要让艾特玛托夫代言，

---

① ［吉尔吉斯］艾特玛托夫：《对文学与艺术的思考》，陈学迅译，新疆大学出版社 1987 年版，第 124 页。

② 迟子建：《迟子建散文》，人民文学出版社 2008 年版，第 152 页。

那么也可以说美丽的大兴安岭似乎急于要让迟子建代言。

颇有意味的是,艾特玛托夫和迟子建两人都曾经获得各自国内很高荣誉的文学奖。1963年,艾特玛托夫的小说集《群山和草原的故事》获得列宁文学奖;1968年,中篇小说《永别了,古利萨雷!》获得苏联国家文学奖;1977年,根据中篇小说《白轮船》改编的同名电影剧本获得苏联国家文学奖;1983年,长篇小说《一日长于百年》获得苏联国家文学奖;更不要说他随后获得的其他更多的文学奖项了。而迟子建的短篇小说《雾月牛栏》《清水洗尘》和中篇小说《世界上所有的夜晚》曾经分别获得鲁迅文学奖,她是目前国内唯一一个获得三届鲁迅文学奖的作家。她的长篇小说《额尔古纳河右岸》又曾经获得茅盾文学奖。众所周知,无论是苏联还是中国的文学奖,都带有浓郁的意识形态气息。而艾特玛托夫和迟子建能够获得各自国内如此高的文学奖项,自然与其受到主流意识形态的首肯有关,但他们也同样受到专家学者、普通读者的欢迎,也就是说,他们都能够在主流意识形态、专家学者和普通读者之间穿梭自如,弥合着三者之间难以弥合的缝隙,尽展文学迷人的翩翩风采。其中,至为关键的是,无论是早期的艾特玛托夫,还是迟子建,对人性中温情的书写独步文坛。

艾特玛托夫最初的《阿什姆》《白雨》《修筑拦河坝的人》《夜灌》《在巴达姆塔尔河上》等短篇小说基本上都是对苏联当时流行的歌颂新人新事的意识形态小说的模仿,既凸显不出独特的地域风情,又发掘不了人性动人的素质。但是到了中篇小说《面对面》中,艾特玛托夫的独特风格豁然呈现了,吉尔吉斯底层人民身上那种坚强、善良、淳朴的人性美、温情美从赛伊德、库尔曼等人物身上弥漫开来了。这一点到了《查密莉雅》中才更为清晰,并在随后的《我的包着红头巾的小白杨》《第一位老师》《母亲—大地》《早来的鹤》等小说,头角峥嵘,风流尽显。艾特玛托夫既不像当时苏联主流文学那样塑造呆板的、缺乏丰裕绰约的人性之美的政治英雄和楷模,也不像许多持批评立场的作家那样尽可能地揭露现实的黑暗,展示人性的丑陋,而是去发掘那些底层人民身上的淳朴之美,温情之美,而且这种美是带有每个人特有的体温的,是带有吉尔吉斯大地的地域风情的。像《查密莉雅》中,丈夫萨特克对待查密莉雅的粗暴、战时生活的艰难等都被推到了远处,而丹尼亚尔的丰富内心、查密莉雅的欢快活泼以及他们之间如跳荡的野火般的爱情被置于前台,吸引着读者,让读者为之心醉神迷。而《我的包着红头巾的小白杨》中的伊利亚斯对阿谢丽的缠绵爱情、阿谢丽的亭亭玉立如小白杨般的纯正人格、巴伊切米尔的宽厚和包容,《第一位老师》中的玖依申的无私奉献精神和阿尔狄娜依凄美的初恋,《母亲—大地》中母亲的勤劳、善良和宽广心胸等等,都是艾特玛托夫所着力发掘的人性美、人情美。艾特玛托夫曾说:"应该培植人身上的善,这是所有人,一代又一代的共同责任。文学和艺术在这方面有着重大的责任。"①艾特玛托夫相信善才是这个世界不可战胜的力量,文学艺术就应该服务于善。"文学的道义就在于,它描写人们的优秀品质——人的尊严和荣誉,在他的视野面前展现世界的广阔领域和美,引导他的思想转向自己,使他能依靠自己丰富的精神生活而生存下去。只有这样文学才能站稳脚跟。不过,不只是站稳脚跟,而且还能战无不胜。"②这就是艾特玛托夫对文学的本质性理解。

与艾特玛托夫的这种文学理解一样,迟子建在中国当代文坛中也是以温情的浪漫书写而著称的。苏童曾说:"从《亲亲土豆》《清水洗晨》《雾月牛栏》到近年来的《一匹马两个人》,所有信手拈来的说法都不能概括迟子建的小说品质,她在创造中以一种超常的执着关注着人性温暖或者说湿润的那一部分,从各个不同方向和角度进入,多重声部,反复吟唱一个主题,这个主题因而显得强大,直至成为一种叙述的信仰。即使是在《一匹马两个人》当中,你也感到迟子建左手弹她自己美好而忧伤的旋律,右手试图去弹出一组不和谐和弦,结果她的手似乎被烫着了,主旋律余音绕梁,结果小说中那对受辱的母女在麦田夜色中的身影看上去竟然是和煦美好的夜景的一部分了。"③苏童所说的人性温暖或湿润的那一部分,就是迟子建萦绕于怀的温情。迟子建虽然是在20世纪80年代中期登上文坛的,而当时文坛中最流行的就是现代派、先锋派小说对人性恶的大肆书写,但是迟子建却能远离文坛的浪潮,专注于发掘边地淳朴人生中那弥足珍贵的温情之美。《亲亲土豆》中,秦山和李爱杰两人之间互相体谅的爱情、亲情,和礼镇的土豆花一道氤氲成了边地小镇最为雅致动人的景观。而《一匹马两个人》中,老头子、老太婆之间相濡以沫的温情,以及王木匠对老太婆的一片痴情,无不可圈可点。相对而言,迟子建比较喜欢展示家庭中的暖暖亲情,如《花瓣饭》《清水洗尘》等;还有就是那种洋溢着儒家伦理的温馨乡情,如《沉睡的大固其固》《逝川》《腊月宰猪》《日落碗窑》《白银那》等。她的笔下很少出现像艾特玛托夫的《查密莉雅》中的那种爱情,或者像《我的包着红头巾的

①　[吉尔吉斯]艾特玛托夫:《对文学与艺术的思考》,陈学迅译,新疆大学出版社1987年版,第25页。

②　[吉尔吉斯]艾特玛托夫:《对文学与艺术的思考》,陈学迅译,新疆大学出版社1987年版,第216页。

③　苏童:《跋:关于迟子建》,迟子建:《微风入林》(短篇小说集),春风文艺出版社2005年版,第210页。

小白杨》中伊利亚斯的爱情,或者像《一日长于百年》中叶吉盖对查莉芭的那种感情,那些感情是更富有炽热力度、富有个性色彩、富有精神内涵的感情;而迟子建更多是从亲情、温情角度出发去理解爱情的,像饱经世故的中老年人一样的视角。

曾有批评家指出过迟子建的温情书写可能存在的潜在弊端:"太过温情的笔触遮蔽了人生某些残酷的世相,阻遏了你对人性中恶的一面的更深一层的探究和揭示。"①但是迟子建始终认为温情就是一种力量,"我觉得整个人类情感普遍还是倾向于温情的。温情是人骨子里的一种情感,我之所以喜欢卓别林和甘地,就是因为他们身上都洋溢着温情。卓别林的作品中的主人公处境坎坷,但他们对生活充满了乐观积极的精神;甘地以他强大的人格力量赢得了人类历史中最圣洁的心灵的和平。这种善征服了恶,战胜了恶而永垂青史。我信奉温情的力量同时也就是批判的力量,法律永远战胜不了一个人内心道德的约束力,所以我特别喜欢让恶人有一天能良心发现、自思悔改,因为世界上没有彻头彻尾的恶人,他身上总会存留一些善良的东西。"②迟子建所说的让恶人良心发现,非常明显地表现于《白银那》中马占军夫妇、《鸭如花》中的杀人逃犯、《蒲草灯》的杀人逃犯等人物身上。此外,如《树下》中七斗的姨父在死后曾对强奸七斗颇有悔意;《热鸟》中王丽红最后被赵雷感动,决定负起母亲的责任;《越过云层的晴朗》中,许达宽为年轻时犯下的罪行忏悔;《额尔古纳河右岸》中马粪包最后也改过迁善。迟子建曾引用了俄罗斯作家拉斯普京的一句话自明其志:"这个世界,恶是强大的,但是比恶还要强大的,是爱与美。"③这可以说把迟子建的温情书写立场表白得淋漓尽致了。

不过,艾特玛托夫对温情书写的看法到后来便有所改变。虽然艾特玛托夫即使到了《断头台》等小说中,一直坚持从鲍斯顿等社会底层民众身上去发掘那种淳朴的人性之美,但是他反对温情主义,慢慢地更喜欢去关注那种复杂的人性内涵和精神困境,并毫不犹豫地承认悲剧的实际意义,批判人性恶的猖獗和苏联官僚集权体制的狰狞。1985 年初,《莫斯科新闻报》记者塔季扬娜·西尼岑娜前往吉尔吉斯斯坦采访了艾特玛托夫,艾特玛托夫曾说:"不过,如果实话实说,那么我确信,悲剧性是这样一种强大的力量,它能使人们精神升华,从而去思考生活的意义。悲剧在古代文学中即已奠定

---

① 文能:《畅饮"天河之水"——迟子建访谈录》,《花城》1998 年第 1 期。
② 张英:《温情的力量——迟子建访谈录》,《作家》1999 年第 3 期。
③ 杨帆:《迟子建:文学奖是对孤独作家的鼓励》,《竞报》2008 年 10 月 27 日。

地位是很有道理的。"①其实,艾特玛托夫对悲剧性的追慕从《白轮船》就已经开始,此后的《花狗崖》《一日长于百年》《断头台》《卡桑德拉印记》《崩塌的山岳》等小说具有浓郁的悲剧色彩。在悲剧的拷问下,温情主义就显得弱不禁风、衣不蔽体了。相对于迟子建而言,艾特玛托夫无疑是更具有直面现实的男性勇气和精神深度。

迟子建和艾特玛托夫的小说创作另一个比较鲜明的相似点就表现于小说中动物形象的塑造。艾特玛托夫小说中的动物形象举足轻重,如《永别了,古利萨雷!》中的马、《白轮船》中的长角鹿、《一日长于百年》中的骆驼、《断头台》中的狼、《崩塌的山岳》中的天山箭雪豹等,不一而足。迟子建也非常喜欢在小说中塑造动物形象,如《北极村童话》《越过云层的晴朗》中的狗、《雾月牛栏》中的牛、《鸭如花》《洋铁铺叮当响》中的鸭子、《一匹马两个人》中的马、《额尔古纳河右岸》中的驯鹿等。相比较而言,迟子建更喜欢那些温驯的、富有亲和力的家畜类动物,而艾特玛托夫更喜欢那些富有野性的、本能强烈甚至具有个性、精神性的野生动物。当然,动物形象在迟子建小说总是处于辅助性的地位,她还没有塑造出像艾特玛托夫笔下的溜蹄马古利萨雷、狼阿克巴拉、骆驼卡拉纳尔那样富有神韵的动物形象。

在迟子建有些小说关于动物的叙述中,我们隐约可以看到艾特玛托夫小说中动物形象的身影。如迟子建的短篇小说《一匹两个人》中,开篇就是老头和老太婆赶着一匹年老力竭的老马,前往二道河子自家的麦田途中。这似乎与艾特玛托夫的《永别了,古利萨雷!》的开篇塔纳巴伊赶着衰朽的溜蹄马古利萨雷走在回家的途中遥相呼应。当然,迟子建主要想展示的是人与人、人和马之间的那种浓得化不开的温情,最后当老头子也死去,老马想保护他们家的麦子,却被薛敏母女斫伤了腿,痛苦地死去时,我们不由得为之一洒同情之热泪。而艾特玛托夫的《永别了,古利萨雷!》主要展示的是人和马反抗命运的激情以及最终不得不屈服于命运的悲剧,因此迟子建式的温情难以生成,而是那种终究意难平的愤慨和哀伤弥漫于读者心胸。

在艾特玛托夫的《早来的鹤》中那翩然降临的白鹤和迟子建的短篇小说《五丈寺庙会》中金彩珠放生的乌鸦也似乎有着血脉的相通。在《早来的鹤》中,苏尔坦穆拉特在垦荒时,看到"在那一碧如洗、深邃无垠的苍穹里,一群鹤正在翱翔,它们慢悠悠地盘旋着,边飞边重整队列,互相呼应。这是相当大的一群。鹤飞得很高,而青天更高。蓝天宛如浩瀚无际的碧海,鹤群

---

① ［吉尔吉斯］艾特玛托夫:《艾特玛托夫答记者》,《苏联文学》1986 年第 5 期。

状似漂浮在碧海中的一个活动的小岛"①。而在《五丈寺庙会》中，金彩珠最放生的乌鸦大叫着飞了起来，"放河灯的人听见乌鸦叫，都抬头张望着。只见那乌鸦向着栖龙河的下游飞去，它的头顶是一轮满月，而脚下是迤逦的河灯，这天地间焕发着的光明将它温柔地笼罩着，使它飘飞的剪影在暗夜中有一种惊世骇俗的美"②。翩然飞舞的鹤和乌鸦都是小说中最美的象征意象，给小说带来了丰沛的艺术魅力。

在艾特玛托夫的《白轮船》中，小男孩因为看到自己心中神圣的长角鹿妈妈被杀死，心中所有的理想轰然坍塌，不愿生活在尘浊世界，于是投身于清泠之河。而在迟子建的短篇小说《酒鬼的鱼鹰》中，小男孩王小牛也有点类似。酒鬼刘年碰巧抓住了一只鱼鹰，"这鱼鹰的颈和腹部是白色的，其余部位则是灰色的。它头部的羽毛是湖绿夹杂着幽蓝色的，使其看上去就像浓荫遮蔽的一处湖水，神秘、寂静而又美丽。"③本来王小牛很喜欢鱼鹰，想得到它，但多有不巧，最终这只鱼鹰被活活地投入税务局长的冰柜里，而看到这一切的王小牛回家却不爱吃饭，一天要打十几回寒战，可见其心灵被已经被深深地伤害，就像《白轮船》中的那个小男孩一样。迟子建和艾特玛托夫一样为成人世界对待动物的野蛮和残忍的态度而羞愧，并对具有赤子之心的孩子报着高度的同情心。

其实，艾特玛托夫的长篇小说《一日长于百年》中的叶吉盖捕捉金麦莱克鱼和迟子建的短篇小说《逝川》中阿甲渔村人捕捉泪鱼的情节也非常相似。《一日长于百年》中，叶吉盖和乌库芭拉结婚后，感情甚笃。乌库芭拉怀孕后，一次梦见了咸海里的金麦莱克鱼。这种鱼是湟鱼科很少见的一种深水鱼，个头相当大，特别漂亮，身上有蓝色斑点，头顶、鱼翅和软脊背都是绮丽地闪着金光。乌库芭拉希望捉住它，抚摸一下它金色的皮，再把它放掉。于是，叶吉盖真的顶着秋冬之际的寒冷，到咸海里去捕金麦莱克，想满足一下妻子的美好愿望，结果真的捕到一条金麦莱克，乌库芭拉抚摸了一下后把它就重新放回到海里。而《逝川》里的泪鱼，身体呈扁圆形，红色的鳍，蓝色的鳞片，每年只在初雪时出现于逝川，到来时整条逝川便发出呜呜呜的声音。"这种鱼被捕上来时双眼总是流出一串串珠玉般的泪珠，暗红色的尾轻轻地摆动，蓝幽幽的鳞片泛出马兰花色的光泽，柔软的腮风箱一样呼哒呼哒地翕动，渔妇们这时候就赶紧把丈夫捕到的泪鱼放到硕大的木盆中，安

---

① ［吉尔吉斯］艾特玛托夫：《艾特玛托夫小说集》下，外国文学出版社 1981 年版，第 392 页。
② 迟子建：《五丈寺庙会》，《疯人院的小磨盘》小说集，新世界出版社 2002 年版，第 172 页。
③ 迟子建：《酒鬼的鱼鹰》，《格里格海的细雨黄昏》小说集，江苏文艺出版社 2003 年版，第 176 页。

慰它们,一遍遍地祈祷般地说着:'好了,别哭了;好了,别哭了;好了,别哭了……'从逝川被打捞上来的泪鱼果然就不哭了,它们在岸上的木盆中游来游去,仿佛得到了意外的温暖,心安里得了。"①当然更让人惊奇的是逝川旁阿甲渔村的捕鱼行动。他们从傍晚开始捕泪鱼,在清水盆中放养几个小时,次日凌晨时就把它们再次悉数放入江中。艾特玛托夫和迟子建笔下相似的捕鱼情节,无疑展示了两位作家比较相通的生态情怀,他们承认自然万物的内在价值,欣赏众生平等的生命之美,拒绝以功利的态度来蛮横地宰制自然万物,歌咏那些对待自然生命的高贵情怀。

艾特玛托夫在《白轮船》中以儿童视角来叙述,我们更可以看到迟子建和他的相似之处,因为迟子建的许多小说都是以儿童视角来叙述的,如《北极村童话》《雾月牛栏》《清水洗尘》《五丈寺庙会》等。艾特玛托夫小说《白轮船》中对清晨牵牛花的描写:"阳光一照,就睁开眼,笑了。先是一只眼睛,然后又是一只,然后所有的花卷儿一个接一个都张开来,白色的、淡蓝色的、淡色的、各种颜色的……如果坐到它们旁边,别吱声,就会觉得它们仿佛睡醒后在悄声细语……早晨,蚂蚁总爱在牵牛花上跑,在阳光下眯着眼睛,听听花儿在说些什么。也许,说的是昨夜的梦?"②迟子建在短篇小说《五丈寺庙会》写儿童仰善眼中的世界:"天边那蛛丝般的白光幻化成了一带粉红色的早霞,大地又亮了一层。太阳一寸一寸地从地平线升起,大地也就一层一层地亮下去。在仰善看来,自然界的苏醒是一物叫醒一物的。星星在退出天幕时把鸡叫醒,鸡又叫醒了太阳,太阳叫醒了人,人又叫醒庄稼,这样一天的生活才有板有眼地开始了。星星叫醒了鸡,它们也并不是真的消失了,它们化成了露水,圆润晶莹地栖在花蕊和叶脉上,等待着太阳照亮它们。而鸡叫醒了太阳,鸡鸣声也并不是无影无踪了,它们化做了白云,在天际自由地飘荡着。"③也许是两位作者都对儿童心理都深有感触,所以才能写出如此相似的儿童眼中万物有灵的勃勃生机。

儿童是如此,女人在艾特玛托夫和迟子建笔下也往往具有与物同情的素朴情怀。如《查密莉雅》中的查密莉雅欣赏晚霞一幕就很动人,"河那边,在哈萨克草原的边沿上,已经疲乏无力的割草时候的夕阳,像烧旺的烙饼炉的灶眼一样发着红光。它缓缓地向地平线外游去,用霞光染红天上柔软的云片,向淡紫色的草原投射着余晖,草原上低洼的地方已经笼罩起淡淡的、

---

① 迟子建:《逝川》,《微风入林》小说集,春风文艺出版社2005年版,第137页。
② [吉尔吉斯]艾特玛托夫:《查密莉雅》,力冈等译,外国文学出版社1998年版,第243页。
③ 迟子建:《五丈寺庙会》,《疯人院的小磨盘》作品集,新世界出版社2002年版,第128页。

蓝灰色的暮霭。查密莉雅望着落日，流露出内心无比的喜悦，像是在她面前出现了一个童话世界。她的脸上放射着温柔的光采，那半张开的嘴唇孩子般柔和地微笑着"①。无独有偶，迟子建的《疯人院里的小磨盘》中的菊师傅年轻守寡，独自拉扯小磨盘长大，被沉重的生活压抑得几近失语，但她很爱看晚霞，一旦西天弥漫了橙黄或嫣红的晚霞，就会溜出灶房，出神地看上一会。而且每回看了晚霞回来，她的眼神就有了光彩，干活时更加卖力。两相对照，我们可以看出迟子建和艾特玛托夫的确是心有灵犀。

其实，迟子建和艾特玛托夫都一样面对着现代化大潮的冲击，面临着在传统和现代之间的艰难抉择。艾特玛托夫的立场是继承优良传统，以更为开放的姿态面对现代文明。在《一日长于百年》中，艾特玛托夫就批判了现代人割断传统文化的武断和愚昧。曼库特传说就反映了艾特玛托夫对那些遗忘了自己的父母、祖先的人最终沦落成白痴的悲剧的惊惧。像卡赞加普的儿子萨比特让就是现代的曼库特，而苏联当局为了建宇宙飞船发射场就要铲除乃曼·阿纳坟地时，其实也就是在割断民族文化传统的记忆之根。非常奇特的是，当人们遗忘了文化传统时，他们就像美苏两国一样也把林海人的高级文明拒之门外，也就是说遗忘了文化传统的人也对未来封闭了，不可能拥有未来。因此，艾特玛托夫真正赞成的是像叶吉盖、卡赞加普、阿布塔利普那样尊重文化传统，踏实勤勉地生活在大地上的人。与艾特玛托夫的文化立场相似，迟子建其实在小说中也不断地抗拒着现代文明对传统文化的冲击，并不遗余力地返回传统文化中去寻找生生不息的力量。像《额尔古纳河右岸》就以大兴安岭鄂温克族的一个乌力楞近百年的苦难历史展示了游牧文明的最后一缕霞光，其核心主旨乃是要重新寻觅祖先们是如何建构对待人与人、人与大自然等关系的智慧，诗意栖居于大地之上又是如何实现的。当然，两位作家对现代文明不可阻挡的浩荡趋势都是持两难态度的。而且，更耐人寻味的是，迟子建的《额尔古纳河右岸》是以年近九旬的鄂温克族最后一个酋长的女人为叙述者的，一天的回忆包括清晨、正午、黄昏三部分，而回忆的时间跨度则是近百年的民族沧桑。这种叙述方式，无疑与艾特玛托夫的《一日长于百年》相似。艾特玛托夫的《一日长于百年》就以叶吉盖给好友卡赞加普送葬的一天历程为主，穿插进他对几十年的人生变幻的详细回忆。从情节安排和叙述者的选择上看，迟子建的《额尔古纳河右岸》才是真正的《一日长于百年》啊。

2008 年，艾特玛托夫去世时，迟子建接受记者采访时一方面承认艾特

---

① ［吉尔吉斯］艾特玛托夫：《艾特玛托夫小说集》上，外国文学出版社 1980 年版，第 14 页。

玛托夫的伟大,另一方面也说:"晚年的艾特玛托夫,在文学上有点失去了阵脚,他不如托尔斯泰和雨果。托尔斯泰和雨果的晚年,文学之火还在熊熊地燃烧,而艾特玛托夫却过早地让自己化为灰烬。大概这与他后来人生的选择有关吧。他在该选择寂静的时刻,趋向了热闹。有人说,艾特玛托夫因为没有得到诺贝尔文学奖而耿耿于怀,所以后期的他试图在艺术趣味上向诺奖'靠拢'。如果是这样,这是他文学生命最大的悲哀。要知道,在世界人民的心目中,他早就是诺奖得主了,只不过那个形式最终没有履行而已。艾特玛托夫的死,可能意味着那片土地上,最后一位文学神父离去了。"①其实,说艾特玛托夫晚年有点失去阵脚,也许有点误解他了,他后期的长篇小说《雪地圣母》《卡桑德拉印记》《崩塌的山岳》等还是非常富有创造力,继续延续了俄罗斯文学那种宏阔的人类性视野,还有他独特的行星思维,只不过中国翻译界对他的介绍急剧地减少了。不过无论如何,迟子建从这位"文学神父"那里的确汲取了一些非常有益的营养,并进一步拓展了中国当代文学的独创性。

---

① 夏榆:《最后一位文学神父离去了》,《南方周末》2008 年 6 月 18 日。

结　论　真正的影响永远是
一种潜力的解放

在对艾特玛托夫在中国当代文学的传播之旅做了整体梳理之后,我们又对中国当代作家是如何受到艾特玛托夫影响的做了细致而深入的个案研究。整体梳理,使我们能够从中国当代文学发展浪潮中把握艾特玛托夫的中国之旅的起起落落,既有一种客观历史的鸟瞰效果,又有一份触摸鲜活历史的生动感和真实感。个案研究,则使艾特玛托夫对中国当代文学的影响研究终于能够落到实处,而不再是凌空蹈虚,蜻蜓点水了。由此,我们才可以说基本把握住了艾特玛托夫与中国当代文学的复杂关系。但若仅停留于此,依然是不足的,我们必须再百尺竿头,更进一步,还要追问:艾特玛托夫的影响给中国当代文学增添了何种实质性的东西? 中国当代作家在接受艾特玛托夫时到底是如何做到独创性的转化的,如果这种独创性转化做得不够或不好的原因何在? 从世界文学高度上看,受其影响的中国当代作家是否已经超越艾特玛托夫,如若不能原因何在? 中国当代作家为何很难接受艾特玛托夫的宗教探索和全球思维,这是否意味着中国当代作家的创造力最终必然会受到中国文化的制约而无法充分地发挥? 通过对这些问题的深入探讨,我们才能使本论文在实证性的传播和影响研究基础上叩问真正的文学史核心问题,才能拓展研究的新境界,才算得上基本完成研究的主要使命。

首先,要追问艾特玛托夫的影响到底给中国当代文学增添了何种实质性的东西,就必须把艾特玛托夫的影响放回到中国新时期文学接受外来文学影响的大背景中去。众所周知,像五四文学一样,新时期文学之所以能够从"文化大革命"文学的荒芜中复活过来,呈现出万紫千红、生机勃勃的一片繁荣景象,外国文学的影响尤其是文学的欧风美雨的催化居功至伟。像卡夫卡、马尔克斯、福克纳、博尔赫斯、萨特、劳伦斯、海明威、昆德拉等欧美作家都曾经在华夏大地上大红大紫,大放异彩。卡夫卡曾经使得中国作家一夜之间获得了审视历史和现代文明的荒诞性的文学眼光,宗璞终于在《我是谁》等小说中发出了对特殊年代荒诞性的凄厉控诉,残雪则在《黄泥街》《山上的小屋》等小说中像女巫一样叙说着现代人内心的恐惧和孤独,余华在《鲜血梅花》《河边的错误》《呼喊与细雨》等小说中则反复渲染着历史和现实无处不在的暴力和血腥、诡秘和怪诞。马尔克斯在获得诺贝尔文学奖后则在中国文坛上刮起猛烈的旋风,使得中国作家终于意识到经济落后并不意味着文学也会落后,意识到需要向本民族文化传统中去寻找真正有生命力的东西,那样才能给现代世界带来更为炫目的文学光彩。因此韩少功的《爸爸爸》《女女女》、扎西达娃的《西藏隐秘岁月》、陈忠实的《白鹿原》、阿来的《尘埃落定》等小说不是勾画边地湘西的奇幻民间,就是探寻藏族的隐秘世界;不是搜寻白鹿原上的民族秘史,就是打捞康巴藏地的民族传奇;给中国当代文学抹上了绚丽的魔幻油彩,让中国当代文学接通了民族文化之根源。福克纳构筑的神奇的约克纳帕塔法小说世界,则在莫言的高密东北乡、苏童的枫杨树故乡、郑义的边地远村等文学世界中造成遥远的回响,使得中国当代文学获得了在特定的文学地域中持续发掘人性的深度景观的可贵自觉。博尔赫斯的神秘主义世界观和诡秘的叙事技巧大大激发了马原、莫言、残雪、余华、苏童、格非、北村、孙甘露等小说家的叙事兴趣,使得中国当代小说再也不是现实主义的叙事陈规一统天下的局面,现代主义和后代主义式的叙事迷宫戏剧终于在中国文学中热闹上演。萨特的存在主义的哲思和文学则使谌容、张辛欣、刘索拉、徐星、刘震云、潘军等小说家善于发现自我的异化,激发他们去寻找反抗宿命的勇气和本真存在的可能性。劳伦斯对性的大胆探索和书写则无疑激发了张贤亮的《男人的一半是女人》、贾平凹的《废都》、王小波的《黄金时代》等小说对性的探索和书写。海明威的《老人与海》渲染的那种硬汉精神,无疑也对梁晓声、张承志、邓刚等小说家产生过深远的精神启发。纵观这些欧美文学的煌煌巨星,都曾经给中国当代文学带来了一些独特的东西,那么与他们相比,艾特玛托夫提供的独特元素到底是什么呢?

在对艾特玛托夫与中国当代作家的影响关系做个案研究时,我们就曾经反复提到受艾特玛托夫影响的作家,大多喜欢发掘底层人民的人性美和人情美,富有浓郁的人道主义激情。的确,鲜明的人道主义立场,对底层人民的人性美和人情美的发掘,是艾特玛托夫小说的最根本特质,也是他给中国当代文学提供的最为独特的东西。无论是卡夫卡、马尔克斯、福克纳、博尔赫斯,还是萨特、劳伦斯、海明威、昆德拉,在他们的小说世界中,像《查密莉雅》中那种单纯浪漫的爱情,《我的包着红头巾的小白杨》中那种人与人之间的温情,《白轮船》中那种赤子的纯真和哀伤,《第一位老师》和《母亲—大地》中那种人的献身精神,《一日长于百年》中那种对人生和历史传统的使命担当意识,《断头台》那种崇高的殉道精神,等等,几乎都不可能出现。对于这些欧美作家来说,现代主义乃至后现代主义的人性景观充斥着孤独、荒诞、焦虑、异化、破碎、反讽,像艾特玛托夫笔下的那种人性景观简直是属于19世纪以前的天方夜谭。但是无论现实历史到底如何荒诞,人心中对爱情、劳动、温情、单纯、崇高等正面素质的渴望依然存在,并且日趋激越。因此,艾特玛托夫的小说并不会被卡夫卡的荒诞、博尔赫斯的叙事迷宫、福克纳的存在焦虑等彻底遮掩住,它们依然在现代主义和后现代主义的文学大潮中独立不羁地绽放着璀璨光华,并吸引着那些温柔而细腻的心灵。可以说,上述这些欧美作家的小说也许可以给人带来更大的精神震撼乃至启迪,但是几乎没有哪个作家的小说能够比艾特玛托夫小说给人更多心灵的温暖、感动和愉悦。

受到艾特玛托夫比较深刻影响的中国当代作家有意而执着地去展示人道主义的立场,去发掘底层人民的人性美和人情美,给中国当代文学精神中注入了一股情感和精神的纯净暖流。这的确是功德无量的事情。像王蒙的《在伊犁》系列小说、张贤亮的《肖尔布拉克》《绿化树》、张承志的《阿勒克足球》《黑骏马》、路遥的《人生》《平凡的世界》、张炜的《一潭清水》、迟子建的《一匹马两个人》、温亚军的《驮水的日子》等小说,都洋溢着人性和人道的特殊光彩。如果中国当代文学缺少了这些作家的此类努力,必然就会大为失色。就此而言,艾特玛托夫小说对于这些中国当代作家而言,真的就像张炜所写的那潭清水一样,具有涤尘去俗、净化心灵的意义;而他们受其影响创作的那些小说对于中国读者而言也像那潭清水一样,使我们在凡尘俗世中暂获心灵的慰藉。也许,随着时间的流逝,一些小说最终会被淹没于历史的尘埃,但是像艾特玛托夫的《查米莉雅》这样朴素而感人的小说依然会光辉熠熠。像残雪、余华前期那样的小说也许终究难以进入有效的阅读中,但是像路遥的《人生》《平凡的世界》、张承志的《黑骏马》等小说还会以其人性美和人情美的异彩吸引着后来者。

当然,除了发掘底层人民的人性美和人情美的人道主义立场之外,艾特玛托夫对中国当代文学的贡献还在于促使许多作家获得地域性书写的理性自觉、少数民族作家的身份自觉、寻根作家的文化自觉上。不过这些因素是和马尔克斯、福克纳乃至19世纪的屠格涅夫、哈代以及大量中国现代作家共同促成的。但是对于像王蒙、红柯、温亚军、张承志、高建群等人的新疆经验书写而言,艾特玛托夫的启示至关重要。对于像意西泽仁、朱春雨等人的民族身份的理性自觉,艾特玛托夫显得不可或缺。此外,如女性崇拜和土地崇拜情绪,动物叙事和生态书写,"星系结构"和神话原型等方面,前面都已经多有论述,对中国当代文学的贡献也自不待言。

其次,我们需要追问的是,中国当代作家在接受艾特玛托夫时的创造性转化问题。正如学者所言,"在大多数情况下,影响都不是直接的借出与借入,逐字逐句模仿的例子可以说是少之又少,绝大多数影响在某种程度上都表现为创造性的转变。"①中国当代作家接受艾特玛托夫,存在着表层和深层不同的情况。就表层而言,有些作家借鉴艾特玛托夫小说的结构方式或叙事方式,像朱春雨的《亚细亚瀑布》和《橄榄》、红柯的《大河》等小说借鉴了《一日长于百年》的"星系结构"模式,像张承志的《黑骏马》、王蒙的《杂色》、张贤亮的《河的子孙》等小说都借鉴了《永别了,古利萨雷!》的结构模式,张贤亮的《肖尔布拉克》、杨显惠的《黑戈壁》等小说借鉴了《我的包着红头巾的小白杨》的叙事方式;有些作家则借鉴艾特玛托夫某些细节描写,如王蒙的《歌神》、路遥的《人生》和《你怎么也想不到》借鉴了《查密莉雅》,张承志的《阿勒克足球》借鉴了《第一位老师》,杨显惠的《海上,远方的雷声》借鉴了《花狗崖》,等等。这些借鉴主要是指价值立场、创作取向和选材特征等,例如人道主义立场,对地域风情的描绘,对民族身份的文化自觉等,中国当代作家就表现出明显的创造性转化倾向。

中国当代作家的创造性转化方式之一就是把来自艾特玛托夫的外来文学经验加以本土文化的转化。这些作家对本土文化都具有一定的自觉性,他们对外来文化都没有表现出过度的痴迷和模仿。外来的文学经验必须经过他们的本土文化转化,才能够释放出新的文学创造力。例如艾特玛托夫要表现底层人民的人性美和人情美,比较喜欢写那些富有个性精神的青年男女越俗逾矩的炽烈爱情,例如查密莉雅和丹尼亚尔、伊利亚斯和阿谢丽、塔纳巴伊和贝贝桑乃至叶吉盖和查莉芭等人的爱情就是如此;也比较乐于写那些敢于坚持真理、挑战强权的富有个性的人的人性光芒,如塔纳巴伊、叶吉盖、鲍斯顿等人;还倾向于写底层人民对他人尤其是对邻人的同情、帮助和牺牲,例如玖依申、托尔戈娜伊等;或者展示像《白轮船》中的小男孩那样对真善美的纯真憧憬,《断头台》中的阿夫季那样对抽象的宗教精神的殉道等。但受到艾特玛托夫影响的中国当代作家,在展示底层人民的人性美和人情美时,很自然地就加以本土文化的转化,他们更喜欢展示的是中国人家庭内亲人间的温情,如王蒙的《虚掩的土屋小院》对穆敏老爹和阿依穆罕大娘间的温暖情感的展示,张承志的《黑骏马》对额吉、索米娅、白音宝力格三人亲情的描绘,迟子建的《清水洗尘》对家庭伦理亲情的温暖书写等;还有就是符合伦理规范的爱情婚姻,如张贤亮的《肖尔布拉克》、杨显惠的《黑戈壁》等;还有就是不断地迎合主流意识形态之人的正面情感,如张贤亮笔

①　[美]韦斯坦因:《比较文学与文学理论》,辽宁人民出版社1987年版,第29页。

下的章永璘等。这无疑和本土文化注重家庭伦理亲情,注重中庸和谐、温柔敦厚的特质有关。正是这种本土文化的转化,才使得外来文学经验最终获得了明晰的民族性。此外,如中国当代作家受到艾特玛托夫的影响大肆书写女性崇拜和土地崇拜情绪时,都表现出鲜明的自然性,例如张承志、张炜、张贤亮、路遥、高建群、红柯等莫不如是。这也和本土文化的自然性传统根深蒂固息息相关。

中国当代作家另一个创造性转化方式就是把来自艾特玛托夫的外来文学经验和个人经验、时代经验、地域经验加以融合。例如对于王蒙、张贤亮而言,作为知识分子,下放到底层社会,和底层人民朝夕相处,从中体悟到底层人民的人性美和人情美,于是他们就把艾特玛托夫的文学经验转化为属于个人的独特经验书写。张贤亮的《绿化树》汲取了艾特玛托夫的思想艺术营养,也变成了知识分子的人生自述。张承志的《阿勒克足球》把艾特玛托夫《第一位老师》中的玖依申变成了放逐于内蒙古草原的北京知青。杨显惠的《黑戈壁》把艾特玛托夫《我的包着红头巾的小白杨》中的爱情故事转变成了甘肃河西走廊农场里的两位知青的爱情悲剧。同样是书写地域风情,路遥描绘的是陕北黄土高原的万千气象,意西泽仁描摹着川西高山草原的荒寒孤寂,迟子建则展示了大兴安岭的优美壮阔,朱春雨的《血菩提》则渲染了长白山的神秘瑰丽。正是经过作家们的这种个人经验、时代经验和地域经验的转化,艾特玛托夫的文学影响最终就创造出了更为丰富多彩的文学世界。就如阳光照耀大地,万千生物都根据自己的情况吸收阳光,结果大地上生命各不相同,异彩纷呈,煞是夺目。

美国比较文学学者约瑟夫·肖曾说:"独创性不应该仅仅理解为创新。许多伟大作家并不以承认别人对他们的影响为耻辱,许多人甚至把自己借鉴他人之处和盘托出。他们觉得所谓独创性不仅仅包括,甚至主要并不在于内容、风格和方法上创新,而在于创作的艺术感染力和真诚有效。"①如果就作品的艺术感染力和真诚有效而言,张承志的《阿勒克足球》《黑骏马》、张贤亮的《河的子孙》《肖尔布拉克》《绿化树》、王蒙的《歌神》《杂色》、路遥的《人生》《平凡的世界》、朱春雨的《血菩提》等小说都堪称具有独创性的小说。卢卡奇曾说:"真正的影响永远是一种潜力的解放。"②对于大部分中国当代作家而言,艾特玛托夫对他们的影响的确是解放了他们创作的潜力,

---

① [美]约瑟夫·肖:《文学借鉴与比较文学研究》,张隆溪编:《比较文学译文集》,北京大学出版社1982年版,第34页。

② [匈牙利]卢卡奇:《卢卡奇文学论文集》第2集,中国社会科学出版社1981年版,第452页。

使他们创作出了许多无愧于心的小说佳作。

卢卡契曾说："内在需要与外来刺激之间的接触，在不同的情况下深度与广度亦有不同——这样的接触有时候只是短短的插曲，有时候是一种持续的结合。但最初的接触总是仅限于最急需的几方面，这与这位作家的全部丰富成熟的个性相比必然很抽象。"①也许我们不得不指出：中国当代作家对艾特玛托夫的接受还是仅限于最初的、最急需的几个方面，也曾有学者指出，"中国当代作家对于外来文化的吸收与借鉴，是实用性大于精神性的，这一过程的实用性和选择性都极强……对当代作家产生了点化功能的，常常是来自于写作上的启示，而不是灵魂对灵魂的撞击……在面对大师和前辈的时候，他们极为本能地将之视为文学的世界，而不是精神的世界，他们渴望探求的是其中的路径和钥匙，是奥秘，而不是体会其中令人敬畏的精神世界。"②从某种程度上说，中国当代作家对艾特玛托夫的接受也是如此。

其实，我们需要加以深入了解的是，艾特玛托夫是深受西方基督教文化传统滋润的作家，他后期小说中的宗教热情只是这种文化的自然流露而已。而前期小说中的人性论、人道主义立场也只有放在这种更广大的文化传统中，我们才可以更清晰地看出其根源。基督教非常强调人的精神超越性，它试图把人从尘世的束缚中解放出来，尤其是从人对金钱、权力、政治、民族、国家等有限的尘世目标物的束缚中解放出来，培育出能够与神对话的独立不羁的精神核心。因此，受其影响的一流的西方作家，普遍具有一种超越精神，一种宇宙品格，一种浓郁的人类性，一种形而上学品质，像莎士比亚、陀思妥耶夫斯基、托尔斯泰等作家无不如此。艾特玛托夫秉承的就是这种超越性的精神传统，《断头台》中所谓的宗教热情其实只是这种宗教传统的一种外在表现。在《白轮船》中，小男孩为了维护心中的纯真世界毅然地跳入水中，幻想着化身为鱼，游到伊塞克湖去看白轮船，这种精神的纯洁性和《断头台》中的阿夫季、耶稣基督的殉道精神是异曲同工的。而《花狗崖》中的那种开天辟地般的关于大海和陆地相冲击的描写，那种接连蹈海赴死的人性壮举，也无不洋溢着一种地老天荒般的超越性、宇宙感。《一日长于百年》中，那车来车往的小小会让站就是人类社会乃至宇宙的象征，每个人都包含着全人类性。可以想见，若没有基督教文化的熏陶，艾特玛托夫小说如何能够出现这么浓郁的超越性、宇宙品格、形而上学品格呢？

---

①　[匈牙利]卢卡契：《卢卡契文学论文集》第 2 集，中国社会科学出版社 1981 年版，第453 页。

②　张晓峰：《80 年代以来西方文学影响下的中国当代文学进程》，《文艺争鸣》2009 年第4 期。

　　需要进一步申说的是,即使艾特玛托夫前期小说中的那种人性论、人道主义立场其实也是这种超越性文化的一种表现。如果没有这种超越性的精神传统,真正的人性论、人道主义往往就是无源之水、无根之木。像文艺复兴、启蒙运动等思想家阐发人性论、人道主义的最大精神资源就是基督教的超越性精神传统。艾特玛托夫早期小说敢于描写那些干犯礼俗的炽热爱情,善于描绘那些坚持正义、坚持真理、勇于反抗的富有热情的人,崇敬那些具有大无畏的献身精神的人,都是超越性精神传统的一种表现。只不过这种表现尚在中国当代作家的期待视野之内。而当艾特玛托夫从早期的人道主义立场发展到后期的行星思维、人类思维、全球思维,乃是表现出鲜明的宗教热情,对于他自己而言,绝不是误入歧途,或者改弦更张,而是由表层的人道主义深入到超越性精神传统的根源处,由较低的眼界上升到更为宏阔的境界,由较现实的层面上升到更超越的高度。这实在是一种可贵的返本归根。

　　刘再复曾说:"诗的立场天然地就是非实践的,是反思的,是审视的。它站在现世的功利活动的另一面,它关注着这个世界,但并不参与这个世界;它要反思我们在这个世界的种种事业到底让我们失去了什么? 它要看看人类的种种奋斗、争夺、忙碌到头来离当初的希望到底有多远? 它要审视人间的种种苦难、不幸和悲剧是不是源于我们本性深处的贪婪和邪恶? 很显然,文学不是站在一个现世的立场看世界的。所谓现世的立场就是理性和计算的立场,理性地设立一个功利性的目标,周密安排必要的计划,并诉诸行动把它实现。文学站在现世立场的另一面,以良知观照人类的现世功利性活动,提示被现实围困住的生活的另一种可能性。文学的立场是超越的,所谓超越就是对现世功利性的超越。"①的确,文学就是超越性的,艾特玛托在《断头台》中说:"人存在的意义,在于使自己的精神得到自我完善——人世间没有比这更高的目的。这就是理性生活的魅力———天天顺着没有尽头的阶梯,攀登着精神完美的光辉顶峰。"②艾特玛托夫就是以自己的文学创作攀登着精神完美的光辉顶峰,也影响着后来者。因此,我们有必要在结束之时,再次重温冯德英对艾特玛托夫小说的评论:"文学毕竟是文学,文学的使命就是歌颂美,创造美。在我看来,世界变得越是光怪陆离,心灵越是空虚迷茫,我们越需要艾特玛托夫。我们活在这个世界上,我们生活在这片土地上,一旦连心灵上那片美好的圣地都失去了,那么我们又以什

①　刘再复:《论文学的超越性视角》,《华文文学》2010年第4期。
②　[吉尔吉斯]艾特玛托夫:《断头台》,冯加译,外国文学出版社1987年版,第198页。

么为支柱去撑起生存的意义呢?"①因此,只要中国作家、中国读者、研究者继续接受艾特玛托夫,艾特玛托夫与中国当代文学这个研究课题就永无完结之时。我们暂时做的这点研究工作,也只不过锻造出了绵绵不绝的学术精神传承中的一个小环节而已。

①　[吉尔吉斯]艾特玛托夫:《我的包着红头巾的小白杨——艾特玛托夫小说集》,力冈等译,人民文学出版社 1997 年版,第 9 页。

主要参考文献

一、专 著 类

1. ［吉尔吉斯］艾特玛托夫:《白轮船》,雷延中译,上海人民出版社 1973 年版。

2. ［吉尔吉斯］艾特玛托夫:《艾特玛托夫小说集》上,外国文学出版社 1980 年版。

3. ［吉尔吉斯］艾特玛托夫:《艾特玛托夫小说集》下,外国文学出版社 1981 年版。

4. ［吉尔吉斯］艾特玛托夫:《艾特玛托夫小说集》中,外国文学出版社 1986 年版。

5. ［吉尔吉斯］艾特玛托夫:《对文学与艺术的思考》,陈学迅译,新疆大学出版社 1987 年版。

6. ［吉尔吉斯］艾特玛托夫:《一日长于百年》,张会森等译,新华出版社 1982 年版。

7. ［吉尔吉斯］艾特玛托夫:《断头台》,冯加译,外国文学出版社 1987 年版。

8. ［吉尔吉斯］艾特玛托夫:《查密莉雅》(小说集),力冈等译,外国文学出版社 1998 年版。

9. ［吉尔吉斯］艾特玛托夫:《我的包着红头巾的小白杨》,力冈译,人民文学出版社 1999 年版。

10. ［吉尔吉斯］艾特玛托夫:《崩塌的山岳》长篇小说,谷兴亚译,上海译文出版社 2008 年版。

11. 王蒙、王干:《王蒙、王干对话录》,《王蒙文集》第 8 卷,华艺出版社 1993 年版。

12. 王蒙:《桔黄色的梦》(散文集),百花文艺出版社 1984 年版。

13. 王蒙:《淡灰色的眼珠——系列小说"在伊犁"》,作家出版社 1984 年版。

14. 王蒙:《王蒙选集》第 3 卷,百花文艺出版社 1985 年版。

15. 王蒙:《王蒙选集》第 2 卷,百花文艺出版社 1985 年版。

16. 红柯:《敬畏苍天》散文集,上海人民出版社 2002 年版。

17. 红柯:《西去的骑手》,云南人民出版社 2002 年版。

18. 红柯:《大河》,云南人民出版社 2004 年版。

19. 红柯:《乌尔禾》,北京十月文艺出版社 2007 年版。

20. 红柯:《生命树》,北京十月文艺出版社 2010 年版。

21. 红柯:《古尔图荒原》小说集,大众文艺出版社 2003 年版。

22. 红柯:《额尔齐斯河波浪》小说集,上海文艺出版社 2011 年版。

23. 温亚军:《鸽子飞过天空》长篇小说,河南文艺出版社 2006 年版。

24. 温亚军:《硬雪》小说集,云南人民出版社 2005 年版。

25. 温亚军:《无岸之海》长篇小说,《红岩》2005 年第 1 期。

26. 温亚军:《燃烧的马》短篇小说集,文化艺术出版社 2006 年版。

27. 张承志:《诉说——踏入文学之门》,《民族文学》1981 年第 5 期。

28. 张承志:《〈黑骏马〉写作之外》,《民族文学》1983 年第 3 期。

29. 张承志:《人道和文化的参照》,《国外文学》2000 年第 4 期。

30. 张承志:《彼岸的浪漫——我最喜爱的浪漫小说》,新世界出版社 2003 年版。

31. 张承志:《阿勒克足球》,玛拉沁夫主编:《中国新文学大系·1976—1982·少数民族文学集》,中国文联出版公司 1985 年版。

32. 张承志:《黑骏马》小说集,长江文艺出版社 1993 年版。

33. 张承志:《西省暗杀考》小说集,北岳文艺出版社 2001 年版。

34. 张承志:《张承志回族题材小说选》,青海人民出版社 1993 年版。

35. 张承志:《辉煌的波马》小说集,江苏文艺出版社 2003 年版。

36. 意西泽仁:《大雁落脚的地方》小说集,四川民族出版社 1983 年版。

37. 意西泽仁:《松耳石项链》小说集,四川民族出版社 1987 年版。

38. 意西泽仁:《意西泽仁小说精选》,重庆出版社 1998 年版。

39. 安刚:《了解·交流·合作——朱春雨谈俄苏文学》,《苏联文学》1986 年第 4 期。

40. 朱春雨:《亚细亚瀑布》,人民文学出版社 1986 年版。

41. 朱春雨:《橄榄》,上海文艺出版社 1987 年版。

42. 朱春雨:《血菩提》,作家出版社 1990 年版。

43. 张贤亮:《张贤亮选集》一,百花文艺出版社 1995 年版。

44. 张贤亮:《张贤亮选集》二,百花文艺出版社 1995 年版。

45. 张贤亮:《张贤亮选集》三,百花文艺出版社 1995 年版。

46. 路遥:《路遥文集》5 卷本,陕西人民出版社 1993 年版。

47. 高建群:《狼之独步——高建群散文精粹》,东方出版中心 2008 年版。

48. 高建群:《伊犁马》小说集,四川文艺出版社 2007 年版。

49. 高建群:《最后一个匈奴》,北京十月文艺出版社 2006 年版。

50. 张炜:《人的魅力:读域外作家》,文汇出版社 2002 年版。

51. 张炜:《张炜文集》第 2 卷,上海文艺出版社 1997 年版。

52. 张炜:《浪漫的秋夜》中短篇小说集,中国青年出版社 1986 年版。

53. 张炜:《远行之嘱》,长江文艺出版社 1996 年版。

54. 张炜:《羞涩与温柔》,东方出版社中心 1997 年版。

55. 张炜:《张炜自选集:融入野地》,作家出版社 1996 年版。

56. 张炜、王光东:《张炜王光东对话录》,苏州大学出版社 2003 年版。

57. 张炜:《绿色的遥思》,文汇出版社 2005 年版。

58. 张炜:《古船》,作家出版社 1996 年版。

59. 张炜《九月寓言》,上海文艺出版社 1992 年版。

60. 杨显惠:《这一片大海滩》(中短篇小说集),百家出版社 1990 年版。

61. 杨显惠:《夹边沟记事》,花城出版社 2010 年版。

62. 迟子建:《迟子建散文》,人民文学出版社 2008 年版。

63. 迟子建:《微风入林》短篇小说集,春风文艺出版社 2005 年版。

64. 迟子建:《疯人院的小磨盘》小说集,新世界出版社 2002 年版。

65. 迟子建:《格里格海的细雨黄昏》小说集,江苏文艺出版社 2003 年版。

66. 迟子建:《伪满洲国》,作家出版社 2000 年版。

67. 迟子建:《越过云层的晴朗》,上海文艺出版社 2003 年版。

68. 迟子建:《额尔古纳河右岸》,北京十月文艺出版社 2005 年版。

69. 於可训:《王蒙传论》,武汉大学出版社 2009 年版。

70. 昌切:《世纪桥头凝思》,湖北人民出版社 2000 年版。

71. 陈国恩:《20 世纪中国文学与中外文化》,长江文艺出版社 2004 年版。

72. 方长安:《选择·接受·转化》,武汉大学出版社 2003 年版。

73. 韩捷进:《二十世纪文学泰斗·艾特玛托夫》,四川人民出版社 2003 年版。

74. 史锦秀:《艾特玛托夫在中国》,河北人民出版社 2007 年版。

75. [德]爱克曼辑录:《歌德谈话录》,朱光潜译,人民文学出版社 1978 年版。

76. [德]《共产党宣言》,《马克思恩格斯全集》第 1 卷,人民出版社 1972 年版。

77. [俄罗斯]别林斯基:《别林斯基选集》第 3 卷,上海译文出版社 1980 年版。

78. [美]韦斯坦因:《比较文学与文学理论》,辽宁人民出版社 1987 年版。

79. [匈牙利]卢卡奇:《卢卡奇文学论文集》第 2 集,中国社会科学出版社 1981 年版。

80. [俄罗斯]别尔嘉耶夫:《俄罗斯思想》,雷永生等译,读书·生活·新知三联书店 2004 年版。

81. [俄罗斯]弗兰克:《俄国知识人与精神偶像》,徐凤林译,学林出版社 1999 年版。

82. 张隆溪编:《比较文学译文集》,北京大学出版社 1982 年版。

83. 鲁迅:《鲁迅全集》第 4、7 卷,人民文学出版社 2005 年版。

84. 郁达夫:《郁达夫文集》第 5 卷,花城出版社 1982 年版。

85. 刘醒龙:《弥天》,上海文艺出版社 2002 年版。

86. 邱华栋:《城市的面具》,敦厚文艺出版社 1997 年版。

87. 洪子诚:《中国当代文学史》,北京大学出版社 1999 年版。

88. 孟繁华、程光炜:《中国当代文学发展史》,北京大学出版社 2011 年版。

89. 王铁仙等:《新时期文学二十年》,上海教育出版社 2001 年版。

90. 汪介之:《中俄文字之交——俄苏文学与二十世纪中国新文学》,漓江出版社 1999 年版。

91. 汪介之:《文学接受与当代解读》,北京师范大学出版社 2010 年版。

92. 马丽华:《雪域文化与西藏文学》,湖南教育出版社 1998 年版。

93. 刘再复:《人文十三步》,中信出版社 2010 年版。

94. 李建军:《时代及其文学的敌人》,中国工人出版社 2004 年版。

95. 谭桂林:《百年文学与宗教》,湖南教育出版社 2002 年版。

96. 朱栋霖主编:《1949—2000 年中外文学比较史》上下卷,江苏教育出版社 2009 年版。

97. 范伯群、朱栋霖主编:《1898—1949 中外文学比较史》上下卷,江苏教育出版社 2007 年版。

98. 李岫、秦林芳主编:《二十世纪中外文学交流史》上、下卷,河北教育出版社 2001 年版。

99. 汪介之、陈建华:《悠远的回响:俄罗斯作家与中国文化》,宁夏人民出版社 2002 年版。

100. 陈建华:《20 世纪中俄文学关系》,高等教育出版社 2002 年版。

101. 平保兴:《五四译坛与俄罗斯文学》,青海人民出版社 2004 年版。

102. 林精华:《误读俄罗斯——中国现代性问题中的俄国因素》,商务印书馆 2005 年版。

103. 曾逸主编:《走向世界文学——中国现代作家与外国文学》,湖南文艺出版社 1986 年版。

104. 刘小枫:《拯救与逍遥》修订本,上海三联出版社 2001 年版。

105. 李泽厚:《中国古代思想史论》,安徽文艺出版社 1999 年版。

106. 韦建国等主编:《陕西当代作家与世界文学》,中国社会出版社 2004 年版。

107. 肖云儒:《中国西部文学论》,青海人民出版社 1989 年版。

108. 廖亦武编:《沉沦的圣殿》,新疆青少年出版社 1999 年版。

109. 金元浦、陶东风:《阐释中国的焦虑》,中国国际广播出版社 1999 年版。

二、论 文 类

1. 王蒙:《苏联文学的光明梦》,《读书》1993 年第 7 期。

2. 高建群:《给我一匹黑骏马》,《中篇小说选刊》1997 年第 6 期。

3. 高建群:《陕北论》,《人民文学》1991 年第 3 期。

4. 金梅:《自然—生命感—艺术》,《文学自由谈》1988 年第 4 期。

5. 迟子建:《是谁扼杀了哀愁》,《青年文学》2006 年第 11 期。

6. 迟子建:《那些不死的魂灵啊》,《文学界》2010 年第 1 期。

7. 樊星:《影响·契合·创造》,华中师范大学 2000 年博士学位论文。

8. 冯骥才:《冯骥才谈俄苏文学》,《苏联文学》1985 年第 1 期。

9. 夏榆:《最后一位文学神父离去了》,《南方周末》2008 年 6 月 18 日。

10. 刘再复:《外国文学对我国新时期文学的影响》,《世界文学》1987 年第 6 期。

11. 张韧:《当代中国文学与外来文学影响》,《钟山》1997 年第 3 期。

12. 温奉桥:《论王蒙与俄苏文学》,《理论与创作》2008 年第 3 期。

13. 李琴:《“黄皮书”出版的政治文化语境》,《中国现代文学研究丛刊》2010 年第

1 期。

　　14. 关纪新:《少数民族作家与民族文化传统的关联》,《民族文学研究》1994 年第
1 期。

　　15. 张晓峰:《80 年代以来西方文学影响下的中国当代文学进程》,《文艺争鸣》2009
年第 4 期。

　　16. 刘再复:《论文学的超越性视角》,《华文文学》2010 年第 4 期。

附录一 艾特玛托夫创作年表

1952 年,短篇小说《报童玖伊达》。

1953 年,短篇小说《阿什达》。

1954 年,短篇小说《修筑拦河坝的人》《在旱地上》《白雨》。

1955 年,短篇小说《夜灌》。

1956 年,短篇小说《在巴达姆塔尔河上》《艰难的河渡》。

1957 年,短篇小说《我们朝前走》,中篇小说《面对面》。

1958 年,中篇小说《查密莉雅》。

1961 年,中篇小说《我的包着红头巾的小白杨》。

1962 年,中篇小说《骆驼眼》《第一位老师》。

1963 年,中篇小说《母亲—大地》。

1964 年,短篇小说《红苹果》。

1965 年,中篇小说《永别了,古利萨雷!》

1969 年,短篇小说《和儿子会面》。

1970 年,中篇小说《白轮船》。

1975 年,中篇小说《早来的鹤》。

1977 年,中篇小说《花狗崖》,短篇小说《我是托克托松的儿子》。

1980 年,长篇小说《一日长于百年》。

1986 年,长篇小说《断头台》。

1988 年,长篇小说《雪地圣母》。

1990 年,中篇小说《成吉思汗的白云》。

1995 年,长篇小说《卡桑德拉印记》。

2006 年,长篇小说《崩塌的山岳》。

附录二　艾特玛托夫中译作品目录

1961 年

中篇小说《查密莉雅》,力冈译,《世界文学》第 10 期。

1965 年

《艾伊特玛托夫小说集》,即《艾特玛托夫小说集》,陈韶廉等译,作家出版社出版。

1973 年

中篇小说《白轮船》,雷延中译,上海人民出版社出版。

1980 年

中篇小说《面对面》,粟周熊译,《苏联文学》第 3 期。

《艾特玛托夫小说集》(上),外国文学出版社出版。收入中篇小说《查密莉雅》(力冈译)、《我的包着红头巾的小白杨》(胡平等译)、《骆驼眼》(王汶译)、《第一位老师》(白祖芸译)、《母亲—大地》(王家骧译)和短篇小说《红苹果》(苏玲译)。

1981 年

《艾特玛托夫小说集》(下),外国文学出版社出版。收入中篇小说《永别了,古利萨雷!》(冯加译)、《早来的鹤》(粟周熊等译)、《花狗崖》(陈韶廉等译)和短篇小说《和儿子会面》(程文译)、《我是托克托松的儿子》(粟周熊译)。

1982 年

长篇小说《一日长于百年》,张会森等译,新华出版社出版。

1984 年

《艾特玛托夫小说选》,外国文学出版社出版。收入中篇小说《查密莉雅》(力冈译)、《永别了,古利萨雷!》(冯加译)、《白轮船》(力冈译)。

短篇小说《大雨茫茫》,莫琮译,《苏联文学》第 5 期。

1986 年

长篇小说《布兰雷小站》(即《一日长于百年》),高山等译,湖南人民出版社出版。

中篇小说《旋风》,艾特玛托夫与巴·萨德科夫合著,冯加译,《苏联文学》第 5 期。

《艾特玛托夫小说集》(中),外国文学出版社出版。收入短篇小说《阿什姆》(王蕴忠译)、《白雨》(程文译)、《修筑拦河坝的人》(王蕴忠译)、《夜灌》(王俊义译)、《在巴达姆塔尔河上》(冯加译)、《候鸟在哭泣》(冯加译)和中篇小说《面对面》(李佑华译)、《白轮船》(力冈译)。

中篇小说《第一位教师》,彭庚等译,收入小说集《教师之歌》,湖南人民出版社出版。

1987 年

中篇小说《第一位老师》,草婴等译,收入小说集《第一位老师》,人民文学出版社出版。

长篇小说《断头台》,冯加译,外国文学出版社出版。

长篇小说《断头台》,李桅译,漓江出版社出版。

长篇小说《死刑台》,即《断头台》,张永全等译,湖南人民出版社出版。

1988 年

长篇小说《死刑台》,陈锌等译,中国文联出版公司出版。

长篇小说《断头台》,桴鸣等译,重庆出版社出版。

1989 年

中篇小说《白轮船》,力冈译,人民文学出版社出版。

长篇小说《雪地圣母》片段,冯加译,《苏联文学》第 3 期。

1990 年

中篇小说《成吉思汗的白云》,严永兴译,《世界文学》第 2 期。

1991 年

长篇小说《断头台》,曹维国等译,上海译文出版社出版。

《艾特玛托夫作品精粹》,河北教育出版社出版。收入中短篇小说《白雨》《修筑拦河坝的人》《在巴达姆塔尔河上》《查密莉雅》《第一位老师》《白轮船》《花狗崖》和长篇小说《一日长于百年》《断头台》节选。

1993 年

长篇小说《风雪小站》,即《一日长于百年》,汪浩译,花山文艺出版社出版。

1998 年

中篇小说集《查密莉雅》,外国文学出版社出版。收入《查密莉雅》《永别了,古利萨雷!》《白轮船》。

1999 年

中篇小说集《早来的鹤》,人民文学出版社出版。收入《白轮船》。

中短篇小说集《永别了,古利萨雷!》,人民文学出版社出版。收入《永别了,古利萨雷!》《和儿子会面》《母亲—大地》《红苹果》。

中短篇小说集《我的包着红头巾的小白杨》,人民文学出版社出版。收入《白雨》《修筑拦河坝的人》《夜灌》《在巴达姆塔尔河上》《面对面》《查密莉雅》《我的包着红头巾的小白杨》《骆驼眼》《第一位老师》。

中短篇小说集《白轮船》,人民文学出版社出版。收入《白轮船》《早来的鹤》《我是托克托松的儿子》《花狗崖》。

2003 年

小说集《草原和群山的故事》,力岗译,人民文学出版社出版,收入《查密莉雅》《我的包着红头巾的小白杨》《骆驼眼》《第一位老师》。

2008 年

长篇小说《崩塌的山岳》,谷兴亚译,上海译文出版社出版。

2018 年

长篇小说《断头台》,冯加译,华文出版社出版。

中短篇小说集《永别了,古利萨雷!》,冯加译,华文出版社出版。

故事集《传说与童话》,金美玲译,华文出版社出版。

中短篇小说集《成吉思汗的白云》,王磊等译,华文出版社出版。

长篇小说《崩塌的山岳》,古兴亚译,华文出版社出版。

附录三　艾特玛托夫重要研究论著目录

1. 韩捷进:《二十世纪文学泰斗·艾特玛托夫》,四川人民出版社 2003 年版。

2. 史锦秀:《艾特玛托夫在中国》,河北人民出版社 2007 年版。

3. 浦立民:《"严格的现实主义"——谈艾特玛托夫的创作特点》,《苏联文学》1985 年第 4 期。

4. 戚小莺:《向人性的深层挺进——散论艾特玛托夫七八十年代创作》,《外国文学评论》1988 年第 2 期。

5. 曹国维:《一位大师的足迹——试论艾特玛托夫艺本思维的发展》,《苏联文学》1986 年第 5 期。

6. 中乐等:《当代苏联文学的开拓者钦吉斯·艾特玛托夫》,《外国文学研究》1987 年第 1 期。

7. 江少川:《〈永别了,古利萨雷!〉与〈黑骏马〉》,《外国文学研究》1987 年第 2 期。

8. 谢占杰:《〈黑骏马〉与〈永别了,古利萨雷!〉》,《许昌师专学报》1987 年第 4 期。

9. 林为进:《从草原深处找到旋律的两位歌手——张承志和艾特玛托夫》,《小说评论》1988 年第 4 期。

10. 赵宁:《艾特玛托夫新艺术思维初探》,《河南大学学报》(哲学社会科学版)1989 年第 2 期。

11. 何云波:《〈断头台〉:艾特玛托夫的困境》,《苏联文学》1989 年第 3 期。

12. 阎保平:《论艾特玛托夫小说的"星系结构"》,《外国文学评论》1991 年第 1 期。

13. 陈慧君:《荒诞的"宗教救世"》,《四川师范大学学报》(哲学社会科学版)1992 年第 4 期。

14. 何云波:《论艾特玛托夫小说的神话模式》,《外国文学评论》1994 年第 4 期。

15. 徐其超:《浪漫的现实主义——艾特玛托夫、意西泽仁创作风格论》,《西南民族学院学报》1995 年第 6 期。

16. 任光宣:《从〈断头台〉到〈卡桑德拉印记〉——论艾特玛托夫的宗教观》,《当代外国文学》1995 年第 4 期。

17. 徐其超:《小说与音乐的联姻——艾特玛托夫与意西泽仁比较观》,《社会科学研究》1997 年第 3 期。

18. 彭梅:《故乡和艾特玛托夫的小说》,《国外文学》1998 年第 1 期。

19. 徐其超:《论意西泽仁对艾特玛托夫的接受》,《西南民族学院学报》1998 年第 5 期。

20. [俄罗斯]格·加切夫:《草原、群山和行星地球——为艾特玛托夫诞辰七十周年而作》,袁玉德译,《当代外国文学》2000 年第 1 期。

21. 韩捷进:《论艾特玛托夫的地球忧患意识》,《外国文学研究》2000年第 2 期。

22. 韦建国:《敢问路在何方:皈依还是超越? ——试论张承志与艾特玛托夫的宗教观及其文化功用》,《新疆大学学报》2001 年第 3 期。

23. 张志忠《何处"偷"来〈白轮船〉——艾持玛托夫在中国之一》,《长城》2004 年第 1 期。

24. 唐芮:《艾特玛托夫在中国》,湘潭大学,2005 年硕士学位论文。

责任编辑：王怡石

图书在版编目（CIP）数据

艾特玛托夫与中国当代文学/李雪著.—北京：人民出版社，2020.6
（国家社科基金后期资助项目）
ISBN 978－7－01－021484－9

Ⅰ.①艾…　Ⅱ.①李…　Ⅲ.①艾特玛托夫（Aitmatov，Chingiz 1928－2008）-
影响-中国文学-当代文学-文学研究　Ⅳ.①I206.7

中国版本图书馆 CIP 数据核字（2019）第 248051 号

艾特玛托夫与中国当代文学
AITEMATUOFU YU ZHONGGUO DANGDAI WENXUE

李雪 著

人民出版社 出版发行
（100706　北京市东城区隆福寺街 99 号）

北京盛通印刷股份有限公司印刷　新华书店经销

2020 年 6 月第 1 版　2020 年 6 月北京第 1 次印刷
开本：710 毫米×1000 毫米 1/16　印张：13.25
字数：190 千字

ISBN 978－7－01－021484－9　定价：58.00 元

邮购地址 100706　北京市东城区隆福寺街 99 号
人民东方图书销售中心　电话（010）65250042　65289539